U0071607

寒淵

施又熙

著

為了在你眼中跪著的孩子，
我這雙手不得不殺人……

國｜藝｜會
NCAF

作家｜朱宥勳　掛名推

推薦語

本書訴說我們現今社會活生生的悲慘故事，作者以扣人心弦、驚心動魄的文筆，報導一串集性虐、家暴、謀殺與自殺，死亡及創傷後遺症，似超完美風暴的悲劇。

讀來雖沉重，但劇力萬鈞，是一本意義深遠的創傷文學傑作。

高雄文心診所院長
文榮光　醫師

【推薦序】

當爆點未燃之時

《寒淵》，這本書的一開場就讓我震撼住了！對於一個影像工作者如我來說，這不僅是本小說的開頭，也是部驚悚電影的開場。作者施又熙，以其社工專業和資深小說作者的背景，塑造了血淋淋又驚悚的場面揭開了故事序幕，吸引我展開閱讀，期間數度轉折，吸引著我繼續看下去。而故事走到接近尾聲，我更好奇的是『李桐該如何繼續走下去？』。這個看似虛擬，但又極其可能發生在我們周遭的故事，如此殘忍地擺在我眼前。是的，這些所謂的『故事』，極有可能噩夢成真！

作者將女主角葉敏華設定成一位極其善良、體貼他人的社工，卻又讓她被以最殘忍的方式殺害。讓讀者很難不為女主角抱屈─不公！這世界真的不公！然而，當真相被一層一層地揭開，才發現，原來兇手或許才可能是更值得同情的人！（天哪！我真的不該劇透！）這令我不禁反思：「我們的日常是否都太麻木了？」

就在閱讀此書文字稿、準備寫推薦的同時，我正坐在美容院裡，讓設計師剪著頭髮。當設計師發現我在用手機看著一行行密密麻麻的文字時，她好奇地問我，怎不是在追劇或玩遊戲。我告訴她，這本小說真好看！並且開始跟她說著小說中的故事。設計師默默地聽了兩分鐘後，突然爆出來一句話：「我好擔心我的女兒將來也會心理偏差喔！」原來，設計師也曾有過一段悲慘的婚姻，原來她也是一位必須終日擺盪在諸多情感糾葛之間的單親媽媽。原來，最真實的故事，早已發生在身邊，而我卻渾然不知。直到《寒淵》這本書為我和設計師建立起『今天要做什麼消費』之外的連結……突然警覺，書中的郭警官所說，鄰居和老師真的都該多些警覺心才對，等到警方出動時，絕大多數為時已晚了。但是，若是像吳理仁的父母親那樣，又能從何發現其中的異常呢？

或許，這世界原本就沒有所謂的公平，而當悲劇發生，受傷最深的，除了當下最痛苦的受害者，就是受害者的家屬了——葉楓、李桐都是極痛的。葉楓選擇了一報還一報，但最終心裡還是沒有得到平靜。李桐則是『可以理解，但無法原諒』。究竟何者比較不痛苦？或許就像安達老師所說，活著的人，就算傷口好了，還是會有疤痕。有時，那道疤還會痛。

『修復式正義』，或許在媒體和一般人，只不過是個『值得討論的話題』而已。但對於社會上真實存在的、像葉楓和李桐這樣的受害者家屬而言，卻是個必須面對的課題。不在其中的旁觀者，其實無從置喙建議受害者家屬該怎麼做，因為我不是他們，無法體會他們的痛。看似變態、罪大惡極的吳理仁的父親，說不定是個更嚴重的受害者，是否也該得到原諒呢？而在閱讀的過程中，我會不斷自問「我若是葉楓或李桐，我會怎麼做？」

這是一部很挑戰自己善良認知的小說。儘管閱讀過程中，經常被打斷——開會、剪髮、與朋友聚餐……等俗務——但是仍然有空就看（電子書就是方便，笑），兩天看完。因為真的值得一口氣看完它，好看！真好看！

春暉映像有限公司　執行長
孔繁芸，二〇一九年六月二十三日

【推薦序】

希望悲劇不再發生……

「當年我們需要幫忙的時候，你又在哪裡？」

「……不要相信別人，只有靠自己……」

在這個人手一支手機的時代裡，其實人與人之間的距離非常遙遠，即便是一家人、親密的伴侶，彼此的心不止遠，可能還充滿著悲傷與憤怒。

某些人的悲傷被憤怒包裹著，因為表現悲傷是不被容許的。在這樣的人的思想裡，悲傷是弱者的表現，憤怒宛如堅強的保障，一旦卸下憤怒的外殼，流露出悲傷的同時就會流露出羞愧，好不容易靠憤怒撐起的自我很可能面臨崩解。

另有人的悲傷內隱藏著憤怒，惹人憐愛的外表下，其實充滿了不甘與不平的憤怒。埋藏憤怒的人深怕被別人挖掘出自己內心真相，惟恐脆弱的自我承受不起罪惡感所帶來的羞愧。

怎樣處理我們的悲傷與憤怒，最早是從童年的家庭經驗中學習的，父母通常是教導我們處理悲傷與憤怒的教練。然而，當父母是孩子悲傷與憤怒的對象時，孩子要怎樣處理自己的悲傷與憤怒呢？誰能教教這些孩子呢？被父母傷害的孩子，又能相信誰可以承接自己的憤怒與悲傷呢?

帶著悲傷與憤怒長大的人何等孤單無助,被悲傷與憤怒糾纏的家庭何等受苦,究竟如何能得到救贖?

葉敏華與陳澈都想要透過他們的專業幫助在受苦中無助的人,他們散發著正義、仁慈、勇敢等美好的生命品質,但是,助人的使命讓他們付上極大的代價。其中一人的生命與家庭破碎了,原本想要幫助悲傷與憤怒的人走出黑暗,卻使自己的家人陷入悲傷與憤怒的深淵。在這淒厲至極的過程裡,作者安排了朋友、親人、同事、長官、敬業的法警、醫護人員等眾多的愛,灌入黑洞,讓失落的靈魂湧出寒淵,成為安慰人的清流。另一個人就因為其中一人的犧牲得到破鏡重圓的恩典,繼續為受苦的人爭取平等的權益向前。

這世間最心痛的莫過於一個人的悲傷與憤怒得不到憐憫,而把更多人推進悲傷與憤怒的深淵。感謝上天,在這麼多不幸的人當中,有人用力爬出深淵。也許,生命的傷痕永遠不會消失,但哀悼後的悲傷卻可以撫慰受傷的靈魂。感謝願意將痛苦轉化為慈悲的人,向在深淵中的人伸出援手……。

因著諸多親友的關懷與支持的李桐,把百合花放在台階上,他深深希望

「……希望悲劇不再發生……」

這不只是李桐的心願、作者的心願,更是所有人的心願。

心理學博士、大學助理教授、心理卡牌創作者、心理諮詢師
張雅惠,二〇一九年六月二十八日,於淡水

當你凝視著深淵，深淵也凝視著你。

尼采

楔子

『不要！不要傷害我的孩子！拜託！不要！』葉敏華掙扎著想要吶喊，但是被緊緊壓住的嘴巴無法出聲，被綁壓在背後的雙手好痛，無法掙脫。

『拜託……我懷孕了……求求你……』葉敏華激烈地搖頭含混地說著，想要甩掉他強壓在自己臉上的手掌。

『妳根本就不知道怎樣照顧妳的孩子，妳跟妳丈夫都不知道，你們都不應該出現在這個世界上，妳孩子出生了只會受苦。』男子低沉著聲音說道。

葉敏華驚恐地掙扎著，嘴裡咕嚕嚕地說著，『我會愛我的孩子的……這是我好不容易才求來的孩子……我一定會……』

男子只是哼笑一聲，帽簷下的雙眸卻露出深深的悲傷，高高地舉起在月光下閃閃發亮的刀刃，猛然地刺進她的肚子，一下，一下，再一下。

『我的孩子……我的孩子……』滿口鮮血嗆的葉敏華無法呼吸，眼前逐漸黑去，突然掙脫的雙手，抓不到一身黑衣的男子，只摸到自己從腹部深處不斷噴流出來的鮮血。

第一章

台北天母忠誠路上一家熱鬧騰騰的火鍋店裡，一群來自各行各業的社會人士辦了每兩年一次的高中同學會，多半都是在更新彼此的近況。

「陳澈，聽說你最近又在幫那個殺人犯辯護？你到底是哪根筋不對？」說話的是胡士英，從以前就是個講話粗暴又挑釁的人，顯然歲月的歷練並沒有改變他多少。

這話一出口，大家都停了下來，正在吃東西的陳澈轉過頭來，「有什麼問題嗎？」

「那個叫什麼鬼的，擺明就是個瘋子，就應該判死刑，有什麼好辯護的？大家都看到他在學校門口亂砍人了，都死了兩個人了，有什麼好辯護的？你想紅也不是這個樣子。」

胡士英說的是幾個月前的一起刑案，兇手在三重某國小外面持刀亂砍學童與家長，兩死三重傷，死者包含了一名小三學童與導護老師，三名衝去保護學童安全的家長跟老師重傷，兇手被當場逮捕，帶到警局後辯稱自己有精神疾病，而陳澈是他的辯護律師。

陳澈並沒有被他激怒，只是放下筷子，定睛看著他，「那個人叫劉維志。」這幾年，他陸續接了一些有高度爭議的案件，難聽話也聽了不少。

「我管他叫什麼，他殺人事實鐵證如山，那麼多人都親眼看到了，到底你幹嘛要替他辯護？」

「因為每個人都有權利接受公平的審判。」

「什麼公平？被他砍死的小孩跟老師，有公平嗎？就是個瘋子，要什麼公平？」胡士英生氣地說著，對社會的不滿全都發洩到同學身上了。

「你不要隨便說人家是瘋子，這樣是在污名精障者。」跟丈夫李桐坐在陳澈對面的葉敏華突然說道。

「是他自己說他有神經病的，我有說錯嗎？」胡士英問道，目光熾熱地像把利劍想要射穿跟他意見相左的人。

「他是不是有精神疾病不是他自己說了算，是要經過專家鑑定的。」葉敏華說道。

「這種需要什麼鑑定？哪個正常人會幹這種事？莫名其妙跑到小學砍人？都不認識也砍？精神鑑定專家要那麼厲害，就該把這些人都關起來，台灣就應該要把這些人渣都槍斃，講什麼人權？笑死人了，死掉的那些人有人權嗎？你們怎麼不替那些家屬爭人權？」

「人權是人人平等的。」

「拜託！」胡士英用力地敲了一下桌子，對著葉敏華跟陳澈發出嗤之以鼻的冷笑聲，「如果你家裡也有人被他砍死了，你們再來跟我說人權。」

「你話不用講這麼難聽吧？」其他同學聽到他這樣粗暴的比喻也受不了開口制止。

「難聽？多難聽？我知道，一個是人權律師嘛，葉敏華是很有愛心的志工嘛，」他刻意頓了頓，「喔，我講錯了，是專業的社工師，都是活在雲端的人，人權，哼！」

李桐握著妻子的手，知道她已經生氣了，但是剛懷孕四個月的她不宜這樣動怒，幾次同學會他都陪著妻子參加，見識過這位胡士英有多麼容易惹惱大家，瞥了一眼他桌上空掉的幾支啤酒，知道他可能是喝多了，只是冷眼瞪著他沒有多說什麼。

「你喝多了。」倒是陳澈並不迴避地提醒這位每次都會失態的同學，他不多不少也聽過胡士英不如意的職場人生，或許是因為工作總不如意，才會這樣處處言語上諷刺與刁難人家。

「我喝再多，腦袋也比你清楚。」

「我知道大家都覺得很困惑，為何我會選擇幫劉維志辯護，」陳澈不再理會胡士英，而是看著坐在附近幾桌的同學們，只見他們的確都在點頭，即便剛才沒有附和胡士英，但其實心裡也是不解的，特別是在他們印象中，陳澈一直是個非常在乎正義公理的人，常常在課堂上跟老師激辯一些彼此相異的觀念，「除了我認為每個人都有公平受審的機會外，大家難道不想知道為什麼劉維志或在他之前的那些殺人犯，甚至是無差別殺人的兇手，為什麼他們會做這些事？大家都不想知道嗎？都不想知道為什麼他們會變成一個這麼可怕的人嗎？」

「難道劉維志跟你說了？」一位同學驚訝地問道。

陳澈搖搖頭，「很遺憾，還沒有。」

胡士英冷笑一聲，「那不就是在講廢話嗎？」

「這不是廢話，我相信繼續跟他建立信任關係，我們就有機會找到答案，就有機會知道為什麼他會做下這樣殘忍的案子，是不是他成長過程中發生了什麼事情？想要這個社會改變，我們就應該要去了解這些事情背後的原因，不是簡單判個死刑，然後某個早上或傍晚，突然拉出去槍決就可以了事了。並不是所有人都那麼幸運可以成長在幸福的家庭，有些人一出生就是在一個弱勢或是混亂的家庭，他沒有機會知道什麼叫做普通跟正常，這是整個社會的責任，不是他自己一個人的。」

「我聽你在放屁，他有病不正常跟我有什麼關係？你不要在這裡鬼話連篇，一命償一命，這是千古不變的，這才是真道理，其他的都是鬼扯，廢死？哼，家裡有人死了再來說。」

「你又說這個了。」跟胡士英比較有往來的同學連忙制止他，其他人只是搖搖頭不想繼續搭理他，大家草草吃完鍋物結束了這場同學會，怕他又繼續在這個話題上糾纏下去，更怕他酒越喝越多真的鬧起來。

時序已經進入冬天，冷冷的夜裡吃完暖暖的鍋本該是舒服的夜晚，然而剛才胡士英這樣一折騰，不免削減了大家的興致。

「我知道你辛苦，但你做的事情是對的，要堅持下去啊。」葉敏華牽著丈夫的手，陪陳澈走去開車。

陳澈點點頭，「我知道，沒什麼，這種話聽多了。」低頭看看她被長外套遮住的肚子，「剛才人多沒問，妳應該不是胖了，對吧？」

葉敏華跟李桐都笑了，「是啊，四個月了。」

「恭喜！」陳澈拍拍葉敏華的手臂，也跟李桐握手，「恭喜啊。」

「謝謝。」李桐笑著說道。

「我要當乾爹啊。」陳澈突然這樣說，倒讓李桐有點意外。

「好啊，一定，你到時候要備份大禮，這孩子將來如果要當律師就靠你了啊。」葉敏華大笑著說道，「真的是要大禮才可以喔！」

「那就這樣說定了！」陳澈眼睛一亮，滿是笑意，但嘴角的笑容卻難掩滄桑，走到他的黑色休旅車旁，「你們今天沒開車嗎？」

「沒，知道會喝酒，所以坐車來的。」李桐說道。

「來吧，那我送你們回去。」

「不用了，不順路，你早點回去休息吧，我們坐計程車回去。」

「不行，我要送我的乾兒子或乾女兒回家，不是送你們倆，你們是因為肚子裡的珍寶才能搭便車。」陳澈這樣說，兩夫妻倒不好拒絕了，就讓他繞了點遠路送他們回到木柵，一路上李桐只是安靜地聽著他們倆縈繞在修復式正義的對話。

半小時後，兩夫妻堅持陳澈在巷口讓他們下車散步回去，不用繞來繞去。儘管剛過晚飯時間，這靜謐的小巷弄已經宛若深夜，街燈雖然明亮，但仍然有著一股蕭瑟的冬夜氣息。

「剛才我跟陳澈的對話，讓你很無聊吧？」

李桐搖搖頭，「是個很深入的話題，只是我還沒有想好自己的立場，所以沒辦法搭話。」

葉敏華勾著他的臂彎，仰頭看著他的側面，「你贊成胡士英嗎？」

李桐再次搖頭，「我不可能贊同他的話，特別是那種希望支持廢死的人家裡也死人這種論點，我完全沒辦法接受。」他想了想，「我認為國家不能殺人，但是我還沒想清楚，如果是我們遭遇了類似的事情，我真的可以接受嗎？我會怎麼看待兇手？他該受到怎樣的刑責？我還沒想清楚這點。」

葉敏華點點頭，「不過，你看台灣的獄政品質之差的，那麼多人擠一間舍房，洗澡各方面都那麼差，無期徒刑對於他們來說，才是真正的刑罰吧。」

李桐點點頭，「是啊，那樣的環境，罪犯出獄之後還是很難改變吧？」

「嗯嗯，台灣真正需要改變的還有監獄啊。」

「不過，接受公平的審判我是完全贊成的。」李桐又說。

葉敏華點頭如搗蒜似的，「是啊，這是每個人都應該有的基本人權。」

「但是陳澈應該受了不少壓力吧，看今晚就知道了。」

葉敏華嘆口氣，「是啊，子惠帶著孩子離開他了。」

李桐停下腳步，驚訝地看著她，「所以今晚才沒來的嗎？」兩家人常常一起吃飯，但這一年他自己工作很忙，現在才想起來好像已經好一段時間沒有兩家人單獨出來吃飯了，「是因為他都幫有爭議性的人辯護嗎？」

葉敏華點點頭，「被罵多了，子惠也被波及，有人打電話到家裡鬧，也有人寄恐嚇信，她受不了就帶著女兒走了，也是怕才兩三歲的女兒發生事情，幾個月前剛辦完離婚。」牽住丈夫的手繼續往前走。

李桐嘆了口氣，「堅持立場是需要勇氣的。」握著妻子冰冷的手放進他的大衣口袋，

「冷嗎？手好冰。」

「沒事，我一到冬天手總是冰冰的，你知道的。」葉敏華不想他又繼續為自己擔心，趕緊轉移話題，「你手上的宣傳案還順利嗎？最近都加班加得好晚喔。」

「快了吧，下週跟老總提案，如果沒問題就可以開始執行了。」

「你好久沒加班成這樣了。」

李桐點點頭，「因為上次老石那邊出了點問題，所以這次老總才會盯得這麼緊。」

「老石？嚴重嗎？」葉敏華問道，丈夫口中的老石當年算是他在這個廣告部門的師傅，只是對工作有時候不是很上心，李桐進來這家集團不到三年就升為主管，當時還擔心過一陣子怕老石心裡會有芥蒂，只是老石似乎也不求升官，只想安然退休，對於競爭激烈的廣告部門來說，李桐也不懂為何老石會選擇這個行業。

李桐嘆了口氣，「有點。」

葉敏華抬頭看了一眼蹙眉的丈夫，李桐拍拍她的臉，「沒事，大家都會幫忙處理的。」說完看看老婆的小肚皮問道，「產檢是下週三對吧？」

「是啊，下週三下午。」

「那中午我先接妳去用餐，然後我們再去產檢。」

「不用啦，頭兩個月很想吐，現在已經四個月了，害喜的情況好多了，你不用特意請假，」想到因為老石衍生出來一些問題，葉敏華不想增加丈夫的負擔，「大家加班加成這樣，你不要特意為了我請假，況且剛才不是說老總盯很緊。」

「沒什麼，總是會有需要請假的時候，這點事情妳不用擔心。」

葉敏華摸著自己的肚子，堅強而溫柔地笑著，「這是我們努力了好久才有的小孩，我會小心保護他的，你不要擔心，我真的可以自己去。」

「不，妳才是最重要的，妳最需要保護的是妳自己，」李桐停下腳步牽著她的手，堅定地看著妻子，「我一直覺得自從懷孕之後，妳的壓力太大了，所以前幾天才會做了那麼可怕的噩夢。」

即便已經過了幾天，葉敏華想起那個噩夢，彷彿還可以感受到那把匕首一刀一刀刺進她身體的冰冷感覺，不禁瑟縮了一下。

「敏敏，妳應該知道，其實有沒有孩子對我一點都不重要，重要的是我們兩個要快樂平安地白頭到老。」

葉敏華連忙捂著他的嘴不讓他說下去，「噓！寶寶都很小氣的，不能被他聽到你說這些話，他會以為我們不愛他。」

李桐苦笑著攬住她的肩繼續往前走，他們結婚六年一直不孕，原本他覺得沒有小孩也沒關係，兩個人還是可以好好地過日子，還經常勸慰妻子兩個人的生活也很自由，可以每年去旅行或做點彼此想要做的事情，不想葉敏華一直在這件事情上面憂慮，況且自己的父母很開明也不介意這件事。但是來自單親家庭的葉敏華渴望有個孩子，要給孩子自己過往一直渴望的完整小家庭，李桐還曾經笑過她身為社工，竟然還會迷思「完整小家庭」這種事情。然而由於深愛著妻子，想要滿足她的願望，因此努力了兩年，葉敏華捱了不少治療不孕症的苦，終於懷孕成功，也順利地度過最危險的前三個月，開心地準備著幾個月後孩子加入他們的生活。

「會的，我們都會愛他的，我們的孩子不會小氣的，總之，下週三我想也已經提案結束了，我可以陪妳去產檢。」

「真的沒關係，媽媽會陪我去。」

李桐沉吟了一下，儘管他也知道在部門人仰馬翻的時刻裡，自己身為副理的確是不應該在這時候請假的，但是在他們結婚的時候，他就對妻子跟自己承諾過，不論發生什麼事情，他都要陪在妻子身邊一起面對，他也知道葉敏華嘴巴上這樣說，但每次要去產檢前她總是會緊張到睡不著，「下週再說吧，我會看著辦的，倒是媽媽答應搬來跟我們一起住了嗎？」

葉楓高中時認識了葉敏華的爸爸，兩個人偷嚐禁果不小心懷了孕，在那樣的年紀就算再怎樣熱烈的愛情，遇到這般現實的問題也禁不起太多的考驗，男方不想生小孩，就這樣棄她於不顧，甚至轉學了事不想有所糾纏，葉楓不顧父母親的反對，堅持要將孩子生下來，為了不要增加父母的負擔，葉楓放棄學業開始出去工作賺錢，一直到臨盆了才停止工作。葉敏華出生到三歲間，白天託給娘家照顧，自己去上班，收入穩定後改白天給褓姆帶，就這樣把女兒撫養長大，上了大學，念了碩士，找到一個疼愛她的丈夫，才讓葉楓放下了心頭大石。

結婚後，葉敏華徵詢過李桐會不會介意把一直單身的母親接來同住，她總覺得母親含辛茹苦養大自己，現在她過得很幸福，卻讓母親孤單一人，心裡一直很掛懷，李桐從跟葉敏華交往開始就知道兩母女感情親密，也不反對跟岳母同住，只是葉楓一直以不要打擾他們小倆口的生活婉拒了這份好意。

「本想說這次可以用我懷孕了的理由把她拐來，誰知道她還是說等我懷孕後期，她再搬來煮飯給我吃。」

「由著她吧，過陣子再跟她提，總有一天會答應的，妳先好好照顧自己跟小寶寶，每天要注意自己的飲食，營養要足夠，不能再跟同事亂吃東西了。」

「好啦，知道了，」葉敏華轉頭看著比她高大許多的丈夫撒嬌說著，「你跟我媽一樣囉唆。」

「我要不關心妳，妳就該擔心了吧？」

「你敢?!」葉敏華發嗔地說著。

李桐笑著舉雙手投降，接著又伸手攬住她的肩膀，摟著她轉進住家一樓大門。

聽著葉敏華銀鈴般的笑聲，不斷下降的氣溫藉著微開的車窗瀰漫進冰冷的黑色休旅車裡，他拉起自己的外套拉鍊，壓低棒球帽簷，靜靜地看著這對夫妻狀似親暱地走進大樓跟駐守的管理員打招呼，接著轉進他無法再看見的電梯廳裡。他繼續坐在車子裡，三分鐘後，看著六樓某扇窗戶亮起了燈才發動引擎關上半掩的車窗，將車子滑出停車格，駛進人車不多的小巷路面，引擎低沉得像鬼魅一般絲毫無法引人注意。

＊　　＊　　＊

「因為沒工作，所以就脾氣比較大，我們也都習慣了，只要小心點不要惹他生氣就好了。」秀枝低著頭小聲地說道。

葉敏華跟同事王如對看一眼，秀枝臉上有著明顯的瘀痕，秀枝抬頭看見她們的眼光正落在自己烏青的黑眼圈上，迅速地低下頭囁嚅地說著，「前天晚上是因為他喝醉酒，我又跟他頂嘴，他才會動手，他已經很久沒有打我了。」

「這次他也打了家信是嗎？」葉敏華問道，陳家是他們長期服務的家庭，一開始會被轉介是因為秀枝的兒子家信被學校輔導老師發現他身上有傷痕，葉敏華的單位接手開案服務。秀枝的丈夫陳文河工作一直不穩定，家裡的經濟常常是靠著秀枝在餐廳當服務生的薪水勉強支撐，有時候秀枝回家累了，語氣稍微不耐煩些，陳文河就會自以為是地認為秀枝因為賺錢維持這個家庭而在他面前耀武揚威，偶爾鄰里間也會閒言他是吃軟飯的傢伙，加上長期使用酒精的問題導致他經常對妻子拳打腳踢。介入服務這兩、三年來，使用暴力的情況的確已經減少，從密集關懷到現在可以稍微降低家訪的頻率，只不過昨天家信的輔導老師告知孩子臉上有瘀痕，葉敏華跟王如早上去學校與家信會談之後便緊接著來陳家，女主人打開門的一瞬間，兩位社工看在眼裡，心裡也有了譜。

秀枝沉默許久，臉上明顯的瘀痕讓她這幾天無法去上班，心裡知道這樣一請假，下個月家裡的開支會不夠，又是一場可預期的風暴，她長長地嘆了一口氣，「家信是因為他爸爸那天打我，他想要擋，想要保護我，我老公生氣地推開他，他去撞到牆壁才會這樣，也不是真的打他啦。」

「秀枝，我們……」葉敏華剛開口就被喝斥的聲音打斷。

「妳們又跑來幹嘛?!」陳文河一開門進來就看到兩個令人厭惡的社工坐在他家客廳，立刻生氣地衝上前來。

葉敏華跟王如迅速站起身來後退了兩步，秀枝也跳起來拉著老公的手臂緊張地安撫他，「沒事啦，社工小姐來告訴我們有什麼補助可以領啦，沒事啦。」

「可憐我們是不是?!」

陳文河渾身的酒氣連站在兩步以外的葉敏華都清楚地聞到，一目了然的泛紅臉頰跟不經思考的言語，她知道此刻不需要再多溝通，「陳先生，你知道不是這樣的，只是有一些對家信有利的課程也想要讓你們知道而已。」

「出去出去，我們不需要！妳們就是一心一意想要抓住我的把柄，把家信送去給別人養，妳們以為我不知道。」

「不是這樣啦，社工小姐沒有說過這種話啦。」秀枝緊張地一直對兩位社工師使眼色，希望她們趕快離開。

「陳先生，你真的誤會了，我們⋯⋯」

陳文河甩開老婆，一把跩住葉敏華的手臂拖著她往外拉，「不用廢話，快點滾出我家，不要再來了！」

葉敏華冷不防被這樣一拖，一個踉蹌差點摔倒，王如趕緊扶住她想要推開陳文河的手，情急之下脫口而出，「陳先生你放手！葉社工現在懷孕了，你不要這樣拖著她，快放手！」

陳文河一個回身，低頭看著葉敏華穿著長外套無法辨識是否懷孕的腹部，手指仍然緊緊地扣住她的手臂，捏得她好痛，但是葉敏華忍著沒有喊痛，只是冷靜地看著對方好言相勸，「陳先生，請你放手，你真的誤會我們的來意了。」

「快放手，快放手啦！」秀枝一聽說社工小姐有孕在身，緊張地衝過來扳開老公的手指，唯恐事情越演越烈。

帶著醉意的陳文河終於放開手，秀枝連忙拉著葉敏華往外走，「葉社工，對不起，他喝醉了，對不起。」

「沒關係，」葉敏華來到門外，忍著沒有去摸剛才被抓痛的地方，只是看著快要哭出來的秀枝，「沒事的，倒是妳現在自己跟他在家安全嗎？要不要找個理由出去一下比較好？」她低聲說道。

「妳要積陰德啦，自己都有孩子了，還成天要破壞別人的家庭，妳要積陰德啦，不然會報應在妳身上啦，生的小孩沒屁眼啦。」陳文河已經坐倒在沙發上，口齒不清又震天響的嗓門傳到門口。

「不會啦，沒事啦，謝謝葉社工跟王社工，不要跟他生氣，他喝醉了，胡言亂語，對不起。」

「有什麼事情妳要趕快通知我們，妳等一下別跟他吵架，不要又去激怒他。」葉敏華佯裝沒有聽到陳文河的詛咒。

秀枝猛點頭，「我知道，妳們不要擔心，妳們快點回去，再見再見。」說罷就轉身進屋把門給關上。

葉敏華對著關上的門感到深切的無奈，她們無言地站在門口好一會兒，確認裡面沒有再傳來爭執的聲音，可能陳文河已經昏睡了，兩人才並肩走下樓梯，王如伸手想要扶著葉敏華的手臂，擔心她剛才受了驚嚇，沒想到才一碰到她的手臂，葉敏華就瑟縮了一下。

「怎麼了？」王如看見葉敏華按著剛才被抓痛的地方，「妳被抓傷了嗎？」

葉敏華拉高外套跟襯衫的袖子，才一下子的時間，手臂上就有了明顯的紅色斑點與瘀痕。

「天啊！」王如驚訝地說著，「他的手勁好大，要不要去醫院看一下？」

葉敏華自己也很意外剛才那一下竟會如此嚴重，「不用了，沒事，我本來就蠻容易瘀青的，而且明天我要去產檢，到時候再順便看就好了，我們走吧。」她放下袖子，繞到王如的另一邊，用沒有受傷的手勾住同事的手臂一起緩步下樓。

上車之後，葉敏華坐在副駕座沉默不語，半晌突然掉下淚來，開著車子的王如轉頭看了她一眼，「妳還好吧？手很痛嗎？」

葉敏華自己笑了出來，伸手抽了一張衛生紙拭去淚水，「懷孕之後變得很多愁善感，真沒用。」她摸摸自己的小肚子，懷孕過了四個月之後，她的肚子益發地明顯了。

「妳該不會是擔心陳文河剛才的胡言亂語吧？」

葉敏華搖搖頭，「我哪會在意那些話，我們知道自己不是這樣子做事的。」

「那是怎麼了？」

「陳文河只是這樣隨便一抓，我的手就變成這樣，這就是家信跟他媽媽經常面對的狀況，平時我們都只是旁觀者，再怎樣都不會痛在我們身上，可是剛才，」她嘆了長長的一口氣，「家信臉上的瘀痕哪裡會是撞到牆壁造成的呢？我們要再想想怎樣可以幫助陳文河脫離酒精的濫用問題，他的情況如果可以轉好，家信跟他媽媽的問題就會解決一大半了。」

「嗯，回去之後，大家再來開會討論一下。」王如瞥見葉敏華的手不停地摸著剛才被抓傷的地方，「真的不要先去看一下醫生嗎？」

「不用了。」葉敏華突然想起什麼似地轉頭看著王如，「妳千萬不要多嘴跟李桐講這件事。」

「拜託，他最近不是都加班忙到不能來接妳下班嗎？我哪有什麼機會跟他打小報告？況且我們又不能把案家的事情到處說啊，妳自己晚上小心不要被他看見才是真的，到時候他LINE我問這件事，我可沒辦法說謊啊。」

「這倒是。」經王如這一提醒，她也真的開始擔心晚上要小心別被丈夫發現，想著想著，右手又下意識地撫摸一直發疼的左手手臂。

* * *

這個晚上，葉敏華早早就洗了澡換好長袖睡衣，她一直都不喜歡帶著濕氣地穿上衣服，不論冬夏，平日裡總是會從浴室洗完澡包著浴巾走回臥室穿衣服，為了怕加班的李桐突然回來撞見她手上明顯黑了一圈的瘀痕，趕緊洗好澡換上衣服，因此當李桐回來時，她正安然地坐在客廳看著電視。

「吃飯了嗎？」李桐將筆電背包放在餐桌椅子上，走到客廳俯身親了一下她的臉頰問道，「嗯，好香。」

葉敏華抬頭對他燦然一笑，她喜歡丈夫總是熱情地呵護她，即便已經結婚六年了，兩人之間的感情熱度並沒有減退，「吃了。」

「乖。」李桐笑著站直身子，「我先去洗澡。」

「好。」葉敏華抬頭看著丈夫高大的背影，「媽媽有打電話給你嗎？」

「有，一定是妳逼媽媽打電話來讓我放心的。」李桐帶著笑意的聲音從臥室傳來。

「哪有。」葉敏華嘴上這樣講著，但臉上有掩不住的笑意。

十分鐘後，李桐帶著濕濕的頭髮回到客廳坐在妻子身邊，「媽媽說明天會陪妳去產檢，交代我不要請假。」

「是啊，你就不要擔心了，媽媽會陪我去的。」葉敏華起身走去臥室拿了條浴巾回來，「你看，你常喊著頭痛，可是每天洗頭都不擦乾也不吹乾，實在是不聽話，以後小孩學你怎麼辦？」

李桐笑著接過浴巾擦著自己濕漉漉的頭髮，「那妳就像這樣每天拿浴巾給他啊。」

「吼，你是故意的！」葉敏華看著丈夫充滿笑意的眼神才恍然大悟，「你是故意每天要我注意到你頭髮沒擦乾，然後去拿浴巾給你！」李桐只是仰頭大笑，「我們在一起這麼久了，妳到現在才發現也真夠遲鈍的。」

「吼！」葉敏華頂了一下他的腰，讓他躲了一下，剛笑著攬住妻子就聽到自己放在臥室的手機響了，立刻起身走進臥室，知道這時間打來的都是公事。

看著丈夫的背影，葉敏華過去一直沒想到這是他在撒嬌，從交往到結婚將近十年的時間，李桐長她五歲，成熟穩重，一直都是細心呵護著自己，好像所有事情都安排得妥妥貼貼，因為學的是廣告，常常有些奇妙巧思，但從沒有注意到婚後這六年，為何每天都是自己看到他又不擦乾頭髮跑去拿浴巾給他之後，他就會乖乖把頭髮擦乾是一種對她撒嬌的方式，還一直嘮叨他有頭痛的老毛病又不懂得照顧自己。

過了幾分鐘，葉敏華覺得臥室好安靜，連低低的講話聲也沒了，起身走進房間看見丈夫靠在窗邊，手機顯然還在通話中，但他只是聽著沒有出聲。走近他身邊，藉著窗外透進來的微弱光線看見他雙眉緊蹙，浴巾掛在他的肩上，頭髮還是濕的，用嘴型問他，「怎麼了？」

李桐搖搖頭，伸出食指點了一下自己的嘴唇示意她不要出聲，只是單手把她攬進懷裡。兩夫妻常這樣擁抱著，貼近他的胸口聽見略為急促的心跳聲，跟丈夫平日裡平穩而緩慢令人安心的跳動聲不同，猜測電話裡是不好的事情。

「我覺得是不是先別做這樣的決定，明天我進公司弄清楚這件事後，再跟您報告，讓大家都有點思考的時間？」李桐不疾不徐地說著。

「事到如今你還要保他？」電話那頭傳來壓抑著怒氣的嗓音，「上次他惹的事情已經夠大了，公司這次還要花大錢做宣傳彌補他犯的錯，結果呢？他這兩天到底有沒有提腦子來上班？今晚打電話給你，是要提醒你，這件事必須要處理。」

「我知道。」李桐低沉的聲音簡短地回應著，他當然知道林世傑身為集團總經理日理萬機還紆尊降貴打電話給部屬，要不是干涉過多就是事態嚴重，儘管因為工作的緣故，他經常要直接面對總經理，但是晚上打電話來還是少見，特別是跳過部門經理 Peter 直接打電話給他，加上林世傑並不是一個霸道獨斷的人，這通電話的確讓人備感壓力。

電話那頭沉默了幾秒，林世傑的聲音多了一些溫度，「李桐，你也應該知道最近你們 Peter 要調派到分公司去。」

「我知道。」此時此刻聽見這段話對李桐來說壓力更大。

「董事會對你的表現一直很滿意，我個人也屬意由你來升任經理，你的能力有目共睹，儘管有董事推薦外面知名廣告人來擔任經理，但是我希望由內部升遷，是對大家的鼓勵，也減少彼此的適應期，你現在手底下管了五個人，等你升為經理管理整個部門十來人，你必須要有所取捨。」

「我了解您的意思。」

「我懷疑你真的了解我的意思，」電話那頭嘆口氣，「我在董事會也是有壓力的。」

李桐愣了愣，因為一直沉穩的總經理從未在大家面前顯露出絲毫無助的態度，一時之間無法回應他的話語。

「對於集團內部自己成立廣告部門，高薪聘用多位廣告人，包含你在內，我這樣的做法並不是得到全數董事們的支持。」

李桐只是靜靜地聽著，沒有回話，此刻也難以回應，林世傑是專業經理人，並不像董事會裡大多數成員都是老董事長的家族成員，在這樣的情況下，他面對的壓力自然不小，部屬接連犯錯，想必他在董事會裡也不好過。

「儘管董事會對你的表現滿意，但是對於一切看數字的董事會來說，到底是不是有必要在公司內部養廣告部門意見不一，」林世傑知道此刻沉默的廣告部副理的個性，也知道他很有才華，比起經理 Peter 是個更有溫度的人，他的組員向心力強，重情重義可能是他的優點，卻也是他最讓人擔心的缺點，「在這樣的處境下，我們必須要確保廣告部門能帶給公司最大的效益，才能繼續保住廣告部，這是我打電話來要告訴你的最重要的事。」

「我知道，對董事會而言，再多的效益也抵不上犯錯帶來的損失。」李桐終於又開口回應，壓力隨著林世傑的話語逐句增加。

林世傑嘆口氣，「明天談完之後來見我。」

「好，」李桐猶豫了一下問道，「但是這件事跳過 Peter 適當嗎？」

「他馬上就要外派了，這件事就你來處理吧。」

「好。」

總經理掛斷電話後，李桐疲憊地把手機放回床頭櫃，鬆開擁著的妻子，坐在床緣拿起浴巾擦拭頭髮，坐在一旁的葉敏華看著丈夫，知道他心情不好，跪坐到他的背後，接過浴巾幫他擦頭髮，可是這樣抬手的動作其實讓她下午受傷的手臂疼痛不已。

擦拭了一會兒，李桐握住她的手讓她別忙了，「別跪著，對關節不好。」拿過浴巾，扶著她坐到自己身邊，「謝謝妳，我沒事。」

葉敏華伸手揉開他不自覺皺著的眉頭，「還說沒事。」

李桐握著她的手，「老總要我明天處理一下老石的問題。」說完這句就停了下來，臉上是掩不住的歉疚與猶豫，計畫永遠趕不上變化，提案過了，沒想到開始執行計畫，石大智卻又出了簍子。

葉敏華知道他在想什麼，「你別擔心我，今天媽媽不是打電話給你了嗎？明天她會陪我去產檢，你好好安心去上班，不要為我分心，四個月的產檢沒什麼需要陪的啦。」

李桐看著她，眼裡是滿滿的疼惜，「對不起。」

「你幹嘛說對不起啊？工作要緊。」她撥撥丈夫幾乎已經擦乾的頭髮，「我剛才切了水果，我們出去吃點吧？」

李桐點點頭，牽著她的手走回客廳，摟著她並肩坐在沙發上，「記得要跟張院長說妳做惡夢。」

「好，你交代過了啦。」葉敏華撒嬌地依著他說道。

「今天去家訪順利嗎？跟王如一起去的嗎？」

「是啊，我們一起去的。」

「一切都好嗎？」李桐問道，相識結婚多年，直到這一、兩年他才勉強可以不多問，過去這幾年來，葉敏華的工作是他們夫妻之間唯一會起爭執的部分。對於他來說，不了解為何妻子總是不能說她的工作內容，自己並不是個多話的人，也不可能把案家的事情到處說，知道妻子擔任家庭社工，專門輔導高風險家庭，動輒面對家暴議題，怎麼可能不擔心她的安危？在這件事上頭，他也曾經深深地覺得不被妻子所信任而受傷。

葉敏華無奈地搖搖頭，因為專業倫理的限制，即便是夫妻，她也不能把案家的身份跟事情告知丈夫，然而，為了讓丈夫安心，這兩年她學會調整自己的態度，用最簡單的資訊讓對方知道自己的行蹤以及正在負責的大概是怎樣的家庭案件，她很清楚丈夫並不八卦，那些引發衝突的爭論都只是源自於他對自己的擔心，在經過幾度的劇烈爭執後，她終於也學會必須在工作與夫妻關係間找到折衝點，「不怎麼好，那位爸爸最近好像喝酒又更嚴重了，昨天學校通知我孩子臉上有瘀痕，我今天去學校跟孩子談過，下午去案家，那位媽媽臉上也有瘀痕。」說著又嘆了口長長的氣。

「這種樣子會被安置嗎？」李桐問道，他是唸廣告行銷的，對於社會工作完全門外漢，儘管有位社工師太太，自己唸廣告時也修過一些心理學，但是對於社工領域他的了解還是不多，也因此在過去幾回的劇烈爭執後，他試著理解兩人工作性質的巨大差異，盡力按耐住自己的焦慮。

「我們現在不會隨便啟動安置，需要經過評估，其實對於許多孩子來說，家裡還是最好的地方，除非孩子有受虐的風險，家庭完全沒有功能了，不然還是以輔導為主，只是現在那位丈夫好像狀況又不好了，我們得要有新的處遇方案才行，要保護這個家庭的安全。」

「你們的工作真的好辛苦，安置被罵，不安置出了事情也被罵。」

葉敏華想起今天陳文河最後的威脅，再次嘆了口氣。

「怎麼了？」李桐注意到妻子今天也嘆了好幾次氣，「很棘手？」

葉敏華依偎在他的懷裡，聽著丈夫又恢復平穩的心跳聲，「一直都很棘手，有時候家庭內部不想改變就會很棘手。」

「他們不想改變嗎？」李桐無法理解，為何會有人要一直處在這樣高壓而弱勢的家庭裡卻不想改變。

「大部分的人都不知道自己可以改變吧，」葉敏華悠悠地說著，「很多人陷在各種不同的困境之中，以為那是命運無法撼動，會認命，相信這輩子忍耐一下，還一還，下輩子就不會這麼辛苦了。」

「所以你們才辛苦啊，拉不動他們。」

「我們只是希望可以幫上忙，推一把，讓他們走好自己的人生，大家如果聽到類似的案例都只會說孩子跟母親很辛苦，但其實那個爸爸也辛苦。」說著又嘆了口氣。

「那位爸爸？」李桐不解。

「會有成癮行為往往都是因為他們有一些不快樂或痛苦的事情，想要藉由酒精跟藥物來麻醉自己，因為使用了那些物質會感到快樂，所以我們應該關心的是什麼事情讓他們不快樂，而不是一直指責他們使用酒精或是藥物，遺憾的是台灣還沒有進步到這樣的觀念。」說完又長長嘆了口氣。

「妳這樣一直嘆氣，孩子將來一定是個苦瓜臉，媽媽沒有告訴妳嗎？」李桐笑著說道，知道妻子的工作勞心勞力，用力地摟了她一下想要安慰她，沒想到她卻突然哀叫了一聲，李桐連忙鬆開她，低頭看見她抱著自己的手臂，「怎麼了？」

葉敏華慌張地把手放下，不想讓丈夫發現他剛才正好摟在瘀青的地方，「沒什麼，剛才有點抽筋。」

「抽筋？哪裡抽筋？腳嗎？」李桐彎下身子按摩她的腳，「這裡嗎？」

葉敏華把腳縮回來，「不用按摩，已經好了，剛才只是一下子而已。」

李桐狐疑地看著妻子，剛才那聲慘叫可不像是小抽筋，「是嗎？」

「沒有啦，你很多疑耶。」葉敏華下意識地把受傷的手臂往後藏，這個小動作卻引起了丈夫的注意。

「妳的手怎麼了嗎？」

「沒事啊。」

李桐睨著她的手臂，伸手拉開了她的袖子，赫然發現一大片的烏青，整個人跳了起來，「這是怎麼回事？」

葉敏華收回自己的手臂放下袖子，心虛地安撫他，「沒事，我今天不小心撞到。」

李桐再次拉開她的袖子，看著那明顯一圈的傷痕，「這怎麼會是撞的？」他看著妻子心虛的眼神，知道每次如果工作上出了什麼意外不想讓他知道，葉敏華就會出現這種難以掩飾的神情，他按耐住焦慮，知道自己越著急，妻子就越不會說實話怕他擔心，他深吸了一口氣才又開口，「妳今天去那個家庭發生什麼事情了嗎？」

葉敏華看見丈夫從震驚到強自冷靜下來的神情，知道自己瞞不過去了，只能坦承發生的事情，只是她越說，李桐的臉色越是鐵青，「那個爸爸只是喝醉了，以為我要把孩子帶走才會這樣生氣，說清楚就沒事了，他不是故意的，是因為喝了酒。」說到後來自己也越來越小聲。

李桐沒有說什麼，只是起身走進臥室拿一條乾淨的毛巾，包著從冰箱取出的冰敷袋走回來幫她冰敷。

「我有照顧好寶寶，你不要擔心，王如跟那位媽媽也都在旁邊保護我。」

「妳到底?!」李桐臉色一凜，衝口而出的語氣很重，實在是被妻子氣壞了，強自壓抑的憤怒與心疼瞬間躍上眼底，但是看到她被自己嚇到的瑟縮眼神，再次按耐下心中那股怒氣，知道她今天下午一定也受到不小的驚嚇，回來還要瞞著不讓他發現，而不是撒嬌訴苦也讓人不捨，「我要的是妳照顧好自己，保護好妳自己，不是寶寶，也不是別人，在我心裡妳才是最重要的，不是寶寶，不是其他人！」李桐抬起頭直直地盯著她，神情凝重地說著，那認真的神情與壓抑的語氣讓葉敏華心頭一緊，他已經多次講過這句話了。

「我會，我知道。」葉敏華伸手擁抱著丈夫，即便一起坐在沙發上，她還是得要抬高身子才有辦法攬著他的肩膀，將臉埋進他的頸項。

李桐擁抱著她，「我知道妳喜歡這份工作，也很想為弱勢家庭做事，但是今天如果那個男人不只踫著妳的手呢？如果正因為他喝醉了，用力推妳或是做了其他事情呢？」

「不會的，每次都有人在旁邊，不是只有我自己啊，你不要擔心。」

「妳今天都受傷了，叫我怎樣不擔心？」

過去幾次的嚴重爭執也都肇因於像這樣的受傷意外，曾經在一次大爭吵後，葉敏華以為兩人會走向離婚一途，然而，冷戰了兩天，李桐卻告訴她，三次的衝突已經是極限，他不想爭執到相愛的兩人最後走上淚眼收場，因此，李桐讓步了，他只要求妻子必須要盡力照顧好自己，他也答應不會再一直追問。

葉敏華緊緊地擁抱著丈夫，抬起頭親吻著他開始冒出鬍渣的下巴跟臉頰，「我會照顧好自己的。」當年李桐雖然讓步了，但她總是可以感覺到丈夫的憂慮，知道自己要求丈夫全然的信任與完全不能問工作內容實在太過嚴苛而調整了自已的腳步，釋出一些可以讓他安心的資訊，那是她第一次真正感受到夫妻之間的磨合，但她一直感謝有這樣的衝突與調整，因為她知道那是彼此的愛。

李桐凝視著她好一會兒，每次只要她工作上出了讓他憂心的事情並且東窗事發，就會用這種撒嬌的方式來安撫自己，明知道如此，他仍然每次都會忍不住地屈服在她的柔情攻勢之下。儘管不忍心她受到這樣的傷害，但是他答應過會讓妻子去做自己熱愛的工作，不會因為這份工作具危險性而限制她，只能自己一直暗暗地擔憂。看著她開始迷離的雙眼，低頭吻著她的雙唇，半晌之後，依戀不捨地放開妻子，捧著她因為興奮而泛紅的臉頰，「答應我，一定要保護好妳自己。」

葉敏華點點頭，仰起頭再次親吻她深愛的丈夫，溫暖的雙唇引燃了彼此的熱情，李桐看著她，低聲問道，「今晚可以嗎？」

葉敏華紅著臉，眼中泛著渴望地點頭，李桐笑著一把抱起了她走回臥室，將她溫柔地放在床上，俯下身子繼續熱情地吸吮著她飽滿的雙唇，一邊伸手解開了妻子的睡衣，眼神炙熱地流連在她單薄的胴體，他溫暖的手心滑過妻子原本平坦的小腹，好難想像裡面正睡著他們的孩子，他低下頭親吻著微凸的小腹，一手握著妻子因為懷孕而豐滿的胸部，僅僅是指尖的撥弄便讓妻子嬌喘不已，一邊親吻戲弄著她現在極度敏感的乳尖，一邊再次詢問著，「今天真的可以嗎？」

葉敏華沒有回應只是緊緊地握住了丈夫的手，引領他撫摸自己發熱的身體，得到這個明確訊息的李桐脫去衣服，幫助妻子轉換一個不會危及胎兒的姿勢，按耐著飢渴的熱情，溫柔地滿足了妻子與自己這四個月來一直壓抑的慾望。

「妳覺得還好嗎？有任何不舒服嗎？」李桐側撐著身子，低頭看著已經窩進他懷中香汗淋漓的妻子。

「沒有，我很好，你不要擔心，張院長也說這沒關係，最危險的前三個月已經過去了，你不要這麼擔心。」葉敏華放鬆地依偎著他。

李桐凝視著她，確認她看起來沒有不適的時候又瞥見了那一圈的烏青，長嘆了一口氣，「妳叫我怎麼能不擔心？」

「沒事的，」葉敏華抬手環著丈夫肩膀，將臉埋在他的頸項間，「很快就好了。」

李桐沒有再說什麼，只是擁著她，拉起被子為她蓋好，「妳一切都要平安，知道嗎？」

「知道了，囉唆的老頭。」葉敏華嬌嗔地說著，有時候不免覺得丈夫的嘮叨近乎老年人的囉唆了。

第二章

東區精華地段裡坐落著玻璃帷幕的氣派大樓，外牆高高地綴飾著集團標誌，位於第二十五層樓的廣告部會議室裡，李桐與師傅老石沉默對坐著。

「如果是老總叫你來開除我，直說就好了，不用覺得難開口。」長李桐快二十歲的石大智率先打破沉默說道。

看著石大智狀似瀟脫的態度，李桐總覺得有些事情是自己錯過的訊息，「師傅，你總得告訴我，你是不是發生了什麼事情？連續下錯廣告單跟錯過會議不是你會犯的錯誤。」

「跟你說過很多次了，不要叫我師傅，從你升副理成為我的頂頭上司，我就告訴你，不要叫我師傅，我已經沒有什麼可以教你的了，哪有叫下屬師傅的道理？」石大智的眼神看不出是真心還是無所謂，看著自己帶起來的後輩短短幾年間連續升遷，而自己不但原定踏步，現在還一直出狀況，知道自己的情況只會越來越差，許多事情也必須拋棄了，「你也不要再跳出來幫我揹黑鍋了，下個月你就是經理了，千萬不要再幹傻事了。」

李桐看著他，很難直接說出總經理的盤算，已經五十五歲的初老之數，這時候被解雇，哪裡還有地方可去？況且上次石大智下錯廣告單的事情早就傳遍業界，廣告界的老鳥犯下菜鳥都不見得會犯的錯誤，怎麼都說不過去，他自己也說不出個可以讓人接受的理由，上次是李桐收尾，在緊要關頭發現失誤抽回了廣告單，也讓媒體單位發了飆，突然廣告開了天窗，還好立刻補上其他廣告片填時段，在最快的時間內重下廣告，但仍然是重大過錯，上回便是李桐承擔了責任自忖疏忽，事後被總經理叫去訓斥了一頓，責他太重感情，將這個過錯揹在身上可能會影響他的升遷。

「上次你還是自己跑去跟總經理認錯了，我並沒有真的揹到黑鍋。」

「廢話，難道真讓後輩去承擔自己犯的錯嗎？這才真是丟人現眼。」石大智苦笑地說道。

「那這次是怎麼回事？」李桐問道，「你怎麼會沒有去簡報？」這一年廣告部開始把業務伸展出去，也向外接案，嘗試自給自足。

石大智一抹苦笑，「一閃神就忘了這件事，年紀大了吧。」

李桐狐疑地看著他，「師傅，家裡發生什麼事情了嗎？」

石大智搖搖頭。

「你跟師母還好嗎？」

石大智點點頭，不想繼續討論這個話題，「我其實已經有心理準備，打算要離職了，你就這樣跟老總說吧，大家都別擔心了，不會再給公司闖禍了。」說罷就起身打算離開會議室。

「等等！」李桐叫住了他，雖然近年不太積極表現，但總是在意這份收入的師傅主動要離職更讓李桐感到奇怪，剛要追問時，手機正好響起。

「小桐，我現在正在陪敏敏產檢，你今天就安心上班，不用請假了。」昨天晚上葉楓已經打過電話讓女婿不用請假，今天又打來讓他安心。

「謝謝媽，不好意思麻煩妳陪敏敏去了。」李桐看著正要開門出去的石大智，伸手拉住他的手臂。

「說這什麼傻話，敏敏是我女兒，我現在也沒甚麼特別的事情，小公司請個假比你容易，我陪她去自己也安心，你也不用忙。」

「謝謝媽。」

「產檢結束我會跟敏敏回家煮頓好吃的，你如果沒有加班就早點回來吃飯吧。」

「好。」掛電話前又想到連忙提醒岳母，「對了，敏敏手上的傷要記得請張院長檢查一下。」

「什麼傷？」葉楓困惑地瞥了一眼女兒。

「唉，讓她自己跟妳說吧。」李桐嘆口氣，也不想真的告狀。

「你不是今天要陪敏敏去產檢？」石大智看著掛掉電話後，臉上閃過一絲憂色的李桐問道。

「岳母陪她去了。」

「是因為要處理我這件事所以才沒去的？」

李桐猶豫了一下還是點了點頭。

「蠢！」石大智突然罵了他，「我這有什麼好處理的？竟然為了我這件鳥事，放了敏敏鴿子?!你們那麼辛苦才有了孩子，每次產檢都很重要，你竟然?哎！」石大智生氣地推門而出。

李桐愕然地看著他的背影，以前從不覺得石大智會這麼在意家庭的事情，『到底發生了什麼事？』

「怎麼了？」張簡靖出現在會議室門口，看見李桐臉上出現難得的錯愕神情問道。

李桐只是搖搖頭，把手機收進西裝內袋，「老總叫你來問結果嗎？」

張簡靖走進會議室關上了門，李桐挑眉看著同窗好友，兩人是大學死黨，畢業後各自服完兵役出國念完碩士，卻又一起考進了集團廣告部，張簡靖在李桐迅速升官後就知道自己更適合擔任幕僚，把握了機會調到企劃部，沒多久被總經理任命為特別助理，成為總經理室的一員。集團裡雖有董事長，但一般所有決策都在總經理這裡就做了決議，只有各部門經理得以成為總經理室的成員，相較於其他從基層做起的資深經理來說，當年張簡靖三十三歲就成為總經理特別助理令人刮目相看，集團裡不免把這兩位同時考進集團，也同樣迅速升遷的同窗好友視為一時翹楚，但也引來不少老臣的不滿。

「老總在等你回報，我只是先過來看一下情況。」張簡靖靠在門上，雙手插在褲袋裡看著倚在會議桌前的知交好友，他知道總經理是故意把這難題交給李桐的，「聽說老總昨晚打電話給你？」

李桐點點頭。

張簡靖吹了聲口哨，表示這真是極難得的事情。

「你是來透露消息的嗎？」李桐苦笑著說道。

「你知道老總最近受到不少壓力，董事會一邊有人說要裁撤廣告部，一邊說要找業界的 Vincent 來當頭。」

「聽說了。」李桐頓了頓，「Vincent 下面的 Albert 也有打電話來探聽。」Vincent 是當下廣告界數一數二的好手，總經理沒有同意高薪挖角讓李桐有點意外。

「但是老總執意從內部升遷，你是被他指定的人選，這你應該都知道了。」

李桐只是點頭。

「可是最近老石接二連三發生意外，老總有點騎虎難下。」

這些李桐都明白，但是為了自己的順利升遷要開除另一個人，實在不是他可以做出的事情，相識相知多年，看著李桐不語的神情，張簡靖知道他在想什麼。

「你不要認為是為了你自己才處理老石的事情，現在整個廣告部處境堪憂，你是動輒得咎。」張簡靖靜靜地說著。

李桐雙目眺望著會議室大玻璃牆外的廣告部，老石臉色凝重地坐在位子上，「剛才老石說他已經有心理準備要離職了。」

張簡靖直直地盯著他，老友跟自己不同，自己向來是快刀斬亂麻，該下狠手時不心軟，但他總是重情重義，「那你準備怎麼回報老總？」

「我總覺得老石這段時間一定發生了什麼事情，只是不肯跟我們說。」

張簡靖嘆了口氣，知道他這句話的意思，「看來老總猜對了。」

李桐再次挑眉看他。

「老總說你不會讓老石離職。」

李桐沒有正面回答這個問題，「老總幾點有空？」

張簡靖看看手錶，「四點半吧。」

李桐點點頭，拍了拍老朋友的肩膀，「謝啦。」

「你要想清楚怎麼跟老總說，不要意氣用事，我等著跟你一起開總經理室會議已經等好久了，」張簡靖開門前語重心長地說，「那個會議室很難纏，我們需要夥伴。」

李桐只是點了點頭，沒有多說什麼，目送老友走出廣告部，有點意外自己會是總經理眼中的夥伴，輕輕嘆口氣，整理一下心情往老石的座位走去。

＊　＊　＊

婦產科診所裡是滿眼讓人感到溫柔安心的粉紅色，採預約制的診所候診區裡坐著不多的孕婦，避免孕婦挺著大肚子久坐不適。

葉楓掛上電話之後看著正在旁邊嬉皮笑臉的女兒，「這樣他就安心了吧？知道我會一直陪著妳回家。」

「謝謝阿母！」平日在職場上出入服務家庭做事乾淨俐落的葉敏華，只有在母親跟丈夫身邊才露出小女生的撒嬌本性，「他最近真的很忙，妳如果沒有這樣打電話給他，就會換他一直打電話給我了，而且他今天要在公司處理很重要的事情。」

葉楓是個個性豪爽的女性，當年二話不說地放棄學業賺錢生小孩，對於許多的瑣碎細節並不在意，女兒在自己跟前總是撒嬌，早年一直擔心葉敏華這般黃毛丫頭個性要如何在社會上立足，沒想到她畢業出了社會之後，卻一反自己的想像，做了衝鋒陷陣的高風險家庭社工，這才明白自己堅毅的個性不多不少也遺傳給了女兒。

「小桐說妳手上有傷是怎麼回事？在哪裡？」葉楓看著女兒問道。

葉敏華眨眨眼，「我就知道他會跟妳告狀。」

「人家沒有告狀，只是提醒要給張院長檢查一下，到底是傷到哪裡？」

葉敏華無奈地捲起袖子，露出經過一夜更加烏青的傷痕，葉楓看得倒抽一口涼氣，「這又是怎麼弄的？」

「妳小聲點啦！」葉敏華尷尬地放下袖子，「到時候被人誤會是家暴。」

她不講還好，這一講，坐在附近的孕婦跟家屬紛紛轉頭看她，連護理站的護理師們也都抬頭看她。

「呃，開玩笑的，不是家暴，不是家暴。」葉敏華連忙搖手解釋。

護理站的護理師看著她幾秒鐘，若無其事起身走到後面一區，幾分鐘之後，陳予嫣護理長拿著一份資料走到葉敏華面前，「葉小姐，今天要先抽血跟驗尿喔。」

「喔？平時不是看完才抽血跟驗尿嗎？」

「其實也是可以先做的。」護理長看著她安撫地說著，這語氣葉敏華很熟悉，自己也常用在案主身上，「怎麼了嗎？」

「沒事，怕妳們等太久會累，所以可以先做的，我們就先去做吧，這樣等等檢查完就可以離開了，懷孕期間不要太累啊。」護理長笑著說道，「走吧，我陪妳去抽血。」

「這麼好？」葉敏華狐疑地看著對方，「阿長要陪我去抽血？也太榮幸了吧？」順從地站起身來，葉楓在一旁有點搞不清楚狀況，只是陪著她們前往檢驗區。

護理長帶著她走到檢驗區，待她在抽血桌前坐好，呼喚正在檢驗室裡面工作的醫檢師，「理仁，麻煩你了。」

吳理仁放下手中的試管，脫下手套丟在垃圾桶裡走出來，看見被阿長陪著進來的葉敏華，眼中閃過一絲的訝異，「怎麼是阿長陪著進來？」

「沒什麼，怕葉小姐在外面等著也悶，就先進來抽血，等等給院長檢查過後就可以直接回家了。」護理長笑笑說著，但是看著吳理仁的眼神卻另有含意，剛坐下的醫檢師一看就明白了。

「葉小姐，那我們先抽血。」吳理仁換上一雙乾淨的手套，拿起止血帶，「麻煩把袖子捲起來。」

葉敏華拉高右手的袖子，正要放上抽血桌時，吳理仁瞄了一眼護理長，只見她微微搖了搖頭。

「葉小姐，妳是左撇子嗎？」吳理仁問道。

「呃，不是。」葉敏華訥訥地回答。

「我們抽血都是抽非慣用手，請把左手放上來。」

面對醫檢師客氣溫柔的語氣，一時間也不知道要回應什麼，但是剛才在候診區引發的誤會讓她更猶豫，覺得好像會越描越黑，一旁的葉楓沒有意會到女兒的猶豫，倒是直率地說了原因。

「敏敏左手臂受傷了，不能綁止血帶吧？」

葉敏華飛快地掃了一眼母親，心裡有點怪她嘴快。

「受傷？」阿長立刻接話，「讓我看看。」

葉敏華嘆口氣，「沒什麼啦，就是不小心被抓傷了。」

「讓我看看。」護理長堅持地說著，「懷孕的時候，受傷可大可小，先讓我看看，等等妳進去也要告訴院長這件事。」

葉敏華知道瞞不過，只好拉高左手袖子，露出一大圈的烏青，看見護理長跟醫檢師對看了一眼，那個眼神她明白是什麼意思，就跟她與同事看到案主身上的傷痕會露出的表情一模一樣，「不是你們想的那個樣子。」

護理長看著她，「妳剛才說這是被抓傷的。」

「對，但不是你們以為的家暴，這是我去家訪時被弄傷的。」

護理長聞言挑了挑眉。

她從不曾告訴診所的人關於自己的職業，也難怪他們第一反應會是家暴，畢竟是太明顯的瘀青，「我是輔導高風險家庭的社工。」

護理長看著她幾秒，像是在判斷眼前的孕婦是不是在維護誰而說謊，瞥了一眼吳理仁，醫檢師沒有特別的反應，只是專注地看著葉敏華手上的傷痕。

葉楓此刻才恍然大悟為何女兒會突然被帶來抽血，驚訝地說，「喔喔，你們真的誤會了，敏敏這個應該是去案家被弄傷的沒錯，不是被我女婿弄的啦，你們誤會了。」

「伯母，妳確定嗎？聽前台的同事說剛才妳也不知道葉小姐受傷的事情？」護理長問道。

「對啊，我原本不知道，是剛才我女婿跟我說的，叫我提醒敏敏等等要給院長看一下受傷的地方，我問了才知道的，真的不會是我女婿啦，他很疼老婆的。」

護理長看看母女倆，葉小姐那位高大的丈夫這兩年做不孕症治療或懷孕初期都有陪著同來，但她也知道這些算不得數，很多表面和諧的夫妻或家庭，事實上內部問題重重，她看看吳理仁，醫檢師不置可否地看著她們，「那還要抽血嗎？」

「葉小姐，等等妳要讓院長檢查一下受傷的地方，」護理長最後說道，「我看妳的資料上有記錄這個月要做自費抽血。」

葉敏華點點頭。

「那還是先抽吧，等等真的就可以直接回家。」護理長對醫檢師點點頭。

「葉小姐，因為左手受傷，不方便綁止血帶，那就只能抽右手了。」吳理仁輕聲說道，示意對方把右手放上來。

抽血之後，護理長陪著兩母女走去候診區，臨出檢驗區前，葉敏華回身向吳理仁道謝，從來這邊治療不孕症開始，就歷經了許多的抽血、各式各樣的檢驗，她一直覺得吳理仁溫文有禮，技術也很好，抽血比起其他護理師動作更快更不會感到疼痛，也總是可以很快找到血管。

吳理仁只是客氣地帶著微笑欠身回禮，目送她們離開之後，拿起她的試管走回檢驗室，心裡想著兩母女說的話。

「理仁，晚上我們要去聚餐，你要不要一起？」護理師小葳走進檢驗室問道。

吳理仁轉頭看著她，給了一個有禮貌的笑容，「可能沒辦法去。」

「要回家照顧媽媽是嗎？」護理師小葳邀約過他幾次，難掩失望神情。

「下次吧，謝謝妳。」儘管吳理仁每次都這樣說，但診所裡的人都覺得他並不會有一起參加活動的那一天。

「怎麼？還是沒有答應？」護理長看見小葳的表情問道。

小葳搖搖頭，「一樣，說要回家照顧媽媽。」

「他媽媽中風很多年了，」旁邊另一位護理師小孫說道，「但是他沒有兄弟姐妹嗎？怎麼都是他在照顧？好像也沒聽他講過其他家人，他媽媽剛中風的時候，我們去過他家一次，那時候看起來家庭人口很簡單，好像真的只有他跟他媽媽。」

護理長望了一眼檢驗室，覺得吳理仁一直謙遜有禮，卻又這麼與大家保持距離，可能有難言之隱吧，「大家都有自己不想講的事情，就別八卦了。」

* * *

總經理辦公室一如他本人一樣，簡約穩重，沒有過多的顏色，幾幅油畫收藏品點綴出他的個人品味，李桐每次進來都不免注視著那幾幅後印象派作品，此刻，他坐在林世傑對面，雙眼仍然習慣地看著總經理身後的那幅夕陽，那抹光影與強烈的個人感受始終吸引著他的注意，儘管這個當下他其實並不是真的在看那幅畫。

「張簡大致上跟我說了。」林世傑溫潤的聲音把他的心思引了回來，這才是總經理平日的語氣。

李桐看了一眼坐在一旁的好友，他坦然的表情顯示自己並沒有多說不該講的。

「他說我猜對了。」林世傑的表情看不出來是不悅還是接受。

「我覺得老石最近兩次出錯應該有一些原因，我懷疑可能是他家裡出了點事情，雖然他剛才已經表示願意自動離職，不想給大家添麻煩。」

林世傑只是聽著，沒有表示意見。

「儘管如此，還是希望總經理可以給我多一點時間，讓他做完手上這個案子，我會弄清楚他的原因，等案子完成後，如果我們還是覺得他應該離職，那再讓他離開。」李桐沒有說出口的，是希望就算石大智必須離職，也要帶著好名聲離開，才有機會找到下一份工作，如果在這個風頭上離開，即便是自動離職，看在業界眼裡也都心知肚明是美其名而已。

林世傑凝視著眼前這位年輕人，他跟身邊的特助脾性大不同，多數人在這種升遷關鍵時刻幾乎都會消極地選擇放棄部屬，但是這位小自己二十歲的年輕人卻一再展現出對人的寬容，李桐無畏地迎視著總經理的審視目光，知道自己正拿著升遷在冒險。

最後林世傑只是點點頭，「這是你的部門，你必須要為你的決定負責任。」

「謝謝總經理。」李桐沒有露出任何開心的神情，因為他知道這意味著自己必須要扛起這些事情。

看著李桐向自己欠身行禮後離開了辦公室，「你們兩個人個性很不一樣。」林世傑對自己的特助說道。

「卻是最好的朋友，」張簡靖笑笑說道，「我一直相信，如果有一天我出了什麼事情，李桐一定會是站在我身邊的那個人。」

林世傑點點頭，「看他今天處理石大智的態度就知道了。」

「會順利升上經理吧？」張簡靖試探地問道，擔心好友今天逆了老總的意思影響前途。

林世傑睨了一眼特助，「你現在也來套我的話嗎？」

「算是吧。」

林世傑只是淡淡地笑了笑，「下週我會在家裡宴請一些商界朋友，你通知他一起參加，把你們的太太一起帶來。」

張簡靖笑著點點頭。

* * *

回到辦公室的李桐，疲憊地坐進椅子裡，同事陸續下班了，瞥了一眼仍然坐在幾個座位外的師傅，知道後續還有問題要處理。

「一切都還好嗎？」經理 Peter 突然走到他旁邊問道。

李桐立刻站起身來，「還好。」

「辛苦你了啊，因為我馬上就要調走了，老石的事情就交給你來傷腦筋了。」

「還好。」李桐頓了頓問道，「台中的房子都找好了嗎？」

「找好了，孩子也辦好轉學手續了，一家老小吵吵鬧鬧的，有的很興奮，有的抗拒搬家跟轉學。」Peter 苦笑著說道。

「這次調任是長期的，還是一家人住在一起比較好，一直都還沒恭喜你，副總。」

「哎，不是個好差事啊，台中分公司也是有許多需要變革的事情，」Peter 拍拍他的肩膀，「我們各自努力吧。」

目送 Peter 離開辦公室後，李桐收起筆電，揹起背包走到師傅的座位旁，「師傅，你先別急著離職，我們一起把案子完成再說。」

石大智抬眼看他，知道這個徒弟看來溫和，但其實性子也很拗，「你何苦呢？」

「我已經跟總經理講好了，等你把手上這個案子完成後，你如果還是想要離職再走，不需要現在就走，你走了，大家更忙。」

石大智聽懂了隱藏在這些話背後的意思，心裡很感動，有點鼻酸，很想告訴他自己發生了什麼事情，但無論如何，還是開不了口，只能點點頭。

看見石大智點頭答應了，李桐才算是放心地離開辦公室。

李桐倚在電梯角落，一起搭乘的同事們七嘴八舌地討論著晚上要去哪裡聚餐。

「副理，要跟我們一起去嗎？慶祝你升官。」同事問道。

「不了，我答應要回家吃飯，而且還沒公告，這麼早慶祝會被笑吧。」李桐笑笑地說。

同事們繼續討論，李桐看著樓層燈號一路往下，好不容易稍微偷閒放空的腦子，突然浮現了葉敏華之前做的噩夢，當天妻子驚醒告訴他夢境後，總覺得這個夢似曾相識，這些天一直懸念著公司跟老石的事情，無暇多想，此刻細細想來，覺得那惡夢好像在哪則新聞中曾經聽過，走進公司停車場，拿出手機上網找新聞，剛坐進自己的車子裡就驚訝地瞪視著手機螢幕上一年前的新聞。

『陽明山區靠近翠峰瀑布某路段，今晨慢跑運動者報案，驚見一具女屍陳屍樹叢裡，據判已死亡多日。被害者腹部遭利器穿刺多次，死狀淒慘。』

『日前在陽明山區發現的女屍，經家屬指認為懷孕七個月，失蹤多日的朱女，勘驗過後發現腹部被利器穿刺十多次，腸穿肚爛，更令人髮指的是被害者的子宮不見蹤影，駭人聽聞的兇殺案目前警方正積極調查中。』

半晌，李桐將車子駛出停車場，下班時間不免塞在車陣中，滿腦子都是剛才看到的舊聞，『敏敏是因為看過這則新聞，所以才會做這個夢嗎？』瞥了一眼螢幕上停留的案件畫面，該案截至目前為止仍未找到兇嫌，那被馬賽克遮掉的畫面雖然看不清，仍讓人不禁一陣寒顫。

『不知道被害者的家屬現在如何了？』腦海裡突然跳出這句話，連他自己都搞不懂為什麼。

* * *

「不要打了！不要打了！我錯了！我知道錯了，你不要再打了，求求你！」夜半時分，原本寂靜的屋子裡突然傳來了撞擊與哀求的聲音。

「讓妳做點事情哭什麼哭！」接著又是一陣沉悶的捶打聲，像是拳頭打在肉體上的聲音。

「不要打了，求求你！」女人哭泣的聲音益發的明顯。

睡眼惺忪的吳理仁被這些聲音吵醒，剛上小一的他愣愣地跳下床，打開門跑去父母的房間，一進去就看到母親正被父親拳打腳踢地蜷縮在地上哀嚎著，小小的吳理仁衝過去拉著父親，大喊著，「不要打媽媽！不要打媽媽！」

「你給我滾回去睡覺！」父親吳修德一把推開了他，力道之大，吳理仁踉蹌地摔到門邊，頭撞到櫃角，登時血流如注。

「理仁！理仁！」張愛衝過來抱著他，「你不要打兒子！打我就好了！」

「好痛啊，媽媽。」吳理仁撞得頭昏眼花的，只看見原本美麗的媽媽，此刻卻被爸爸打到披頭散髮，臉上都是鼻涕跟眼淚，「好痛啊，媽媽。」

「打妳就打妳，難道我還怕了妳?!」吳修德絲毫沒有因為兒子受傷而手軟，一個箭步衝過來揪起張愛的長髮猛地往後扯，張愛受不了痛，一鬆手，吳理仁倒頭又撞到地面發出巨響。

吳理仁猛然驚醒，眨眨乾澀的眼睛，看見自己正握著母親張愛的手，知道剛才不小心睡著了，抬手摸了摸額角，那時候的傷口到現在都還摸得出來，因為怕去醫院被追問，應該要縫合的傷口，硬是放任它自然癒合，即便已經是二十幾年前的傷，這疤痕並沒有隨著時間的流逝而消失。

「媽，妳今天好嗎？」吳理仁看著躺在床上的母親溫柔地問著，只是她緊閉著雙眼，乾癟的皮膚，毫無生氣，沒有任何的回應。

吳理仁摸摸她冰冷的臉，嗅了嗅空氣中的味道，「空氣不好，我幫妳點香氛，妳最愛的薰衣草。」檢視了除濕機跟空氣清淨機都在正常運作後，走到櫥櫃旁點燃好多個薰衣草香氛蠟燭，房間裡頓時充滿普羅旺斯的味道，坐在床畔的椅子上，吳理仁握著母親僵硬的手，低聲地說著，「媽，等妳好起來，我們要去普羅旺斯。」但是床上的母親依舊沒有反應，他只是靜靜地坐著，握著母親的手，「今天診所裡有個孕婦來產檢，身上有一片瘀血，她說她是社工，去家訪時受傷的，」他看了一眼常年沒有反應的母親，「但我很懷疑，這個孕婦之前為了懷孕做了很多治療，好不容易懷孕了卻這樣不愛惜自己，她丈夫之前有陪她來治療跟產檢，看起來像是個好人，可是今天卻沒有來……本來是不會生下孩子受苦的……」吳理仁看著窗外陷入了沉思，半晌，才又低喃著跟母親說道，「媽，妳知道的，我一定要救他們的，不能讓他們受苦，妳了解的，對吧？」

＊　＊　＊

「小桐，你回來了。」李桐打開門進屋時，葉楓正端著一鍋湯走出廚房。

「媽。」

「馬上就要開飯了。」

「好。」李桐笑著把背包放回書房，走去廚房看看也在幫忙的妻子，由於岳母在場，不好意思環抱她，只是親了一下她的臉頰，「今天檢查都好嗎？」

「嗯，都很好，只有手臂上的傷讓整個診所的人都誤以為我被你家暴了。」葉敏華笑著說道。

李桐愣了愣，「我好冤枉啊。」

「哈哈，有點。」看見一臉無言的丈夫，安慰他說，「都解釋清楚了啦，你下次陪我去的時候，不會被人用掃把趕出診所啦。」

「妳看吧，工作認真到害我被人誤會。」李桐嘆口氣，端起葉楓剛炒好的菜走去餐桌。

葉敏華洗好手後跟著走出來，葉楓也幫大家盛好飯，看著一桌豐盛的菜色，這是小倆口各自經常加班無法每天吃到的家常菜。

餐桌上，葉楓幫女婿夾菜，「你要說說敏敏啊，她這份工作搞到自己常常受傷。」

「媽！」葉敏華沒料到母親會突然講這些，一直以來她好像都很支持自己的工作。

「媽什麼媽？之前只是忙也就算了，妳看看這次妳的手傷成這樣，路上問妳怎麼受傷的也不說，也不看看自己現在已經是懷孕的人了，還做這麼危險的工作，不替自己想，也要替妳肚子裡的孩子著想，好不容易才有的。」

李桐聽著沒有特別辯駁什麼，儘管對他來說，重要性的順序不同，但似乎也沒必要跟岳母澄清這些。

葉楓看女婿只是安靜地吃飯，一下子也摸不準他的想法，曾經在街上望見他們走在對街，小倆口手牽手甜甜蜜蜜的，知道兩夫妻恩愛，但是這個女婿在自己眼前倒是都不會對女兒表現出太親密的樣子，說穿了，這也是她始終沒有答應搬來同住的原因，覺得女婿在自己面前還是比較害羞的，不想影響小倆口的夫妻生活。

「這種事情又不常發生，如果常發生不用妳說，李桐也不會讓我繼續工作了。」葉敏華瞥了一眼沒有幫腔的丈夫，心裡有點急，擔心李桐這次跟母親想法一致，畢竟昨晚他乍然看到手臂上的瘀青時，也是相當情緒激動，如果連李桐這時候都不支持自己，那才真是會造成自己莫大的壓力。

李桐何嘗不知道，妻子最怕的就是大家阻止她繼續做這份工作，眼睛餘光捕捉到妻子掃來的眼神，抬眼看著岳母，「媽，別擔心，敏敏跟我協議過了，她會照顧好自己，每次去家訪也都是有其他社工同事一起去，危險性不大。」

葉敏華看見丈夫幫腔才鬆口氣，「對啊，機構也不允許我們自己一個人去家訪啊，這次只是意外，不會再發生了。」

「一次就夠可怕了，還想發生幾次？」葉楓叨念著。

「不會了啦。」

葉楓看了小倆口一眼，知道李桐不想給妻子壓力，但是她也知道以前他們曾經為了這些事情有過劇烈的爭執，當時她還站在女兒這邊，認為女性一定要有自己的工作跟事業，但如今女兒懷孕了又另當別論，「今天還害小桐被誤會，還好診所接受妳的解釋，不然萬一通報了，妳說怎辦？」

「沒怎樣啊，就是去解釋清楚就好了。」葉敏華笑嘻嘻地說道，發現李桐正睨了自己一眼，趕緊改口，「不會啦，不會通報啦。」

「什麼解釋就好了？被通報叫去多丟臉啊，要小桐臉往哪裡擺？小桐最近要升官了不是嗎？」

李桐瞥了一眼妻子，「還不確定，所以一直沒跟妳講，怕講早了，到時候有個變卦很不好意思。」

「所以才說今天這種誤會很要不得，一個不小心就會影響你的前途。」葉楓說道。

「也沒這麼嚴重，不要擔心。」李桐擔心岳母認真計較這件事，趕忙幫她夾菜，「倒是，媽，妳要搬過來一起住嗎？」

葉楓被突然轉換的話題堵了一下才訥訥地回答，「我有跟敏敏說了，等七、八個月我再搬過來。」

「其實妳可以早點搬過來，幫忙煮點補品給敏敏吃，」李桐笑了笑，「也可以幫忙盯著她，妳如果住在這裡，她應該就會更小心工作了。」

「喂。」葉敏華故作生氣狀地頂了一下李桐的手臂，害他手上的碗差點掉下去。

葉楓猶豫了一下，沒有馬上回應，李桐倒是看見了這反應，「媽媽在考慮的原因是什麼呢？」

「也沒什麼，畢竟大家生活習慣不同，一直以來只有我跟敏敏兩個人，敏敏結婚後我自己一個人住也挺好的，搬來跟你們一起住，還是會有些不方便，」她頓了頓才又繼續說道，「不只對我，我相信對你們也是會比較不方便。」

「不會啦。」葉敏華一直希望可以照顧母親，忙不迭地表示不會造成困擾。

葉楓看著女兒跟女婿，她知道這兩人孝順，尤其是李桐就算不方便也不會說出來，對她而言，真的只要女婿疼愛敏敏就好了，「我知道你們疼我，但是，我自己也會覺得不方便，等妳七、八個月的時候，我會搬來的，現在就暫時先這樣吧，我會常常過來給妳煮點東西。」

李桐思考著她的話，自己也知道跟岳母同住對他而言有一定的影響，但是因為知道妻子的盼望，加之岳母也對他好像親生兒子一樣，所以他願意接受一些不方便。不過此刻覺得的確不只是自己，岳母單身這麼久了，家裡要多個大男人，肯定會不習慣的，加上岳母高中就生下敏敏，與自己年紀相差僅僅十三歲，是有點尷尬的差距，只是妻子太渴望住在一起可以孝順母親才會沒想到這層。

「媽，不然，我們在樓上給妳租個小單位，這樣樓上樓下就近照顧，每天可以一起吃飯，然後各自一層應該就比較自在些。」李桐放下碗筷真心地建議著，他的父母住在南部，每年也就過年那幾天有空見面，家裡還有兄弟跟父母同住彼此照拂，但是岳母的確是只有這個女兒跟他了，一個女人辛苦拉拔大女兒很艱辛，也讓人很心疼，在彼此自在的範圍裡，他是真心想要跟妻子一起孝順她的。

「這主意不錯！你應該早點建議的！」葉敏華開心地一直慫恿母親，「好啦，媽，就這樣辦，就這樣辦。」

「在樓上租個單位？這多貴啊，那我的房子怎麼辦？幹嘛平白無故多個開銷。」葉楓自從堅持要生下女兒開始，就一個人自力更生，只有在坐月子以及葉敏華三歲前那段時間接受娘家的協助，此後就咬著牙自己撫養女兒，工作了許多年之後，在汐止買了小單位的住宅跟女兒一起安居。

「可以出租，也可以賣掉，搬到樓上多好，明天我去問一下管理員這個社區有沒有單位出租或出售。」葉敏華整個精神都來了，一個勁兒地說著，李桐在旁邊笑看妻子，知道她是真開心。

「賣掉？這裡的房價跟我那裡差太多了，賣掉了也買不了這裡，不行賣房子。」

「我們可以幫忙付一些貸款，」葉敏華轉頭看著丈夫，「對吧？」只見李桐笑而不答。

「亂來！」葉楓知道女兒沒有想清楚這件事的嚴重性，恣意說出這種會讓女婿難做的話，「我們那房子是我付的貸款，妳現在住的房子是小桐付的貸款，妳都不知道揹著貸款壓力有多重，隨便講出這種話，真亂來。」

「喔喔，不公平，汐止的房子我也有幫忙付貸款啊，」葉敏華立刻提出抗議，「一直到我結婚了，妳堅持不要我再幫忙了，我才沒有再一起付房貸啊，但我還是都有給妳孝順的生活費呦。」

「那是因為妳有自己的小家庭了，當然要好好專心在自己的家庭裡，況且前兩年終於貸款繳清了，現在還要再揹新貸款，想想都怕，不要亂來了。」

李桐在一旁微笑地看著兩母女，心裡也有盤算，知道岳母不想增加他的負擔，如果她是這樣的人也就不會那麼辛苦自己一個人撫養女兒了，妻子跟岳母長得神似，眉清目秀的，如果岳母願意，早就可以再有歸宿，但為了女兒她始終單身一人。

「我想也許可以這樣，」李桐溫和地打斷她們的小爭論，兩個女人停下來看著他，「媽的擔心沒有錯，我知道媽媽擔心如果賣了汐止的房子來買這區會增加大家的負擔，會不會增加負擔其實都是後話了，我覺得明天我們先問一下這社區是不是有出租的房子，有的話，媽媽就先搬來住，家裡那邊就租給別人，這樣房租也不會差太多，差額幾千元我們來付，不至於是負擔，如果媽媽住得習慣，之後再考慮買賣的問題，畢竟現在一下子就跳到買房子，是有點太快了，」他輪流看著兩個人的眼神，知道她們承認這是個比較實際的建議，「媽，妳覺得這樣好嗎？」

葉楓猶豫了一下才點頭，「那就先看看社區裡還有沒有空房子要出租吧。」

李桐端起碗，「好了，問題解決了，大家趕快吃飯吧，」他各自夾了雞肉到岳母跟妻子的碗中笑著說道，「媽，這下子妳來了，可得好好地幫我盯著敏敏的營養跟生活作息。」

葉敏華立刻伸手戳了丈夫的腰，他笑著閃躲開來，「別鬧，等一下碗都掉了。」

葉楓只是笑著低頭吃飯，女婿的貼心，她心領神會。

稍後，李桐去洗澡時，兩母女待在廚房裡，正在洗碗的葉楓語重心長地跟女兒說，「敏敏，小桐是難得的好男人，妳要好好對人家。」

正在切水果的葉敏華轉頭看她，戲謔地說著，「這不是一般做媽的會跟女婿說的話嗎？應該是要叫女婿好好對妳的女兒吧？」

「難道小桐對妳不好嗎？瞧妳說的。」

「難道我對妳的寶貝女婿不好嗎？」葉敏華明知故問。

葉楓關上水龍頭，認真地看著一直開玩笑的女兒，「小桐對妳是真的好，對我也很好，這年頭媳婦不想跟公婆住，當女婿的更不想跟岳父母住，可是為了妳，他也都答應了，甚至妳剛才說什麼要在這裡買房子，要幫忙付貸款的事情，你們馬上就要生小孩了，負擔很重，但他也還是沒說什麼，如果不是因為對妳好，這些事情怎會答應？」

「我知道，」葉敏華也收起玩笑的態度，「小桐真的對我很好。」

「我不想隨便就搬來跟你們住一起也是因為不想影響你們夫妻的感情，」葉楓看女兒急著要辯駁就搖頭制止她，「妳不要說不會，如果小桐的父母跑來住你們家，他們也對妳很好啊，可是妳能像只有小倆口一樣自在嗎？所以我不想做這樣的事情，頂多住在同社區，先看看有沒有房子再說吧。」

葉敏華點點頭，沒有再爭辯。

「妳如果真知道小桐對妳好，那妳的工作也要小心點，看看手上那個傷，我看了心疼，小桐也是吧？他有生氣嗎？」

葉敏華點頭，「一瞬間而已。」

葉楓睨了她一眼，「那是因為他說過不要為了這種衝突鬧到離婚收場，所以才忍耐下來的吧？」她看女兒不說話便接著說，「那妳自己就要知道，他不是不生氣，只是因為不想破壞你們之間的關係，妳也不能一直挑戰他的底線吧？」

李桐洗完澡本要走進廚房喝水，在門口聽到這一小段對話，悄悄地退了出去，走到客廳打開電視，讓她們母女講話。

「我沒有要挑戰他的意思，只是我的工作就是這樣，其實我每天上班真正會遇到這種意外的機會非常少。」

「一次就不得了了，妳是要多少次?!」母親打斷她說道。

「這工作總要有人做，我也想做，我自己會小心的。」葉敏華固執地說道，在工作選擇上，她是毫不讓步的。

葉楓無奈地看著她，「我把妳養大，一直擔心妳的人生會像我一樣孤單，終於遇到了小桐，我很放心，妳要好好珍惜你們的夫妻關係，最後是你們要互相陪伴過一輩子，要彼此照顧。」

葉敏華點點頭，把水果放進盤子裡，跟母親一起端出去，看見丈夫今天一反常態擦乾了頭髮才走出來，馬上就想起了剛才母親說的話，也許丈夫從未表示過不便，但母親今天在場，他就不敢不擦乾頭髮故意撒嬌了，突然覺得自己會不會真的太一廂情願了？望了一眼丈夫，只見他溫和地對著她和母親微笑，看不出是不是真的完全不在意與母親同住。

第三章

信義區的幽蔽巷弄裡矗立著一棟設計簡約時尚的大樓，獨層獨戶，絕好的隔音設計，未啟大門都無法聽聞屋子裡正流瀉著悠揚的音樂以及熱鬧的人聲。林世傑在自宅宴請了商界好友，李桐與張簡靖兩對夫妻也是座上賓，當天早上剛佈達了李桐正式升任廣告部經理。

「你們來了。」張簡靖打開門看見李桐挽著葉敏華的手親密地站在門口。

「怎麼是你來開門？」葉敏華問道。

「特助啊，什麼都要做啊。」張簡靖笑著一邊引領他們入內一邊說道，「老總宴會我參加過幾回了，都不算是客人了。」瞥了一眼葉敏華微凸的肚子，「想要叫妳大肚婆都很難，肚子好小啊，李桐，你是沒讓人吃飯嗎？」

李桐笑了笑，「岳母這兩天就搬來樓上住了，有人幫我看著她了。」

「喔？妳媽媽終於要搬來了嗎？」張簡靖笑問葉敏華。

「是啊，李桐想到個好方法，建議在樓上租一個單位，這樣我媽就不會覺得打擾到我們。」

張簡靖笑笑，「這也很好。」把兩人帶到林世傑面前，「總經理，李桐夫婦到了。」

林世傑轉頭看著今天剛升官的愛將以及第一次見面的葉敏華，「妳好，第一次見面，我是林世傑。」總經理主動跟葉敏華握手，親和的態度讓她有點意外，總覺得丈夫的上司是個很嚴肅的人，也知道前一個星期他還晚上打電話給李桐要他解雇石大智的事情。

「您好，林總經理。」葉敏華笑著欠了個身。

林世傑轉頭跟商界的朋友介紹，「這是我的得力助手，集團的廣告部經理李桐，今天剛剛升官，這是他的夫人。」

李桐帶著妻子與權貴們握手，這些人都是財經雜誌上常見的熟面孔，儘管林世傑並非出身財團望族，但是他自美學成歸國成為專業經理人的資深經歷與過去的輝煌歷史，是許多財團爭相邀請的對象，在這裡見到這些人也就不足為奇了，特別是連他過去的老東家也仍然維持著良好的情誼才是難能可貴。

「原來就是你把 Vincent 給硬生生擠掉了。」一家百貨業龍頭鄭董事長微笑說道。

不待李桐回答，林世傑就搶先一步開口，「上次你說我們那個很有意思的家電廣告，就是出自李桐的手筆，說起來你們倆一樣，李桐也是留日的。」

年過六旬的鄭董事長一聽是日本留學回來的就更開心了，一邊上下打量李桐，又看了眼站在一旁的張簡靖，「英雄出少年啊，現在都是這個年代的人出頭了。」

「你別瞧了，他們倆是大學同學，都很優秀。」林世傑知道這位董事長正在打什麼主意，百貨業最看重的也是廣告行銷這個領域，自己獨排眾議內升李桐而非廣告界名人 Vincent，外面許多人都相當意外。

「喔？這樣怎麼行？你自己霸佔了兩個年輕人，讓一個給我們公司吧。」看著李桐說道，「我們百貨公司很需要廣告人才，世傑這麼信任你，上次你那個家電廣告我實在很喜歡，廣告一播出，那週我們公司的報表就看見你們那項產品明顯成長啊，到我們公司來，幫我們把整體業績衝一衝。」

李桐只是笑著，沒有回話，認為這是對方的玩笑話。

「我今天剛升了他，你就來撬牆腳，不道德。」林世傑拍拍老友的肩膀，「你可以聘請Vincent，他的確是廣告強人，只是我認為從內部升遷有好處，讓有才能的人出頭才是對集團有益，李桐在集團幾年了，很了解整個集團的商品，跟我也配合得很好，就不必外聘了，還要花時間磨合，沒理由擺著人才不用。」

李桐看了一眼總經理，原來他是這個想法。

「說來說去就是拉著兩個年輕人在身邊不放就是了。」鄭董事長望著林世傑的笑臉，不死心地從口袋裡掏出了自己的名片遞給李桐，「這裡玩厭了，打個電話給我，到我們公司來，我等你。」

李桐心裡有點訝異，臉上只是掛著微笑接過了名片，「好的，謝謝鄭董事長。」

「鄭老，你慢慢等吧，我不會輕易放走李桐的，」林世傑瞥了眼一直笑著站在旁邊的特助，「張簡也是。」

「終於提到我了。」張簡靖知道老總是怕自己被冷落了，立刻玩笑地接話，這位素日裡都在辦公室決斷集團事務的老闆，其實有著溫暖而體貼的心，「我跟老總一樣留美的，所以我對老總絕對忠誠。」

幾個人哈哈大笑，氣氛輕鬆溫馨，一直站在丈夫身邊的葉敏華雖然與商界沒什麼交集，從事社會工作也沒有參與這種晚宴的機會，這是第一次陪同丈夫出席老闆的餐會，或許不只是因為今天李桐升官的喜悅，更因為看到丈夫這樣受人器重感到與有榮焉，仰頭瞧著丈夫的側臉，李桐正好也轉過頭來對她微笑，「妳還好嗎？站這麼久，累了吧？」

葉敏華搖搖頭，眼睛裡笑出了仰慕的光彩，平日都不曾聽到他提這些，以為他就是一個喜愛做廣告的上班族，不曉得在集團裡卻是這樣被總經理重視的，一方面感到驕傲，也突然覺得不知道李桐心裡許多想法，有點心慌。

鄭董事長轉去別處應酬之後，林世傑眼睛環顧著在他家裡四處走動閒聊的人們，卻是對著李桐說道，「升官之後，還有更多事要做，總經理室有很多計畫要推動，我打算在集團內組織公關小組，考慮放在你的部門裡，由你一併統籌運作。」不管李桐露出訝異的神情，突然轉身正眼凝視著葉敏華，語氣溫潤，「以後李桐加班的時間恐怕會更長更多了，還請李太太多包涵。」

葉敏華聽了，一時之間也不知道該如何回應，只能微笑點頭，這個心理準備她是有的，但是總經理這樣正式說了，好像真是在預告未來的生活會有很大的改變，望著站在身旁的李桐，只見他眼中閃過一抹歉意與憂心。

「是啊，我們總經理室有開不完的會議啊，」張簡靖一臉邪惡的笑容，「還好岳母就要搬來了，可以照顧敏敏。」

對李桐來說，自己成為經理之後，最擔心的也是這個部分，今天張簡靖在人事佈達之後，就跑來提醒他這件事了，葉敏華有一些案家因為白天工作的關係，只能晚上去家訪，雖然社工倫理一直強調不能讓他人包括社工家人得知案主的資訊甚至案家所在地，家訪也都是兩位社工結伴同行，但是為免李桐擔心，夜訪的日子，李桐總會開車在鄰近案家所在地一兩公里遠的地方等候，順便送另一位社工返家，看著張簡靖自從擔任總經理特別助理後，加班的情況益發嚴重。更別提廣告部本來就是一個經常加班的部門，多了總經理室的會議與其他相關事務，怕是會影響自己接送妻子夜訪的行程，再加上前一週的意外受傷，這幾日腦海裡經常交錯浮現葉敏華的惡夢與新聞上的兇殺案報導，讓李桐更加不安。

「世傑，你怎麼讓懷孕的人一直站著？」突然一位打扮高貴典雅的中年女子出現在他們身後。

林世傑這才像是想起此事似地連連道歉，「抱歉，顧著帶你們跟大家認識，疏忽了妳的狀態，張簡說妳懷孕了，還讓妳一直站著。」

葉敏華搖搖手，「沒關係，我很好。」

「這是我妻子，琮文。」林世傑笑著介紹自己的妻子謝琮文。

「夫人好。」李桐禮貌性地跟總經理太太握手。

「你是李桐對吧？」謝琮文笑臉盈盈的，「恭喜你今天升官了。」

李桐只是笑著，「謝謝夫人。」

謝琮文微笑地牽起葉敏華的手，「來吧，我陪妳過去沙發坐一下，孕婦不要站太久，腳會腫的，難為妳今天還穿了有跟的鞋子。」

葉敏華被她帶走的時候，還回頭看了一眼丈夫，只見李桐滿眼愛意地望著自己點了點頭。

目送兩位女士離開後，三個大男人鼎足地立在原地，李桐瞥了一眼老同學又看看老闆，「總經理怎麼會想到要在集團內正式成立公關小組？這一向不都是委託子昕公關處理集團的活動嗎？還是您不滿意子昕公關的服務？」子昕公關也是業界裡規模不小的公關公司，過去跟集團合作紀錄不錯，這時候總經理提及想要自己在內部成立公關小組讓李桐不解，雖然他跟張簡靖過去也討論過很多次，認為集團內應該有自己的公關室。

「子昕表現得不錯，只不過，過去都是由你們部門將活動案外包給他們處理，但畢竟集團內還是需要有自己的企業公關來處理內部的一些形象或危機控管。」

「我記得前兩年您提過兩次這個建議，但好像每次都被副總給攔下來了。」

林世傑點點頭。

「這次您再提這件事，是已經在總經理室會議裡取得共識了嗎？」

林世傑搖搖頭，「這次我沒打算先在總經理室會議討論這件事。」

李桐再次瞥了一眼老同學，心想難道公司最近發生什麼危機事件是自己不知道的嗎？不然總經理為何此時會跳過會議討論，直接想要成立公關小組呢？

「總經理的意思是想要給集團建立完整的制度，一家這麼大的集團沒有自己的公關小組來掌握企業形象或是風險控管，怎麼也說不過去，」張簡靖解釋著，「這個過去你跟我也都討論過。」

「但是副總？」李桐很清楚集團兩位副總都是董事長家族內的人，過於老派保守的家族企業思維一直讓他們對於林世傑的決策有不少的質疑，甚至也覬覦著總經理的寶座，特別是他們的年紀都比林世傑要長上幾歲，總是不甘屈居人下，常常對總經理的決策橫加阻撓，但過去林世傑一直盡量給他們台階下，儘管自己職位與權限高過他們甚多，多半不會直接面對面起衝突。

「這次顧不上他們了。」林世傑只是簡單地說著。

李桐挑了挑眉。

「我是個專業經理人，隨時都有可能會離開這裡，所以該完成的一些建置必須要完成，」他的語氣低沉堅定，像是準備好要跟這個保守企業開戰了，「廣告行銷部門算是已經穩定了，Peter 去台中接分公司副總，你也成為經理了，接下來就是要成立公關小組，這是一定要做的，我需要一支機動性強、理念目標清楚，並且擅長危機處理的公關小組擺在你的部門裡。」

李桐看著總經理堅定的神情，腦子裡很快地過了一遍他的話跟公關運作模式，總覺得這中間還是有一些自己不知道的事情，既然沒有馬上告訴他，這當下也就不多問，只是提供自己的建議，「總經理，如果是要完備集團的建置，那麼您需要的不是公關小組，而是必須要成立公關室，也不能擺在我的部門裡，而是直屬於您，可以由張簡來兼任公關室經理，唯有這樣才能越過副總，因為他是您的特助，兼任公關室經理再適合不過了。」他看了一眼張簡靖，也不管他是否願意就繼續往下說，「畢竟主責企業形象跟危機處理，必須直屬於您，才能在真的出現突發狀況下直接向您匯報。如果在我部門裡，勢必由我來跟您報告，而我的上面還有副總，我很難每次都越過他們，但是張簡可以。」

林世傑聽了只是沉吟不語地點點頭，看了一眼張簡靖，他們兩個都知道李桐的建議是正確的，但是原本林世傑並不想這般明目張膽地立刻把公關室設在自己身邊。

「林先生，餐點準備好了。」家裡的傭人走過來說道。

林世傑點點頭，同時也聽到妻子正在招呼大家用餐的聲音，「明天進我辦公室再談。」說罷便率先走向佈置了自助餐的餐廳，沿途招呼了其他賓客。

李桐轉頭看著老同學，「公司出了什麼事嗎？」

「我知道你一定會嗅到不尋常的氣味。」

張簡靖在他耳邊小聲地說了幾句，只見李桐臉上露出了些許驚訝的神情，隨即恢復冷靜，想起上週他跟自己說的，總經理室會議需要他，最後點點頭，「我知道了。」

兩個人在原地佇立了一、兩分鐘，等李桐消化自己聽到的消息，然後才一起走向餐廳。

李桐端了一盤菜走到沙發準備拿給葉敏華，還沒走到就看見她被一群貴婦們圍著，以為出了什麼事情，立即快步走近她們。

「原來安置不是最好的處理方式嗎？」某位年過六旬的董事長夫人驚訝地問道，「難道讓孩子繼續留在有家暴風險的家庭裡面是比較好的選擇嗎？」

「那萬一孩子又被打了要怎麼辦？」另一位夫人好奇地追問，「電視上不是很多小孩被打死的新聞嗎？那些不都是因為沒有安置，留在家裡才會發生這種事嗎？」

李桐聽見她們的對話，停了下來站在她們後面。

「其實對大多數的孩子來說，也許家裡有風險，但他們都還是希望跟父母家人一起住，這是很矛盾的情結，是孺慕之情，是天性。」葉敏華認真地解釋著。

「但是留在家裡不是會被打嗎？怎麼會有小孩想要被打呢？」

「當然沒有小孩想要被打，就算孩子自己沒有被打，只是目睹母親被父親打，或是父親被母親打，也會造成嚴重的心理創傷，當然沒有小孩想要被打。」

「但是……」一位貴婦正要反駁，就被葉敏華客氣地打斷。

「但是，他們還是會很想跟父母家人一起住，很難想像對嗎？」

那群夫人們點頭如搗蒜。

「所以，如果評估過後認為可以不安置，我們也會設計一些處遇方案，輔導協助家庭重回正軌，會有一連串的關懷處遇，讓孩子或其他大人可以在家裡比較安心地繼續住著，當然如果評估風險很高，家庭完全失功能，就會請兒保社工介入安置。」

「有可能嗎？那些家暴父母會改嗎？」在一旁聽著的謝琮文突然開口問道。

「有機會，也有可能。」葉敏華誠實地回應著，「需要花很多時間跟力氣。」

「那為何不安置就好呢？」另一位總裁夫人問道，「安置不是更安全嗎？會家暴的父母再怎麼說都是有問題的啊！」

葉敏華抬眼看著那位五十幾歲的中年貴婦說道，「我覺得，我們更需要找出為何他們會家暴的原因，不是嗎？」

「通常不就是因為環境不好嗎？把氣出在家人身上啊。」

「這是刻板印象，」葉敏華直率地回應著，對方被堵的頓時啞口，「其實我們也遇到不少高社經地位的家庭出現家暴事件，只是很有可能出手的方式更有技巧，更不容易被外界探知，或是精神暴力，甚至是家庭為了維持面子而隱忍不言的案例也是有的。」

這一群圍著她的夫人們以及她此刻所在之處正是她口中的高社經菁英聚集場所，她也毫不畏懼地說出職場中所觀察到的樣貌，只是這群一直高高在上的貴婦們一下子倒是難以回應了。

「所以我們都希望可以找出家暴的原因，也許是因為經濟辛苦、也許是因為有物質使用的問題，也有可能是溝通或情緒管理的問題，我們希望可以協助去改變那個源頭。」葉敏華看見她們的啞口知道這對她們來說是另一個世界，便放軟口氣進一步向她們解釋。

「因此改變是有可能的？」謝琮文又問道。

「是有可能的，但是像我剛才講的，需要很多時間跟力氣，但還是要做，因為如果每個家庭都可以好好的，那這個社會也會更穩定。」葉敏華堅定地說著。

「那麼那些被安置的，是不是就是那種很難改變的？」

「倒也不是，只是經過評估之後，如果認定有立即性的危險，就會啟動安置流程，但好的安置機構不多，寄養家庭也是，資源其實不夠，而且安置機構是需要慎選的，有時候某些安置機構並沒有好好照顧這些孩子，甚至有些孩子在安置機構也會受到傷害。」

「怎麼會這樣？安置機構不就是該好好照顧這些可憐的孩子嗎？」那位年過六旬的董事

長夫人驚訝地問道。

葉敏華流露出無奈的神情，「事情就是這樣發生了。」正想再說什麼，突然就瞥見站在不遠處的李桐，立刻揚起手對他露出大大的笑容，這一笑，貴太太們也全都轉過頭來，看見一名西裝筆挺的高大男子捧著一盤菜站在那裡對著大家微笑。

「喔，不好意思，耽誤敏華用餐了，」謝琮文對李桐招招手，「給大家介紹，這是敏華的先生，李桐，是我先生的得力助手，廣告部經理。」

「大家好。」李桐走了過來，對大家微笑欠身，把盛了一些菜的碟子遞給了妻子，低聲問她，「妳還好嗎？」

葉敏華笑著點點頭，讓他別擔心。

「李經理真是好福氣，有一個這麼好的社工太太。」一位李桐不識得的夫人對他說道。

「謝謝，我也覺得我很有福氣。」李桐笑著說道。

「李太太正在跟我們說安置機構的事情，我們真是開了眼界，原來社工真的很辛苦，而且安置機構也不是我們想的那樣。」那位夫人繼續說道。

李桐保持著微笑，「是啊，我也是跟太太在一起之後，才逐漸了解這些事情，跟以往自己的認知有很大的落差。」

貴太太們點頭如搗蒜。

李桐低下頭看著妻子，「等等我再拿其他菜過來，想喝點什麼？果汁好嗎？」

葉敏華點點頭。

「各位夫人，要喝點什麼嗎？」李桐問道，大家都客氣地表示自己要去拿點食物過來而紛紛離開。

李桐趁機坐了下來，看了一下葉敏華的小腿，「如何？腳有腫嗎？」

葉敏華揉揉自己的小腿，「還好。」

「看來妳在這裡挺如魚得水的。」

「還好，大家都對我很客氣，對社工工作也很好奇。」

李桐憐愛地把她垂落臉頰的一絲頭髮撥放到耳後，「不要太累了，等等我們可以早點離開，總經理知道妳懷孕，不會留我們太晚的，如果妳累了，一定要跟我說，我們可以馬上離開。」

葉敏華握著他的修長大手，「你們還好嗎？剛才看見你們三個人一臉嚴肅地在講事情，公司還好嗎？」

「別擔心，沒什麼，總經理只是想要交辦一些事情在討論而已。」李桐拍拍她的手，看見張簡靖夫妻端著菜走了過來便站起身。

「別留在這裡了，這裡是女人堆。」張簡靖笑著說道。

葉敏華笑著接話，「是啊，你看那群夫人們拿好菜，好像真要走回來了。」

李桐轉頭一看還真是如此，只能對張簡靖的太太說，「藝君，那我家老婆就拜託妳照顧了。」

「去吧去吧，你們男人去另一頭，我會照顧敏敏的，別擔心，我會幫她拿菜。」王藝君推了兩個男人一把，讓他們放心去應酬，也在商界打滾的她深知這樣的晚宴就是職場人的戰場。

李桐臨去前本想再跟妻子說點什麼，只見葉敏華開朗地笑說，「別擔心，我可要利用這個機會，好好告訴這些太太們，社工不是志工，要給她們來點機會教育。」

＊　＊　＊

晚宴隔天，林世傑在總經理辦公室裡對李桐說道，「我本來沒有打算要這麼直接把公關室成立起來，或是交給張簡來處理，」看了一眼自己的特助，「並不是信不過張簡，而是如果這樣成立了，副總他們馬上就會有動作。」

李桐不置可否地點點頭。

林世傑看著他，共事以來，李桐沉默的時候居多，不像一般廣告人那般活潑多言，但他主導的廣告卻相當多元有力，「張簡跟你說過為何要成立公關小組了？」

「我只有跟他說副總涉及貪污跟做假帳的問題。」張簡靖說道。

李桐沉吟了一下，「有確切的證據嗎？」

林世傑跟特助對望一眼後，無奈地點了點頭。

「只有兩位副總嗎？」李桐剛問就停口，覺得這個問題問得有點蠢。

林世傑明白李桐突然停口的意思，「這是廖氏的家族企業，兩位副總背後有著密密的人脈牽扯，最近張簡正在調查背後涉及的人員名單，我預料應該不是容易解決的問題。」

張簡靖點點頭。

「董事長知道嗎？」李桐又問。

「我想他是知道的。」總經理說道。

「您們有過類似的談話嗎？暗示性的或是不否認的模式？」李桐繼續問道。

林世傑沉吟許久。

「如果董事長的態度明顯，那麼我建議還是應該直接成立公關室，由張簡兼任經理，既然是這麼大的事件，如果事情曝光了，勢必會進入危機處理，那就一定要直屬於您，加上事情又牽涉到兩位副總，放在我部門裡，到時候一定會經過他們，這樣會失去風險控管的契機。」

林世傑垂眼看著自己交握在桌上的雙手，半晌才抬起頭看著兩個助手，「那就這樣辦吧。」

「您有適合來擔任公關室的工作人選了嗎？」李桐問道。

「由你跟張簡來幫我挑選業界適合的人才。」

李桐看了眼同學，他也對著自己頷首，表示這些其實他們的確早就討論過了，最後李桐點點頭，「我知道了，我會跟張簡討論這件事。」

「盡快讓這個工作小組準備妥當。」

李桐跟張簡靖準備退出辦公室前，總經理突然又開口，「昨晚你太太很了不起。」

兩人回頭，不知道他所指何事。

「我太太說葉社工的工作很了不起，一群太太們昨晚學到很多，才知道原來社工的工作跟她們想像的完全不一樣，」總經理淡淡地笑著，「她夜裡跟我說，她們打算要幫這些孩子辦個慈善募款餐會，希望可以提供一些資源讓孩子們可以過得好些。」

李桐難掩訝異的表情。

「我們應該把敏敏挖角過來公關室，僅僅一個晚上就收服了這些實力不容小覷的夫人們，這等人才應該網羅進來。」張簡靖戲謔道。

「她熱愛她的工作，我想我們應該沒辦法把她挖過來。」李桐笑著說道，「總經理，我們先出去了，幫我們謝謝夫人。」

林世傑點點頭。

李桐的手搭在門把上正要出去，突然想起什麼似地頓了一下，張簡靖站在一旁困惑地望著他，「怎麼了？」

「您沒有找 Vincent 來，是因為他是副總推薦的嗎？」李桐回身問總經理。

林世傑凝視他幾秒才緩緩開口，「你是更適合當廣告部經理的人選，儘管你剛才講的也的確是原因之一。」

李桐沒有再說什麼，只是欠了個身後跟張簡靖一起走出去。

把這個籌建公關室的重責大任交給這兩名年輕助手，林世傑是有信心的，台灣的傳統產業對於公關的概念大抵薄弱，要不是位階不對就是沒有把企業形象與危機處理涵括進去，許多公司的公關部門淪落成活動小組。他也心知肚明，李桐一開始的建議就是對的，公關必須要獨立為公關室，而且必須直屬於他才能達成機動的目的，只不過他現在做的準備是為了預防兩位副總的醜聞曝光，消息一旦走漏，為了集團的長久營運勢必要開除兩位副總，但這是他們廖氏家族的人馬，林世傑自己也有心理準備，屆時這個家族集團未必還容得下他，也因此他想要利用這個機會完備集團的建置，即便要離開，也算是對老董事長有個交代。

而走出總經理辦公室的兩個老同學，一方面因為要成立公關室感到些許的興奮，這是他們過去多次討論過的事情，對於一個龐大集團內沒有設置一個總籌公關事務的單位覺得荒誕，然而，此刻是面對家族企業內部可預期的風暴而成立，難免心裡頭重疊著許多的憂慮。

「這擔子不好挑。」兩人進到小會議室裡，李桐說道。

張簡靖點點頭，「如果沒有處理好，可能連老闆都得要捲舖蓋走路。」

李桐沉默著沒有說什麼，從昨晚聽說這件事的前因後果，他心裡就有譜了，而且，自己是總經理一手提拔起來的人，如果總經理此舉真得罪了副總或其他董事會高層，恐怕需要離開的不只是總經理而已。

「你現在知道升官也未必是件好事了。」張簡靖雖然仍是一派戲謔，但語氣裡聽得出也是為老同學有所擔憂的，「你們不比我跟藝君，我們沒有孩子，煩惱跟生活都簡單，可是敏敏再過幾個月就要生了，希望這件事不會影響到你們的生活。」

李桐點點頭，自然也不希望事情會走到那一步，「算了，我們還是先討論一下，有哪些適合的人吧，畢竟成立公關室是正確的決定，也是公司應該要做的。」

張簡靖凝視著他半晌，「剛才你問老總的那個問題，不選 Vincent，除了是他與副總交好之外，也因為老總身邊需要自己信得過的人。」

李桐想著這話，只是點點頭，沒有說什麼。

＊　＊　＊

「媽媽樓上都整理好了嗎？」李桐洗完澡出來，看見今天幫岳母忙了一晚上的妻子已經回來了，正坐在沙發上揉著自己的小腿，坐到她的身邊，彎下身子幫她按摩有點水腫的小腿。

「嗯嗯，樓上本來就有家具，媽只帶了衣物跟日常用品還有一些基本家電，很快就整理好了。」葉敏華腫脹了一天的小腿，好不容易可以坐下來休息，享受丈夫的按摩，「沒想到可以這麼順利就租到樓上，媽也真的可以在一週內就搬進來。」

「等一下睡覺時，要把腳稍微抬高一下。」李桐因為彎著身子，頭髮上的水滴了一、兩滴在妻子腿上。

葉敏華拍了一下他的手，站起身來去拿浴巾，回來時將浴巾蓋在他的頭上，「吼，你到底要撒嬌到什麼時候啊？」

李桐笑著開始擦自己的頭髮，「一輩子。」

「最好是我願意一輩子都拿浴巾給你！」葉敏華戲謔地回嘴。

李桐從浴巾下望了她一眼，心裡突生一種異樣的感覺，說不出來，只覺得心裡沉甸甸的，腦海裡閃過日前在手機查到的舊新聞與妻子的惡夢。

葉敏華捕捉到他的眼神，「怎麼了？我開玩笑的。」

李桐搖搖頭，「我知道妳是開玩笑的。」但也僅止於此，那種無來由的異樣感覺讓他不知道該怎麼告訴妻子。

「怎麼了？」然而葉敏華畢竟是專業助人者，這些察言觀色的功夫她是很在行的。

李桐把她攬進懷裡，「真的沒什麼，只是有點累。」

「公司還好嗎？」

「老總讓我跟張簡一起籌組公關室，今天花了不少時間跟張簡討論人選。」

「嗯，昨天我有聽到，但你是廣告部經理，為何要處理這件事呢？」

「老總本來想把公關小組放在我的部門裡，但是我建議應該成立公關室，直屬於他，由張簡兼任經理，這樣如果公司發生危機事件，才能掌握時效性立即回報給他並且做出回應。」

「公關跟廣告畢竟還是不同的領域，由你來管理不會很怪嗎？總經理為何會有這種想法？」

李桐沉吟了一會兒，沒有立即回答她，事關集團未爆彈的機密，自然不是信不過葉敏華，而是少一個人知道總是比較好，「這麼大的集團本來就應該要配置有一個公關室，通常也應該要直屬執行者，只不過這是家族企業，老總也常常被掣肘，所以才會想說要把公關放在我手裡，張簡說，老總很信任我。」

葉敏華當然知道自己的丈夫值得信任，如果連李桐都不能信任，她真不知道還有誰是可以信任的人了，只是覺得昨晚她看見的林世傑不是個會弄錯集團體制的人，那麼便是丈夫不能告訴她真正的原因了。

「接下來我會有點忙，我們必須在短時間內將公關室籌組起來，」此刻，他第一次感受到過去妻子不能告訴他工作內容是怎樣的心情了，也覺得自己過去不該那樣跟妻子置氣，看見她狐疑的眼神，只能將話題帶開，「總經理夫人聯絡妳了嗎？」

葉敏華眼睛一亮，「你知道了?!」

李桐看見她馬上露出小女孩般的天真笑容，心又融化了，覺得自己愛的真是一個可愛善良的女子，「老總跟我說了，他說妳真厲害，一晚上就收服了那些夫人們。」

「林太太說要辦募款餐會，是真的嗎？會不會是開玩笑說說的而已？」葉敏華充滿期待。

「應該不至於，總經理跟張簡還說那群夫人的實力不容小覷，我知道其中有幾位掌握著他們財團基金會的執行權，妳只憑一晚上就可以打動她們，主動提出要為兒少做點事，決定用募款餐會的方式來提供金錢上的支援，連總經理都對妳另眼相看呢。」李桐說道，眼裡也透露著以妻子為傲的神色。

「不容小覷？所以應該會是不小的金額囉？」

「應該是。」

葉敏華開心地攬著他的頸子，抬起身子在他的臉上大力地親了一下。

「又不是我的功勞，結果我佔到便宜。」看著妻子這麼開心，李桐原本有點糾結的心情也跟著鬆開了些，集團待解的困境與任務暫時拋在了後面。

葉敏華舒服地窩在他的臂彎裡，「雖然對我們而言，最重要的是人，而不是金錢，但是如果可以募來一筆善款，也可以幫需要的家庭跟孩子們做點實際的事情。」心思又回到了日日掛懷的服務對象上。

「辛苦妳了。」李桐摟摟她的肩膀說道。

「今天林太太打電話跟我說下週想要碰面，她要帶太太們去參觀我們機構，希望我們可以做個簡報，讓她們更清楚該怎麼動員她們手上的資源，跟主任報告這件事時，大家超開心的，原本我有點擔心萬一只是隨口說說，讓大家失望就慘了，結果剛才你這樣說，我就放心多了。」

「林太太都這麼說了，妳別太擔心，壓力也別太大，如果可以募到不錯的金額固然是件好事，不然也可以好好建立這些資源網絡，讓那些夫人們以後成為妳的資源之一，這樣也是很好的。」

「嗯。」葉敏華放鬆地依偎在他的懷裡，兩個人靜靜地坐在沙發裡相互依靠著，享受著忙碌了一整天後難得的清靜時光。

「機票酒店我今天都訂好了，圍爐完直接從高雄出發，妳告訴機構了嗎？」李桐問道，葉敏華一直說要去北海道過年，可是工作忙碌的兩人一直都沒有辦法成行，加上懷孕初期不適讓他也不敢真的規劃行程，好不容易快五個月了，一切都穩定下來了，講好趁著過年假期一定要去北海道凍著迎接新年，再晚一點就不適宜上機了，儘管是過年假期，但因為她特殊的工作內容，過去已經有好幾次過年期間又被召回。

「說啦，王如超羨慕的啊。」

李桐聽了只是笑笑，葉敏華突然想起什麼似地，「小桐，我想問你一件事。」

「嗯？」

「你之前真的不介意媽媽搬來我們家一起住嗎？」

李桐低頭看了她一眼，「怎麼了？怎麼會問這個？」

「那天媽媽說我太一意孤行了，都沒有考量到你的心情，自以為是地認為你真心想跟媽媽一起住。」

他沉吟了一下，沒有馬上回答的停頓讓妻子立刻抬起頭來，認真地看著他。

李桐笑了笑，「不是妳想的那樣。」

「我想哪樣？」

「我雖然沒有馬上回答，但是我心裡想的，並不是妳想的那樣。」

葉敏華狐疑地凝視著他。

「我只是認真在思考妳的問題。」李桐摸摸她的臉頰。

葉敏華張著一雙眼睛晶亮亮地瞅著他。

「我知道妳跟媽媽感情親密，媽媽也對我很好，我是真心願意一起照顧她。」李桐緩緩地說著，低沉的嗓音瀰漫在兩人之間。

「但是？」

李桐微微地苦笑了一下，「只是，如果真的每天住在同一個平面的屋子裡，我想我跟媽媽可能都不是會那麼自在。」

葉敏華眼裡有忍不住的驚訝。

李桐怕她胡思亂想，趕忙往下說，「這房子也不是很大，共同生活空間就在這裡，畢竟我們倆是夫妻，難免會有些親密動作，加上媽媽單身了一輩子，我是個男人，儘管是他的女婿，但衣服穿著總會有些顧慮，」李桐頓了頓，「況且，我才小媽媽十三歲，其實這並不是很大的年齡差距，這些小細節可能對我跟媽媽都會有點不自在。」

『他竟然一直都沒說?!』，剛想罷，又責備自己，『是我竟然都沒想到！』，低聲說道，「對不起。」

李桐深深地看著她的眼眸，看到她神色的變幻，「幹嘛對不起？」

「我都沒有想過這些問題。」葉敏華沮喪地看著自己的手。

「那是因為妳太愛我們兩個了，希望我們可以快樂住在一起。」李桐安慰地摟著她。

「那每次我問你的時候，你為何都說好？」

「因為我也真心希望可以跟妳一起照顧媽媽，所以我自然會說好。」

葉敏華沉默了下來，覺得自己好像強人所難。

「其實那天，我洗完澡經過廚房時有聽到媽媽跟妳說這些。」李桐說道。

葉敏華再次驚訝地看著他。

「所以我確定，媽媽其實也跟我想的差不多，」李桐握著她的手，「我覺得媽媽如果真的搬來我們家，她會比我更不自在，所以先在樓上住是比較好的選擇，媽媽不會覺得怪怪的，我們也可以彼此照顧。」

「那為何不一開始，你就這樣建議？」葉敏華倒有點小氣惱丈夫太順著她的意思，要不是母親提醒了她，或是母親真的就這樣搬進來了，結果又會變成如何呢？

「如果一開始我就這樣建議，妳覺得妳會同意嗎？」李桐平靜地問她。

葉敏華一時之間無言以對，她知道自己的答案。

「敏敏，」李桐握著她的手，「不管是媽媽還是我，我們都希望妳快樂，知道妳想跟媽媽一起住，想要孝順她，我們都知道，所以我們都想著要怎樣做才會最好，媽媽遲遲不肯答應，我知道大概就是為了怕影響我們，也一定有一些她一起住會不自在的考慮，但，她畢竟只有妳這個女兒，妳們相依為命，她也捨不得離妳太遠，我也很感謝媽媽生下妳，把妳養育得這麼好，讓我有這麼好的妻子，所以我也很想一起孝順她。」

葉敏華聽著聽著，眼眶泛起了淚水。

「不管怎樣，我們找到了最適當的方法，不是嗎？大家都是為了彼此好，希望大家都可以幸福地一起生活，妳就不要再糾結在這件事上面了。」李桐低下頭看著她泫淚欲滴的雙眼，「接下來我會有點忙，妳一定要好好照顧自己，媽媽來了，妳要每天盡量在家吃晚餐，讓媽媽照顧妳的營養，不然我會很擔心。」

葉敏華一點頭，眼淚就掉了下來，李桐心疼地把她摟進懷裡，「傻瓜，哭什麼呢？妳的願望不是達成了嗎？應該要開心。」

「其實剛才我幫媽媽整理東西的時候，看到一樣老東西。」

「是什麼？」

「我小時候有一年，媽媽沒辦法要到台南去工作，可是又不能帶我去，那時候我小學四年級吧，媽媽只好把我放在外婆家，可是我真的不想跟媽媽分開，媽媽也是，媽媽要離開的前一天，我跟媽媽說要去逛夜市。」

「嗯？」

「因為我之前在夜市看到好可愛的手機吊飾，是狗狗的，我想要買那個手機吊飾讓媽媽帶去台南。」

「好貼心。」

「然後我還帶了自己的零用錢去，媽媽以為我是要買給自己的，那天晚上我送給媽媽時，她好難過哭了，我也哭了，因為真的不想跟媽媽分開。」葉敏華忍不住哭了起來，「那一年好難過喔，好想念媽媽，媽媽只回來看我幾次，所以我總希望可以跟媽媽住在一起，因為她好辛苦，剛才我看到那個手機吊飾了，狗狗的耳朵都掉了，但媽媽還掛在錢包上，突然想起以前的事情覺得好難過。」

李桐摟著她，「小傻瓜，現在不是幾乎住在一起了嗎？」

葉敏華點點頭，用力地抱著丈夫，真實地感覺到自己的幸福，有如此疼愛自己的丈夫跟母親，她吸吸鼻子說道，「謝謝你，小桐，我也想感謝公婆。」

「喔？」

「感謝他們生下了你，把你教養成這麼棒的男人，讓我有這麼好的丈夫。」

「剽竊我的台詞。」李桐笑著說道，其實心裡暖洋洋的。

葉敏華窩在他的懷裡又哭又笑的，「對啊，學你的。」

李桐笑著站起來身來，「睡吧？妳的腳要趕緊抬高。」牽著妻子的手想要扶她起來。

葉敏華吸吸鼻子，只是還坐在沙發上緊握著他的手，仰頭望著高大的他。

「怎麼了？還不想睡？」李桐凝視著她淚水過後的清亮雙眸。

「小桐，我知道有些工作上的事情你不能跟我說，你不要介懷，不要擔心我，我明白，但是如果有一天解決了，可以說了，你一定要親口告訴我喔。」

李桐握著她的手，感動地點點頭，慶幸終於有理解彼此工作難處的這一刻。

第四章

冬日的下午，葉敏華跟王如在公園裡四下走著找著，吐氣成煙，迎面跑來披頭散髮的中年女子，「王社工、葉社工，找到了！找到了！」

「找到小霖了嗎？」王如問道。

黃太太眼淚大滴大滴地落了下來，「我老公找到他了，現在在家裡等我們。」

葉敏華跟王如對望一眼，鬆了口氣，兩個人午後接獲黃太太電話，告訴她們上個月剛剛完成領養手續的養子小霖因為被她責罵跑了出去，整個下午她們都在社區附近尋找小學三年級的小霖。

「人沒事吧？」王如問道。

「我老公說沒事，只是小霖一直坐在牆角不肯說話。」黃太太邊說邊哭。

「我們一起回去看看吧。」葉敏華拍拍黃太太的背部，三人快步地走向數百公尺外的黃家。

「我真的不是故意要罵他的。」黃太太抽抽噎噎地說著。

「領養前我們一直反覆在跟妳討論的就是這種情況，」王如說道，「小霖被親生父母虐待過很長的時間，對人會不信任，加上原本已經該上小學的年紀卻又一直被關在家裡，尤其是現在到了新環境，他一定會做出一些挑戰你們的事情。」

「我知道，妳們說他會測試我們是不是真的愛他，是不是真的可以接受他，我也做好心理準備了，但是今天早上實在太可怕了，他拿著刀子破壞家裡的傢俱，我怕家裡的傢俱都毀了，更怕他會傷到自己，所以才會一急之下搶走他手上的刀子，還罵了他。」

「我們知道妳很努力了，」葉敏華安慰她地說道，「只不過，王如之前也跟妳說明過為何小霖會有這一連串的行為，他會一直挑戰你跟黃先生的底線，因為原本應該要愛他的親生父母卻一直傷害他，他不知道可以相信誰，也不相信你們會愛他，所以你們會有一段辛苦的日子要熬過去。」

「我知道，我知道，只是今天真的太可怕了。」黃太太突然停下腳步，止不住的淚水望著兩位社工，「社工老師，小霖真的會有接受我們的一天嗎？」

葉敏華跟王如對看一眼，儘管黃太太跟丈夫已經經歷過領養前的適應期，但是真的領養了，嚴酷的挑戰也隨之展開，過去也不是沒有挺不過去的家庭，只是做為社工，領養前清楚的說明，甚至像是在驚嚇他們地告知會面對的挑戰，領養之後，也只能盡一切力量協助養父母跟孩子熬過磨合階段，走向幸福的未來。

「會的，但是，要一段很艱辛的時間。」王如說道，「熬過這些考驗，小霖才會相信你們真的愛他，才會停止這些挑戰行為。」

「要多久呢？」黃太太囁嚅地問道，「這幾天早上我一醒來都覺得很惶恐，不知道能不能挺過這一天。」

「不一定，要等小霖覺得夠了才會停止，當他相信了，就會停止。」葉敏華握著黃太太的手，「我們知道你們辛苦了，也很想給小霖一個幸福的家，妳如果遇到什麼事情，也可以打電話給我們，不要自己忍著。」

黃太太哭著點點頭，「可以嗎？我可以打電話給妳們？」

「妳有我的公務手機號碼，可以打給我。」王如拍拍她的肩膀，「走吧，我們快去妳家吧。」

三個人繼續走向不遠處的黃家，原本並肩走著的葉敏華皺了皺眉頭，停下腳步，摸了摸已經開始隆起的肚子，王如停下腳步，「怎麼了？妳還好嗎？」

葉敏華笑了笑，繼續邁開腳步，「沒事，走吧。」

＊　＊　＊

「你今晚會發稿嗎？」正準備要下班的李桐皺著眉頭聽電話，「謝謝你通知我，我知道了。」

電話一掛便立刻打內線通知張簡，五分鐘後來到高樓層辦公室，敲了兩下門便大步踏進了總經理辦公室，裡面已經站著張簡跟昨天剛報到的公關主任 Alex，他朝著他們點點頭便直接走到總經理面前。

「你剛才跟張簡講的消息確實嗎？」林世傑很意外小廖副總收受賄款的醜聞這麼快就曝光了。

「確實，報社的消息來源是我的高中同學余河，」他瞥了一眼張簡，他們都沒想到公關室人員都還沒到齊，消息就走漏了，「他也已經查證過這條消息，只是余河要保護他的消息來源，不能跟我說是從哪裡知道的，但他說他很確定小廖副總的確收受了多家廠商賄款，他講出幾家的確都是我們手上掌握到的資料。」

「他今晚會發稿嗎？」張簡問道。

「正在寫稿，」李桐看了一眼手錶，「他會同步給報社編輯部，也會上電子報網站，恐怕一、兩小時後就會在網站上看到這則新聞了。」

「他有提到大廖嗎？」林世傑問道。

「沒有，我旁敲側擊了一下，他沒有提到大廖副總。」

「你們有什麼看法？有可能攔得下來嗎？」

李桐搖搖頭，「我想余河一定會發這則新聞，只是先通知我們，讓我們有所準備，這件事既然曝光了，他不發，過兩天也會有別家發，所以他一定會發。」

張簡靖說道，「我們只能決定如何回應這件事。」

林世傑腦海裡飛快地思考著，隨即撥出內線電話到董事長辦公室，掛掉電話後，起身穿上西裝外套，「你們去召開公關會議，擬出對應方案，我現在去跟董事長報告一下這件事，召回所有已經下班的經理，一小時後召開總經理室會議，帶著你們的公關建議一起參加。」說罷，臉色凝重地走出辦公室。

「Alex，召集部門會議。」張簡靖明確地下達命令，公關主任快步走出總經理辦公室，他也沒意料到上任第二天就出了危機事件，連辦公室的東西都還沒熟悉就要開始衝鋒陷陣了。

張簡靖打開辦公室的門，告訴總經理秘書，「Helen，通知各部門經理一小時後召開總經理室會議，請財務部紀經理現在立刻就上來總經理辦公室。」轉身回到辦公室裡，看見李桐雙手交叉在胸口，斜倚在總經理桌前，眼睛卻是投向窗外，「想什麼？」

「在想今晚之後，預定明天報到的公關室成員還會來嗎？」李桐幽幽地說著，除了張簡靖之外，公關室規劃編制五人，只報到了三位，還有兩位預定明後兩天報到，但是現在明擺著一上任就是大挑戰，怕是就會打了退堂鼓。

「如果這樣就不來，來了也無用，也罷。」張簡靖走到沙發上坐下無奈地說著，「你覺得董事長會怎麼說？」

李桐走過去坐下，今天已經處理了一整天的廣告會議跟師傅老石的事情，不想傍晚會出這件大事，難掩疲憊地揉揉臉，「他還能怎麼說？這件事沒得抵賴，現在唯一要考量的是如何挽救企業名聲。」

「先爆了小廖的，接下來怕是大廖的醜聞會跟著來，」張簡靖說道，「會是誰呢？把這件事爆了出去？」

「阿河手上有幾家廠商的資料，顯然不是廠商那邊洩出去的。」

「那就是我們內部了。」張簡靖腦海裡迅速閃過一連串名單，「小廖一直以來對待部屬的態度跋扈刻薄，有人挖洞給他跳也不足為奇。」

李桐點點頭，從口袋裡掏出手機，發了LINE給葉敏華，告訴她今晚要加班到很晚，讓她跟總經理夫人開完會後直接坐計程車回家，也發了LINE給葉楓。

財務部紀經理也在此時敲門進來，看見是他們兩位在總經理室卻不見林世傑有點意外，「不是老總叫我上來的嗎？」

「是我。」張簡靖站起來說道。

「發生什麼事嗎？」年過半百的紀經理看著兩個年少得志的主管新貴心裡有點不是滋味，這是個極傳統的老公司，經理都是按部就班從基層做起，升到經理幾乎都是半百之姿，這兩個三十多歲的年輕人卻在不惑之前就當上了一級主管，現在又把他找到總經理室，兩個人又看起來愁眉深鎖，心裡想著，該不是公司出大事了吧，想起上個月老總曾經找他來問過兩位副總的事情，難不成東窗事發了？

「今天晚上網路媒體會出一則小廖副總收受賄款的新聞，明天也會見報。」張簡靖單刀直入地說明現況，果然應了紀經理心裡的懷疑。

「確定嗎？」他輪流看著兩個年輕人問道，只見兩個人都無奈地點了點頭，紀經理想了想，「總經理呢？你們找我上來是？」

「總經理去跟董事長報告這件事了，」張簡靖回答著，「我請你上來是要麻煩你先把小廖副總的資料準備好，」他看了眼手錶，「五十分鐘後要開總經理室會議，你三十分鐘內可以準備好，先跟總經理開會嗎？」

「總經理知道你跟我要這些資料嗎？」紀經理問道，對於被年輕人下命令這回事，心裡始終不是很好受。

張簡靖靜靜地看著紀經理，他當然知道自己跟李桐在這家公司堪稱平步青雲引來許多老臣的不滿，平日裡可以互相客套，但今晚是一場集團保衛戰的開端，容不得被人質疑自己在這個業務上的角色，「我是總經理特助兼公關室經理，也被任命為助理發言人，面對這個危機事件，公關室有權跟你索要相關資料。」

李桐只是沉默地站在一旁，但是他與張簡靖高頭大馬的氣勢讓紀經理明白了他自己的角色。

「總經理回來後跟我說一聲，我會帶資料上來。」紀經理雖然心底不悅也只能如此回應。

「謝了。」張簡靖看著紀經理轉身準備離開說道，他只是略頓了頓便開門走了出去。

望著被關上的門，李桐搖搖頭說道，「這就是我建議公關室只能放在你手裡的原因。」

張簡靖嘆口氣，他何嘗不知？在他手裡直屬總經理都有這麼多意見了，如果擺在廣告部，平行單位要如何指揮得動？

總經理辦公桌上的電話響了起來，張簡靖走過去接聽，掛斷之後轉頭告訴李桐，公關室已經準備好要開會了，李桐點點頭，跟他一起走出這間充滿藝術氣息，此刻又瀰漫著陰霾氛圍的辦公室。

＊　＊　＊

葉敏華對這群夫人們簡報完高風險家庭現況與機構服務內容後獲得熱烈的掌聲，林太太很快就敲定募款餐會可以進行的決定，並且開始討論下次開會的日期。葉敏華覺得腹部有點酸痛便坐了下來，又走又站了一整天，現在覺得疲憊不已，但是確認自己幫機構跟家庭還有孩子們爭取到一些資源，心頭難掩雀躍。

送夫人們出機構時，林太太仔細端詳了一下她的臉色，「葉社工，妳還好吧？臉色看起來有點不好。」

葉敏華笑著搖搖頭，「沒什麼，只是今天在外面跑了一天，有點疲憊。」

「妳現在幾個月了？」

「五個月了。」

「雖然說五個月之後已經進入穩定期，但也不能太過操勞，這些個外務不能換別的社工去跟嗎？」

「我很喜歡這份工作，雖然比較疲憊，但是我們這個行業長期以來人員不足，工作時間長，壓力大，薪資又低，留不住年輕人，流動率大，每個人身上都揹了好多案家，累的不只我，建立關係不容易，我們都盡量不要更換社工去服務會比較好一些。」葉敏華忍不住撐著腰回答著，今天真的特別感到不舒服。

「妳累成這樣，李經理會心疼死吧？」林太太看見她的肢體動作，心裡真有些不忍，其實她們過去也經常捐款給社福機構，卻從沒有認真地接近過社工，這兩次與葉敏華的接觸才發現社工真的不是志工，過去是她們誤解太深。

「所以不能讓他知道啊。」葉敏華開玩笑地說著。

林太太溫柔地拍拍她的手，「妳也過了下班時間吧？要不我送妳回家好了？」

葉敏華搖搖頭，「不用了，我還有些事情要做，您先回去吧，謝謝您。」

「還要加班？」林太太看著她蒼白的臉色擔心地問道。

「沒什麼，一下子就走了，您別擔心。」心裡盤算著等等讓李桐陪她去一趟診所。

林太太見狀也只好先離開，心想讓葉敏華早點做完事情可以早點回家。

葉敏華送走她們之後，累得立刻回去坐倒在座位上，王如探過身來擔心地問她，「妳臉色不太好，今天太累了吧？要不要叫李桐來接妳啊？」

「他會來接我，」葉敏華拿起手機正要告訴丈夫自己可以下班了，卻看見他的 LINE 訊息，「喔，他今天好像有突發狀況，說要加班到很晚。」

「那妳直接搭計程車回家比較好吧，還是我陪妳去一趟診所？」王如問道，「一定是下午我們到處找小霖，妳累到了。」

「小霖沒事就好，」葉敏華整理好自己的包包，撐著桌面站起來，「妳別擔心，我自己可以回去。」

「不要去一趟診所嗎？」

「別擔心了，我會照顧自己的，我坐計程車回家休息就好了。」葉敏華知道大家都累了，先是在外面跑了一天，傍晚又回來跟太太們做簡報，王如也跟著忙東忙西的，不想耽誤她的休息時間，穿好大衣拍拍她的肩膀自顧自地打卡下班走出去。

王如看著她有點緩慢搖晃的背影實在擔心，此時機構楊主任卻又叫了她過去，只能讓葉敏華自己回家了。

搭上計程車，肚子的酸痛更加明顯，小腿也覺得腫脹的厲害，決定請司機送她到婦產科診所，半小時後已經被安置在病床上打點滴。

「葉小姐，要不要通知妳先生過來？」護理長檢查了一下點滴，看著臉色稍微恢復正常的葉敏華問道，剛剛她臉色蒼白被正好下班的吳理仁扶進診所，把大家都給嚇了一跳，緊急讓她先躺下，請院長先檢查了。

「不用了，他今天公司很忙。」葉敏華講話的氣力恢復了些，方才坐在車上那漸漸虛弱的感覺也嚇到她自己了，下車之後差點就走不到診所門口，巧遇醫檢師扶著她進了診所。

護理長梭巡著她的臉色與眼神，「妳今天怎麼自己跑來？妳這種樣子等等自己回家不是很安全，最好有人陪著比較好。」

葉敏華搖搖頭，「今天下午我跟社工同事出去找小孩，大概是走太快了，所以才會這樣，剛才院長不是說打完點滴就可以回家了嗎？就別驚動我家人了，不然他們會嚇壞。」

「打完點滴原則上就可以回去了，但是接下來幾天，妳要好好在家臥床休息，」護理長臉色嚴峻地盯著她，「妳那麼辛苦，打了那麼多針才有這個孩子，怎麼這麼不愛惜自己呢？」

葉敏華被責備地囁嚅了起來，「我很小心的，只是今天……」

「只是今天去追小孩了。」護理長沒好氣地瞪著她，「妳也得顧好自己的小孩啊！」

「知道了，我會注意的，」葉敏華小聲地說著，護理長生起氣來讓人心驚膽戰，「阿長，我的寶寶沒事吧？」

「知道怕了?!」

「我的寶寶沒事吧？」

護理長看見她憂慮的眼神也不想再讓她更不安，便緩了語氣，「沒事，我們只是生氣妳不愛惜自己，妳的身體不容易懷孕，一定要萬事小心，今天是太過勞累了，所以剛才寶寶在跟妳抗議了，不過如果妳剛才沒有來診所，後果難以想像。」

「是啊，還好剛才在門口遇到醫檢師，不然我可能真的走不進來了。」葉敏華滿心感激吳理仁適時地扶住了她，否則可能會暈倒在路上。

「妳一定要好好照顧自己，這兩天一定要在家裡休息，不是每次都那麼好運可以有人幫妳。」護理長諄諄叮囑著。

「知道了，謝謝阿長。」葉敏華真心地說著。

「真的不用通知李先生？」

「不用，真的，我等等告訴我媽就好了。」

護理長沒有再說什麼就走出去，在外面見著了吳理仁，「你怎麼還沒走？」

「沒什麼，想說關心一下那位葉小姐的狀況，剛才有點驚險。」吳理仁問道。

「葉小姐沒事了，院長說她是太累了，打個點滴休息一下就可以回去了，剛才還好遇到你。」護理長說完就搖搖頭去了護理站，吳理仁若有所思地瞥了一眼敞開的病房大門。

病房裡的葉敏華想了想，還是拿起手機打電話給葉楓。

「敏敏，妳不是要回來吃飯嗎？怎麼還沒到家啊？菜都涼了。」葉楓關掉爐子上正在熬湯的火問道。

「我在診所打點滴。」

「打點滴?!怎麼了妳?!」葉楓緊張地握著手機追問。

「沒事沒事，不要緊張，」葉敏華記得母親什麼事都能承擔，唯有從小她只要一生病，母親就會非常焦慮驚慌，「我只是今天太累了，所以來診所打個點滴，等等就回去了。」

「小桐陪著妳嗎？可是他剛才有LINE我說在加班啊。」

「小桐在開會，我自己在診所，」怕母親又要趕來，連忙說，「馬上就回去了，妳不用來，先煮好飯等我回去吧。」

「要不要通知一下小桐？讓他去接妳？」

「不要不要，」葉敏華趕緊制止母親，「他今天公司好像有突發狀況，剛才到現在也都沒有其他簡訊，我怕有事情，別打擾他，真的，我點滴打完就坐計程車回去了，妳別再跑出來，這樣回去又要等很久才能吃飯。」葉敏華努力安撫好母親，滑了一下LINE，確定李桐沒有發新的訊息過來，心裡掛念著不知道公司是不是發生了什麼事情。

站在房門附近的吳理仁聽完她講的電話，低頭轉身離開診所。

一個半小時後，點滴眼看著就要結束了，葉敏華的手機響起了LINE通知，擔心地打開來看，果然是丈夫的來訊，『到家了嗎？怎麼沒有給我個訊息？』

『快到了。』

『快到了？現在已經八點半了，怎麼那麼晚？妳加班嗎？』

『稍微加班了一下，已經在車上，等等到家跟你說。』

『好，路上小心，到家跟我說一聲。』

『好，你今天會加班到很晚嗎？』

『公司出事了，應該會到很晚，妳先休息，別等我。』

『出事了？』

『嗯。』

『好，別擔心我，你專心公務。』

葉敏華吁了長長一口氣，還好瞞過去了，趕緊用手機上網查新聞，赫然看見幾分鐘前剛更新的新聞，知道丈夫正在忙才會沒有追問細節，十分鐘後，點滴幾乎到盡頭了，按下呼叫鈴讓護理師來拔掉針頭。

李桐看著自己的 LINE，雖想追問妻子怎麼還沒到家，但是總經理辦公室裡面砲聲隆隆，讓人無暇他顧。

「這算什麼?!你們就該想辦法攔下來，什麼叫做要採取危機處理，結論就是要我承認這些事情?!」小廖副總從外面被通知趕回來參加會議，聽見處置方式發怒地指責張簡靖，「到底成立你們這個公關室是做什麼用的?!」

「你先別發脾氣。」林世傑在副總吼叫許久之後才出聲，為了顧全副總的面子，目前只有兩位副總、張簡靖跟李桐在他的辦公室裡面，至於大廖副總則是不發一語地坐在旁邊，心裡有著自己的盤算。

「什麼東西?!」小廖副總並不買帳，將矛頭轉向總經理，「你不要以為我不知道，你故意繞過我跟我哥設了個公關室就是想要拉下我們，誰知道你是不是買通了外人誣陷我。」

大廖副總聽見他扯到了自己，只是臉色一凜卻沒有說什麼，心裡怪他性子太急。

張簡靖起身把財務部準備好的資料拿到小廖副總面前，「這什麼？」副總只瞄一眼，臉色就暴怒漲紅，「這算什麼?!」把整疊資料甩到張簡靖身上，李桐虎地站了起來。

「你鬧夠了沒有？」大廖副總一聲喝斥，辦公室裡頓時安靜下來。

「哥！」

「住嘴！」一直不吭聲的大廖副總看到財務部準備好資料就知道這件事已經證據確鑿，恐怕連他自己手上那些錢也都被查清了，他轉頭看著總經理，「你們打算怎麼做？」

「我已經跟董事長討論過了，」林世傑靜靜地說著，「剛才的網路新聞你們也看到了，媒體手上有很清楚的資料，也拿到了廠商那邊提供的證據，而且不只一家提供證據，這件事是推託不掉了。」他瞥了一眼張簡靖，張簡靖便把準備好的聲明稿交給兩位副總。

「要我辭職?!」小廖副總瀏覽完聲明稿忍不住地又咆哮起來。

「這是目前最好的方式，」林世傑有意無意地瞥了大廖副總一眼，「道歉辭職，你一樣還握有廖氏集團很多的股份，但是可以讓這件事情迅速平息，畢竟這是私人企業，你道歉辭職，問題也就不大了，如果你不願意，想要否認，我們擔心對方會拿出實際的證據，到時候就會更難處理。」

「這是我們家族企業……」

「但我是董事會聘請來的專業經理人，」林世傑打斷他的咆哮之聲，不想他繼續在部屬面前失禮，「我必須要對集團名聲做出最好的決定，這也是董事長同意的。」

「我去跟伯父說。」小廖副總憤怒地起身打算要去頂樓層，卻被林世傑淡淡的聲音制止了。

「董事長回去了。」

大廖副總抬頭看著他，知道這是什麼意思，「我父親的意思也要我一起辭職嗎？」

小廖副總訝異堂兄會突然自己承認，「哥，你?!」

「如果你願意這樣，也很好，我們可以修改一下聲明稿，表示你願負連帶責任，集團高層管理會重新任命，」林世傑深深地望進他的眼眸，「在下一個未爆彈爆炸前先處理，是比較好的方式。」

總經理辦公室陷入了一陣沉默，沒有人催促兩位副總立刻做出決定，儘管隔壁的總經理室會議正在等候他們。

打完營養針跟點滴的葉敏華感到體力恢復不少，穿上大衣圍上圍巾，緩步走出診所，準備用手機叫計程車，一輛黑色的休旅車慢慢地滑向她面前，隨著車窗緩緩降下來，葉敏華露出大大的笑容，「你怎麼在這裡？」

晚上十點半，總經理室會議有點沉悶，除了各部門經理外，還有公關室成員跟總經理，唯獨少了兩位副總。各部門經理已經看完手上的聲明稿，也看到投影幕上連結的網站新聞，小廖副總收賄的新聞一如預期地在晚上八點二十五分的時候在網路上炸開了。

「目前大家手上看到的，就是公關室擬好的聲明稿，剛才公關室九點半已經發到各媒體網站，明天上午十點也會在一樓的大會議室召開記者會，預計明天上午這裡會非常吵鬧，請各位經理進出時要小心，也請交代各部門職員不要隨意接受採訪，如果媒體想要採訪，請聯繫公關室，目前只有我跟總經理可以代表公司回應這個事件，而且主要會由我先回應，總經理是最後一關，同時總經理的媒體約訪會由我來安排。」張簡靖清楚地向所有部門主管傳達應變訊息，對於這家集團來說，這些老臣子們其實不懂，為何是由總經理特助做主要回應媒體的人。

也有部門經理懷疑為何連大廖副總也一併請辭了，總經理避重就輕地回答大家的疑惑，李桐一直都靜靜地聽著會議進行，只有在老總諮詢他的時候才開口回答，他不想讓大家覺得張簡需要他的建議，這是張簡兼任公關室經理後的第一個危機處理事件，他只想好好地支持老同學完成這次的任務，在這個極保守的集團內樹立起公關室的存在價值。

＊　＊　＊

他瞥了眼手錶，十點四十分了，滑開手機，發現妻子並沒有傳來已經到家的訊息，困惑地發訊息問她是否到家卻沒有被讀取，五分鐘後又寫了訊息給葉楓，詢問葉敏華是否已經到家了？

「李桐，接下來的廣告行銷你有什麼想法嗎？」林世傑突然話題一轉，來到後續挽救名聲的規劃上。

李桐立刻把自己今晚盤算過的一些想法做了口頭上的報告，林世傑點點頭，又詢問了這樣大概需要多少預算等細節做了進一步的討論，他們都很清楚，危機過後是需要重建名聲的，從何處開始，幾時開始是相當重要的關鍵。

回答總經理的過程中，手機震動了幾次，等到林世傑又開始詢問財務部一些問題時，李桐才利用時間翻開手機正面，詫異地看到岳母也很焦急女兒尚未到家也聯繫不上的訊息，連忙點開妻子的頭貼，看見剛才發出的訊息一直未讀取，不禁擔起心來，看了一眼總經理跟張簡靖，前者正專心跟財務部紀經理講話，後者則是跟 Alex 在討論隔天早上的記者會細節，他站起身來走出會議室，打了電話給葉敏華，連續撥了三通都是響了幾秒就轉進語音信箱，LINE 訊息還是沒有讀取，馬上又打給岳母，電話一接起來就是她焦慮的聲音。

「小桐，敏敏沒有跟你聯絡嗎？」

「沒有，八點半的時候她跟我說快到家了，怎麼還沒到?!」李桐心裡萌生一絲的不安，不管是有緊急的案件或是出勤，她總是會留個訊息，這是彼此的約定，況且剛才她說自己正在返家途中，怎麼可能經過了兩小時都還沒有到家。

「她晚上有從診所打電話給我，說在打點滴，打完就回來了，還叫我把飯菜準備好等她，可是一直沒有回來，剛才我打電話也都沒人接。」

「診所？什麼診所？她怎麼了？」李桐大吃一驚，怎麼會妻子去了診所打點滴自己不知道，「她為什麼去打點滴？」

「她說今天好像太累了，所以去診所打個點滴，其他的沒有多說，也不讓我告訴你，說你今晚公司加班很忙，我一直不敢LINE你，直到剛才你寫訊息給我，我才敢LINE你。」

「有說去哪家診所嗎？」李桐看著手錶已經接近十一點了，大部分診所也都休診了，這樣沒有交代又不讀訊息讓人憂慮不已，加上身體不適，會不會在路上發生什麼意外？

「她沒說，不過她現在懷孕，應該不敢隨便到其他診所打針，可能是去婦產科診所吧。」葉楓自責當時沒有問清楚。

「我打電話去診所問問，妳也再繼續打電話聯絡敏敏。」李桐掛斷電話後，連忙從手機聯絡人裡面找出婦產科診所的電話，門診部的護理師早就下班，只剩下病房部的值班護理師接聽電話，但是因為不確定李桐是誰，因此不敢幫他查資料。

「我是葉敏華的先生，她今晚說身體不舒服去診所打點滴，但是到現在都還沒有回家，我想她應該是來這裡打點滴的，麻煩請妳幫我查一下她有沒有來過就好了。」

「可是我不確定你的身份，還是你要來這裡一趟，有什麼身份文件讓我確認一下？」護理師在電話那頭提出建議，「不然我不能隨便提供患者的資訊。」

李桐回頭望了一眼玻璃牆內的總經理室會議，不確定自己是否可以馬上離開，內心非常焦慮，「妳整晚都在診所嗎？」

「是，今晚我值班，你可以隨時過來，我姓孫。」

李桐看了看手錶，不死心地又問了一次，「我真的是葉敏華的丈夫李桐，妳可以先進電腦查一下她的資料，上面會有我的姓名跟我這支手機號碼，拜託妳，只要先查這個就好了，確認我是她丈夫，妳再幫我，拜託妳了，她突然聯繫不上，我很擔心。」

孫護理師猶豫了一下，覺得可行，而且他聽起來真的很擔心，便先打了電腦查詢，跟李桐核對了姓名跟手機號碼，還有葉敏華的身分證字號後確認是他，「李太太今天晚上有來過診所沒錯。」

「知道她幾點走的嗎？」

「大概八點半左右。」

李桐的心跳不由自主地飛奔起來，那已經是兩個多小時前的事了，「她今晚去的原因是哪裡不舒服嗎？」

「你不知道嗎？」孫護理師覺得很困惑，「自己的太太怎麼了也不知道嗎？」

李桐頓時啞口無言，是啊，怎麼會連自己妻子生病了都不知道，現在還到處在找妻子？但這不是害怕丟臉的時刻，「因為我今天在公司加班，我太太沒有跟我說她不舒服就自己來診所了，所以我不知道她今天的身體狀況，可以請妳告訴我嗎？」李桐低聲下氣地問道。

「她今天好像是疲勞過度，來診所的時候差點昏倒，打了點滴之後，狀況好很多就回去休息了，阿長還交代她這兩天一定要在家裡好好休息。」

「差點昏倒?!」李桐緊握著手機，心頭一陣糾結慌亂地想著，『那她現在會不會是因為昏倒在路上所以才聯繫不上？』

「有點貧血，要小心照顧。」孫護理師說道，「你說李太太到現在都還沒回家嗎？」

「是。」

「這樣太奇怪了，病歷上紀錄她大概是八點半左右離開的。」

「請問診所門口有監視錄影器嗎？」

「沒有，院長想保護病患隱私，所以沒有在診所外面安裝監視錄影器。」孫護理師解釋道。

「好，我知道了，謝謝妳，我繼續聯絡我太太，謝謝妳。」

失望地掛斷電話後，馬上又打給葉楓，確認仍然無法聯繫上葉敏華，只能又找出王如的電話，響了幾聲馬上就被接起來，「王如嗎？」

「李桐?!」王如看見來電顯示很意外，「敏敏怎麼了嗎？」

「敏敏到現在都還沒有回家，」李桐劈頭就直說了，「她有跟妳聯絡嗎？」

「到現在都沒有回家?!」王如看了一眼家裡牆上的時鐘，也跟著急起來，「十一點了耶，她該不會暈倒在路上吧？我真該送她去醫院的。」

李桐聽她的言語得知妻子白天可能就開始不舒服，卻都沒有跟自己說，「敏敏今天怎麼了嗎？為何會去診所？」

王如把今天發生的事情跟整天的行程鉅細靡遺地告訴了李桐，「下班前我看她臉色不太對，說要送她去醫院，但她又說自己沒事，回家休息就好了。」

「她晚上自己去了診所打點滴，大概八點半離開診所，可是到現在都找不到人。」

「她去過診所了？」王如問道，「那現在人在哪？都沒有跟你聯絡嗎？」

「沒有，訊息也都沒有讀取，最後聯絡是快八點半時，她其實應該還在診所，卻跟我說她快到家了。」

「她可能是不想你擔心，所以就騙你快到家了。」

「她有可能去案主家嗎？」

「不會，我們不會單獨去案主家，如果有緊急狀況，我也會被通知，或者我打電話問一下主任，是不是有其他同事陪她去哪裡，這麼晚了，該不會在路上出什麼事了吧？」王如一說完就馬上在木頭牆壁上敲了三下。

「妳問完跟我說一下，我繼續打電話找找看。」

「好。」

可是掛掉電話後的李桐，只是愣愣地看著自己的手機，還能打給誰呢？從八點半到現在十一點了，這兩個半鐘頭的時間，葉敏華去了哪裡？

王如很快地就回電告知機構主任並沒有交辦任何事務給葉敏華，李桐訥訥地掛斷電話，看著自己的手機頓時沒了主意。

「李桐？」張簡靖從裡面看到他站在外面打電話失魂落魄的樣子，打開會議室的門出來尋他，「發生什麼事了嗎？」

李桐一臉焦慮地看著老同學，張簡靖不曾見過他如此，剛才還在會議室裡腦筋清晰地說明後續的廣告計劃，怎麼轉瞬間如此失魂，走到他面前定定地看著他，知道不會是公司的事情，因為工作上的事情，他從不慌亂，「怎麼了？」

李桐眨眨眼睛，口乾舌燥地，「敏敏不知道去了哪裡，大家都聯絡不上她。」

「什麼意思？」張簡靖一時之間沒有意會過來，李桐把剛才知道的線索告訴了他，這才明白眼下的情況，「但敏敏這麼大個人怎麼會不見？會不會是身體不舒服，在路上怎麼了，被送去醫院之類的？還是又去哪裡拜訪案家，時間耽誤了？」

「她同事確認晚上沒有工作，如果真被送到醫院，醫院也應該會打電話給我，可是從八點多到現在，我發去的訊息她都沒有讀取。」

「手機？」張簡靖想起什麼地說道，「她有開定位嗎？你們有設定追蹤記錄嗎？」

李桐搖搖頭，「因為怕案家的地點留下記錄，所以她平日不會開定位，只有開車導航會開一下，下車就又關掉了。」

正說著，總經理室會議似乎結束了，各部門經理正一臉倦容魚貫地走出會議室，張簡靖拍拍李桐的肩膀，「跟老總說一下，你就趕緊回去吧。」

「不，」李桐搖搖頭，「不用跟總經理說，現在公司這麼亂，我的私事不用軋進來。」

張簡靖看了他一眼，知道他心裡急，跟公關室成員確認隔天上午的工作內容後，便讓他們早些回去休息，儲備體力面對隔天的混亂，最後會議室只剩下總經理跟他們兩位。

「明天就拜託兩位了。」林世傑語重心長地說道，「我知道公關室還沒完備就要打仗很辛苦，但公關室之所以在這時候成立，也正是為了預防這件事所帶來的負面影響，明天的記者會要掌握好，張簡，希望這件事情到此為止，新聞不要超過三天，」他看了一眼站在一旁臉色凝重的李桐，「後續廣告怎麼推，如何挽救名聲，李桐，就看你的了，看準時機，該怎麼做就怎麼做。」

「好。」李桐回答著，張簡靖瞥了他一眼，見他沒打算說，自己也不便說什麼。

「那你們也早點回去吧，今天你們也辛苦了，明早還有一場硬仗要打。」總經理站起來說道。

「那您呢？要通知小陳去開車嗎？」張簡靖問道。

「我還要去董事長家一趟。」林世傑起身扣上西裝外套的扣子，隨即看見秘書 Helen 將他的大衣拿了過來，「Helen，通知小陳，然後你們就都趕緊回去休息吧。」

Helen 快步走回辦公桌打電話通知司機，張簡靖陪在總經理身邊等著電梯，李桐沉默地站在旁邊一同進了電梯，到了廣告部門的樓層，李桐向總經理欠了欠身便走出電梯，總經理看著他，覺得他的樣子有點異於平常，林世傑看了眼自己的特助，見他沒有要說什麼，林世傑也沒有多問，今天已經有太多事情要煩了。

李桐回到自己的辦公桌，立刻打電話給葉敏華，手機依然轉入語音信箱，馬上又撥給葉楓，還是沒有消息，翻看手錶，已經十一點十分了，到底人去哪裡了？

「小桐，要不要報警啊？」葉楓在電話那頭急得聲音都顫抖了。

「如果晚一點都沒有回來，我們就去報警。」李桐只擔心妻子是在路上出了意外。

「你還在公司嗎？」

「我下班了，現在要回去了。」李桐很快地將自己的筆電收進背包。

「小桐，」葉楓在電話那頭問道，「敏敏以前有發生過這種事嗎？突然找不到人？」

「沒有。」李桐強自忍耐著內心的焦慮，「從來沒有過，就算是之前她夜裡必須要去家訪，也會讓我送她跟同事去到附近，從不會單獨行動或是像這樣聯絡不上。」說著便自責起來，因為公司有緊急事故，所以連她生病了自己都不知道，更別提應該送她去診所或是其他地方。

「那她是跑去哪裡了啊？」葉楓終於忍不住地哭了起來，「已經十一點了，到底是跑哪裡去了？」

「也許是身體不舒服，去了哪家醫院吧？」李桐安慰著岳母，但是這理由連他自己都不信，「媽，我現在要回去了，我們保持聯絡，我去診所附近看看，一有什麼消息，請立刻告訴我。」

掛斷電話揹起背包就要走進電梯，正好張簡靖從電梯走出來，「找到人了嗎？」

李桐搖搖頭，兩個人一起走進電梯，李桐直接按往停車場的樓層，不發一語，滿腦子過濾著妻子可能會去的地方。

「其實這時間也不算很晚，敏敏是個成年人了。」張簡靖安慰地說著。

李桐只是看著樓層燈不斷地規律跳動著，老兄弟說的他當然知道，「只是她今天身體不舒服自己去了診所後就找不到人，連訊息都沒有讀取，是因為這點讓人很擔心。」

張簡靖只是點點頭，「你現在要回家了？」

「我想去診所附近看一下。」

「我跟你一起去？」

李桐搖搖頭，「你早點回去休息，明天你有硬仗要打。」

張簡靖沒有再堅持，只是陪著他走到車邊，「敏敏到家後給我個消息。」

李桐點點頭沉默地上車，張簡靖看著他的車子駛離，覺得今天真是個多事之秋。

第五章

夜裡車少，不到二十分鐘，李桐便到了診所外，發現這裡的確沒有監視錄影器，路口也沒有，明知道不可能在路上看到妻子，但仍不死心地又繞了繞才開車回家，到家時已經午夜十二點了，一進門就迎來岳母一臉的蒼白焦慮跟紅腫的淚眼，顯然妻子還沒有回來。

「媽，先別急，我們再等等，可能敏敏身體不舒服在哪裡休息了，妳先坐下，也許敏敏過會兒就回來了。」李桐扶著岳母的手臂讓她在沙發上坐下，自己明明也是擔憂不已，但又不敢在岳母面前表現出來，怕她更加焦慮，「我去倒杯水給妳。」

葉楓一顆心全懸著，壓根聽不進女婿這些安慰，李桐走到廚房倒水，腦海裡不明所以地跳出妻子的夢境跟一年前的新聞，越想越心驚，『敏敏，妳到底在哪裡?!』拿著水杯的手顫抖著，從熱水瓶裡倒出來九十五度的水一個閃神全淋在手上，痛得一鬆手，水杯砸在磁磚上碎成一地，李桐抓著被燙到的手，看著滿地的碎片覺得是個不祥的預兆。

「怎麼了？怎麼了？」葉楓從客廳跑來，看見他右手背都紅了，「你燙到了？」

李桐點點頭，準備走去陽台拿掃帚卻被葉楓制止，「你去沖水，我來整理。」

李桐無言地轉身打開水龍頭將刺痛不已的右手放在冷水下面沖著，一邊看著葉楓開始打掃地上的狼藉，沖水不到一分鐘就聽見自己的手機響了，立刻衝到餐廳從大衣裡面拿出手機，卻失望地發現是張簡靖的來電。

「是敏敏嗎？」葉楓也衝到他旁邊問道，手上還抓著掃帚。

李桐搖搖頭滿是沮喪的語氣，「是張簡。」

葉楓在椅子上坐下，眼淚成串掉落，不知道心肝寶貝到底去了哪裡，人安全嗎？

「敏敏回來了嗎？」張簡靖不待李桐開口，劈頭就問。

「還沒。」

聽見李桐像鬼魂一樣低沉又輕的語調，他心頭一沉，看看牆上的時鐘，已經都要凌晨一點了，這時候葉敏華都還沒回家，也不能只是一味地安慰老同學了，「這麼晚了，如果都還聯繫不上，要不要考慮去報警了？」

「嗯，如果等等……」李桐頓了頓，一陣鼻酸，「都沒有消息，就要去報警了。」

「打算幾點去？我陪你去。」張簡靖義不容辭地說道。

「不用了，你應該要養精蓄銳準備明天的記者會，」李桐感謝他的支持，但工作上的危機事件也是不容忽視的，「你早點休息，我先掛電話了。」不等張簡靖回應就逕自掛斷電話，不想讓他知道自己此刻的脆弱而影響工作。

張簡靖瞪著突然被掛斷的手機半晌講不出話來，身旁的妻子問道，「李桐怎麼說？敏敏還沒回家嗎？」

「還沒。」

「那我們要陪他去報警嗎？」

張簡靖將手機放在床頭，「他拒絕了，因為明天一早公司有緊急記者會，他要我早點休息。」

「那我們真的不去嗎？他有打算報警吧？」

「他說等等如果還是沒消息就會去報警。」張簡靖躺進溫暖的被窩裡看著天花板，想到剛才電話那頭壓抑悲傷的聲調又坐起身來，「不行，我還是要陪他去。」因為他知道易地而處，哪管隔天是任何天大的事，李桐也會站在他身邊。

王藝君素來與葉敏華交好，讓她自顧自地在家等待也是受不了的事情，立刻起身跟丈夫更衣準備出門。

李桐掛斷電話後開始打電話到台北市各大醫院急診室詢問是否有妻子的看診紀錄，甚至也詢問是否有不知道姓名的女性被送去醫院，然而，打遍了大台北地區的急診室電話後並沒有得到任何跟妻子有關的消息，讓他更加焦急。此刻卻只能呆坐在餐桌旁，看著手機的時間一分鐘一分鐘地變化，暗了的手機又再滑開來，王如也打過電話來了，機構主任也來電關切，這一夜驚擾了許多人的好夢，唯有不敢告訴南部的父母，不想更多人一起操心。

只是，這樣一分鐘猶如一日那麼漫長的等待，不到一點半，李桐就再也無法忍受這種無能為力的感覺，站起身穿上大衣，右手突然一陣劇痛，不知幾時手背已經長了一個直徑六、七公分的大水泡，穿大衣時粗魯地弄破了水泡，這彷彿才想起剛才被高溫的水燙傷，但此刻也顧不得傷口疼痛，轉身跟一直在客廳走來走去的岳母說，「媽，我去一趟警局。」然後回書房找出家裡的戶口名簿。

「報警嗎？我一起去。」葉楓急忙走向門口開始穿鞋。

李桐幫她拿起大衣，走到玄關看見她雙手顫抖地無法將鞋扣好扣上，半跪在地上幫她扣上，不知道此時該跟岳母說什麼，敏敏是她的心肝寶貝，此刻她心中的憂慮是難以安撫的，但他自己何嘗不是？

「你的手？」葉楓看見他手上破掉的水泡跟殷紅的傷口才想起剛才的事情，那一地的碎片自己也沒有打掃完。

「不礙事，」李桐扶著她一起站起來，「走吧。」

剛按電梯就再次接到張簡靖已經快到他家的電話，儘管一再拒絕，但老同學夫妻的堅持讓他只能跟葉楓站在一樓大廳等候他們。

* * *

「你說失蹤多久？」派出所的員警問道。

「我妻子八點半從診所離開到現在都找不到人，快六小時了。」李桐說道。

「你是說從昨晚八點半到現在？才六小時？」

李桐眼神一凜，「才六小時是什麼意思？」

「李先生，最近你跟妻子有吵架嗎？」員警問道。

「什麼意思？」

原本在做紀錄的的員警放下筆，看著眼前坐成一排的四個人，「才六小時，其實還不用急著來報警，搞不好天亮就回來了，如果你們倆這幾天有吵架的話，搞不好只是出去散散心，很多人都這樣，夫妻吵架之後離家出走，沒兩天就回來，搞不好你太太也是，這麼早就報警，到時候還要來銷案。」

「我不知道你怎麼有那麼多的搞不好？」李桐眼神發冷地瞪著眼前這位中年員警，「但我跟太太感情很好，我們近期也沒有吵過架。」

「是嗎？」員警露出一種似笑非笑的神情，彷彿見多了這種家庭鬧劇，「不過你太太是成年人了，你說她是社工是嗎？會不會加班什麼的？你要不要再回家等等？」

「你為什麼不讓我們報案？」葉楓激動地站起來問道。

「我沒有不讓你們報案，我只是說這種常常都是鬧點小脾氣，或是外出一、兩天就會回來，到時候你們還要來銷案。」員警勸著，過去他的確是遇到不少這種烏龍報案，已經見怪不怪了，也覺得多一事不如少一事。

「我跟妻子沒有吵架，」李桐知道這位員警的意思，對這種公務流程感到無奈與憤慨，「我要求你現在就接受我們的報案，就算最後我需要來銷案，那也是我的事，現在你的工作是接受我的報案，這是我的身份證跟我們的戶口名簿，還有我妻子的照片。」他伸手將文件推到員警面前，手上觸目驚心的傷口好像無感一般，卻引來其他人的注意。

「李桐，你的手?!」王藝君驚訝地問道。

李桐揮揮手表示不礙事，員警卻坐直了盯著他的傷口，「這是新的傷口吧？」

李桐只是瞪著他，「我的傷口跟你無關，你可以開始受理我們的報案了沒？」

「我記得你們有一個《失蹤人口查尋作業要點》是吧？」一直在旁邊不說話的張簡靖突然拿出手機，把他在網路上查到的法條亮在員警面前，「上面說只要有人失蹤，就可以馬上報案，警方也必須受理否則會收到申誡處分？我看到的法條沒錯吧？」

員警看著眼前這位男性，又看了看李桐跟他手上的傷口，不悅地翻開《受理人口失蹤案件登記簿》開始逐項詢問與登錄資料，最後撕下一聯交給李桐，看著他手上令人起疑的傷口冷冷地說道，「現在我們正式受理了，等等我會立刻將這些資料輸入失蹤人口系統，全國的警方都會看到資料協尋，有任何新的消息都會隨時通知你。」

李桐握著那張登記表，向他欠了身，「謝謝你，就拜託你們了。」說完扶著岳母起身。

「就這樣嗎？」葉楓茫然地看著女婿跟員警。

「暫時大概就只能這樣了，警方已經接受報案了。」李桐說道。

「所以你們會去幫我們找敏敏嗎？」葉楓一臉殷切地看著員警問道。

「我們會先去李太太最後出現的診所附近看看有沒有監視器。」

「請一定要幫我們找，我只有這個女兒啊，」葉楓說著就大哭了起來，緊抓著員警的手，「從小就只有我們兩個，敏敏是很棒的女兒跟太太，請一定要幫我們找到她，拜託你了，警察先生。」抽抽噎噎的都要聽不清，但是那碎裂心腸的憂慮，在場的人全都感受到了。

王藝君走過來抱著葉楓，「阿姨，會找到敏敏的，別擔心。」雖這樣安慰，但自己也忍不住紅了眼眶。

李桐別過頭去，抬手拭去眼角的淚水，站在旁邊的張簡靖拍了拍他的背。

一行人走出警局，經過一番折騰已然半夜三點了，天空也莫名地下起了大雨，這麼寒冷的夜裡，這場雨讓氣溫無情驟降，李桐站在車子旁邊望著天空，憂心妻子。

「怎麼下雨了?!敏敏穿得夠嗎？有帶傘嗎？」葉楓邊說邊哭。

李桐眨眨眼睛，忍住又要落下的淚水低聲說著，「你跟藝君直接回去吧，我跟媽媽坐車回去就好了。」

「一段路而已，別囉唆了，上車。」站在身旁的張簡靖不由分說地推著李桐進副駕座，「稍微熬個夜，對我們哪裡有問題？」

「但一早……」不等李桐說完，張簡靖一把關上了車門。

王藝君扶著葉楓上車後，趁著丈夫還沒上車，低聲在他耳邊不知道說了什麼，只見他點點頭便回到了駕駛座。

一路上，車子裡只有葉楓的啜泣聲相隨，李桐滿腦子都在想著妻子現在不知道在哪裡以及發生什麼事情，以為張簡靖要送他們回家的，待李桐回過神來已經停在醫學中心的急診室外。

「這裡？」李桐訥訥地問道。

「你的手要治療，」王藝君在後座說道，「是被燙到的吧？這麼大片，水泡又破了，不馬上處理會感染的。」

「但是……」

「不用多說，」張簡靖斬釘截鐵地打斷他，「傷成這樣還不處理，你是怎樣？敏敏只是暫時沒消息，你這樣是要怎麼找她？打算等她回來的時候，還要照顧感染倒下的你嗎？」

李桐沉默不語，只是不想耽誤老朋友的時間。

「送你進去掛號之後，我跟藝君就會先回家，我知道你擔心我不夠精神應付早上的記者會，所以等等我不會留下來，治療完之後你跟阿姨自己坐車回去，這樣你可以好好進去醫院了嗎？」

李桐點點頭開門下車，他當然知道手上的傷口一定要處理，從離開警局之後，這一路他的手都又燙又痛，只是對他而言，現在有太多事情的重要性都遠大於這隻手，「你跟藝君不用下車了，我會進去掛急診，你早點回去休息吧，好歹睡一下，天亮之後有很多事情要做。」

「你也是，等一下回去，就算再睡不著，也要躺下來休息一會兒。」王藝君說道，看著他這般失魂落魄的樣子，擔心萬一葉敏華要真的發生了什麼意外可怎麼辦，轉頭看著一直流淚不止的葉楓，「阿姨，妳也要休息，這樣敏敏回來時，妳才能趕快煮點營養品給她補一下。」

葉楓手裡拽著的手帕早已濕透，抹去臉上的淚水，「謝謝你們，這麼晚了，還陪著我們。」

「阿姨，別這麼說，待會兒回去一定要休息一下，我想敏敏也許一早就會回來了。」張簡靖安慰著說道，「李桐，記者會的事情有我，你就請一天假在家裡休息吧。」

李桐不置可否地關上車門，「謝謝你們，早點回去吧，開車小心些。」

＊　＊　＊

隔天早上八點半，公司裡瀰漫著詭異的氣氛，原本九點才是上班的時間，許多員工不約而同地提早到了，只見一樓大會議室正準備著十點鐘的記者會，員工們都看見了昨晚的新聞而竊竊私語地特意繞過大會議室外面，探頭探腦地想要知道事情的發展，公關室人員一方面佈置場地，準備媒體資料袋，一方面回應員工們好奇的探問並提醒大家不要接受媒體採訪。

幾分鐘後，林世傑也來到會議室，張簡靖向他報告準備的情況，總經理聽完，看了一下媒體資料袋裡面的文件點點頭表示滿意，只是細看之下，發現張簡靖看起來一臉疲憊，「昨晚沒睡好吧？辛苦你了。」

張簡靖猶豫了一下，「還好。」知道應該要告訴他葉敏華失蹤的事情，但此時公司的處境並不適宜，也別給他添煩，張簡靖很明白半夜裡李桐說不用告訴總經理的意思。

林世傑挑挑眉毛，疑惑地看著欲言又止的特助，「有什麼我需要知道的事嗎？」

張簡靖搖搖頭，「沒什麼，等一下開完記者會後，我會上去跟您匯報，您暫時不要出現在這裡比較好。」

林世傑點點頭，環顧了一下四周便走向正從停車場上來的電梯，意外在電梯門打開時看見李桐正倚在電梯角落，閉著眼睛休息的他竟沒發現走進電梯的是總經理，林世傑按了樓層，待門關上之後才轉頭看他，一臉倦容連眼下都出現了陰影，插在大衣口袋裡的右手腕露出包紮的紗布。

「你的手怎麼了？」

總經理溫潤的聲音讓李桐瞬間張開眼睛，連忙站直身子，把右手從大衣口袋裡抽出來，「總經理早。」

「你的手怎麼了？」林世傑又問了一次。

「沒什麼，昨晚不小心被熱水燙到。」

林世傑看見他的眼底帶著一抹憂色，還沒能再多說什麼，廣告部的樓層就到了，李桐只是欠了下身便走出電梯，「我先進辦公室了。」

「嗯。」隨著電梯門即將關閉，看著李桐走向辦公室的身影有點寂寥，覺得這兩位得力助手今早都有點異常。

走進辦公區，沿路許多同事跟他打招呼，想要探聽公司昨晚發生的事情，但是看見他嚴肅的臉色也不敢多問，李桐很快地召開了部門會議，交辦了接下來要進行的廣告行銷計畫，大家離開會議室後，自己繼續沉默地坐著。

在醫學中心急診排隊包紮完回到家已經清晨五點，回到臥室的李桐，身心俱疲地倒在床上，卻怎樣也無法入睡，身旁枕頭與棉被上還有妻子的香氣，聞著，淚水無法再忍耐地滑落，不知道妻子到底出了什麼事情。七點半盥洗完準備出門，走到客房想要跟昨晚留宿在這裡的岳母交代一下，剛敲了兩下門，同樣難以成眠的葉楓立刻跳起來開門，以為會是敏敏的好消息，卻得知女婿要去上班而非常錯愕。

「你今天還要去上班？」葉楓眼裡不只驚訝，還難掩一絲的責備。

「媽，公司昨晚出了大事，今天我得要進去處理一下，但我會提早回來，除了已經報案讓警方協尋之外，今天也會繼續跟敏敏機構的同事聯繫，看看有什麼可能會去的地方是我們漏掉的。」李桐語氣裡有著明顯的安撫與疲憊。

葉楓昨晚也有看到新聞，是因為女兒後來的失聯才讓她沒有時間關心，「我知道你們公司出事了，只不過，敏敏都不見了，你還有心思上班嗎？」

「其實我不想去，我只想找到敏敏，」他頓了頓，「但我還是得去一趟公司交代一下工作。」

葉楓沒再說什麼，只是嘆了口長長的氣。

李桐剛要走開就突然停下腳步，轉頭看著岳母艱難地開口，「媽，對不起。」

葉楓抬頭看他，「沒關係，我知道工作要緊，你去吧，有什麼消息我會馬上跟你說。」

李桐咬了咬牙，「媽，對不起，如果昨晚我沒有加班，就可以去接敏敏，就不會像現在這樣毫無消息。」

「沒事的，敏敏會回來的。」葉楓看見女婿泛紅的眼眶，反過頭來安慰他，誰能想到女兒會這樣離奇失蹤呢？只是，李桐的道歉卻讓她又忍不住地開始流淚，這悲傷的淚水像是永無盡頭，心頭一直慌得緊。

「你怎麼了？」石大智的聲音打斷了他的沉思，李桐抬起頭看著站在他旁邊沒有離開的師傅。

李桐搖搖頭，「沒什麼，只是很累而已。」

「你的手怎麼了？」石大智的目光落在了他受傷的手上面。

「昨晚燙到了。」

「很嚴重吧？包成這樣，敏敏沒有燙到吧？」

李桐愣了愣，霎時間無法回答這個問題，只覺得一陣鼻酸猛地衝來，趕緊站起身來，「我去樓下看看。」

看著他離去的背影，石大智覺得他們夫妻可能出了狀況，但是，是什麼狀況會讓一向自持的李桐如此失態？

李桐在電梯裡打了電話給王如，確認妻子並沒有出現也沒有消息，猶豫著是否應該打給葉敏華其他幾位好朋友，突然想起員警的話，難道敏敏真是離家出走？只是，他們兩個並沒有任何爭執，岳母也剛搬來，最近兩夫妻的互動在更理解彼此工作處境後益發的親密，怎麼可能會是跑去其他好友家裡？但如果不是離家出走，剩下的只會是更可怕的想像，李桐感到自己全身都在發冷。

* * *

「妳說誰昨晚打電話來？」護理長驚訝地聽見小孫說起昨晚葉敏華丈夫打電話來的事情。

「葉敏華的丈夫啊，就昨天差點在診所外面昏倒，被理仁扶進來的那個社工啊。」孫護理師正要交班，順便跟護理長報告昨晚的事情。

「她丈夫說什麼？」

「說葉敏華昨晚到十一點了都還沒到家。」

「喔？」護理長聽了覺得怪，「她昨天虛弱的狀態，應該就直接回家了，還能去哪裡？後來有說找到人沒有？」

「不知道，沒有再打電話來。」

護理長有點惱怒地從電腦調出紀錄開始打電話，一邊嘟囔著，「這些人就是學不會要遵從醫囑，真是氣死人了！」發現連打三通電話都直接轉進語音信箱，改打電話給李桐得知到現在都還沒有找到人，那些怒氣頓時轉為擔心，腦海裡閃過去年的事件，甩甩頭告訴自己不會又發生同樣的事情，轉頭問小葳，「理仁在嗎？」

「他今天上晚班。」

護理長點點頭打了電話給吳理仁，「理仁，你昨天傍晚不是扶了一位葉小姐進來嗎？」

「嗯。」

「後來你離開的時候，有看到她嗎？」

「我走的時候，她好像還在打點滴。」

「我想也是，你好像比較早走。」護理長嘆了口氣。

「怎麼了嗎？」

「她好像失蹤了。」

「喔？」

「聽說昨晚從這裡打完點滴離開之後就沒有回家，到現在還找不到人，她丈夫半夜已經去報警了。」

「是嗎？這時候開始關心太太了？」

「嗯？」護理長對於他的態度有點困惑，不像是平日溫和的他，「為什麼這樣說呢？」

「這兩次都沒看到他陪太太來，而且那天葉小姐手上不是有個傷嗎？」吳理仁有點用力地踢踢地上的土。

護理長又嘆口氣，「是啊，我剛才也是想到這件事，不過也不能確定這樣是不關心葉小姐。」

「還有什麼事嗎？」吳理仁沒有直接回應，像是對這個話題不感興趣。

「喔，沒有了，就是有點擔心，所以問一下你昨天後來有沒有看到她，你正在忙？」

「正在照顧我媽。」

「喔，好的好的，等你晚班來的時候再說吧。」

「好。」

吳理仁掛斷電話後，再次戴上園藝手套蹲下身子，把剛剛埋下去的玫瑰花苗仔細地鋪平土壤，撒上適量的基肥，也順手幫旁邊另一株玫瑰施肥跟拔除開始枯萎的小雜草，花了一點時間細心照料後才脫掉手套走回屋內準備幫母親進行清潔工作。

＊　＊　＊

「早上我把敏敏負責的案家都打了一遍，但是大家都沒有看見她。」王如憂慮地說著，看著坐在葉敏華座位上的李桐不知道該如何安慰他，機構主任也坐在一旁一起討論著，「你說昨晚也已經打過各大醫院了？」

李桐沉默很久才抬頭看著她們，「如果有任何消息或想到什麼，請立刻通知我，謝謝妳們。」

兩個人跟著起身一起送他到門口，記憶中一直英挺的李桐看起來非常憔悴，王如拍拍他顯得佝僂的背，「你要照顧好自己。」

李桐除了點頭，不知道還能說些什麼。

「對了，你有問過你們總經理夫人嗎？」王如想起什麼似地問道。

李桐旋即轉身看她，「為什麼？」

「沒什麼，只是想說你們總經理夫人本來昨天想要送敏敏回家，但是敏敏拒絕了，不知道會不會其實還是有送她一程？」

李桐想了想，雖然覺得可能性不大，但還是感謝王如的提醒，事到如今，有機會的都要嘗試一下，「謝謝妳，我等一下來聯絡。」

楊主任看著李桐撐著傘轉身離去的背影問了一下王如，「敏敏不會是離家出走吧？」

「不可能。」王如斬釘截鐵地回應。

楊主任轉頭看著她，「如果他們夫妻最近有吵架，這也不是不可能的事。」

「不可能。」王如依然很肯定，「他們感情很好，不可能。」

「好吧，我只是問一下，畢竟夫妻之間的事情，外人也不知道啊。」

王如看著她，「主任，真的不可能，妳沒看到剛才李桐的樣子嗎？這種憂慮跟憔悴是真心的擔心敏敏。」

主任聳聳肩，「我也只是擔心，希望敏敏可以快點回來。」

王如看著主任回辦公室的背影，又轉頭看了走遠的李桐一眼，不知道這個男人會因為這件事被懷疑多久？她服務的案家其實也是經常發生各種被誤解或被污名的無奈，只不過，這次卻發生在自己的朋友身上，儘管她也看過太多金玉其外的假象，但她相信這對夫妻不是其中之一。

走向停車的地方，李桐心裡空蕩蕩的，早上張簡靖在會議室應付媒體的尖銳提問，他站在會議室後方戴著耳機每隔幾分鐘便撥打一次葉敏華的手機，或許是電池已經耗盡，今天都直接轉進語音信箱，但他仍然不死心地打著，只是每打一次身心就發冷一次，記者會結束已經近午，交代完新升任的副理提早上檔新的公益廣告後便離開公司來到妻子服務的機構，王如打遍所有能打的電話仍然沒有一絲消息，此刻開著車子漫無目的地在路上繞行著，每每看見體型與妻子相近的女子都會心頭一跳，幾次急煞車險些釀成車禍。

「是我。」開了許久的車子，最後停在路邊打了電話給張簡靖。

「你在哪裡？」記者會結束後，張簡靖向總經理簡報完曾去廣告部找他，知道他在交代完公事後便請假外出。

「我中午去了敏敏的機構，還是沒有消息。」他低聲地說著，在外面要強忍的情緒，此刻在老同學跟前好像都不需要了，陣陣的心痛與鼻酸排山倒海而來。

「要我做什麼嗎？」張簡靖聽見他的聲音比起昨晚的壓抑更是有過之而無不及，「警察那邊有消息嗎？」

「沒有，」李桐深吸了口氣，「我想要你幫我問一下總經理。」

「好，問什麼？」

「昨天傍晚林太太跟一群朋友到機構聽取簡報，聽說會後林太太一直想要送敏敏回家，但敏敏婉拒了，我想麻煩你幫我問一下總經理，是否可以請他……」

「我知道了，我現在去問，」張簡靖沒聽完就打斷他，「你呢？你要回家嗎？還是要去哪裡找敏敏？」

「……我不知道我還能去哪裡找人。」李桐突然哽咽到無法繼續說下去，張簡靖再能言善道也不知道此刻還能勸慰什麼。

「我先去問，晚上我跟藝君去你家，她擔心你跟阿姨都沒吃飯，說要過去煮飯給大家吃。」

其實李桐不知道自己想不想面對這麼多人，但是單獨面對岳母的悲傷對他更是困難，總不斷想起如果昨晚沒加班就好了，只是，醜聞弊案的曝光哪裡是他能控制的呢？但，這個理由不足以讓他原諒自己，也不足以讓岳母原諒他，「好，謝謝。」

「我等等打給你，但是這樣就表示老總要知道了。」

「嗯。」

張簡靖掛斷電話後來到總經理辦公室，林世傑說道，「我看到李桐送上來的公文了，公益廣告讓他放手去進行，預算我已經簽字了，剛才我讓 Helen 找他上來，但聽說下午請假了？」

「嗯，是的。」

「他怎麼會在這時候突然請假？」林世傑看見特助欲言又止，覺得他一整天好像都有點不對勁，張簡靖還沒回答，他的手機就響了，是妻子打來的，「琮文？」

張簡靖發現是總經理夫人打來的，正想要跟總經理表示有事情要詢問她，只見總經理臉色一變，目光迅速地掃到自己臉上，眼神之凌厲讓張簡靖心頭驚了一下。

「聽說他下午請假，我會了解一下狀況，別擔心，我等等打給妳。」林世傑電話一掛，立刻瞪著自己最信任的特助，「李桐的太太出事了，為何沒告訴我?!」

張簡靖驚訝地看著他，「您怎麼知道？夫人跟您說的嗎？夫人怎麼知道的？」

「琮文說昨天葉社工的臉色看起來不太好，她有點擔心葉社工的身體狀況，結果今天她的手機一直打不通，打去機構，說她從昨晚就失蹤了，到底怎麼回事？」

張簡靖一聽就知道謝琮文昨天並沒有送葉敏華去診所，「原本我是要來請您打電話給夫人，問一下昨天傍晚她有沒有送敏敏去診所，但聽起來是沒有了。」他也難掩失望之情。

「到底怎麼回事？」

張簡靖只能和盤托出，林世傑聽完之後，臉色嚴肅地問道，「李桐現在人呢？」

「中午他交代完公事之後就請假了，剛才跟我聯繫時剛從敏敏的機構出來，」他頓了頓，「他……狀況不太好。」

「遇上這種事情誰能狀況好？昨晚你們竟然沒有告訴我，今天他還來上班？」林世傑既憂又怒，「他不想說我可以理解，但你是我的特助，發生這麼大的事情怎麼能不告訴我？就算是其他員工家裡發生這樣的事情，我也會去關心，更何況是李桐？」

張簡靖被訓斥的無話可說。

「我知道你們可能是擔心小廖的事情，但在這個危機時刻，我一樣要掌握全局，包含我最信任的助手狀況。」

「對不起。」

「報警了嗎？」

「昨天半夜去報了。」

林世傑問清楚報警的過程跟地區，打了電話給警界相關人士，拜託他們務必要重視這個案子盡快協尋。張簡靖知道老闆認識五湖四海的人，或許昨晚就應該讓他知道，只是在這種公司的危機時刻，誰還敢拿家事煩他呢？

「我今天早上看到他，他的手怎麼了？」

「昨晚被熱水燙到了，傷口不小，蠻嚴重的，我們陪他去報警後，有送他去醫院治療。」

「看好李桐。」林世傑叮囑著，「還有後續的新聞走向，這段時間，你就多辛苦了。」

張簡靖點點頭，離開總經理辦公室打電話給李桐，李桐並不意外從林太太那裡沒有得到任何有用的訊息，只不過越是毫無線索，越讓人心驚。

這個傍晚，張簡靖開完會到達李桐家的時候，王藝君已經煮好晚餐，但顯然大家都沒有吃多少，除了一臉憔悴的李桐跟雙眼紅腫的葉楓之外，還有一位他不認識的男性在座。

「家裡今天有接到任何勒贖電話或是可疑來電嗎？」張簡靖進來時正好聽到陳澈問道。

葉楓搖搖頭，面前的飯菜半點都沒動，「陳澈，我們有其他辦法可以找人嗎?應該找徵信社嗎？」

「阿姨，你們凌晨已經報警了，下午李桐來找我時，我打電話去問過了，警方的確有在處理，這時候找徵信社意義不大。」

「我們總經理今天知道這件事之後，也動用他的人脈打了電話給警界高層，請他們務必要重視敏敏的失蹤，」張簡靖接著說道，「阿姨，大家都在幫忙找人，妳不要太著急，先吃點東西。」

葉楓拿起筷子，嘆口氣又放下，李桐沉默地坐著，連筷子都不曾拿起，其他人也不知還能勸慰什麼，事到如今，大家心裡都有了不能言明的心理準備，葉敏華可能發生了意外，但這是誰也不敢說出口的懷疑，靜默的氛圍逼得人幾乎要喘不過氣來，李桐的手機卻在這個時候響起，一個陌生的來電號碼，大家都希望接到電話，可是又怕接到的是不能面對的消息。

「喂？」李桐連忙接起，「我是，你們找到我太太了？」語氣剛要上揚，桌邊所有人正要歡呼振奮，只見他臉上刷地失去血色，人微晃了晃，伸手抓住桌邊，「你確定嗎？」對方不知道說了什麼，只聽見他的聲音又低又輕，「我現在過去。」

「怎麼了？怎麼了？找到敏敏了嗎？」葉楓抓著他沒有受傷的左手問道，李桐被岳母一搖連手機都握不住地掉了下去，「找到了嗎？」

「是誰打來的？」王藝君也緊張地問道，「你要去哪裡？」

張簡靖看見老友的臉色不對勁以及那明顯出事的語氣，連忙拉住妻子的手，示意她先不要講話，陳澈看見他的反應也感到不安，那不是人平安的反應，懷疑那可能是一通報噩耗的電話，應該是警方打來的，『但是怎麼可能呢？這種事情怎麼會發生在敏敏身上呢？』

「小桐！是誰打來的？你說話啊！是不是找到敏敏了?!你說話啊！」葉楓瘦削的雙手用力地抓著他的手，指甲深深地陷進他肉裡，但他也感覺不到痛，或許是什麼感覺都沒了，李桐只是訥訥地點了點頭。

「真的?!她現在在哪裡？她還好嗎？」葉楓刷地站了起來，「我們快去接她。」

她想要拉著李桐出門，卻反被他拉住，葉楓轉過頭來，臉上滿是淚水，當她看見女婿的眼眶也盈滿淚水時，她知道答案不是她想聽的，只是她怎麼也不能想像是李桐嘴裡低聲的話語。

「媽，警察找到敏敏了，」李桐艱難哽咽地開口，「但是她……」

葉楓甩開女婿的手，用力地搖頭喊著，淒厲的聲音劃破了寒冷的冬夜，「不可能！不可能！我的女兒在哪裡?!我要去看她！我的女兒在哪裡?!」

第六章

一行人駕著兩車來到陽明山國家公園裡的聖人瀑布附近，舊曆年前一個月，寒風強勁凍人，儘管此刻雨停了，但下了一天一夜的雨讓草地滿是水窪，王藝君扶著大哭不止的葉楓，張簡靖跟陳澈陪著一路沉默異常的李桐走在前面，遠遠的草地裡搖曳著一些手電筒的光束，走到剩數十公尺的時候，李桐突然停下了腳步，所有人也都停下來。

李桐直直地看著那些光束，即便還有一些距離，仍能窺見地上有一塊白布，而白布下面明顯有隆起物，他知道那代表什麼，頓時呼吸困難舉步維艱。

「要我先去看看嗎？」陳澈低聲問道，儘管心裡也是萬般不想面對這個事實，更希望是警方弄錯了。

李桐搖搖頭，勉力地繼續往前走。

「李先生嗎？」距離白布尚有十公尺，兩位穿著刑警背心的男人走過來跟他們確認身份。

李桐臉色蒼白地點點頭，喉嚨乾涸地難以出聲，「這是我岳母。」他指指一直緊盯著白布的葉楓低聲說道。

「那是敏敏嗎？」葉楓全身發抖地說著，「那是敏敏嗎？」

「阿姨，李先生，我是楊家文刑警，這是劉成坤刑警，站在那邊的是鑑識科郭宜誠刑警。」一位年近四十的刑警先自我介紹，陳澈看到他有意無意地擋住了地上的白布，心想葉敏華的狀況應該很糟。

「那是敏敏嗎？是我女兒嗎？」葉楓搖晃著身子要撲向地上的遺體卻被王藝君跟張簡靖拉住。

李桐也是直勾勾地盯著地上的白布，那白布下略微隆起的就是他的敏敏嗎？他感到全身發冷，想要轉身逃開，不想面對掀開白布的那一刻。

「傍晚有人在這附近遛狗慢跑，被狗發現的，」楊家文說道，「現場找不到她的身分證件或手機，你今天凌晨有去派出所報案太太失蹤，我們花了一點時間才比對到跟你帶去派出所的照片吻合，所以請你過來確認一下。」

「敏敏！敏敏！」葉楓甩開被扶持的手衝到白布前面又被鑑識人員攔下來，「為什麼不讓我看敏敏?!我的敏敏啊！」

「阿姨，李先生。」郭宜誠也是擋住了白布試圖想要先說明，陳澈連忙過來攙住葉楓的手臂。

「阿姨，我們不能自己掀開白布，他們會掀開給我們看。」陳澈安慰葉楓說道。

郭宜誠對陳澈頷首，看著被害者家屬盡可能溫和地說明，但他知道自己即將說出口的無論如何都不可能是溫和的，而待會兒掀開白布的瞬間，眼前這些人的一生都將被改變，「我想先向兩位說明情況，等一下我會先掀開臉部給兩位認屍。」

李桐聽見認屍兩個字心痛地閉上眼睛，葉楓則是嚎啕大哭。

「至於其他的部分，我先說明完，兩位再決定要不要看。」

李桐只是茫然地看著他，心裡很困惑，『這句話是什麼意思？其他部分？』

郭宜誠慢慢說道，「死者被發現時全身赤裸，」他頓了一下，聽到李桐倒抽一口氣的聲音，「有沒有發生性侵要等檢驗才知道，被發現時身體被擺放得很整齊，雙手交疊在胸前，像是祈禱的姿勢，但是手腕跟腳上都留有明顯被捆綁過的痕跡，嘴唇附近有瘀青，」再次停頓了一下，輪流看著眼前的幾位家屬，接下來要說的話永遠都很難開口卻又不得不說，「全身上下的傷口目測全都集中在腹部，可能是被匕首類型的刀具刺的，除了刺傷的傷痕外，腹部也有被切開的刀痕，剩下更細節的內容要等解剖之後才知道。」

「阿姨！」王藝君哭著扶住癱軟在地上的葉楓。

李桐儘管咬緊牙根支撐著，身子仍然是忍不住地晃了晃，淚水奪眶而出，耳朵裡面嗡嗡作響，聽不清鑑識人員最後還說了些什麼，只見他緩緩地掀開白布，先是看見妻子瞪大雙眼的姣好面容在手電筒的光線下顯得那麼淒清灰白，這真是他心愛的妻子嗎？葉楓爬著靠向女兒的遺體，這是她放棄了學業跟婚姻機會撫養長大的心肝寶貝啊，哭喊著女兒的名字卻被陳澈與王藝君拉住。

「阿姨，我們不能碰觸遺體。」陳澈看了一眼躺在地上的老同學哽咽地說著，他很清楚葉敏華是被殺害的，而兇殺案的遺體在解剖完成之前是屬於法醫的，為了保持證據，是不能被家屬或其他人碰觸的，看著心愛的家人躺在眼前又絲毫碰觸不得是多麼殘忍的一件事。

「李先生，這是你太太嗎？」郭宜誠問道。

李桐閉上眼睛點點頭，「是我太太。」聲音低不可聞。

「需要我掀開整張白布嗎？」郭宜誠問道，手裡提著白布的一角，儘管檢察官相驗時會再請家屬確認一次，此時仍然必須詢問家屬是否要先確認家人的遺體樣貌，畢竟相驗時並不會覆蓋任何白布，屆時所有的傷口一目了然也更怵目驚心。

李桐只是機械般微微地點頭，儘管不想面對這巨大的悲傷，但無論如何都還是要知道妻子到底遭遇了怎樣的事情，只不過他沒想到呈現在眼前的，除了被擺放如祈禱的姿勢與瘀青的手腕與足踝外就是被刺爛了的腹部，而那原本孕育了他們孩子的腹部，眼前只有被雨沖刷過的許多刀痕與從肚臍下面橫切的長傷口，像個黑洞一樣幾乎要把他吸進去，眼前一陣發黑跪了下去，雙手撐在冰冷的水窪裡毫不自知，而岳母則在目睹女兒慘死的樣子後叫著她的名字昏厥過去，其他人扶著葉楓只看了一眼遺體便心痛難當地別開頭。

李桐淚眼看著近在咫尺卻不得碰觸的妻子哽咽地說著，「敏敏會冷，這樣躺著會冷，我們可以帶她回家嗎？」

郭宜誠先把白布覆蓋好，兩位刑警也站在一旁，「李先生不好意思，因為你的妻子是被殺害的，這是兇殺案，所以遺體必須要先移至殯儀館等候解剖，目前不能讓你們自行帶走。」

「那為什麼還在這裡？為何不趕快帶她去可以被好好照顧的地方？」李桐全身顫抖，沙啞地問著。

「我們現場已經採證完畢，正在等殯儀館的車輛過來。」郭宜誠解釋著，一邊向剛剛抵達的救護車人員招手送葉楓去醫院。

「妳先陪阿姨去醫院，我陪李桐。」張簡靖吸了吸鼻子，拍拍在他懷裡大哭的妻子，「到了哪家醫院，等等跟我說。」

「為什麼會這樣？」王藝君難過地抱著丈夫大哭。

「我也不知道。」張簡靖低頭看著仍然兀自硬撐著的李桐，不知道怎會發生這樣的憾事。

送走了救護車，兩位刑警過來跟李桐做了初步的筆錄，等著即將抵達的殯儀車，現場沉寂的令人難受，只有不遠處的瀑布水聲，還有東北季風颳過的蕭瑟以及吸進肺裡都要凍僵的冰冷空氣。

張簡靖跟陳澈陪在李桐身邊，深怕他會支撐不住，回想起剛才白布全然掀開那一瞬間的衝擊，李桐不只失去了妻子，還失去了孩子，而且是在毫無準備的情況下失去了生命中最重要的人，這種打擊要如何承受？

「可以給敏敏蓋件毯子嗎？」李桐仍然跪在草地上一直盯著被覆蓋的妻子說道，褲子與大衣下擺全都被草地裡的水浸濕了。

郭宜誠搖搖頭，「要盡量避免增加不明物質出現在遺體上，會干擾解剖。」

李桐脫下自己的大衣，「請給敏敏蓋上我的大衣就好了，是我的大衣，」哽著幾乎無法說出來，抓住大衣的手用力到青筋全都浮現，所有的情緒都在顫抖的雙手裡無法隱藏，「是她常常很喜歡偷去穿的大衣，她說……喜歡我的味道，她……很怕冷，這草地上都是……濕的。」

張簡靖跟陳澈聽了都忍不住地轉頭悄悄地拭去眼淚。

「她現在不會感覺到冷了。」劉成坤刑警嘆口氣說道，或許是事實，但這話畢竟太過無情，楊家文跟郭宜誠都瞪了他一眼。

「她會冷，」李桐像是沒有聽到中年刑警的話，低聲又重複了一次，「她會冷。」

陳澈將他的大衣接過來披在他的身上，「李桐，你要撐住，要照顧自己，敏敏還有很多事情要你去處理，還有阿姨要你安慰，今晚這麼冷，請一定要照顧好自己。」

李桐眼神好飄渺，像是已經不在這裡，遠遠地望向幾百公尺外的瀑布水聲，「這裡我們曾經來過，剛戀愛的時候，我們來過，去年她提到要再找機會來。」囈語般地說著，在場的人就算是辦案已久的刑警也不免為之鼻酸，連講話過直的劉成坤也流露出黯然眼神。

「如果昨晚我沒有加班，我就不會錯過去接她回家，她就不會自己去診所打針，不會在回家路上發生……」李桐再也說不下去，只有止不住的淚水跟無法原諒自己的自責。

張簡靖難過地跪下來緊緊擁抱他，「這些都是意外，都是意外，不是你的錯。」李桐抓著老同學的手臂，不能相信身邊草地上躺著的，死狀淒慘的是他的妻子，想到腹部的刀傷，她受了多少苦才氣絕？他完全不敢想，兇手有強暴她嗎？有凌虐她嗎？她孤單地在這裡待了多久？每一個疑問都讓他悲痛欲絕。

半小時後，殯儀車終於到了，李桐三人分開兩車隨著葉敏華的遺體前往殯儀館，兇案現場剩下警方人員。

「成哥，你有沒有覺得這個現場似曾相識？」臨走前環顧一次現場，楊家文問資深刑警。

「什麼意思？」

「有。」郭宜誠突然說道。

楊家文轉頭看著他，「你也這樣覺得嗎？」

郭宜誠點點頭，「這跟去年的案子很像，棄屍在瀑布邊，赤裸，而且雙手交握在胸前，像是在祈禱的樣子，腹部也被刺了多刀，只是這名死者還沒有解剖不知道是否也像去年的案子一樣子宮跟胎兒被取走。」

楊家文點點頭，「我也是想到這個案子，我記得這個案子到現在都尚未破案，那個兇手像是憑空消失了一般。」

「說起來的確有這回事，我有印象。」劉成坤回想，「也是在陽明山區，是在翠峰瀑布附近。」

楊家文點點頭，「太巧合了，宜誠，你有多拍一些照片嗎？」

「其實我剛才看到屍體的時候就有想到去年的案子，雖然連夜大雨，但剛才噴灑試劑之後確定這裡不是第一現場，草地上沒有血跡噴濺反應，是在其他地方殺害之後，運到這裡棄屍的。」

劉成坤再次轉頭張望四週，「更麻煩的是這附近正好沒有監視器，之前不是說為了遊客安全，怕人偷下水去玩設置了很多監視器嗎？怎麼會正好這個區域沒有？」

「記得去年那個案子，也正好棄屍在沒有監視器的區域，這個兇手對於監視器的位置似乎很清楚。」楊家文說道，「那陣子輿論還鬧得厲害，說應該要更密集地廣設監視器。」

「就算這裡沒有，但是沿途應該有。」

楊家文點點頭，「我回去會去調監視器錄影檔案出來。」

郭宜誠看了一眼原本葉敏華陳屍的地方，「與其說是棄屍，更像是選擇了這裡做為展示的舞台。」

楊家文咀嚼著這句話，也回頭看了一眼已經空掉的草地，上面的雜草被躺出一個明顯的人形。

單獨開著車子跟在張簡靖後面的陳澈，看著前面的車尾燈，視線漸漸模糊，腦中一直重播著剛才看到的慘狀，儘管已經是三更半夜，仍然忍不住打了電話給前妻。

「陳澈？」電話響了好久，正想要放棄的時候，手機傳來前妻被鈴聲吵醒的沙啞嗓音，即便是沙啞的聲音，此刻聽在他耳裡也猶如天籟，知道夜深人靜時，還可以聽到心愛之人的聲音，此時此刻，彷彿珍寶。

但是他卻哽咽地講不出話來。

「是陳澈嗎？」林子惠再看了一眼手機的來電顯示，確認是他。

「嗯。」

林子惠聽見他不對勁的聲音坐起身來，看看睡在身邊抱著泰迪熊的女兒，壓低了聲音問道，「發生什麼事嗎？」

「我好想見妳。」陳澈帶著濃濃的鼻音說道。

「現在？」

「我好想妳。」

「發生什麼事了？你怎麼了？」林子惠雖然主動要求離婚，帶著孩子離開了他，但彼此都知道，他們並非不再愛對方。

「子惠，」陳澈艱難地說著，「敏敏死了。」

林子惠緊握著手機以為自己聽錯了，「誰？」

「葉敏華，」他吸了口氣才能好好地說出來，「她被殺害了。」

林子惠愣在電話那頭久久不能言語，嫁給陳澈前就認識了葉敏華，結婚時還來擔任伴娘，幫她在喜宴上一起擋酒，細心注意婚禮的一切細節，「敏敏？」

「我剛跟李桐去陽明山認屍了。」

「你在開車嗎？自己一個人嗎？李桐呢？」

「他的朋友載他，所以我才能打電話給妳。」

「敏敏她……狀況還好嗎？」

陳澈不敢跟她講明，眼前又浮現剛才掀開白布看到的畫面，「不好。」

「李桐呢？」

「不好。」陳澈不能想像，如果剛才躺在草地上的是林子惠，自己會如何，剛才可以佯做堅強，只是因為那不是自己心愛的妻子。

林子惠聽見他顫抖的聲音，知道他深夜裡來電是多麼的需要支持，乍然聽到這個消息，她也想有他在身邊，「你要過來嗎？」

「我要陪李桐去二殯。」陳澈吸吸鼻子，「我知道很晚了，不應該打電話跟妳講這件事，只是，我剛看完敏敏，我……，對不起把妳吵醒，只是很想聽妳的聲音。」

「我知道。」林子惠聽見他的話，一陣鼻酸。

「對不起。」

「沒關係。」

「對不起。」陳澈又說了一次。

林子惠頓了頓，這才明白陳澈指的並不是半夜打電話來，她只是嘆口氣，「你……開車小心。」

＊　＊　＊

張簡靖陪著李桐在殯儀館小靈堂守了一夜，陳澈因為早上九點要開庭，接近清晨時不得不先離開，李桐坐在椅子上只是一直看著禮儀公司為妻子佈置的素雅靈位。到殯儀館後，除了打電話向南部的父母報喪之外，一夜都沒有說過話，整個流程是張簡靖協助拿主意，連葉敏華的照片也是他從李桐的手機裡找出來傳給禮儀公司去沖洗成遺像照，照片裡的葉敏華笑顏如花，連眼睛裡都閃耀著幸福的光芒，「這是去年我們去知本老爺度假時，她射完箭我幫她拍的照片，她好喜歡玩射箭，雖然一直把箭射到我的靶上，」失魂的李桐看著大大的相片突然笑著說道，「她的技術真的不太好。」

「這是我們印象裡的敏敏，所以我幫你選了這張照片。」張簡靖也看著照片裡笑得燦爛的女子，不能相信是幾個小時前在潮濕草地上看到的人。

「選得很好，」李桐點點頭，「選的很好，這是敏敏。」抹去再次從眼角溢出的淚水。

冬日天亮得晚，經過一夜的衝擊與折騰，此刻，天空終究透出晨光，張簡靖看看手錶，已經六點了，這一夜好漫長，「李桐，我得要先回去換身衣服進公司一趟，交代完工作後，我中午就會跟總經理請假過來。」

李桐搖搖頭，「公司這處境，你好好上班，可能的話就近在公司旁邊的飯店休息，記者應該還是會隨時出現的，你別再跑來了，謝謝你陪我們一夜。」

張簡靖聽著那句「我們」，心頭一絞，他知道李桐的意思，「不來我不放心，藝君也會跟公司請假陪著阿姨，你別擔心。」

「媽媽就敏敏一個女兒……也沒什麼親戚往來，」李桐低低說著，「我爸媽會搭最早班的高鐵，他們會去陪媽媽，就不用麻煩藝君了，幫我謝謝她。」

「什麼麻煩？說這些什麼話！」張簡靖再看一眼手錶，不是很確定留李桐一個人在這裡是否妥當，但他也的確必須要先進公司一趟，畢竟公司正在危難之中，「我會幫你跟總經理請假，你有什麼要交代部門裡的人嗎？」

李桐搖搖頭，「昨天已經交代過副理要進行宣傳，等等我會再打電話給他。」

「你自己在這裡真的沒問題嗎？」張簡靖走前憂慮地又問了一次，「你要不要回家休息一下？我順便送你回去梳洗休息一下，中午我再接你一起過來？你全身幾乎都濕了，回去換身衣服吧，好嗎？」

「我沒事，你別擔心，我想在這裡陪敏敏。」李桐對他笑了笑，只是那抹微笑讓人心酸。

張簡靖嘆口氣，知道自己只得快去快回，臨走前再看一眼葉敏華遺像中的燦爛笑臉，對比萎靡在椅子裡瞬間又彷彿木雕的李桐，不懂怎麼會發生這樣的悲劇？為何一個人轉眼間就能灰飛煙滅？馬上就要過年了，正是家家戶戶團圓的日子，李桐跟葉楓要如何面對這個讓人痛哭的舊曆年？

張簡靖走了之後，小靈堂裡陷入一片寂靜，只有隔壁區域持續傳來佛教誦經的聲音，李桐猶如一座雕像般地坐著，動也不動地一直凝視著妻子的笑顏，好想撫摸她的臉，好想握住她的手，可是她現在只能孤單地睡在冰櫃裡，不允許被碰觸，冰櫃裡，好冷。

「媽，妳一定要來參加我的碩士畢業典禮喔！」

「好。」

「媽，我要結婚了，我答應李桐的求婚了！我要妳牽著我的手走紅毯，妳要穿得美美的跟我一起走紅毯！」

「好。」

「媽，我終於懷孕了！媽，我好開心喔！妳一定要搬來跟我們住喔，妳要幫我帶小孩喔！」

「我可以幫你們帶小孩，但要不要一起住，再說吧。」

「不行，妳辛苦養大我，現在要換我來照顧妳了，我不想看到妳自己一個人住。」

葉楓猛然驚醒，張開酸澀腫脹的雙眼，放眼望去是拉上的簾子，無法理解自己身在何處，覺得頭痛欲裂，只有女兒的甜蜜話語仍在耳際，想起心愛的女兒，一瞬間所有在陽明山草地上的殘酷畫面全都排山倒海而來，又驚又痛地從床上坐起。

「阿姨，妳醒了。」王藝君連忙從椅子起身奔到病床邊。

「敏敏！我要去找敏敏！」葉楓激動地要拔掉手上的點滴，被王藝君制止。

「阿姨，妳不要這樣。」

「親家母啊。」帘子旁出現了李桐的父母，他們半夜裡接到兒子的報喪電話，搭了最早的高鐵趕到醫院來。

葉楓看見他們忍不住地大哭，「我的女兒啊。」

「對不起，是李桐沒有照顧好敏敏。」李桐的母親蘇玫芬緊緊地握著葉楓的手哭著說道。

「玫芬啊，敏敏死得好慘啊，」葉楓痛苦地捶著自己的胸口，「我的敏敏啊，我的敏敏啊，我的心肝啊。」想到女兒在白布下的慘狀，她哭得聲嘶力竭，「我要去陪我的敏敏啊。」她迅速地拔掉手臂上的針頭，鮮血就這樣濺了出來，飛灑在被子上成細細的紅點，掙扎著要下床。

「阿楓，妳不要這樣，不要這樣，要保重啊。」蘇玫芬抓著她的手勸著，李桐的父親李兆陽連忙找了醫護人員進來，看見她如此激動怕會傷害到自己，只能打一針鎮定劑讓她先休息。

「阿楓，我們都捨不得敏敏啊，敏敏是我們的乖媳婦，但是敏敏也不會希望看到妳這麼傷心，她那麼疼妳，妳一定要保重自己啊。」蘇玫芬邊哭邊說。

「沒了敏敏，我也不想活了。」藥劑很快就生效，昏睡前只聽得葉楓的低喃。

「我擔心親家母會出事，這裡不能沒有人陪她。」李兆陽站在床畔憂心地看著已然昏睡的親家母，夜裡接到兒子的電話，兩老震驚地呆坐許久才開始整理行囊，葉敏華是個孝順貼心的媳婦，雖然工作忙碌，每年只有過年時可以跟兒子一起回高雄探親，也總會帶著母親一起南下，但是對於兩老的關心與呵護一直讓他們倆感到無比的溫暖，趕來的路上兩老也不知掉過多少眼淚了，加上好不容易小倆口有了孩子，他們也期待要抱孫子，但是他們都知道，再怎樣心痛也及不上親家母一絲一毫。

「伯父，我會在這裡陪阿姨。」

李兆陽猶豫了一下，「但妳也有工作，不能耽誤妳太多時間，這裡有我跟妳伯母就好了。」

王藝君搖搖頭，「我跟公司請假就好了，我跟敏敏還有李桐都是好朋友，無論如何，為了敏敏我也要在這裡陪著阿姨。」

李兆陽點點頭，「好吧，那我們就輪流照顧親家母吧，」看了一眼手錶跟妻子說，「妳在這裡陪親家母，我先去一趟殯儀館看一下李桐。」

「沒關係，伯父，你們可以一起去，不要擔心，我會在這裡陪阿姨，」她頓了頓，「李桐也很需要你們，昨晚……」王藝君回憶起白布掀開的那一瞬間，心痛的無法好好往下說。

「我知道，我知道。」蘇玫芬握著她的手，王藝君望著她，知道她其實一點都不明白昨晚大家遭遇了什麼事情，但或許不知道才是好的吧。

* * *

「我是黃克修檢察官。」近午，一位年約三十多歲的檢察官來到相驗中心，夜裡出現的三名刑警也在相驗室等著李桐。

李桐沉默地點點頭。

「我知道昨晚你已經確認過這是你的妻子，但這是相驗程序，還是要麻煩你再確認一次。」黃克修在相驗室外面先跟李桐說道，「只有你一個人嗎？沒有其他人陪你一起過來嗎？」

李桐還是只有點了一下頭，父母親在小靈堂坐著，他堅持不讓他們一起進來，沒有必要讓其他人一起面對這個令人痛徹心扉的過程，即便到現在，他仍然無法從昨夜掀開白布的震驚中恢復，又何必讓其他人一起受苦呢？他更慶幸岳母此刻人在醫院，想到岳母，他又羞又愧。

踏進相驗室，他頓在門口，看見一牆的冰櫃，房間裡一台不鏽鋼推車上正放著全身赤裸的妻子，陪同的警務人員們也沒有催促，只是站在推車旁靜靜地等候。半晌，李桐慢慢地走近推車，夜裡只是藉著手電筒的光束，此刻卻是在極為明亮的燈光下，一切都清晰得讓人難以承受，已然結冰的遺體凍成灰白色，曾經黠詰的雙眸無法閉上，只是毫無生氣地瞪著天花板，手腳有著被綑綁的傷痕，臉的下半部出現了瘀傷，而在24小時前還孕育著他們孩子的腹部，在這樣的光線下明顯可見有很多刀痕還有被切開的巨大裂縫，因為結凍反而更像是一個黑洞，不斷地想要把李桐吸進去，他雙手環胸覺得自己都要喘不過氣來了，他的妻子怎麼會變成一具冰冷的遺體?!

郭宜誠跟楊家文分站在他兩側，他們有過太多次的經驗，即便是男性家屬也難以面對相驗室裡跟受害者直接而殘酷的面對面，在清楚的光線與視野下，發生在受害者身上的一切罪行都難以遁逃。

「這是你的太太嗎？」黃克修問道。

「她一定受了很多苦。」他沙啞地說著。

「李先生，這是你的太太嗎？」

「是。」

「我們會盡快安排解剖釐清死因，尋找任何可以找到兇手的證據，」黃克修避重就輕地說道，「你先到外面坐著等我們一下，這裡相驗完，我會再跟你做一次筆錄。」

李桐動也不動地看著妻子，知道是因為自己錯過了可以去接她的時間，才會導致她此刻只能冰冷而毫無隱私地躺在這裡，他不敢想也不能想妻子死前那段時間承受了什麼，怕自己會無法支撐下去，而他知道自己還要照顧岳母。

「李先生，我先送你出去。」郭宜誠不忍心看他辛苦強撐。

李桐神情僵硬地走了出去，步履極慢，來到走廊上忍不住地伸手扶了牆壁，受傷的右手一陣劇痛收了回來，身子也跟著晃了一下撞在牆壁上。

郭宜誠伸手扶住了他，「最好有人陪著你會比較妥當。」

李桐撐著自己站直身體，只是向他頷首表示感謝，郭宜誠領著他走到旁邊的偵訊室，讓他可以坐著休息等候進一步的筆錄，李桐滿腦子都是妻子黑洞般的腹部傷口，郭宜誠臨出門時，李桐想起什麼似地突然抬頭，「郭刑警。」

郭宜誠回頭看著他。

「我妻子她一、兩個月前曾經做過一個惡夢。」

「喔？」

「她夢見被一個戴著棒球帽的男人捆綁著壓在地上，男人坐在她身上，說她不配當個母親，不適合養小孩，不停地拿刀刺進她的腹部。」

郭宜誠驚訝地看著他，這個夢的預言性太強了，身兼犯罪心理學家身份的他不禁開始對這個案情有了更多的懷疑，「你太太有說對方長怎樣嗎？」

李桐搖搖頭，「她說臉部很模糊，看不清，對方的聲音很悲傷。」

「很悲傷？」郭宜誠困惑地問道，「不是很憤怒、很怨恨或其他情緒嗎？」

「我妻子說，夢裡的兇手講那些話時聽起來很悲傷。」

郭宜誠看著李桐，「夢裡還有其他的內容嗎？」

李桐搖搖頭，「妻子當時只有說這些，因為她不容易懷孕，好不容易做了一些治療才有了這個孩子，我們原本認為她一定是壓力太大才會做這種惡夢，但是……」李桐望了一眼相驗室，沒辦法再說下去。

郭宜誠回到相驗室仔細地看了葉敏華的腹部，雖然已經結凍而且尚未解剖，但是在明亮的燈光下，更可以清楚看出死者的腹部不只被穿刺多次，確實還有被切開的痕跡，但僅從刀傷切口來看，無法確認內部的狀況。

「怎麼了嗎？」法醫王志強問道。

郭宜誠把剛才聽到的夢境轉述給他們聽，「你們不覺得太巧合嗎？」

「你又要拿出那套解夢的說法嗎？」劉成坤帶著一點戲謔的成分說道，他不喜歡心理分析那套，對他而言，貨真價值的證據才是最重要也最可靠，那些所謂的犯罪心理分析太過於虛無飄渺，無法依此為證據逮捕兇手，所以也不想關心那些事情，相較之下，有時候他寧可相信陰間的神秘力量在某些時刻會帶給他們一些方向跟答案，對他來說那是天地間正義的力量。

「我剛才看了一下，腹部的確有大切口，是吧？」他看著王法醫。

王志強剛才在他回來之前已經端詳過這名死者，確定腹部被切開過，「腹部目測的確是被切開過，有沒有被取走子宮，還是要等打開之後才知道。」

郭宜誠望了另外兩位刑警一眼，王志強跟黃克修看到他的眼神，「還有什麼嗎？」

「昨晚的現場與死者的樣子看起來跟去年翠峰瀑布案很相似。」楊家文說道。

「是嗎？」黃克修努力地回憶去年那樁案件。

郭宜誠從袋子裡拿出今天早上印出來的照片，還有從其他分局調來的去年現場照片，五個人站在葉敏華遺體旁邊檢視這兩疊照片，「去年那起案子也是一個孕婦，死後全身赤裸被棄屍在陽明山區翠峰瀑布附近的草叢裡，手腳有被綑綁的痕跡，兩手交握擺在胸前成一個祈禱的姿勢，腹部被刺多刀，沒有被性侵，但是取走了子宮。」兩疊照片擺放在一起的確極為相似。

「那個兇手到現在都沒有抓到。」楊家文補充說道。

黃克修看著那些照片，「你們的意思是，我們可能遇到連續殺人犯？」

「我知道台灣沒有過這種紀錄，但這並不表示不會存在。」郭宜誠說道。

「唯一接近這種案例的是錢來順，但情況又不盡然相同，他是在逃亡過程中連續殺人，跟這兩個案子的類型不同。」楊家文提到許多年前一位已經伏法的殺人犯在綁架富商女兒，取走贖金後殺害肉票，並且在逃亡過程中又殺了幾名無辜者，逮捕後不久伏法。

王志強端詳了去年的照片跟眼前的遺體，進行初步的外觀勘驗後跟黃克修點點頭，「明早就先解剖這名死者吧，的確看起來有很多相似之處，如果台灣真的出現了連續殺人犯，我們要盡快了。」

李桐跟檢察官做完筆錄後，身心俱疲拖著腳步走回小靈堂，看見總經理跟夫人以及張簡靖正在跟自己的父母講話，三個人看見他走進來時全都起身，李桐突然覺得荒誕，素日裡都是總經理出現時大家會起身，今日卻恰恰相反，無他，只是因為他失去了心愛的妻子。

走到總經理面前，突然又是一陣鼻酸，內心百感交集，張口卻又無言。

「什麼都不用說，」林世傑用力地握了握他的肩膀，看著他臉上的鬍渣與眼底的青色陰影，手上的紗布跟身上的襯衫早已弄髒，顯見自事發後便一直在這裡，這是自己一手提拔的得力助手，發生這樣的事情也讓他心裡難受，特別是不久前才見過葉敏華，「只要照顧好你自己，家裡頭還有許多事情需要你處理。」

一旁的謝琮文早已頻頻拭淚，「對不起，早知道我前天就應該堅持送葉社工回家，或許就不會發生這種事了。」

李桐心裡空蕩蕩的承接不了這些話語，只是訥訥地說著，「夫人，這不關妳的事。」心裡不斷湧出的是無限輪迴的自責，『真正要負責任的是我，是我。』

「李桐，你……」林世傑看著他的模樣，想起張簡靖今早進公司跟他報告這件事時，提到李桐非常自責是因為自己加班才間接導致妻子遇害，長嘆了一口氣，「你不要過於自責了。」

李桐只是沉默地點點頭。

「警方有什麼說法嗎？」

「敏敏還要等候……解剖之後才能有進一步的消息。」

「李桐，警察有說幾時可以解剖嗎？」一直在旁邊流淚的蘇玟芬突然問道，「敏敏要等多久才能……」說著她自己也難過地說不下去，「還有我的孫子……」李兆陽迅速地拉了一下她的手，示意她不要再說了。

李桐突然轉開頭，心被刺得好痛，眨了眨眼睛，不想在總經理面前流淚。

「昨夜裡有聽陳澈提到因為法醫人數太少，通常都要等一週以上，也有曾經等到一個月的。」張簡靖說道，同時跟總經理解釋陳澈是一位刑事律師，也是葉敏華的高中同學。

「有相熟的刑事律師幫忙也好，如果需要我也可以介紹適當的律師協助。」

李桐搖了搖頭，「陳澈是敏敏的好朋友，如果有需要，我想敏敏會希望陳澈幫忙。」

「這些事情其實應該是檢察官會處理，」林世傑看著疲憊不堪的李桐，「我跟太太只是先來給李太太上炷香，來看看你，」他再次抬手握了一下他的肩膀，「公司的事情你別掛慮，會有其他同事盯著，你好好處理太太的後事，有什麼需要我協助的也儘管讓張簡來跟我說，等等我會打電話給朋友，看看有沒有什麼可以幫上忙的，讓流程走得快一些，好讓長輩們早日安心。」他低聲溫和地說著。

李桐只是低聲地道了一聲謝。

* * *

「昨日午後，一名慢跑者在陽明山國家公園運動時發現一具女屍，經查證是一名輔導高風險家庭的社工師，死者丈夫於昨日週二凌晨報案失蹤，據資料顯示該名死者懷孕五個多月，在前日週一晚上自某婦產科診所離開後旋即失去聯繫，該名死者被發現時全身赤裸，腹部多處刀傷，死亡原因與兇嫌仍在調查中。」

婦產科診所裡，大家都看到了葉敏華遇害的新聞，儘管沒有播報全名，但如此影射性的背景介紹，讓認識的人一下子就猜出了真實身份，診所裡瀰漫著低落的情緒，前兩天還出現在面前的孕婦，突然就失蹤，緊接著香消玉殞，讓人難以接受，一整天大家都只是默默地做事，偶爾交頭接耳討論這件事情。

「真沒想到會這樣，前天晚上葉社工的丈夫還打電話來找人，起先我不確定他是誰不肯幫他查，也覺得可能是有點大驚小怪，」護理師小孫整理病歷表到一半，突然對小葳說道，「之前她老公來陪她做治療跟產檢看起來感情很好，真沒想到會遇到這樣的事情。」

「但是最近幾次都沒看見她老公，而且妳記得那次葉社工手上有瘀痕嗎？我們還懷疑過是不是被家暴。」

「這時候說話要謹慎。」站在旁邊的護理長突然開口說道，她看了新聞之後情緒也盪至谷底，『怎麼會這樣？怎麼又這樣？』不懂為何診所會一再出事，而且都是可怕的大事。

護理長將電視轉台，不想讓候診區的孕婦們看這些負面新聞，瞥見吳理仁原本站在她們附近盯著電視，現在只是默默地走開沒有發表任何看法，她正想要叫住對方講一下這件事，此時診所門大開，兩名壯漢一起走近櫃檯。

「我是劉成坤刑警，我們要跟院長還有護理長問一些問題。」劉成坤跟楊家文同時亮出證件。

「院長正在看診，我就是護理長陳予嫣，請問有什麼事嗎？」

「你們有一位患者叫葉敏華？」

護理長也猜他們是為此而來，「請跟我來。」引領兩位刑警到員工休息室。

「葉敏華是你們的病人嗎？」坐下之後，劉成坤再問一次。

護理長點點頭，「我看到新聞了。」

「聽說她最後出現的地點是在這裡，那天她有什麼狀況嗎？」

「那天她因為胎象不穩，而且過於疲憊所以來就診，她主訴那天白天到處找案主，走動太多又太累，覺得腹部痠痛，因為她屬於不孕的體質，在我們這裡做了很多治療後好不容易才懷孕，所以那天有一些不適的狀況就趕緊坐計程車來診所，當天她的情況的確不好，差點在門口暈倒，是被我們醫檢師扶進來的。」

「她平時都是自己來就診嗎？」劉成坤問道。

「之前做不孕症治療或是懷孕頭三個月都是葉社工的丈夫陪著一起來的。」

「李桐？」

護理長點點頭，「不過最後這兩個月倒是都沒有看見李先生出現，葉社工說李先生很忙在加班，所以不能陪著一起來產檢，四個月產檢的時候，是由葉社工的母親陪著來的，」護理長腦海裡閃過剛才小葳講的話，「葉社工失蹤當天也是這樣的情況，我有問她要不要打電話請丈夫過來，但是她堅持不要，也是說在加班，大概八點半左右打完點滴就離開了，我還提醒她接下來幾天需要臥床休息。晚上大概快十一點的時候，李先生打電話進來問妻子的行蹤，因為一直到那時候葉社工都還沒回家。」

到目前為止，護理長說的與李桐的筆錄相吻合，「你們診所外面沒有監視器？」

「沒有，因為院長說要保護病患的隱私，所以外面沒有裝。」

「但是我看到櫃檯附近有裝。」楊家文進來時看到診所裡面其實還是裝了幾處監視器，不懂這個保護病患的界線在哪裡。

「對，診所裡面為了怕發生事情，還是有裝。」

「櫃檯附近的監視器是向內的，但是剛才我看到通往員工休息室有一支監視器是向著門口的，可以把那裡的錄影檔複製給我們嗎？」

「可以，但是那個角度只照得到大門口，連騎樓也只照得到一點點，」護理長打了內線請小葳去複製該日的影像檔，「其實李先生打電話來問的隔天，也就是葉社工失蹤的隔天，我早上來上班時聽到葉社工失蹤，就已經把前一晚的錄影調出來看了，只看到葉社工走出去，其他什麼都沒有。」

「謝謝妳，我們還是需要那個檔案。」楊家文說道。

「那天還有誰也接觸過死者？剛才妳提到有一位醫檢師扶她進來的？」

護理長點點頭，「是我們的吳理仁醫檢師，要我現在請他進來嗎？」

兩位刑警點點頭。

幾分鐘後吳理仁敲門進來，彼此介紹完身份後開始切入主題。

「那天你在門口遇到死者？」

吳理仁點點頭，「是，那天葉小姐差點在門口昏倒，我正好下班在門口遇到趕快把她扶進來。」

「那天只有她自己一個人嗎？」

「是。」

「扶她進來之後你就走了嗎？」

「沒有，我有留一下，想說看一下葉小姐的情況。」只說了這句就停下來。

「那她的情況？」劉成坤看他停了下來繼續追問。

「聽阿長說是疲勞過度。」

「你有看到她怎麼離開診所的嗎？」

「沒有，我去病房探望她的時候，她正在講電話，我就先離開了。」

「喔？知道她在跟誰講電話嗎？」

「應該是她母親吧，好像是安撫母親不用來診所，打完針就會回去了。」

劉成坤點點頭，「你離開的時候幾點？」

「七點半左右。」

「死者是八點半離開的，你離開的時候，有注意到診所附近有什麼可疑的人嗎？」

吳理仁搖搖頭。

劉成坤把這些事情簡單記錄在小本子上面，示意醫檢師可以離開了。

「嗯……」吳理仁走到門口時頓了一下，引起兩位刑警的注意。

「還有什麼資訊可以提供給我們的嗎？」楊家文問道。

「不知道阿長有沒有跟你們說，葉小姐上個月來產檢的時候，右手臂有明顯的瘀痕。」

兩位刑警對看一眼，「知道瘀痕是哪裡來的嗎？」楊家文繼續問道。

「聽說葉小姐跟她母親在候診區時有說到怕人家誤會是家暴，因為提到敏感字眼，所以阿長刻意帶她先進來抽血，希望可以問一下這件事情，但葉小姐堅持說是去家訪的時候被服務對象弄傷的。」

「不過？」楊家文覺得醫檢師言下之意暗指葉敏華沒有說實話。

「不過我們有懷疑過會不會是她老公家暴。」

「你們？」

「這裡的工作人員。」

「為何會有這樣的懷疑？」

「因為那次正好葉小姐的老公沒有來，最後一次來診所也是獨自前來，而且她們母女在候診區時的確說到家暴這兩個字，我們懷疑葉小姐可能袒護老公。」

楊家文點點頭，「謝謝你的資訊，我們會去調查這件事。」

看著醫檢師走出員工休息室之後，兩位刑警對看了一眼，心裡都在思考著醫檢師丟出的疑點，拼湊著這兩天對李桐的印象。

與診所院長跟一、二兩位護理師簡單詢問後，護理長準備送兩位刑警離開，楊家文接過存有監視器錄影檔案的 DVD 時問道，「阿長，死者上個月來產檢的時候，聽說她手上有瘀痕，你們懷疑她被丈夫家暴？」

護理長聽到有人提這件事其實也不意外，只是她自己不想說這些，「誰跟你們說的？」

「醫檢師跟一位護理師都有提到。」

「喔。」

「有這回事嗎？因為妳剛才沒有提到這件事。」

「葉社工當時手上的確有瘀痕，而且痕跡看起來像是被人用力抓住手臂造成的瘀血，力氣應該不小。」

「你們認為是李桐造成的？」

「不是。」

「不是？」劉成坤問道，「但醫檢師說你們覺得是李桐造成的。」

護理長搖搖頭，「應該是說當時在前臺輪值的護理師聽到葉社工母女說到受傷的事情，還提到家暴的字眼，所以護理師立刻來找我，我就把兩母女帶去醫檢室想要了解一下是不是真有這回事。」

「結果？」

「結果就是她手上的確有傷痕，但她說明了那是前一天去家訪時被服務對象抓傷的，她的母親也說是這樣，還表示李先生跟葉社工感情很好，不會發生這種事情，也是那天我們才知道原來她是社工師，因為她的職業的確會有這種風險，所以我們並沒有真的認定她被丈夫家暴。」護理長試著說明當時的原委，「可能有些工作人員當下會有這些想法，因為我們也的確遇過一些真的被家暴的例子，所以我們會比較謹慎，但也不想造成誤解，因此剛才我也沒想到要跟你們講，不過如果真的認定是家暴，我們也會通報。」

「謝謝妳的說明，我們會再去追查這件事，如果還想到其他事情也請跟我們聯繫。」楊家文說道。

護理長點點頭送走他們之後，站在門口看著沒有監視器的騎樓，第一次希望院長之前願意安裝監視器，也許就會知道葉敏華出了這個大門之後去了哪裡。走進診所時看見吳理仁正好也轉身走回醫檢室，『理仁為什麼會這麼堅持葉社工的傷是被丈夫家暴呢？』回想起昨天她打電話給吳理仁時，他也提到了手臂瘀痕這件事，想到去年的案子不免嘆了口長長的氣，『只是怎麼又這麼剛好呢？』

* * *

兩天後，週五的下午，李桐在張簡靖與陳澈的陪同下再次來到附設在殯儀館裡的相驗中心偵訊處辦公室，三天來他一直不願離開殯儀館，連日裡也只喝了幾口水，粒米未進，食不下嚥，整個人看起來氣色極差也瘦了一圈，張簡靖跟陳澈擔心，總輪流過來守著他。

「要通知阿姨過來嗎？」張簡靖問道，昨天早上葉楓出院後由李桐的父母陪著一起來到小靈堂，看到女兒的照片哭得不能自抑，被李桐父母勸著帶回李桐樓上的住所，怕葉楓想不開，蘇玫芬陪她住著打理起居衣食。

李桐搖搖頭，「別再讓她受苦了。」剛說完就看到檢察官走了進來。

「學弟？你怎麼在這裡？」黃克修看見陪在旁邊的律師很意外，陳澈不但是他的大學學弟，他們更在法庭上交手過數次了。

「葉敏華是我的老同學，」他對黃克修點了一下頭，「這案子由學長指揮嗎？」

黃克修點了點頭，「我來跟家屬說明一下解剖的結果，」他看看門口，「葉女士的父母沒有來嗎？」

李桐搖搖頭，「只有岳母，但因為她悲傷過度昏倒剛出院，我沒有通知她來，不想再增加她的痛苦。」

黃克修點點頭開始說明，「葉女士手腳被綑綁有掙扎的傷口，嘴邊四周有被壓住的痕跡，可能是制止出聲，沒有被性侵的證據，主要的傷口都在腹部共有十三處穿刺傷，還有一處較大的傷口，短時間大量失血引致休克是造成她死亡的主因。」

李桐倒抽了一口氣，腦子裡嗡嗡作響，臉色一陣死白，沒有受傷的那隻手下意識地握緊拳頭，『十三處穿刺傷？被刺了十三刀？十三？十三？還有一處較大的傷口？』

黃克修繼續說明，「不過，據法醫判斷葉女士走得很快，並沒有拖太久。」

李桐只是看著他，不能接受妻子受到這麼大的傷害，覺得自己就要喘不過氣來，無助地希望這一切都沒有發生，噩耗可以到此為止，但是之前在手機裡面看到的新聞畫面突然躍上眼前，赤裸而祈禱般的姿勢、腹部十多刀的刀傷以及……他驚恐地看著檢察官。

黃克修看了一眼李桐跟陳澈，雖然不願意也只能繼續往下說，「據楊刑警跟你做的筆錄提到葉女士已經懷有五個月的身孕，只是很遺憾，我們發現兇嫌切下了葉女士的子宮，在現場也沒有發現，同時陳屍現場也並非第一現場，是死後被移到該處。」

張簡靖跟陳澈震驚得無法反應，李桐耳邊一聲轟然巨響，腦袋一片空白。

「目前解剖跟檢驗已經結束，如果你對於解剖結果沒有意見的話，法醫會開立死亡證明書給你並且將遺體發還，讓你進行後續的儀式。」

李桐全身發冷動也不動地坐著，過了好一會兒才問道，咬緊牙根的聲音低沉地幾不可聞，「那時候，我太太還有知覺嗎？」

黃克修有時候很慶幸許多家屬不會追問細節，儘管跟家屬報告解剖結果已經有很多經驗，但是這種敏感的問題始終讓他覺得殘忍，「根據被切下來的組織切面，切下子宮的時候，葉女士還活著，但不確定是否還有知覺，可能已經休克……」

李桐耳鳴得無法聽見檢察官後來說的內容，眼前不斷閃爍白光，只是費力地扶著桌子站起來，沒辦法開口地往門邊走去，雙手顫抖得連門把都開不了，張簡靖連忙幫他打開門，他踉蹌地走進走廊裡，看著窗外放晴的天空，那一陣炫光讓他再也無法支撐地倒了下去。

第七章

「日前在陽明山區聖人瀑布附近驚見一具赤裸女屍，據了解，陳屍方式與去年同為陽明山區的翠峰瀑布女屍相似，是否也如同去年死者一樣被取走子宮仍在等待解剖結果，據悉，聖人瀑布旁發現的死者是一名社工師，遇害當時已懷有五個月身孕，從婦產科診所離開後失蹤，不到二十四小時即發現陳屍於陽明山區的聖人瀑布附近，該名死者長期服務高風險家庭領域，不乏有家暴史的案家，該起兇案是否與死者服務的對象有關也正在釐清當中。」

「什麼？她說什麼？」原本在房裡休息的葉楓不知幾時站在客廳附近，看見電視新聞報導全身打顫地問道，王藝君連忙關掉電視。

「敏敏也是嗎？被人拿走……拿走子宮嗎？她說被人拿走子宮嗎？」

「阿姨，不是的，不要胡思亂想，我扶妳去休息一下，蘇阿姨正在熬粥，妳先休息一下，等等再起來喝粥好嗎？」蘇玫芬聽見聲音從廚房跑了出來，王藝君正要扶起葉楓，桌上的手機就響了，看見來電顯示是張簡靖連忙接了起來，聽了兩句轉頭看著兩位長輩，心裡覺得這幾天接二連三的壞消息到底幾時才能終止？

李兆陽夫妻、葉楓跟王藝君趕到病房時，看見床上緊閉著雙眼的李桐，蒼白瘦削帶著幾天鬍渣的臉上泛著酡紅，手上打著點滴，張簡靖從窗下的長椅裡起身，做出到外面講話的手勢。

「李桐怎麼會住院？發生什麼事情？」蘇玫芬問道。

「他右手燙傷的傷口原本就太大需要仔細照顧，但是那天他跪在草地上時，紗布被雨水浸濕了沒有處理，這幾天又沒有換藥，結果感染得很嚴重，剛才昏倒的時候才發現他正在發高燒，燒了多久我們也不知道，他都沒提，加上這兩三天也沒有進食缺乏抵抗力，醫生說那隻手已經開始蜂窩性組織炎，再晚一點整隻手都可能保不住，現在正在做抗生素治療。」張簡靖等幾位長輩出來之後才開始說明情況，「考慮他跟大家的心情，我幫他安排了單人病房，比較不會太吵雜，不過到現在李桐還沒醒過來，燒也還沒退，醫生說感染很嚴重會導致病情有些反覆，還要密切觀察，可能需要住院幾天。」

「他們兩夫妻……」葉楓說著又哭了起來。

「沒事的，阿楓，沒事的，李桐還年輕會很快好起來的，妳別擔心。」蘇玫芬雖然心裡不捨兒子如此折磨自己，但是面對有著更大傷痛的葉楓，無論如何自己也必須堅強起來，「如果嚴重就會被送去加護病房了，現在還可以住在一般病房，沒事的，妳最重要的是要照顧好自己，別讓敏敏跟李桐擔心，李桐一直也都很孝順妳的。」說著說著自己又哽咽起來。

「小桐也病倒了，沒人在殯儀館陪敏敏，」葉楓拭去眼淚說道，「我要去陪敏敏，她一個人太孤單了。」

其他人對望一眼不敢讓她獨自前往，但是李桐這裡也需要有人照顧，「玫芬，妳陪親家母去吧，我在這裡等李桐醒來，阿靖你們也回去休息吧，已經耽誤你們很多時間了，你們還有工作要顧。」

「阿姨，讓藝君先陪妳們過去，等等我再去接她。」張簡靖看著李父欲言又止，最後只有對葉楓說道，「葉阿姨，解剖已經結束了，法醫也開立死亡證明書了，現在敏敏的遺體已經發還給家屬，我們可以安排後續的儀式了，李桐前兩天有提到敏敏想要用樹葬，所以我們也請禮儀公司去申請了，你們晚一點等李桐醒了之後看要不要再討論一下時間跟細節？剛才因為李桐昏倒了，我隨車送他來醫院，陳澈應該還在殯儀館。」

「解剖完了？法醫怎麼說？」

張簡靖不是很確定李桐要怎麼跟葉楓講這件事，也不忍再打擊她，終究只能避重就輕，「檢察官說敏敏走得很快，沒有拖太久沒有受很多苦。」

葉楓緊緊地抓著他的手，「電視新聞說的是真的嗎？」

張簡靖疑惑地看了妻子一眼。

「新聞記者不知道從哪裡挖到消息，說敏敏的案子跟去年的一起命案很相似，懷疑敏敏的子宮也像去年的命案一樣被取走了。」王藝君說道。

張簡靖心頭一震，看了大家一眼也看了還在昏迷的李桐，強自鎮定地看著葉楓說道，「阿姨，妳不要聽新聞亂講，檢察官說敏敏沒有受太多苦，很快……就走了，妳不要再看新聞了。」

「阿姨，真的不要再看新聞，不要再聽他們亂說了，妳知道台灣的媒體都唯恐天下不亂。」

「真的嗎？你沒有騙我吧？」

葉楓聽到他保證似的言語竟然有種鬆口氣的荒謬感，女兒已經遭逢不幸，怎樣都不希望再聽見她受到這麼殘酷的傷害，僅僅只是想起那夜在黑暗中看到女兒腹部那麼多的刀傷，每一刀都猶如刺在她自己身上，如何還能想像女兒的子宮被取走？

「走吧，阿楓，我們去陪敏敏吧。」蘇玫芬扶著她說道。

「阿姨，妳們等我一下，我跟阿靖說幾句話。」王藝君說完便走到幾步外等丈夫過來。

張簡靖走到她身邊握著她的肩膀，眼眶驟然地紅了，「辛苦妳了。」

王藝君握著他的手低聲問道，「你沒有跟阿姨說實話對嗎？」

張簡靖點點頭，努力地不讓眼淚掉下來引起長輩的懷疑。

「敏敏的子宮……？」

張簡靖輕輕地點了點頭，王藝君雖然聽到丈夫避重就輕的說法就心裡有數，但得到證實仍然感到無比的震驚，「先別讓阿姨知道，這打擊太大了，李桐也是因為這個撐不下去。」

王藝君全身起了雞皮疙瘩，「怎麼會有人做這種事？怎麼可以這麼殘忍？」

張簡靖擁抱了她一下，「不要讓阿姨看出來。」

王藝君在他懷裡點點頭，悄悄地拭去淚水，「為什麼李桐跟敏敏會遇到這種事情？」

張簡靖撫摸著妻子的頭髮，嘆了口長長的氣，「沒人知道為什麼世界這麼不公平，好人卻要遇到這種事情。」想起妻子這兩天晚上也是夜夜惡夢在全身汗濕中驚醒大哭，他自己又何嘗不是一直夢見葉敏華在白布下面的模樣，總是在這樣的驚駭中醒來，完全不敢想像李桐跟葉楓所受的煎熬。

「李桐病倒了也好，起碼還能被強迫住院休息，他已經三天都沒吃東西，這樣不吃不睡，鐵打的也撐不住，住院了我反而放心些。」張簡靖看著她滿是淚光的雙眸，「我讓妳跟著去是因為李桐倒下去之後也沒有人可以幫了，只有我們跟他們兩夫妻最親近，我與陳澈畢竟不熟，這兩天才認識，但等等我會給他打個電話，讓他如果見到阿姨先別提這件事，」話尚未畢，口袋裡的手機就不停在震動，他拿起來看見是財經線記者，「記者打電話來問公司的事情，妳萬事小心，我等等就去接妳。」說完摸了一下她的手走到旁邊去講電話。

* * *

偵查隊會議室裡聚集了五、六位刑警，白板半邊貼了葉敏華的現場照片，另半邊是去年被棄屍在翠峰瀑布旁的死亡孕婦現場照片，還有一些手寫的資訊。

「太邪門了，兩件案子還真他媽的像。」劉成坤看著白板上的資訊說道。

「陳屍現場附近的監視錄影有線索嗎？」專案偵查隊隊長周泰海問道。

「我們調了主要通道的監視器，那條山路到了晚上人煙稀少，入夜之後車輛更是寥寥可數，只有這輛黑色休旅車凌晨兩點半的時候，在陳屍地點前後兩台監視器中間消失了半小時，其餘的車輛都以正常的速度通過兩台監視器。」劉成坤指著白板上一張從錄影中擷取下來的照片。

「查過了嗎？」

「這個車牌的車主去年就報失了，推算時間就是去年死者死亡前幾週的時候。」

「如果是兇手開著這輛車去棄屍，那麼死亡時間就可以更確定是在八點半到兩點半之間，」楊家文說道，「下手的很快。」

「李桐開什麼車？」

「也是黑色休旅車。」劉成坤頓了一下，知道隊長在問什麼，「但是他當晚大概十二點就到家了，跟監視器中黑色休旅車的時間不吻合，車款也不同。」

「家文，你去確認瘀青的事情了？」周泰海繼續問道。

「我去葉敏華服務的機構確認過了，她的同事王如證明的確是她們去家訪時，被喝醉酒的案主父親抓傷的，王如就在現場，所以的確與李桐無關。」楊家文答道。

「李桐的不在場證明呢？」

「確認過了，事發當晚在公司開會，他們公司那天晚上爆發醜聞，他是廣告部經理，好像也是總經理的左右手，當晚他們在處理這件事，公司經理級以上的人全都在公司待到十一點左右才離開，他後續的行蹤也提供了行車記錄器，離開公司之後去了診所外面，然後在路上繞了幾圈，就返回住家，沒有可疑之處，返家之後就跟葉敏華的母親在一起，至於他手上的傷口，葉母證實是在家裡被高溫的水燙傷的。」

「他們的夫妻感情呢？」

「根據葉敏華跟李桐的同事，還有葉母都說他們的感情非常好，沒有疑點，診所所謂的後兩次沒有陪診也的確是因為在公司工作或加班，看起來李桐可以從嫌疑名單中剔除。」

陳東翔刑警一直看著白板上的資訊，他是去年負責翠峰瀑布女屍案的刑警，從別的分局調派來，第一次參加專案小組會議，他看著婦產科診所的名字皺起了眉頭，翻開自己的筆記本再次確認。

「陳東翔，怎麼了嗎？」劉成坤注意到他的表情問道。

「去年的死者朱少蓮也是馨愛婦產科診所的患者。」

大家驚訝地轉頭看著他。

「你確定？」楊家文問道，「可是你們提供過來的資料並沒有寫到診所的名字。」

「其實去年馨愛並不是我們盤查的重點，因為她不是在診所附近失蹤的，失蹤的日期跟產檢日也差了兩三週，應該是在下次產檢前一週遇害的，所以當時並沒有特別盤查診所，只是循例去問了一下，也沒有什麼，醫護人員只有提到朱少蓮懷孕期間有點憂鬱的現象。」

「知道原因嗎？」

「他們說可能是跟家暴有關。」

「家暴?!又是家暴？去年你問了誰？」

陳東翔走上前去把資訊補在白板上，楊家文看著上面列出的護理長名字轉頭看了劉成坤一眼，「東翔去年就問過同一個護理長，怎麼昨天我們去問她的時候，她都沒有提到？診所的孕婦連續兩年都遇害，她不可能會想不到吧？而且都跟家暴有牽扯。」

「我記得去年那位護理長回答我的問題時，還因為死者遇害掉了眼淚，」陳東翔回憶道，「不太可能今年會想不起來，何況是這麼嚴重的罪行。」

楊家文盯著陳東翔帶來的文件，翻開幾頁之後抬頭問他，「朱少蓮的家暴紀錄是怎麼回事？」

「朱少蓮是個全職媽媽，生了孩子之後就沒有再工作，丈夫在銀行上班，表面上看起來狀態不錯，但是私底下卻會對妻子拳打腳踢，有幾次瞞不住鬧大了就被通報，所以留有紀錄，但是每次朱少蓮都選擇原諒丈夫。」

「遇害當時她懷孕六個月？」

「快七個月了，根據記錄在六個月左右還有過一次家暴通報，那次應該是小孩在幼兒園講出來被老師通報的。」

「幼兒園老師？小孩也有傷嗎？」

「據我們去查的結果，小孩額頭有撞傷，但是朱少蓮跟社會局社工說是孩子自己頑皮摔倒撞到的，孩子也說不清楚，所以這件事當時也不了了之。」

「朱少蓮遇害時她丈夫沒有可疑嗎？」

陳東翔搖搖頭，「跟這案的李桐一樣，都有明確的不在場證明。」

幾個人重新再檢視了一次手上的證據，朱少蓮是早上去採買物品後就沒有回家。

「早上？」大家對望一眼，「好大的膽子，她是在家附近採買嗎？」

陳東翔搖搖頭，「不是，她常常會坐捷運到南門市場去買一些臘肉，聽說是她先生很喜歡吃，我們去南門市場調過帶子，的確有看到朱少蓮的身影，也提了不少東西走出南門市場，走了一段路進了捷運站，出了新北投站之後就失去蹤影。」

「新北投站離她家還是有一段距離吧？」楊家文問道。

「還要轉公車，但是沒看到她出現在公車站。」

「喔？」

「白天要在捷運站附近劫持不太可能吧？」劉成坤搔搔下巴的鬍渣說道。

「當時也有發佈媒體，但沒有人提供有用的訊息，她就這樣人間蒸發，三天後才在翠峰瀑布附近找到她的屍體。」

「所以可能是上了計程車或是某人的車嗎？」周泰海問道，「這樣的距離不可能步行回家吧？懷孕七個月手上還提了不少東西。」

「應該不會，排班的計程車也都說沒載到這個客人。」

「那麼就只剩下是上了誰的車了。」

「所以應該是認識的人？」

陳東翔點點頭，「當時我們也是這樣想的，但是始終找不到這個人是誰。」

「這兩名死者生活環境、背景、職業都不一樣，除了婦產科診所之外並沒有交集。」楊家文看著白板說道。

「葉敏華最後一天的交通紀錄呢？」周泰海問道。

劉成坤搖搖頭，「沒有特別的，平日看起來多半是李桐接送上下班，其餘的時候都是坐捷運或公車，最後一天也是李桐送她去上班，下班後沒有捷運紀錄，可能是坐計程車去診所的，最後一天也沒有刷卡紀錄。」

「診所內的監視器也是只有拍到葉敏華走出診所大門後，直直往人行道的方向移動，但是監視器的角度拍不到，診所外面沒有監視器，我往前後各一百公尺處調了監視器也沒有葉敏華的蹤影，可能是在門口上了車，可惜診所對面也沒有什麼監視器拍到這個方向的。」

「那麼就讓媒體發通知，看有沒有人可以提供線索，八點半離開診所，還是很熱鬧的時候，或許會有人注意到。」

「現在問題是，兇手為何要取走兩個人的子宮？一個五個月，一個快七個月，肚子已經很明顯，兇手為何刻意要取走子宮，子宮裡面有胎兒，他應該知道的。」楊家文抓抓頭說道，「這個有什麼意義嗎？」

「被害人的陳屍姿態也是有意義的，」郭宜誠突然出現在會議室門口，「周隊長，我想要加入這個專案小組。」

「你的鑑識工作那麼忙，幹嘛還要參加這個小組？」周泰海看著他問道，明知道這幾年來郭宜誠一直對偵查工作也有興趣，但是因為他總愛提一些犯罪心理分析，除了楊家文也偶爾提及之外，這一套周泰海是不大信的，因為可以握在手上的證據才是貨真價實可以把犯人繩之於法的，所以這幾年總是沒有讓他直接加入偵查。

「因為這個案子很特別，我想幫忙。」郭宜誠從美國念完犯罪學博士後返國，那時年輕，想著可以將所學貢獻給台灣社會，然而頂著犯罪心理學家的學歷加入警隊之後發現事與願違，幾次兇殺案中他以犯罪心理分析提出的線索都被漠視，於是他默默地轉到鑑識工作，這一晃眼也快要十年了，對於自己專攻的犯罪心理學在台灣無用武之地感到氣餒。這麼多年來，看著各式刑案發生，無差別殺人的重大刑案也出現了，但是犯人就這樣槍決了，什麼意義都沒有留下，犯罪的背後原因，那些對一個人深遠的影響到底從何而來都沒來得及挖掘，讓他骨子裡那股想要探究犯罪人心的靈魂不斷地騷動著。

周泰海看著他不作聲，會議室裡的氣氛相當凝滯。

「隊長，這個案子這麼詭異，取走子宮這種事情又這麼奇怪，過去有兇手砍下頭顱跟分屍可以理解是要掩人耳目容易棄屍，但是單單取走子宮，子宮裡面還有胎兒，這真的太奇怪了，聽一下宜誠有什麼看法也是好的，況且，」楊家文欲言又止地頓了一下，周泰海眼神掃了過來，「這案子不但媒體緊追不捨，我聽說署長那邊也受到關切，我在署裡的同學跟我說，李桐的總經理跟署長好像蠻熟的，還親自給署長打過電話了，這案子，非破不可。」

「混蛋，講這是什麼?有沒有人關切，哪個案子不是非破不可?!」周泰海聽了有點惱怒，但他也知道死者失蹤隔天，署長就接到朋友的請託電話，讓一個單純的失蹤案馬上升級為重點協尋，也因為如此，一發現死者才能那麼快地比對到死者丈夫帶去派出所的報案照片確認死者，「你剛才說死者陳屍的姿態也有意義是什麼意思？」

「兩名死者都沒有被性侵，可是陳屍的時候全裸，葉敏華的屍體因為遇到大雨所以看起來很乾淨，但是去年的死者被棄屍時並沒有下雨，雖然是經過兩天才發現，但屍體上面除了腐化程度產生的蛆蟲之外，其他部分保持得相當乾淨，看起來兇手是個注重清潔的人，即便處理屍體也是如此，可是大家看一下這幾張照片，」郭宜誠指指白板上幾張腹部的傷口照片，「處理屍體這樣有條不紊的人，為何腹部的傷口會這麼混亂？兩名死者都被刺了超過十刀，去年死者十一刀，今年葉敏華十三刀，這些刀痕重複穿刺，腹部幾乎都要爛掉了，這麼混亂的手法，有著很大的怒氣，可是最後擺放屍體的時候，又把雙腳併攏，雙手擺在胸前呈現祈禱的樣子，這卻又是帶著懊悔的意思。」

「雙手的祈禱姿勢是懊悔的意思？」楊家文問道。

郭宜誠點點頭，「國外很多研究都是這樣顯示的。」

「可是懊悔什麼呢？」

郭宜誠搖搖頭，「這是我們還要追查的部分，可能是什麼事情讓他如此憤怒，憤怒殺人，把懷有胎兒的子宮取走，是丟棄了？還是收藏了？還是拿去哪裡了？兩個案子都如此，所以他是生氣這兩位孕婦嗎？生氣什麼呢？拿走子宮是表示兩名死者不配擁有嗎？最後卻又懊悔，懊悔什麼？」

「不就是個變態嗎？」劉成坤帶著嗤之以鼻的語氣說道，「殺了人，還把子宮拿走，不就是個變態嗎？要是真的懊悔，怎會去年殺了一個，今年又殺一個？」

「會不會是模仿犯？」陳東翔問道，他今年四十歲，與郭宜誠跟楊家文年齡相近，對於這些心理分析的事情他並不排斥，「去年的案子很轟動，報導了好久，因為遲遲找不到兇手才會不了了之，頭一、兩個月電視新聞常常鉅細靡遺講案子的細節，如果有注意新聞的都會知道死法跟陳屍方式，會不會葉敏華這個案子是模仿犯？」

「那關鍵就會在於如果是模仿犯，為何兩名死者都是同一家婦產科診所的孕婦？」

「看來必須要更仔細了解馨愛診所的員工了，兩名死者彼此認識嗎？真的除了這間診所跟家暴外都沒有共通點了嗎？」周泰海靜靜聽完之後，知道此時什麼線索都要追蹤，不管是犯罪心理分析也好，真實證據也好，全都必須要一一查證，去年的案件一直懸著，眼前這個案子如果真是同一人所為，那麼就有更多線索可以比對查驗了。

＊　＊　＊

「我想要生女兒。」

「女的男的都好，你們倆都健康最重要。」

「我想要給孩子取名『有容』。」

李桐想了想，低頭看著依偎在他臂彎裡的妻子，「有容乃大的有容嗎？」

葉敏華點點頭，「希望我們的孩子可以成為一個有氣度的人。」

「是個好名字，就用這個名字吧，李有容，好名字，男女都可以用。」

「不給爸媽取名真的沒問題嗎？」葉敏華仰頭看著丈夫。

李桐摟摟她的肩膀，「給孩子取名在於祝福，這是個好名字，妳懷孕這麼辛苦，給孩子取名也是理所應當的，我相信爸媽不會有意見的。」兩夫妻對視而笑，親密之情不言而喻。

「敏敏……」李桐張開眼睛，眼前一片模糊無法對焦，全身滾燙又覺得好冷。

坐在窗檯下的李兆陽聽見他低微的囈語立刻起身，走到床畔看見他張開了眼睛，鬆了口氣，「李桐，你醒了。」

李桐費力地轉過視線，試圖聚焦在聲音的來源，看見妻子正在對他微笑的臉，「敏敏，孩子就叫有容，這是個好名字……」他虛弱地抬起手想要撫摸妻子的臉，「這是個好名字，李有容……」

父親接住他發燙的手，發現他其實並沒有醒過來，「李桐？」

「敏敏……」李桐呻吟著呼喚妻子的名字，再次閉上眼睛。

李兆陽握著他的手，兒子已經昏睡將近24小時了，昨天中午到院後沒多久，燒得厲害，整夜未醒，在強力藥效的作用下好不容易退燒，可是看著他現在又滿臉通紅開始囈語，知道他的感染情況並沒有被控制住，體溫又開始竄升，伸手摸了一下兒子汗濕的額頭，還是滾燙的溫度，趕緊按下呼叫鈴，用床旁櫃子上的毛巾為他擦去汗水，想著昨天張簡靖趁著妻子與親家母去殯儀館的時候跟他說明的解剖結果，那麼殘酷的真相，這一刻，他寧可兒子繼續昏睡，也好過清醒地面對這一切。

* * *

「陳護理長，妳在這間診所服務幾年了？」

「六年。」

「去年陽明山區的翠峰瀑布也有一件女屍案，妳知道嗎？」楊家文問道。

「朱少蓮。」陳予嫣看見刑警再次來訪就知道應該是要問去年的事情，不免嘆了口氣說出一年來大家都不想在診所裡提到的名字。

楊家文與郭宜誠對望一眼，「上次我跟劉刑警來的時候，妳為何沒有提這件事？」

「我並不確定兩件案子有關聯，這種事情對我們診所也會有一定的影響，當然不會隨便掛在嘴巴上到處跟人講。」

「就妳所知，朱少蓮跟葉敏華她們彼此認識嗎？」

護理長搖搖頭，「我不確定，但我印象中沒見過她們遇在一起，等一下我可以查詢就診紀錄。」

「朱少蓮出事前，最後一次回診有發生什麼事情嗎？」

護理長想了想，「去年她遇害之後，我們大家討論了一下這件事，其實她最後一次回診並沒有什麼特別的，但是之前大概兩、三個月的時候吧，曾經帶著傷來回診，一問之下說是被丈夫打的，她娘家也申請了保護令，結果隔月來產檢時，她又說跟丈夫和好了，我們也覺得很無言。」

『又是家暴。』郭宜誠心裡默默想著，雖然葉敏華並沒有被家暴，但是據筆錄上說，診所裡面的人認為她被家暴，而去年的朱少蓮則是真的被家暴，她們目前的共通點是這家診所的孕婦以及家暴疑雲，所以是這家診所的人嗎？還是在這裡走動過的家屬？「去年在職的人，我們想跟他們再談一下，大家現在都在嗎？」郭宜誠突然開口說道。

「去年到現在在職的，是吳理仁醫檢師、趙葳護理師跟孫艾妮護理師，但是吳理仁醫檢師今天請假，他有個中風的母親需要照顧，我先請兩位護理師過來。」

四十分鐘後，兩位刑警起身準備離開，「護理長，醫檢師明天會來上班嗎？」

「應該會，他很少請假，今天真的不太湊巧。」

「請通知他，明天我們會再過來找他。」

護理長點點頭準備送他們出去時，回頭看看員工休息室仍然關上的門小聲地問道，「葉社工身上的傷跟朱少蓮的一樣嗎？」

楊家文看了同伴一眼，「嗯。」

護理長聽出他避重就輕的態度，「去年的新聞裡提到朱少蓮的子宮被兇手切下來帶走了，一直都沒有找到，葉社工她？」

兩名刑警只是看著她，半晌才點點頭，「一樣。」

護理長倒抽一口涼氣，「天啊。」

「我們不該跟妳講這個細節，但我們覺得可能是同一個兇手。」郭宜誠說道，「阿長，妳有想到什麼可疑的人嗎？目前兩個人的共通點都是你們這間診所的孕婦以及被家暴這兩件事。」

「但是葉社工並不是……」護理長說道。

「對，的確不是，死者的同事已經證實她手上的傷是她們一起去家訪時被案父抓傷的，與葉社工的丈夫無關，但是你們起初好像都懷疑是家暴，這是現在可以勉強算是共通點的地方，所以妳有想到誰嗎？」

「像是什麼？」

「像是有誰對這兩名死者特別關心的？」郭宜誠說道。

「大家都很關心病人，所以平時也都差不多，發生事情之後，大家提到她們也都很難過，畢竟是照顧過的孕婦，所以說不上有誰是特別關心的。」說著，護理長突然閃過一個奇怪的念頭，但是沒有說出來。

郭宜誠一直觀察著她的反應，自然沒有錯過她眼中一閃而過的神情，「妳想到誰了嗎？」

「我想不出有誰特別關心她們兩位。」

「或是知道這兩件事之後，看起來特別冷漠？不會加入你們討論的？」郭宜誠繼續問道。

護理長明顯愣了一下的反應完全被兩位刑警看見。

「誰？」

陳予嫣卻是緩緩地搖了搖頭。

* * *

「家屬答禮。」

林世傑夫妻帶著集團的同事們上前來行禮，李桐穿著一襲黑色的西裝，一臉病容地站在左側鞠躬答禮。

「你身體還可以嗎？」林世傑走上前來握著他的肩膀，知道他四天前傷口感染高燒昏倒送醫住院，此刻看著他極蒼白的臉色不免擔心，「今天是請假出來的吧？張簡說感染好像還沒完全控制住？」

李桐只是點點頭，無論如何自己都要撐住送妻子走完最後一段路，「對不起，這段時間沒能處理公司的事情。」

「沒事，陳副理都有按照你原先的規劃進行，你好好照顧自己的身體，痊癒了再回來上班，別急。」

「謝謝總經理。」

「沒什麼需要謝的。」

「我知道總經理幫了很多忙。」

林世傑只是拍拍他的手臂，知道李桐指的是他打過電話關切葉敏華的案子，所以連解剖時間都加速了，「應該的，應該的，你先照顧自己。」林世傑點點頭轉身走到葉楓面前致意，對他而言，雖然明知道公司發生公關危機也是無可奈何的意外，但是說到底，那天的確是因為公司的事情加班而導致李桐無法去接送妻子，可能因此間接造成了這樁悲劇，在情在理能幫上忙的，林世傑都會主動盡力做到。

跟在林世傑身後上前來致意的都是集團同事，當然還有廣告部門的全體人員，大家看著他都不知道如何勸慰，凝著他的手傷，只是紛紛跟他擁抱了一下，雖然很疲憊，但他還是提起精神勉強提醒了一下陳副理工作上的事情。

走在同事群最後的正是他的師傅石大智，「李桐。」他只是低低叫了一聲，李桐就心裡一酸，石大智跟張簡靖是公司裡極少數跟他們兩夫妻都很熟的人，他這一聲叫喚情感真切，觸動了李桐今天強撐的情緒忍不住流下淚來。

「師傅。」李桐與石大智緊緊擁抱，這一直是個如師如兄的人，儘管最近惹了不少事情，但他一直感念剛入集團的時候，師傅對他無私的提攜。

「撐住，撐住，」石大智也拭去眼角的淚水，「敏敏的母親還要你照顧，她已經什麼都沒有了。」

李桐點點頭，「我知道。」

石大智看著他毫無血色的雙唇跟灰白的面容，「既然知道就要好好照顧自己，沒有人可以幫你照顧自己跟敏敏的母親，你一定要先照顧好自己，今天會回去醫院吧？不要逞強。」

「會。」

石大智再次擁抱了他一下，拍拍他的背，「我會做好我的事情，你也不要為我擔心，我們都在公司等你歸隊。」

李桐點點頭看見他走回同事身邊坐下時抹了一把臉，也看見岳母跟自己的父母坐在首位不停拭淚，看著兩邊的父母讓他心痛，原本父母長輩都該避開告別式的，但是敏敏沒有兄弟姊妹，岳母說什麼也要出席，自己的父母也是捨不得敏敏，同樣執意出席，看著他們白髮人送黑髮人，他很清楚岳母此刻的心痛還有自己父母的不捨，自己手上的傷跟心裡的痛又算得了什麼？

「謝謝妳今天願意出席。」陳澈低聲對坐在身旁的前妻說著，忍不住伸手握了一下她擺在膝蓋上的手，此刻有深愛的前妻陪伴，讓他的心安定了許多。

「一定要來的，敏敏也是我的朋友。」林子惠看著獨自站在遺像旁邊的李桐，覺得這麼年輕的一對夫妻怎能就這樣突然天人永隔呢？低下頭看著前夫的手，還是跟過去一樣的溫暖，李桐跟葉敏華神仙眷侶似的一對被命運之神橫加阻撓，她跟陳澈呢？

「李桐的兄弟好像沒來？」王藝君坐在另一旁問道。

「李柏今天醫院有排三床刀沒辦法請假，李榕在日本工作，李桐也有跟父母交代說不用麻煩他們過來。」

「可是他這樣撐得住嗎？」

張簡靖只是嘆口氣低聲說著，「撐不住也得撐住，昨天他跟醫生吵得厲害，堅持今天要請假出來，醫生看他這幾天病情一直很反覆，本來不同意的。」

「但這種時候怎能不來？」王藝君說道，「只是為何要這麼趕呢？我以為會等李桐出院，起碼大家會比較安心，而且敏敏今天剛剛頭七不是嗎？」

張簡靖沒有說什麼，只是看著李桐孤單地站在前方，但他心裡很清楚為何會這麼趕。

行禮的友人一批接著一批，甚至連婦產科診所的醫護人員也都到場了，李桐看見郭宜誠站在他身後的帷幕附近一直觀察著上前致奠的親友們，楊家文跟一名刑警坐在最後方，劉成坤則是不時地進入會場，每一次他的進出都引起李桐的注意，也讓他疲憊的身軀不斷接受到刺激，一邊撐著身子答禮，同時觀察著警方的互動，期待會出現一些訊息。

三天前，就在他剛剛入院隔天晚上，好不容易在藥物控制下退燒了，第一次從昏睡中真正清醒過來就看到楊家文跟郭宜誠正在病房裡跟張簡靖說話。

「你醒了。」張簡靖瞥見他緩緩張開眼睛立刻走到床畔，「還好嗎？」

李桐眨眨眼睛，全身都疼痛，然而，最痛的仍是想起敏敏的那一瞬間，心痛得難以言語，半晌之後才沙啞地問道，「我睡了多久？」

「快要一天半了。」張簡靖協助把床頭升高。

李桐艱難地問道，「敏敏她……」

「入殮了，別擔心，阿姨跟伯父伯母都處理了。」

李桐低著頭看著自己裹著紗布的手跟扎了針頭掛著點滴的手臂，眼淚差點就要落下，只是眨眨眼睛抬頭看著兩位刑警。

「李先生，不好意思，此刻過來打擾你。」楊家文率先開口。

李桐只是搖搖頭，聲音沙啞而疼痛，「有任何進展嗎？」

過往在偵查過程除非有相當的把握，否則警方並不會主動告訴家屬偵辦進度，然而，楊家文那天卻簡明扼要地說了他們幾天來的調查結果。

「你們的意思是說這是同一個人犯的案？」李桐病中仍然有點混沌的腦袋聽完之後問道。

郭宜誠點點頭，「我們也成立了專案小組，比對了兩起案件，手法幾乎完全一樣，特別是腹部的傷口、取走子宮以及陳屍的方式跟地點相似性。」

聽見取走子宮這幾個字，李桐難受的無法呼吸，眼前看見的是在相驗室裡全身赤裸，腹部傷痕累累的敏敏，想到自己在檢察官辦公室外面昏倒送醫，連敏敏入殮時他也不在場，此刻猛然又被提起，頭一陣一陣地抽痛，帶傷的手也是，只能咬緊牙根別過頭去努力地平復情緒。

「所以你們今天來找李桐是專程來告訴他辦案進度？」張簡靖困惑地問道，他們特意來講的內容其實對家屬一點幫助都沒有，只是再一次帶給他們傷害而已。

郭宜誠搖搖頭，「還有一件很重要的事情，兩名死者都是馨愛婦產科的孕婦。」

李桐回過頭來看著他，坐直了身體，「你是說兇手跟那間診所有關？」

「可能，但我們約談了裡面所有的職員，目前並沒有明顯可疑的對象，但這兩個案子唯一相同的只有這間診所以及家暴的這兩件事。」

「但我跟敏敏並沒有……」李桐聽見他這麼說相當驚訝。

「我們知道，那次葉女士手臂上的傷是被服務對象的父親弄傷的，我們很清楚，機構的王社工已經證實了這件事，我們並沒有懷疑你，但是兇手可能不知道，這是唯一的兩條線索，正好交集在診所，所以我們仍在追查葉女士跟朱女士是否有其他交集。」

李桐搖搖頭，「我們其實並不認識朱女士，因此去年的新聞我們並沒有留意到是跟敏敏同一間診所，我妻子兩年的不孕症治療，我都陪著一起進行，我們也不曾在診所遇見過朱女士。」

兩名刑警對看一眼，「我們也請診所的護理長協助釐清兩名死者在診所看診的時間，以及有沒有其他孕婦及家屬同時認識兩名死者的。」

李桐看著楊家文，「我太太叫葉敏華。」

郭宜誠瞥了一眼同事，楊家文連忙道歉，「抱歉。」

「你們今天來是希望我可以怎麼配合嗎？」李桐疲憊地問道。

郭宜誠點點頭，「根據我們的分析判斷，如果是連續殺人犯，他們往往也會重回現場，會想要關注後續的發展，儘管只有兩起，但仍然有這個可能。」

「那麼，我可以做點什麼？」

「你們決定好告別式的日期了嗎？」

李桐轉頭看了一眼一直站在旁邊的張簡靖，自己剛剛清醒，不確定在他昏睡的這段時間裡是否有了其他的安排，張簡靖接受到他的詢問眼光，「還沒有，因為你住院了，阿姨他們想要等你醒來之後再討論。」

兩名刑警點點頭，「如果可以的話，希望在家屬能夠接受的狀況下早點舉行，也希望你能同意由我們向媒體發布告別式的時間跟地點。」郭宜誠誠懇地說道，「我知道你們可能想要低調一點舉行告別式，但是因為我們判斷兇手可能會出現，所以……，真的很抱歉，希望你能明白，我們也是想要盡快抓到兇手，告慰葉女士跟朱女士。」

李桐看著他心裡有些疑問，「郭刑警，我記得那天你跟我說你是鑑識人員？」

「其實郭刑警是留學美國回來的犯罪學博士，專攻的是犯罪心理分析。」

李桐沉默半晌後點點頭，「我知道了，我明天會通知你們日期。」

兩名刑警聽了也鬆口氣，台灣的殯葬民俗繁複，可快可慢，但大多數的家屬在遇到這些事情的時候，總是會希望要經過一些儀式才願意出殯，可是對辦案來說，時間的確是很重要的關鍵因素，「謝謝你，明天請聯絡我們。」

「也拜託你們了，請幫我們抓到兇手。」李桐在兩名刑警即將走出門口時艱澀地開口問道，「郭刑警，我妻子被帶走的子宮，」他頓了頓才說出口，「你覺得有機會找回來嗎？」

張簡靖看見老同學沒有受傷的手微微地顫抖著，知道他是鼓起了多大的勇氣才問出這個問題，但是不懂警方辦案如他，也知道這機會微乎其微，經過了這麼多天，找回的也不是能被接受的完好了。

郭宜誠轉身看著正躺在病床上一臉病容的死者丈夫，他看起來冷靜地答應幫忙是因為還在這個悲傷事件的震驚過程中，還在努力處理妻子的後事，但是過一陣子，當這些儀式告一段落之後，重大創傷的後遺症將無法避免地出現在他跟死者母親身上，那時候還能撐得住所有的真相嗎？他在美國讀書的時候也有機會跟美國警方實習一起偵查案件，在台灣不曾出現的連續殺人犯，在美國卻不是稀奇事。很多時候，抓到了兇手發現他們只是因為某些念頭不斷地行兇，被選中的對象絕大多數都是無辜的，屬於很倒霉的受害者，可是家屬如何能夠接受僅僅是因為倒霉？是因為某些條件正好符合兇手的執念，就此成為地獄冤魂？

「兇手兩次都把懷有胎兒的子宮帶走，很明顯有他在意的部分，他也許認為兩位懷孕的女性不配擁有這個孩子，也有可能這是一種對他過去的報復，但是行兇之後，卻又對兩位女性感到懺悔，因此會對她們擺出祈禱的姿態，當然也有可能是因為他有戀物癖，除非抓到他，我們無從得知，但，這些可能性是存在的，不管是他對過去的報復或是戀物癖甚至是其他理由，被摘走的器官是有可能被保存的，只是我們不知道是以何種方式保存，畢竟……」他猶豫了一下，「包覆了五六個月的胎兒子宮並不小，要藏起來並不容易，不過，我也不認為他會輕易丟棄，你的問題我們無法保證，但是我們會盡力找到兇手。」

李桐只是靜靜地聽著，咬緊的牙根是那樣的明顯，刑警的一字一句都像把刀不斷刺在他心口，如果無形的刀是這樣的劇痛，那刺進妻子身體裡的十三刀又該是怎樣的殘酷折磨？切開腹部切下子宮的瞬間，妻子是怎樣生不如死？最後他只是艱困地點點頭，低聲向兩名刑警道謝。

「家屬答禮。」

李桐回過神來向著妻子的機構同事鞠躬回禮，看著王如紅腫著眼睛走向他，緊緊地擁抱了他一下。

「李桐，你要保重自己，敏敏最愛的人就是你跟阿姨了，你一定要保重自己。」王如知道李桐住院的事情，看著他蒼白得跟鬼一樣的臉色映襯著好同事笑顏如花的照片，不知道口中那哽咽的勸慰是給李桐還是給自己的。

李桐拍拍她的肩膀，「我知道，謝謝妳一直在工作上給敏敏的支持跟協助，謝謝妳。」王如抹去湧出的淚水之後吸了吸鼻子，帶著幾位素未謀面的人站到他面前，「李桐，這幾位是敏敏服務的案家，他們想來給敏敏送行。」說著說著又哭了起來。

李桐感動地看著眼前幾位從中年到國小學生都有的男男女女，「謝謝你們來送敏敏。」

「葉社工一直很努力在幫我們，她是個大好人，不應該會遇到這種事情，我們捨不得她，真的捨不得她。」秀枝牽著兒子家信的手哭著說道，其他幾位也是垂淚地不斷道謝，說著過去葉敏華是如何地幫了他們。

「謝謝你們。」李桐眼中噙滿淚水，他知道這些都是受到保護的家庭，今日卻主動來到這裡為心愛的妻子送行，他知道葉敏華真心為他們的未來而努力，只不過，她再也不能看見她所關心的這群人了，「敏敏一直都很關心你們，希望你們也都要好好地生活下去，這樣敏敏……」他哽咽地頓了頓，「才能走得安心。」

王如聽見這話又難過地哭了起來，主任拍拍她的背，一群人再次跟李桐行禮，王如回座位前又走到葉楓跟前，兩個人抱著大哭。

李桐眨眨眼睛，從滿是淚水的餘光中看見岳母摀著臉走了出去，他很快地看了張簡靖一眼，王藝君馬上跟上前去。這些天葉楓鎮日以淚洗面，吃得極少，不時地叨念著在這個世界上已經沒有指望，因此成日都有人陪在她身旁，擔心她會想不開。而下一批上前致奠的正是婦產科診所的醫護人員，他拭去眼角的淚水，瞥了一眼坐在後面的刑警，看見他們也特別警覺地看著這一批上前的人。

護理長陳予嫣擔任主奠者，後面跟著兩名護理師與醫檢師，都是跟葉敏華有過接觸的工作人員，郭宜誠站在帷幕後面仔細地觀察著，這幾位也是他訪談過的人，只有院長沒到場，家屬答禮後，醫護人員一樣走上前去慰問李桐。

「李先生，很遺憾發生這件事，」護理長說道，「希望可以早日找到兇手。」

「謝謝你們對我妻子的照顧。」雖然對於他們有著真心的感謝，但是由於知道兩起命案的共同點都跟診所有關，心裡難免有著複雜的情緒。

「如果那天我們打電話請你或是葉媽媽來就好了，或許就不會發生這件事了。」

李桐聽了無言以對，沉默數秒之後才低聲說道，「謝謝你們。」

「請好好保重。」

「謝謝。」李桐再次對他們鞠躬致謝，看著他們轉身走回座位。

郭宜誠仔細觀察著每個人的神情，三位護理師神情都頗為哀戚，唯有醫檢師只是若有所思地看著李桐，郭宜誠注意到當吳理仁看著葉敏華遺像時也是同樣的神情，李桐側頭看了一眼隱身在帷幕後面的刑警，只見郭宜誠向他輕輕搖了搖頭沒有做出其他表示。

「阿長，我先回診所了，小劉今天請假，我要值全天班。」吳理仁回到座位區並沒有坐下，只是低聲跟護理長說話。

「喔，好的，我們等等也就回去了。」護理長有點意外他會提早走，畢竟公奠時間並不長，就算等一下結束一起趕回診所也還好，早上並沒有預約的孕婦需要抽血檢查，即便有，今天早班的護理師也是可以處理的。

郭宜誠看見吳理仁拿起包包離開，覺得他的反應有點過於冷淡。

吳理仁低著頭走出去，發現今天有不少警方的人在場，雖然沒有穿著警察背心，但是他們的樣子也不難辨認。

「不知道那個混蛋是怎樣的變態？怎麼會把死者的子宮拿走？去年那個是這樣，今年這個也是這樣，根本就是心理不健全的變態，這種變態抓到了，一定要判死刑才行。」

吳理仁瞥了一眼站在走廊邊正在講這話的兩名警察，正要走過他們身邊時，突然被一個嬌小的人影猛撞了一下。

「你說什麼？」正要走回會場的葉楓緊抓著刑警的衣服激動地質問著，「你說什麼?!」

被抓的刑警先是愣了一下，剛要發怒卻看清此刻抓著自己衣服的女人正是死者的母親，只能按下脾氣。

「阿姨，妳放手，別激動。」原本走在一旁的王藝君連忙拉住葉楓。

「你說我女兒跟去年的死者一樣，子宮都被取走了?!」但是葉楓哪裡聽得進去，只是不停地追問刑警，「是不是真的?!」

今天來配合佈防的刑警原以為家屬都知道解剖結果了，沒想到死者的母親可能是不知情的。

「真的嗎?!我女兒的子宮被拿走了，是不是真的?!」葉楓多日未能成眠，滿是紅絲的雙眼，此刻看來更是幾近瘋狂崩潰的邊緣。

「葉媽媽，妳別激動，我們會找到兇手的。」

「是不是真的？我女兒的子宮不在了？是不是真的?!」

「阿姨，妳別這樣，」王藝君拉著葉楓唯恐出亂子，這幾天一直努力瞞著她，怎樣都不讓她看新聞，也盡量避免讓她使用手機看到這些消息，就怕她受不了這個打擊，「妳別胡思亂想。」

葉楓推開王藝君，只是衝著兩名刑警，「你說的是不是真的?!」兩名刑警最終只能無奈地點點頭，葉楓鬆開緊抓著的刑警，呆若木雞，「敏敏的子宮被切走了……」

「阿姨，不是的。」王藝君瞪了一眼刑警，伸手扶住愣在原地的葉楓。

「敏敏的子宮被帶走了？被切下來了？我的孫子也被帶走了？」葉楓自言自語地說著。

「不是的，阿姨，不是……」

葉楓轉過頭來看著她，臉色蒼白的跟鬼魅一樣，「你們都知道是不是？」她緊握的雙拳不停地發抖。

王藝君咬咬唇下意識想要否認，看見她悲痛的眼神卻難以出口，「阿姨，我……」

葉楓沒有聽完她的話便衝進了公奠會場，直直快步走向正在向致奠者答禮的女婿，抬起手便是狠狠的一記響亮耳光，突如其來的意外舉動引起了全場譁然，在座的許多親朋好友全都因為這一巴掌跳了起來。

因病虛弱的李桐被這個用力的耳光搧退了兩步，震驚而困惑地看著岳母。

「這是我的心肝寶貝，你為什麼騙我?!為什麼不告訴我，我的女兒的子宮被兇手拿走了?!你憑什麼可以不告訴我?!這是我養大的女兒啊!!你工作忙，我不怪你不能去接她回家，害她遇上了歹徒！你說要提早辦告別式，因為敏敏孤單睡在冰櫃，我也可以接受，但是你怎麼可以……明知道敏敏不是完整的，你還要這麼快火化，你怎麼可以?!今天才剛頭七啊！」

葉楓哭叫著捶打女婿的胸口，「怎麼可以不讓我知道她是怎樣冤死的?!」

李桐無法回應她的哭喊與指責，叫他如何說出只是因為怕她太過傷心，所以大家都聯合起來瞞著她？因為她可能是被連續殺人犯殺死的，所以想要抓到兇手而提早辦告別式？李桐咚的一聲跪了下來，領受著岳母悲痛的捶打，那一聲聲害敏敏遇到歹徒的指責就像是刀子再次戳在他的心口上，那也是他日日夜夜無法原諒自己的錯處，「媽，對不起。」

「阿姨，妳不要這樣，李桐也不是存心想要瞞妳的。」張簡靖第一個跑上前去擋在兩個人之間，葉楓後來那些悲憤的拳頭盡數落在他身上。

李兆陽跟蘇玫芬也走上前來扶著她的手臂，「阿楓，大家只是怕妳太過傷心，所以不敢跟妳說。」

「連你們都知道，我卻不知道，這是我的女兒啊！你們到底憑什麼這樣對待我們母女?!」葉楓轉身跑向女兒停在布幕後面的靈柩，王藝君、李兆陽夫妻連忙跟了進去，李桐卻仍然只是跪在地上，淚水再也隱忍不住地一滴一滴落在地上。

「是真的嗎？」林子惠站在陳澈身邊，半晌才講得出這句話，「敏敏的子宮？」只見陳澈黯然地點點頭，然而這個消息太過驚人，林子惠一時之間也無法反應，只是呆立著望向仍然跪在地上的李桐。

「敏敏，敏敏，妳怎麼可以這樣離開我?!妳怎麼可以這麼殘忍的丟下我這個老母親？敏敏啊！是誰這樣害死了妳？妳要起來告訴我啊，我要幫妳報仇啊！敏敏啊，妳別躺著了，起來告訴我啊！」帷幕後面傳來葉楓尖銳的哭叫聲，會場裡本來起了騷動，可是這個失去了女兒的單親母親的泣喊讓大家靜了下來。

「妳在這裡待著，我進去看一下。」陳澈想要走去帷幕後面安慰葉楓，剛走兩步就聽到一聲撞擊聲跟王藝君的尖叫，「阿姨！」緊接著又聽到有人大喊叫救護車。

原本沉寂下來的會場又引發了另一波騷動，李桐虛弱地掙扎起身踉蹌跑向停棺的位置，沒想到跑進帷幕之後，卻是看到自己的母親坐在地上抱著昏厥的岳母，葉楓的額頭正不斷地滲出血來，而妻子的靈柩上有著一小灘的血跡，他愣愣地站在原地，身體又開始發冷，眼前不斷地發黑。

「李桐，」一直跟在身邊的張簡靖伸手抓住了他的手臂，穩住他微微搖晃的身體，「撐住。」

李桐伸手搭住同學的肩膀努力地吸了幾口氣，「我知道。」幾秒後才走到靈柩旁蹲下來，看著也在受苦的岳母。

「應該沒事，只是暈過去了，等等去醫院檢查一下。」李兆陽自責地說道，「剛才親家母動作很快，我來不及攔。」

李桐搖搖頭，知道這事不能怪任何人，或許從頭到尾就只有他需要負責任吧，救護車很快就到了，救護人員從靈堂側邊進來用擔架帶走了葉楓，李兆陽夫妻跟著一起去了醫院。

主持公奠的司儀進來問道，「李先生，儀式還要進行嗎？還有幾組親友有登記要致奠。」

李桐看著救護隊離去的方向，伸手撫摸了一下靈柩，掏出手帕拭去上面的血跡，深吸一口氣，將手帕折好放回口袋，「要繼續，要好好送我妻子離開。」走出帷幕前，向郭宜誠點了點頭。

隨著李桐再次出現站在家屬的位置上，一直充斥著竊竊私語聲音的會場頓時又靜了下來，僅剩的幾組致奠親友陸續上前行禮，李桐也一一答禮。

「他的氣色好像更差了。」謝琮文低聲跟林世傑說道。

林世傑輕輕嘆了口氣，「剛才那一場折騰，難為他了。」

「但是，葉社工的母親說的是真的嗎？葉社工竟然……?!」

「我也不知道，」林世傑伸手過去握住了妻子冰涼的手，「這麼殘酷的事竟然會發生在身邊……」

郭宜誠仍然站在原地，看著會場裡的每一張臉，突然瞥見診所醫檢師低著頭穿過門邊的人群離去，『他不是在發生騷動之前就走了嗎？』立刻拿起手邊的無線電，「家文，你跟一下那位醫檢師，我看到他剛剛閃出去了。」

第八章

「上週二在陽明山區聖人瀑布發現遇害的葉姓女社工一案，至今已經十二天，因與去年翠峰瀑布命案高度相似，警方懷疑為同一人所為，目前正在全力追查。據警方表示，死者當天晚上八點半左右自基隆路馨〇婦產科診所離開後，旋即宣告失蹤，附近也未設有監視錄影器，警方發出通告希望當天晚上經過附近的民眾，如果曾經見到死者或是與案件相關的資訊請聯繫警方，以下是專線電話。」

李桐關掉電視，沉默地站在窗邊看著不遠處的總統府與附近的二二八公園為著即將來臨的舊曆年開始進行一些喜氣的裝飾，大白天裡不是那麼明顯，但是一到了夜裡，許多的燈飾照得他心痛不已，敏敏總愛拉著他去拍一些節慶的燈飾夜景。

「李桐，你今天可以出院了。」楊醫師跟護理師進來巡房。

李桐轉過身來，「謝謝。」

「手上的傷口還是要準時換藥，保持傷口乾淨避免再次感染。」楊醫師知道葉敏華的事情，「李太太的事情，我們都覺得很遺憾，我相信還有很多事情需要去你做，要你保重的話，你最近應該也聽很多了，但我還是要跟你再說一次，這次你感染的很嚴重，那天勉強去參加葬禮，回來又發燒了兩天，到了今天清晨才總算可以讓你出院，但你仍然必須要注意。」

「我知道，謝謝你。」

「你下週要回診讓我看一下傷口，你這傷口免不了會留下疤痕了，雖然會很痛，但你每天還是要讓右手掌動一下做做伸展。」

李桐看看仍然包著紗布的右手掌，「我知道。」

「等等護理師會把一些文件跟藥袋送來，你領到之後就可以辦理出院了。」

李桐還是一句簡單的感謝，楊醫師看著眼神相當陰鬱的病人，從口袋裡拿出一張對折的便條紙，「李桐，也許這不關我的事，但是我建議你可以參加悲傷輔導團體，我有一些患者參加過這位心理師的團體，你可以考慮一下，這時候有人支持很重要。」

李桐看著那張紙條半晌才接過來，「謝謝你。」

楊醫師看著他落寞的神情，知道他其實不會去參加，只是嘆了口氣，「你保重，下週記得來回診。」

李桐點點頭目送醫師跟護理師走出病房，沉默地坐在窗下的沙發裡，那是一張準備給家屬陪伴用的沙發床，過去幾天都是李兆陽或張簡靖來陪睡，怕他夜裡又高燒，母親則是在另一家醫院陪伴著葉楓。

「醫生來過了？」李兆陽拎著從地下室美食街買來的早餐，拉過小茶几在李桐面前擺好餐點，敦促他一定要吃點東西，這幾天他看兒子依然都沒有胃口，話更少，雖然這個兒子是三個孩子裡面最沉默的，但這幾日的消沉極為明顯，更讓他擔心的是親家母在公奠時那一耳光跟指責兒子間接造成媳婦遇害的話，可能會讓兒子更為自責與消極。

「嗯，等等我們就可以出院了。」李桐其實沒有食慾，但是老父親跑上跑下擠電梯才買來的早餐，他還是用左手拿起叉子勉強自己吃下去，李兆陽看著他進食也的確比較安心，環顧一下四周，李桐已經把換洗衣物收進袋子裡。

「岳母呢？還在醫院嗎？」李桐吃完早餐後問道，葬禮那天發生的事情仍讓他難受，岳母終究還是說出了對自己的責備，『是啊，怎麼可能不怪我？如果那天我去接了敏敏，又怎麼會……』

「也是早上出院，你媽說剛辦好出院手續。」

「這麼快？」

「檢查了說沒事，算是皮外傷沒傷到腦，額頭縫了幾針，觀察了幾天，今天就讓她出院了，不過……」

李桐看了他一眼。

「其實醫師有考慮要她轉進精神科，因為她這樣是自殘行為，醫師擔心她會繼續傷害自己，也請精神科會診了，但是她拒絕簽名住院，這兩天她看起來也還好，只是不講話而已，醫生還是讓她出院了。」

李桐閉上眼睛，怎麼這個家會變成這樣呢？到底是誰這樣傷害妻子？有這麼深的仇恨要對妻子做出慘絕人寰的事？除了發高燒昏沉的那幾天，每晚他閉上眼睛都會看到妻子躺在草地上跟相驗室推床上的模樣，知道岳母這輩子恐怕都不會原諒自己了，「等等回去之後，我去樓上看她。」

李兆陽只是點點頭。

一個小時後，李桐回到家放下袋子，剛開門準備坐電梯去樓上看葉楓，意外看見母親從電梯裡出來，「媽，妳怎麼在這裡？岳母在樓上休息嗎？」

蘇玟芬嘆口氣進屋，「阿楓回汐止了。」

「回汐止?!她自己一個人嗎？」李桐驚訝地問著。

「妳怎麼可以放她自己一個人在那裡？」李兆陽責備地問道。

「她不讓我陪，把我趕了出來，我還能怎麼辦?我在她門口站了大半小時，她都不讓我進去，我只好去管理室請他們幫忙多留意，也把我跟李桐的手機號碼留給管理室了，那個社區的人都知道敏敏的事了，鄰居也說會幫忙注意，我只好回來了。」蘇玟芬難掩委屈的語氣。

李桐看著母親抬手揉了一下肩頸，知道這幾天母親很辛苦，「謝謝媽，妳這幾天辛苦了，先休息一下，我去看看她。」

「她不會見你的。」蘇玟芬嘆口氣。

李桐沉默了一下，「我知道，但我還是要去。」

兩老無言地看著兒子離去的背影，無限心酸，以為是美滿的小家庭，最不讓他們兩老擔心的一對，沒想到卻翻天覆地了。

＊　＊　＊

「這兩天我跟監吳理仁並沒有什麼奇怪的地方，那天從二殯也是直接回到診所，然後下班回家這樣，宜誠，你真覺得他有嫌疑嗎？而且我查了他的金流跟交通動線也沒有可疑之處，都很正常，就是搭捷運上下班，每三天會去他家附近的超市買菜回家煮，不太外食。」楊家文在小組會議中說道。

「那天他在公奠現場態度相當冷漠，沒有靠近李桐，只是站在一旁觀察他，原本像是致奠完就要先走了，可是死者母親進到會場打了李桐那一鬧之後，才看到吳理仁低著頭閃出人群，我瞥見他的眼神非常冷漠，冷漠到讓我覺得有點無情。後來我看了幾遍那天我們在告別式現場的錄影畫面，其他來參加的人沒有奇怪之處，行為舉止都很正常，仍然是他讓我起疑，最重要的當然是因為他是診所的工作人員，而且他很在意家暴這件事。」

「那一耳光連隔壁廳的人都過來圍觀了，醫檢師留下來觀看也不奇怪吧。」劉成坤說道，清楚記得那天靈堂外面針對那個響亮巴掌議論紛紛。

「如果有可疑的就繼續追查，其他可能性也別放過，死者服務的案家有沒有可疑的？她是服務高風險家庭的社工，會接觸到許多家暴家庭，會不會因為安置小孩或太太而得罪了什麼有暴力傾向的丈夫？你們查的如何了？」周泰海問道。

楊家文搖搖頭，「那些案家受到保護，機構不願意提供資料，而且他們主要是提供協助，如果真的要安置會由其他單位的保護性社工來接手。」

「這都什麼時候了，他們的同事慘死，還不願意提供資料嗎？就算不是直接由他們安置，但他們也會提供評估之類的不是嗎？一樣容易被怨恨，不然怎會她上次被案家抓傷引起診所的誤會？」周泰海不爽地說著。

「社工有他們的專業倫理堅持。」楊家文聳聳肩無奈地說著。

「他媽的專業倫理。」周泰海忍不住罵了聲，這不是第一次遇到類似的事情，「我實在不能理解社工或所謂心理師的專業倫理守則，抓到兇手是最高原則，更何況這兩名死者死得這麼慘，到底為何不能互相合作？」

「不過，朱少蓮並不是社工，只是單純的全職母親，但是跟葉敏華遇害的方式一樣，可能跟這些被服務的對象無關。」郭宜誠解釋自己的看法。

周泰海瞪了他一眼，「我知道你是犯罪心理學家，但是這案子已經第十二天了，到目前為止我們找到的共同點是診所，問題是還無法從診所那邊找到明確的疑犯，兩名死者之間也沒有其他的交集，你說還能不多方向追查可疑人物嗎？」

「除了追查其他線索外，我還是希望可以再跟監吳理仁幾天，那時候跟他談話時，他很在意家暴的部分，刻意提及引起我們注意，家暴是這個案子第二個共通點，我始終覺得他可疑。」

「那就再仔細清查，也讓新聞台繼續播放希望民眾提供線索的新聞，他媽的，那個時間路上這麼多人，怎麼可能沒人看到死者去了哪裡？一天到晚有人亂拍狗仔影片上傳，正義魔人滿街都是，真需要線索時又沒半條！」

＊　＊　＊

「不是都說好了嗎？妳現在在鬧什麼彆扭！」診所裡一對夫妻突然在診間外面拉扯起來，黃君毅握著妻子金雲心的手臂引起了大家的注意。

「黃先生有話好好說，這樣蠻危險的。」護理長從護理站裡面跑出來說道。

「我不想做了，我想要留下這個孩子。」金雲心哽咽說道。

「妳明知道我們現在負擔不了這個孩子。」

「可是這是我們的孩子，你怎麼可以這麼殘忍？」

黃君毅看著她心情其實很複雜，「我們說好結婚四年努力賺錢再生小孩，結果才第二年就懷孕，而且上次檢查發現孩子有問題，我們根本養不起，妳知道後續要花費多少費用嗎？這也是我的孩子，我也捨不得，但是孩子生下來有先天缺陷，以後的路那麼難走，妳有幫孩子想過嗎？妳現在竟然指責我殘忍，對我公平嗎？」

診療室的燈號響起，護理長看見是他們的號碼，「黃先生黃太太輪到你們了，你們可以進去跟醫師討論，不用著急，可以在裡面討論一下，這畢竟是一個重大決定。」

「但是我不想做。」黃太太看著診療室的門很猶豫。

「黃太太，你們是進去跟醫師討論，不是直接要做手術，如果不是你們都同意，我們不可能幫你們做手術的，只是在這裡吵不能解決問題，還是進去跟醫師一起好好討論後續的照顧或是相關的問題吧。」

「上次王醫師都跟我們說明過了，我們知道負擔太大才做這個決定的，結果她現在反悔了。」

「黃先生先別生氣，再去跟醫師討論一次好嗎？也讓黃太太有更多的心理準備。」說著引領他們走進診療間，留下候診區的竊竊私語。

小葳拿起一份檢驗單走去醫檢室，看見吳理仁也站在門口觀望這番爭吵，把檢驗單交給他之後猶豫地開口，「理仁，我們晚上要去唱歌，你這次可以一起去嗎？最近發生好多事情，大家覺得很煩悶想要在休診後去聚餐。」

「我不方便去。」吳理仁露出無奈的表情說道，他知道這女生喜歡自己，但他不相信愛情也不想碰觸這些東西，他要處理的事情已經夠多了。

小葳不知道哪裡來的勇氣繼續說道，「你可以把女朋友帶來啊，大家可以一起玩沒關係啊。」

吳理仁臉色微微一變，「一起玩？」

小葳不知道自己哪裡說錯話了，卻被他突然變化的臉色嚇到，「呃……我的意思是說大家都想認識你的女朋友，可以一起聚餐沒問題。」

吳理仁看著她好一會兒才說，「我女朋友在美國念書。」

這下子換成小葳無言以對了，原本只是想藉著這方式破釜沉舟來逼對方說出自己有沒有對象，如今聽到他這樣的回應，自己的心情頓時沉到了深谷裡，因為大家都以為吳理仁單身，「喔，好吧，那如果晚上你改變主意，還是可以跟我們去聚餐唱歌。」

「好的，謝謝。」說完便轉身走回醫檢室，沒再多看她一眼，走到自己的辦公桌時才發現手中的檢驗單已經被他捏成一團。

＊　＊　＊

李桐按著岳母舊家的電鈴，但是誠如母親說的，葉楓不願意見他，任由他按了好幾次的門鈴，她都不肯開門，而李桐明明也聽見了屋子裡有聲響，知道葉楓其實是在家的，這種懲罰的態度讓他更加難受。敏敏走了，葉楓仍然是他的岳母，永遠都會是他的岳母，可是現在卻因為他怕岳母受到太大的打擊，故意瞞著她妻子死亡的真相而演變成如此決絕的狀態。

李桐站在門外，情緒很滿，心很空，看著眼前緊閉的這扇大門，無計可施。

「媽，對不起，我知道不應該瞞妳，但，我怎麼忍心讓妳知道發生在敏敏身上的事？我知道敏敏是妳的心肝寶貝，正因為如此，我才不敢跟妳說。敏敏走了，妳永遠都是我的媽媽，希望妳千萬要保重自己，明天我再來看妳。」

李桐站在門口，聽見屋子裡傳來岳母手機LINE響起的聲音。

葉楓坐在沙發上，看見手機螢幕亮了起來，也聽到訊息提醒的聲音，但是她沒有拿起手機，因為不用看也知道人站在外面的女婿會寫什麼，畢竟，她也認識這個女婿快要十年了，與其說是生女婿的氣，毋寧是對她自己的憤怒與自責。

從女兒失蹤到現在，淚水無止境的流著，一顆心痛得難以承受，最痛的是人們都說母女連心，可是怎麼女兒受到這麼大的傷害，她都沒有感應到?!這才是她最大的自責，『我是個失職的母親啊！怎麼會敏敏的痛我都沒有感覺到？敏敏當時多麼害怕無助啊？』想起從小只要女兒一有什麼事情，自己總是放下一切以女兒為先，除了去台南工作的那一年，從不曾讓女兒覺得孤單寂寞過，『可是最後，敏敏卻是孤單一人……』葉楓揪著自己的領口止不住地哭泣，過去幾天的悲痛與茫然，隨著不斷回想起在聖人瀑布旁看見的女兒，不敢去想像女兒最後那一段時間到底怎麼忍受的，但是那些殘酷的畫面不請自來地一直浮現腦海，女兒有沒有哭著求饒？那個暴徒有沒有一度願意放過她？最後女兒還有感覺嗎？她受了多久的苦才離去？這些想像讓葉楓覺得自己都要瘋了，這些悲傷、這些逼近崩潰的壓力逐漸變成高漲的憤怒，對自己，對李桐，更是對那個不知道是誰的殺人兇手，她只想知道這個人是誰，只盼望著他也會嚐到女兒所受到的痛苦，這麼殘忍的人，千刀萬剮都不足惜。

仍然站在門外的李桐聽見了岳母的哭聲，眼光落在門上的春聯，那是妻子今年畫的貓咪春聯，抬起手撫摸著紅紙上可愛的貓咪，再過不到十天就要過舊曆年了，可是妻子卻不在了，北海道之旅永遠都沒有機會成行了，眨眨開始模糊的雙眼，轉身走向電梯，這一切都太困難了。

*　*　*

「放過我吧，拜託你，不要這樣，修德，你怎麼能這樣……」張愛哭著哀求的聲音，微弱地傳進吳理仁的房間，他瞬間張開眼睛從床上坐起，已經好一陣子沒有在半夜聽到媽媽的哭聲了，他坐在床上仔細聽著。

「拜託你，住手！求你不要讓他對我做這種事，不要，不要，不要讓他……啊啊啊啊啊……」母親的聲音幾近尖叫，很快地聲音被壓抑而模糊了，吳理仁翻身下床，不敢穿上拖鞋，只是躡手躡腳地開門走去走廊底的父母臥室，門是半掩的，他偷偷地湊上前去，整個人僵在原地，不敢相信自己從門縫裡看到的畫面。

母親張愛躺在床上，雙手被綁在床頭，身上的衣服被撕開而幾乎全裸，可是正在母親體內衝撞的男人卻不是他的父親，那男人一手抓著母親的大腿，一手壓住她的嘴，不讓她發出尖叫的聲音，只聽見她咕嚕咕嚕地發出含混的聲音，不停地扭頭想要掙脫，卻被男人緊緊地壓住。

「如果不怕被妳兒子知道的話，妳就繼續掙扎跟大叫，大家一起玩玩而已，不要這樣玩不起，是妳老公找我們來的。」

張愛突然靜止了下來，男人鬆開原本壓著她嘴巴的手，恣意地搓揉著她豐滿的乳房，用力地抽送著，隨著規律的動作，結實的床架發出了咿呀的刺耳聲音，張愛只是緊咬著嘴唇，淚水跟掙扎的汗水早已濕透了深藍色的床單。

吳理仁突然張開眼睛坐起身來，轉頭茫然地瞪著電視上面一直播放的新聞，半晌才弄清楚自己在客廳裡不小心睡著了，儘管清醒了過來，但腦海裡還是不斷重播著母親與他人交合的畫面。他站起來走到浴室，看見鏡子裡的自己，跟父親長得那麼像的五官，他不想想起他，也不想一直記得小五時看到的醜陋畫面，打開水龍頭，用香皂不斷地搓洗著雙手，可是那句『不過就是一起玩玩，不要這樣玩不起……』的話語伴隨著激烈抽送的聲音仍然不斷傳進浴室裡，床架仍然咿咿呀呀地響著，吳理仁狂暴地大喊著，「不許再做了！不許玩！」把滿是泡泡的香皂憤怒地丟向牆壁上，飛到另一邊的地上不斷滑行又撞到牆角。

吳理仁衝回臥室，可是看見的卻是擺在地上空蕩蕩的床墊，他跌坐在床墊上，用力地捶打著自己的頭，抓著自己的頭髮，前後不停地搖晃著，「為什麼不反抗？為什麼不逃走？」

過了不知道多久，他從床墊上站起來換了一身衣服，無意中在窗前瞥見了大樓前不遠處停了一輛黑色轎車，他猶豫了一下，這兩天彷彿都有看到這輛車停在社區門口，又走到衣櫃前改換運動服及厚厚的夾克，戴上棒球帽，再次瞥了一眼樓下的車子。

「我們這樣守到底有什麼意義？吳理仁這幾天行程超規律的，回到家就沒再出門，直到隔天早上去上班，看來我們今天晚上又是白搭了。」劉成坤坐在駕駛座上伸了一下懶腰碎唸著。

「成哥，你先睡一下，下半夜我再叫你起來。」楊家文喝著已經冷掉的咖啡說道。

劉成坤知道他只是尊重前輩，也因為他力挺郭宜誠的看法，所以連著幾天他都自告奮勇晚上要來監視吳理仁，「算了，你別喝咖啡了，你先睡，我先守，昨晚你跟小郭也守了一夜，今天明明該東翔跟我守，你偏要來，就算我再怎麼不信犯罪心理分析那套，大家覺得吳理仁可疑我也是會跟大家一起合作的，犯不著每晚你都跑來吧？先睡吧，下半夜我叫你。」

楊家文尷尬地笑了笑，被前輩拆穿了心思有點不好意思，將咖啡杯放在杯架上，「好吧，那我先瞇一下，成哥不用等到下半夜，累了就叫我起來輪。」

劉成坤只是點點頭。

楊家文拉高外套拉鍊跟領子，雙手抱胸瑟縮著一下子就入睡了，沒多久，成哥突然伸手推了他一下，「起來！」

楊家文驚醒過來，彷彿才剛入睡就馬上被搖醒，轉頭看見成哥正盯著前方的動靜。

「是他！」劉成坤有點意外看見吳理仁穿著運動服一副要去慢跑的模樣，他瞥了眼車子裡的溫度顯示器，「外面只有11度，有人在這種溫度還去運動的嗎？都快要十一點了，這時候才要去運動？」

楊家文坐直身子，同意那的確是醫檢師，儘管他壓低帽子，「前幾天都沒有去運動，今天鋒面來了反而要去運動，真的沒道理。」

劉成坤在吳理仁跑了幾十公尺後才發動引擎，沒有打開頭燈，保持著同樣距離緩速地尾隨著。

『果然是來跟蹤我的。』吳理仁慢慢跑著，警覺到那輛可疑的黑車正慢慢地尾隨著他，跑進附近的公園裡繞了兩圈便又突然循著原路跑回社區。

「看起來像是發現我們了。」劉成坤拍了一下方向盤，知道不宜再調頭回去跟監。

楊家文轉頭看著社區的方向，兩個人在車上沉默了幾分鐘，「真的有古怪吧？成哥。」

劉成坤點點頭，「前後不到十分鐘的跑步是哪門子的運動？」

站在社區大門陰暗角落的吳理仁確認那輛黑車離開後，穿過社區地下停車場，從另一個出口出去，走到幾百公尺外的一個社區停車場。

母親張愛躺在床上，雙手被綁在床頭，身上的衣服被撕開近乎全裸，可是正在母親體內衝撞的男人卻不是他的父親，那男人一手抓著母親的大腿，一手壓住她的嘴，不讓她發出尖叫的聲音，只聽見她咕嚕咕嚕地發出含混的聲音，不停地扭頭想要掙脫，卻被男人緊緊地壓住。

「如果不怕被妳兒子知道的話，妳就繼續掙扎跟大叫，大家一起玩玩而已，不要這樣玩不起，是妳老公找我們來的。」

張愛突然靜止了下來，男人鬆開原本壓著她嘴巴的手，恣意地搓揉著她豐滿的乳房，用力地抽送著，隨著規律的動作，結實的床架發出了咿呀的刺耳聲音，張愛只是緊咬著嘴唇，淚水跟掙扎的汗水早已濕透了深藍色的床單。

十一歲的吳理仁當然知道自己看到的是什麼，驚訝地摀著自己的嘴，唯恐發出任何一點聲音，『爸爸呢？怎麼沒有看到他？為什麼是一個陌生男人在爸媽的床上？為什麼那個人說是爸爸找他們來的？他們是誰？』吳理仁慌張地想著，慢慢地往後退，轉身想要逃回自己的房間，卻直接撞上了一堵牆，他驚嚇地抬頭看見站在眼前的正是他的父親。

父親抓住他也伸手摀著他的嘴，原以為父親會拖著他回去房間狠狠地教訓一頓，就像小二、小三的時候一樣，沒想到父親卻是將他轉過身推到門縫前，他扭過頭不想再看，父親硬生生地將他的頭轉過來，正對著可以看清一切的門縫，他害怕地閉上眼睛。

「張開眼睛，」父親彎下身子，在他耳邊輕聲說著，「張開眼睛看清楚。」抓著他的那隻手卻緊緊地箍著他細瘦的手臂。

吳理仁害怕地張開眼睛，抬頭瞥了一眼父親，那素日裡極為冷淡的父親，此刻卻帶著讓他害怕的狂熱眼神。吳理仁驚恐地看見屋子裡的男人已經解開母親的雙手，將她翻轉過來跪著，緊抓著她的臀部跟不斷擺動的乳房從後面律動著。

「所有的女人都一樣，剛開始說不要，最後都一樣輕賤下流，什麼貞潔都是假的，張開你的眼睛看清楚，那個女人是你媽，女人都一樣，享受得很，像條母狗一樣。」

吳理仁再次驚醒過來，發現自己蜷縮在駕駛座裡，父親低沉無情的聲音仍然在耳邊縈繞，當年他看不見母親的臉，呈現跪姿的她，只看得到她緊抓著床單的手，沒有其他聲音，只有男人哼哼嗯嗯的喘息，還有抽送傳來的肉體撞擊聲以及床架持續咿呀的刺耳聲響，他捂著耳朵，不想聽見那種骯髒的聲音。

車裡的時鐘顯示著已經半夜兩點，溫度計只有10度，車子裡的寒氣逼得吳理仁逐漸冷靜下來，抬頭看著三樓的窗戶，白天在診所爭吵的那對夫妻幾時熄燈的？一定是在他睡著的時候吧，他想。

發動引擎，暖氣呼呼地吹著，仍然無法驅走車裡的寒氣，又或者那寒氣是來自於他早就冰冷的內心，他知道這輩子他都無法理解溫暖的意義。再望一眼仍然黑暗的三樓窗口，轉動方向盤，車子無聲地滑進馬路。

『為何不反抗？為何要任由丈夫毆打欺凌？為何要像個妓女一樣讓人擺弄？為何要生下不該生的孩子？不配做父母的人，為何要做父母？為何不反抗？』

第九章

林世傑聽見敲門聲，抬頭看見瘦了一大圈的李桐走進來，原本合身的西裝看起來幾乎大了一號。

「總經理，我回來了。」儘管試圖振作，但是李桐低沉的聲線還是難掩一絲的落寞。

林世傑起身走到沙發前，拍拍肩膀要他坐下，「這麼快就回來了？」

「前後也請假半個多月了，副總的事情我沒幫上多少忙，很抱歉。」

「副總的事情自有公關室處理，你上任後擬定的廣告策略以及提早上檔的公益廣告為公司拉抬了不少下滑的聲勢，你幫了很多忙，我知道你在殯儀館的時候，也打了電話給副理交代公事，公司是團體戰，你不用想太多。」

「謝謝總經理。」李桐知道總經理雖然在工作上出了名的冷硬，但是對於部屬卻是相當人性與溫和，即便是石大智闖了那麼大的禍也仍然願意讓李桐用自己的方法試試看。

「太太的事情都辦好了吧？」林世傑當然記得告別式當天發生的事情，「岳母那邊？」

李桐沉默了一下才搖搖頭，不知道張簡靖讓老總知道多少，「大家心情都不好。」

林世傑只是點點頭，「我看到電視一直在播放警方希望民眾協尋診所外目擊者的新聞，警界的朋友也跟我說，這次懷疑是跟去年的命案同一個兇手所為，台灣不曾發生過這種事情，所以他們會謹慎處理這件事。」

「我知道。」

「我相信一定可以找到兇手的，」他頓了頓，「你岳母也只是太過悲憤，過陣子應該就能了解你隱瞞她的苦心了，難為你了。」

李桐只能點點頭，垂下視線看著自己的手，聽得出來他問過張簡靖了。

「你的手復原得怎樣了？」總經理看了一眼仍然包著紗布的手。

「好多了。」

本來就不多話的李桐，如今更加沉默了，「好吧，你先去忙吧，如果有任何需要我協助的地方，不要跟我客氣。」

「謝謝總經理，您已經幫我們很多了，謝謝您的協助。」

「應該的。」

李桐起身向總經理點頭行禮後離開辦公室，走到同樓層不遠處的公關室，推門而入時，辦公室裡正在播放聖人瀑布命案的新聞，誠如總經理說的，最近一週每天每節各台整點新聞都會出現妻子笑顏如花的遺照以及馨愛診所前的路段，請求民眾協尋當天的目擊者，李桐停在那裡看著公關室牆上數台電視螢幕，同時有幾家新聞台都在播這則新聞，他只是蒼白著臉看著螢幕上的妻子，對於記者千篇一律的播報內容充耳不聞。

公關室裡的人轉頭看見進來的是他，連忙關掉電視牆，辦公室突然靜了下來，張簡靖從電腦前抬頭，以為電源出了問題，沒想到是李桐今天回來上班。

「沒什麼，我剛去見了總經理，只是順便走過來跟你講一聲。」兩個人走到小會議室裡，李桐說道。

「昨天老總還問起你，沒想到你今天就回來了，不多休息幾天嗎？」

「這一休都已經半個多月了，馬上就要過年了，還有很多事情要處理。」

張簡靖凝視著他陰鬱的面容，知道他只有在自己面前才能這樣自在而不需偽裝正常，「雖然名義上休了半個多月，但其實你我都知道，你根本沒有休息，最後這幾天你在醫院也是病著，哪有休養到？昨天剛出院，今天竟然就回來上班了。」

「我回來上班，我爸媽才能放心回高雄。」他知道張簡靖的意思，但是每天坐在家裡面對空掉的另一半，那種折磨讓他更加難以忍受。

「你爸媽回去了嗎？」張簡靖聽了有點驚訝，即便是他也覺得放老同學自己一個人在家很不放心，尤其他一直都是悲傷自責而不是憤怒或仇恨，這種態度更讓他掛慮，李桐的父母竟然這麼放心地就回高雄了。

「我答應會回去過年，他們才同意回去的。」

「阿姨呢？」

「還是那樣，不願意見我，但是如果我發訊息給她，她還是會讀取，她也不願意讓我媽去陪。」

「這兩天我再跟藝君找時間去探望她，你別擔心。」

「怎麼能不擔心？」李桐抬眼看著老同學，「怎麼能不擔心？她是敏敏最掛念的人。」

「敏敏不只掛念阿姨，也掛念你。」

李桐頓時無言以對，會議室裡就這樣陷入沉默。

「警方有消息嗎？每天新聞播報得這樣密集，那幾位刑警這兩天有跟你聯絡嗎？」半晌之後，張簡靖問道。

「似乎有懷疑的目標，但好像還沒有證實。」

「喔？是誰？診所裡的人嗎？」張簡靖想起那天刑警在病房講的話，當時警方的確相當程度暗示了跟診所有關。

李桐搖搖頭，「他們不會跟我說這個。」眼前又浮現在相驗室看見的妻子模樣，到底是誰會做這樣的事情？誰跟敏敏有這麼大的仇恨？如此心狠手辣？每天晚上只要一閉上眼睛，不，只要是閒下來的時間，妻子遺體的殘酷畫面就會映上腦海。

「你還好吧？」

李桐沒說這些話，只是起身低聲說著，「我先回去辦公室了，他們在等我開會。」

張簡靖看著他離去的背影，聽見辦公室裡又重新打開新聞台的聲音，不知道如果是自己，要如何面對這一切。

＊　＊　＊

「老婆，這新聞講的那個時間是不是我們要去機場的路上？」章垣雄看著電視新聞上播放的陽明山命案，轉頭問剛走回臥室的太太。

「什麼新聞？那個被砍了十幾刀的孕婦嗎？」章太太一邊將行李箱擦拭乾淨一邊說道，記得在其他新聞台好像也有看到這則新聞，兩個人昨晚剛從國外旅遊半個多月回來，飛行了十幾個小時，時差沒有調整過來，整夜都睡不好，隨便轉著電視就看到這則新聞。

「是啊，」章垣雄轉到其他新聞台看見也在播報同一則新聞，「妳上網查一下，有沒有比較詳細的報導？講的是哪天幾點？」

章太太用手機上網看到原來他們不在的這兩週，新聞真是非常熱鬧，「是我們出發那天晚上八點半，他們說這名死者是個社工，那天八點半離開那家婦產科診所後就不見了。」

「確定是我們出發那天晚上八點半嗎？」章垣雄仔細回想那天開車的時間，越想越覺得有可能，記得那天他途經附近加完油的時候，正好瞄了一眼車上的時鐘，是八點二十九分，會不會那麼剛好？「我去車上拿行車記錄器的記憶卡上來看，該不會剛好就是我們經過的那段時間吧？」

章太太張大眼睛看著丈夫穿上外套，匆忙跑出家門去停車場，不到五分鐘，丈夫就拿著一張小小的記憶卡，在電腦桌前翻抽屜找讀卡機，幾分鐘後，兩夫妻面面相覷，不敢相信自己在螢幕上看到的記錄器畫面。

楊家文將行車記錄器的畫面停格在馨愛診所門前，眼前出現的是一輛黑色休旅車滑行停到診所前面，而葉敏華正彎下身子對著車窗裡面的人笑。

「畫面再放大一點，確認是不是死者。」周泰海站在楊家文身後說道。

隨著放大的畫面以及慢動作播放，可以看見葉敏華原本站在路邊正準備招車，一輛黑色休旅車停到她面前後，她先是驚訝的表情，隨即彎下身子對車窗裡的人笑，接著章垣雄的車子就駛過該輛黑色休旅車，車窗貼著深色的隔熱紙，看不出車內的情況，但是可以確認車型跟車牌號碼與聖人瀑布前後路段監視器裡所懷疑的車輛一致。

楊家文轉頭看著大家，「就是那輛車。」

「把這段影片送去新聞台，看看民眾能不能指認有誰看過這輛車。」周泰海一指示，楊家文立刻著手開始處理影片傳送的工作，「吳理仁名下有這輛車嗎？」

「沒有，他名下沒有車子，他每天都是坐捷運上下班。」

「隊長！」郭宜誠拿著一疊資料進來，「查到了！」

大家轉頭看他，「查到什麼？」

「他媽媽名下有輛車，跟我們在陽明山路段監視器裡看到的車型一致，而且還查到……」郭宜誠把一張照片放到白板上，注意到旁邊多了一張列印出來的 A4 照片，「這……?!」

「剛才有民眾送來行車記錄器記憶卡，已經確認是同一輛車掛著被報失的車牌，你看葉敏華的表情。」周泰海說道。

郭宜誠仔細看著照片，隨後走去楊家文的電腦看放大的影片，「認識的。」他很肯定地說著。

「我們也是這樣認為，死者那個表情。」

「我知道根據社工守則，他們不可能會隨便上案主的車子，所以是案主的可能性不大。」楊家文說道。

周泰海走過去看了郭宜誠剛才放到白板上的照片，是一具焦黑的遺體，「這是誰？」

「吳理仁的父親，吳修德。」郭宜誠揚揚手上的資料，「我這幾天查了吳理仁的父母，吳家環境相當好，他的父親原本是一家企業的總經理，大概在吳理仁國三的時候家裡失火，據報告說是瓦斯爆炸，吳修德逃生不及，這是他的照片。」

「吳理仁跟他母親呢？」

「他們那天晚上不在家，兩母子正好在回家路上就發生這件事了。」

大家對望一眼，「吳理仁的母親呢？現在在哪裡？」陳東翔問道。

「聽說幾年前中風，這是診所護理長說的。」

「中風的母親住在哪裡？」

「聽說是跟吳理仁一起住。」

「我去問了他國中的導師，當年因為這場意外沒辦法好好上學，他母親張愛硬是給他請假請了很久，結果晚了一年才考高中。」

「家裡發生瓦斯爆炸，父親燒死雖然是很大的打擊，但是會因為這樣就請假一年嗎？」楊家文看著郭宜誠問道。

「導師說那一整年都聯繫不上吳理仁，張愛宣稱兒子受到驚嚇，需要休養。」

「驚嚇？瓦斯爆炸跟他有關嗎？」

郭宜誠翻了一下手中的文件，「消防隊的報告裡沒有異狀，推測是吳修德可能因為喝醉酒到廚房找食物導致瓦斯爆炸。」

「這家人好像也太衰了一點，丈夫先是被燒死，妻子後來中風？」劉成坤搔了一下臉上的落腮鬍。

「你們猜失火的那間獨棟小別墅在哪裡？」

大家看著郭宜誠搖搖頭。

「陽明山。」

「又是陽明山。」楊家文覺得這些也太巧合了，「那房子現在呢？」

「房子燒沒了，土地賣了。」

陳東翔走到郭宜誠身邊接過手上的文件，仔細地翻看著當年的失火報告。

劉成坤吹了聲口哨，「果然是有錢人。」

成哥這句話像是點醒了些什麼，楊家文翻了一下之前調查吳理仁的銀行資料，「護理長說張愛是跟吳理仁一起住的，然後張愛現在是中風的情況？」

「對。」郭宜誠說道。

楊家文又前後翻了幾頁文件，「不對。」

這話讓大家丈二金剛摸不著頭腦，楊家文接著又說，「這幾天我們查了吳理仁的帳戶出入，除非有其他收入是沒有報稅也沒有存進銀行的，不然，他的戶頭出入很單純，最重要的是，」他看著大家，「沒看到有固定支付類似看護的金額。」

「可是他每天都在診所上班，誰照顧張愛？」郭宜誠抓住了楊家文想要表達的重點。

楊家文點點頭，「中風病人不可能一整天都自己待在家裡等他晚上下班才回家照顧，診所的同事也說他單身，不過聽說有個女朋友在美國念碩士。」

「所以，張愛在哪裡？」周泰海問道，「他真的有個中風的母親嗎？」

「我去問了醫院，當年張愛是大中風，全身癱瘓失去意識。」郭宜誠說道。

「植物人？」周泰海知道前兩天郭宜誠要求發公文跟檢察官指揮書去調張愛的醫療紀錄。

「差不多了，醫院當時說要幫吳理仁安排安養院，但是他拒絕了，說要帶回家自己照顧。」

「幾年前的事？」周泰海問道。

「五年了。」郭宜誠走到白板前把時間序寫了下來。

「我想我們可以去請吳理仁來問話了。」一直沉默翻看火災報告文件的陳東翔突然抬頭說道，大家全都轉頭看他，只見他走到白板前，在時間序最前面寫下失火的日期，然後一個箭頭拉到去年朱少蓮失蹤的日期。

大家驚訝地看著箭頭兩端，同樣的日期，只是相差了整整十九年。

* * *

「理仁，院長說希望你可以先做劉太太的檢驗，他有點擔心劉太太的情況。」護理長走到醫檢室說道。

「剛才那位劉太太嗎？」

「對。」

「好。」

「謝謝。」

「不會。」

陳予嫣走到醫檢室門口時又回頭看了吳理仁一眼，他走到放置檢體的架子上拿起特定的某個試管，檢查了一下檢驗單，走到檢驗機旁分裝，加入一些試劑放到機器裡面，在旁邊看他工作有一種不疾不徐讓人很愉悅的感覺，他一直細心溫柔地對待每份檢體，但是，自從郭刑警問到是否有人對於那兩位死者特別關心或特別冷淡之後，她總是一直想起吳理仁。那天他扶葉敏華進來的時候表現出很關心的樣子，可是當葉敏華遇害之後，他卻又不是非常難過，甚至是有點冷淡，護理長覺得他的態度很矛盾。同事好幾年了，但是大家對他的認識不多，過去幾年因為他的母親中風，所以他很少參與聚會，但是仔細回想，在他母親中風之前，他的參與度也並沒有比較高，總是謙和有禮卻又獨來獨往難以親近，只是再怎樣都難以聯想他會跟這兩件兇殘的案子有關。

正在低頭工作的吳理仁感覺到背後有注視的眼光，轉過頭看見護理長還站在那裡，溫和地問她，「還有事嗎？」

陳予嫣頓了一下才又走進去，隨便抓了個話題，「聽小葳說你有女朋友在美國念碩士？」

「喔，嗯。」吳理仁有點意外她問的是這個。

「因為沒聽你說過，所以大家都有點意外。」

「嗯，」吳理仁原本只是想要讓同事死心，現在傳開了也好，不用再處理這些麻煩事，「這是我的私事，也沒什麼好跟大家說的。」

陳予嫣沒想到會被一個軟釘子碰回來，有點意外，「打算結婚嗎？對方知道你母親的狀況嗎？每天要幫忙照顧中風的婆婆很辛苦。」

「還沒考慮結婚的問題。」

「喔。」陳予嫣頓了頓，鼓起勇氣問道，「你記得去年的朱少蓮嗎？」

方才一邊冷淡回答護理長的閒談，手上的工作並沒有停下，但是這個問題卻讓他忙碌的手頓了一下，「嗯。」

「聽說她跟葉社工遇到的情況一樣。」陳予嫣也注意到他的停頓。

「嗯，新聞有說了。」吳理仁又繼續轉過身去進行檢驗的流程。

「警方說這兩個案子的共同點除了都是我們診所的孕婦外，跟家暴也有點關係，雖然說葉社工並沒有被家暴。」

「她手上有瘀青傷痕，那是被用力抓出來的。」吳理仁突然打斷她說道。

「但葉社工不是被她丈夫弄的。」

「大家都會袒護自家人，很正常。」吳理仁想也不想就回了。

「不過警方前兩天又來找資料時，跟我說過他們已經跟葉社工服務的機構證實過，真的如她講的是被服務對象弄傷的。」

吳理仁只是略停了停手上的動作就繼續走到桌前去填寫資料，「是嗎？」

「理仁，為什麼你好像很堅持葉社工手上的傷是家暴？」

「我們見太多了，不是嗎？去年朱少蓮明明不是跟院長說申請了保護令？結果還不是又原諒了她丈夫？為何大家會輕易相信不是葉社工的丈夫打的呢？」

「我只是覺得有時候誤解是一件很可怕的事情，有時候會讓被誤會的人跳到黃河也洗不清，所以寧可要有確切的證據再來相信。」

「確切的證據？」吳理仁冷笑了一下，「確切證據常常都是拿命換來的。」

護理長愣愣地看著他，不解為什麼他會對家暴這麼固執？完全不聽人解釋，跟平日的他完全不同，「伯母好嗎？」最後她選擇把話題帶開。

「還是那個樣子。」

「有機會我去看看她。」陳予嫣嘗試性地說著。

吳理仁終於轉過身來看著她，眼神卻讓人覺得非常冷淡，「為什麼？」

「我只是想說去探望一下伯母，看看有沒有什麼可以幫忙的，這兩年都沒去探望。」

「沒什麼需要幫忙的，我自己照顧得來。」

「當然，你都照顧這麼多年了，我沒有惡意，你不要介意。」陳予嫣覺得他今天特別奇怪，五年前他母親剛中風時，她跟一班同事去探望過幾回，還教了他怎樣照顧中風病人，不至於要如此生疏吧？

「謝謝關心。」吳理仁淡淡丟出這句道謝就轉身繼續工作。

「沒什麼，」陳予嫣訥訥地說著，「劉太太的結果出來了再跟我講一下，院長在等。」

吳理仁只是點點頭，連回都不回了，護理長被他的態度搞到有點不知所措，只能走出醫檢室，心裡的疑惑越來越多，平時溫和的一個人為何態度如此？

吳理仁聽見她離去的腳步聲，手上的工作也停了下來，看著眼前不斷轉動的儀器，耳邊聽到的是床架咿呀的刺耳聲音，忍不住緊緊壓著耳朵，希望這個聲音趕快消失。

「阿長！」走回護理站的途中，小葳慌張地跑來。

「不要在診所裡跑，要講幾次？」陳予嫣正要板起臉孔時，瞥見兩位刑警大步走了過來。

「他們說要找理仁。」小葳小聲地說著。

「陳護理長，我們要找吳理仁。」楊家文說道。

這次他們兩位都穿著刑警背心引起不小的騷動，大門外還站著兩位警察，候診區的孕婦們緊張地看著他們，陳予嫣嘆口氣，「最近新聞每天都影射我們診所，已經對我們產生很大的影響，兩位今天又這樣穿著背心進來，是存心要我們診所關門嗎？」

「抱歉，今天公務在身，不能不這樣進來。」楊家文說道，「我們要找吳理仁。」

護理長無奈地看著他跟郭宜誠，「是要找他談嗎？」

「我們要請他協助調查。」

護理長聽見這句常在新聞跟電視劇裡聽見的話就知道事態嚴重了，「難道真的跟他有關嗎？」

「對不起，不方便透露。」

「今天有很多孕婦在這裡。」看著兩位刑警嚴肅的表情，她低聲說道。

「我知道，不會有事的，只是要請他去警局協助調查。」楊家文說道。

「小葳，照顧好大家。」護理長指的是在候診區看見這一幕的孕婦們，然後轉身帶著兩名刑警去醫檢室，「兩位請跟我來。」

站在醫檢室門口看見吳理仁坐在座位上正抱著頭的模樣，三個人面面相覷，兩名刑警很快地掃視了一遍醫檢室的周圍環境，楊家文敲了敲門，「吳理仁先生，我們是楊刑警跟郭刑警。」

吳理仁聽見這個聲音，放下壓著耳朵的雙手，慢慢轉過頭來看見是之前來查問的刑警，在葉社工的公奠儀式上也有看到他們，表情已經恢復平淡，「有事嗎？」

「我們要請你去警局協助調查聖人瀑布與翠峰瀑布的案件。」楊家文說道。

吳理仁坐在自己的座位上，半晌都沒有講話，他的醫檢室是在診所的後段，沒有其他出口，事實上他似乎也沒有想逃走的打算，只是靜靜地看著兩位刑警以及護理長，神色沒有顯出其他想法。

「外面有很多患者，我們只是請你去配合調查。」

吳理仁聽得懂他的意思，慢慢站了起來，一言不發走到他們面前。

「謝謝。」楊家文說道，兩名刑警一左一右分站他兩邊一起走出醫檢室，經過候診區時引來側目。

走到門外，劉成坤跟一名隨同的員警也靠近走在吳理仁前後，形成一個菱形一起前進。

護理長與小葳跟到了門口，「理仁？」

五個人停下腳步，吳理仁回頭看著護理長，眼神很淡漠。

「我們會去看伯母。」陳予嫣擔心他不知道要在警局待多久。

吳理仁看著她好幾秒之後才開口，「不用。」然後就轉身跟著四名警務人員繼續往前走。

『為什麼不用去幫忙看一下伯母？有人幫忙嗎？還是他有信心可以很快回來？』護理長訝異於他的回應，困惑地想著。

「阿長，這是怎麼回事？為什麼他們要帶走理仁？」小葳看著他們上了警車，診所門口圍觀了不少人，臉色發白地問著身邊不發一語的護理長。

「那不是你們醫檢師嗎？」隔壁麵包店的店員湊過來問道，「怎麼被警察帶走了？該不會那件命案真的跟你們有關吧？」

「不要胡說，他只是去協助調查。」陳予嫣板著臉說完就轉身進了診所。

「阿長？」回到護理站之後，其他工作人員跟原本在候診區的孕婦們也都圍上來想要知道這是怎麼回事，在孕婦臉上更多的是惶惶不安，畢竟兩件命案都是這家診所的孕婦。

「大家不要胡亂臆測，」陳予嫣強裝冷靜地看著大家，「醫檢師只是去協助調查，大家己的事情。」

別擔心，先回候診區休息，大家別擔心，」然後轉頭看著其他工作人員，「妳們也回去做自

護理長打了電話給另一位醫檢師請他來代班，講完電話後走去醫檢室，想著剛才跟吳理仁的對話，現在他被請去警局了，難道他真的涉案？她走到吳理仁的座位前面，整潔乾淨的桌面，沒有任何綴物，沒有明顯的私人物品，甚至也沒有任何照片，如果說這是一張無人使用的桌子，恐怕大家也是會相信的。

半個小時後，吳理仁被帶進偵訊室，然而，他只是不發一言，直視著前方，兩手擺放在膝蓋上，從剛才被帶上車開始便是如此，既沒有問要去哪裡，也沒有問為何要帶他去協助調查。郭宜誠一路都在觀察吳理仁，從他拒絕護理長表示要去探望張愛到現在，他的冷淡幾近到了抽離的狀態，眼中沒有驚恐也沒有罪惡感，像是一潭死水，跟之前在公奠現場看到的他相比更讓人覺得心驚，「如果他的確就是我們要找的人，」郭宜誠說道，「那我們可能得要花一番功夫才能問出點什麼了，因為他看起來，一點都不覺得自己有問題。」

「裝的，最後一定可以突破心防。」劉成坤不以為然地說道。

郭宜誠搖搖頭，「怕的是他根本沒有心防，我在美國實習時見過這樣的人，他們相信自己在替天行道，他冷淡的樣子不是裝出來的，是對於自己做的事情沒有罪惡感。」

半小時後，郭宜誠才拿著一疊資料走進去，拉過椅子在吳理仁對面坐下，遞了杯水過去，吳理仁只是看了一眼就把水拿起來一飲而盡，郭宜誠拿起礦泉水幫他把水斟滿。

「你知道我們為什麼請你來嗎？」

吳理仁只是不置可否地看著他。

郭宜誠把兩起案件的死者照片放到他面前，「這兩位你認識嗎？」

吳理仁看了一眼照片依然不說話，郭宜誠注意到他看見照片裡面的遺體並沒有任何反應，詢問他是否同意讓他們進入他家，他也不做回應。

「你知道你都不回答並不能證明你的清白，我們決定請你來協助調查，是因為我們發現了這個，」郭宜誠將吳修德的遺體照片放到他面前，觀察著他的反應，吳理仁垂下眼睛看著照片，郭宜誠看見他的眼中出現了不同的反應，但是又很快地恢復了原本的冷靜，「這是你的父親對吧？」

吳理仁還是不說話。

「我們發現你父親意外過世的日期正好跟朱少蓮遇害的日子相同，雖然之間相差了十九年。」

吳理仁抬起眼睛看了他一眼。

「為什麼呢？」郭宜誠抓住了這個眼神，「為什麼你要用這種手法殺害兩名孕婦？這些跟你的父親有關嗎？為什麼會在十九年之後？為什麼你要帶走兩名死者的子宮？」

吳理仁只是看著他，眼中有著一種令人難耐的神情，原本如果只是冷淡，現在眼中除了冷淡，還多了一股緩緩燃燒的憤怒以及讓郭宜誠不解的淡淡哀傷。

「你不願意跟我們說明這些事情，我們也不會讓你離開，你中風的母親怎麼辦？我們需要通知任何人去照顧你母親嗎？」郭宜誠話鋒一轉，繼續觀察著他的反應，可是卻出乎意料之外的從剛才複雜的眼神回復到原先的冷淡，讓郭宜誠又想到在診所外的一幕。

郭宜誠看著他良久，思考著他的反應，突然偵訊室的門打開了，看見陳東翔的身影，然後起身走了出去。

「走吧。」陳東翔揚揚手上的搜索票。

郭宜誠轉頭跟楊家文說道，「他對看到吳修德的遺體照片有片刻的反應，而且我提到死亡日期與朱少蓮相同時，他也有反應，但是問到他中風母親無人照顧時，他又馬上恢復冷淡的態度，這點很奇怪，剛才在診所外面，護理長也說到會去看張愛，但他也拒絕了。」

「這跟我們從其他人身上聽說他是個照顧母親的孝子形象大有出入。」

郭宜誠點點頭，「這件事絕對不會是我們表面上聽到的樣子，他太冷淡了，冷淡到不可思議的地步，絲毫沒有露出恐懼或罪惡感的樣子。」

「不要又說他有病，這些人現在都學會裝病了。」劉成坤突然說道。

「他不是有病。」郭宜誠又看了一眼在偵訊室裡像座雕像的吳理仁，「他不是有病。」

＊　＊　＊

「這裡也太乾淨整齊了吧？真的有住人嗎？」陳東翔跟郭宜誠帶著兩名員警請鎖匠開門後進到吳理仁的住處，一進屋就看見所有的東西都井然有序，齊全的傢俱與家電，但是卻沒有半樣裝飾品，屋子裡顯得空洞而安靜，安靜到讓人覺得詭異。

「怎麼這麼安靜？」陳東翔瞥了一眼郭宜誠，「中風的張愛不是應該在家嗎？」

郭宜誠戴上手套也察覺到屋子裡詭譎的靜謐，如果是植物人居家照護，會需要跟隨一些儀器運作，怎會如此安靜？四個人分別走向屋子裡的兩個房間，果不其然都沒有張愛的蹤影。

「張愛呢？不是跟他同住嗎？」陳東翔不解地走到明顯是主臥室的房間，郭宜誠看著直接擺放在地板上的床墊，怎麼看都與房間裡其他的傢俱不搭，床頭櫃跟衣櫃都在常理的位置上，可是床墊直接擺在地板上，相對於床頭櫃實在太矮，擺在床頭櫃上面的鬧鐘跟水杯，怎麼看都不順手，『為什麼他會把床墊直接擺在地上呢？』郭宜誠沿著房間裡面走動，浴室裡的用品更是如同強迫症一樣的擺放，非常乾淨與整齊，衛浴清潔用品都是一人份，明顯是名獨居的男子，拿出KM試劑噴灑在屋子各處。

「什麼都沒有？」陳東翔很意外浴室被噴灑了試劑後，卻什麼反應都沒有，「所以這裡也不是案發現場？」

「這裡太乾淨了，」郭宜誠輕聲說著，「這裡不是兩名死者被殺害的地方，張愛也不在這裡，剛才我們上來的電梯有監視器，要帶兩名死者無聲無息的上來又出去不太可能。」

陳東翔環顧四周，「總有一種詭異的感覺。」

郭宜誠點點頭，他知道那是什麼，這屋子裡沒有人氣，像樣品屋，更像住著一個幽靈。

＊　＊　＊

「媽，刑警打電話來，請我們過去看一段影片，跟敏敏失蹤當天有關的線索。」在公司接到周泰海隊長的電話後，李桐跟公司請了半天的假直接來到葉楓家門口，跟過去幾天一樣，儘管按了電鈴，打了電話，葉楓仍然不願開門，李桐站在門口發了LINE給她，也聽到屋子裡傳來撞到桌椅的聲音，李桐警覺地敲了幾下門，「媽？妳還好嗎？」

門突然就開了，眼前的女人真的是葉楓嗎？才幾天未見，不過五十出頭的葉楓竟然灰了一頭的中長髮，李桐瞪著她紮成一束的馬尾，妻子一直像她，為了工作俐落也總是紮著馬尾，岳母十八歲就生下葉敏華，兩個人走在一起勾著手總像姐妹多過母女，兩個人的馬尾一高一低，有時候走在她們後面看著她們的背影常常莞爾，可那曾經的青絲，一束已經化為灰燼，一束竟然一夜白頭，心裡一酸，眨眨眼睛強硬地不讓眼淚流下。

「什麼影片？」葉楓急迫地問著。

李桐緩了緩自己的情緒，「周隊長沒說得很清楚，只說是民眾提供的線索，請我們過去指認一下。」

「那發什麼愣？快走啊！」葉楓抓了鑰匙就往電梯走。

李桐跟著她進了電梯，看到鏡子裡的岳母站在他身旁就跟妻子一樣嬌小，除了那灰了一頭的髮絲，她也憔悴了，臉上的皺紋毫不留情地刻劃在眼畔嘴角，泛紅的雙眼與鼻子，岳母也是日日以淚洗面吧，他心知肚明卻又不能多說，能說什麼呢？自己不也夜夜難眠嗎？

一路沉默車行半小時後抵達警局，門口的員警帶著他們來到周泰海的辦公桌旁，隊長拉了兩張椅子過來讓他們坐下。

「葉女士，李先生，我是這次專案小組的隊長周泰海刑警。」

李桐點點頭，「剛才你說有我妻子失蹤當天的影片？」

「對，我們最近在新聞台一直發出協尋資訊，希望會有民眾正好在李太太失蹤的那個時間經過診所，或許可以提供給我們一些線索。」

「找到了？」

「是的，一位民眾早上跟我們聯絡之後送來他的行車記錄器記憶卡。」

葉楓激動地問著，「有錄到我女兒？」

「有，所以請你們來確認一下。」周泰海說完之後，將辦公桌的電腦螢幕轉向他們兩位，「很短的紀錄，我會用慢速播放，讓你們看一下。」

李桐跟葉楓仔細地看著不過短短數秒的影片，當葉敏華出現時，兩個人的心都被用力地拉扯，李桐望著那張開朗的笑臉屏住了呼吸，鼻子猛地酸了，眼淚幾乎奪眶而出。葉楓更是立刻掉下淚來，「敏敏!!敏敏!!」伸手想要碰觸螢幕，彷彿女兒就在伸手可及之處。

「媽。」李桐扶著她的肩膀，怕她會難過昏厥。

「再讓我看一次，太短了，太短了，我的敏敏。」葉楓央求著。

「葉女士，沒問題，但是也請你們兩位要注意看一下那輛黑色休旅車，會不會是你們認識的人，因為車窗隔熱紙太黑，而且車子一下子就開過去了，所以看不到駕駛人。」周泰海提醒完之後就重播了幾次影片，看著家屬的悲痛心情，即便強悍如他，也常常感到心酸難過，不管面對過多少次的相同場景，他仍然覺得生離死別對每個人來說都太艱困太傷痛，也因此對於匪徒總是深惡痛絕。

「我跟妻子的朋友好像沒有開這款車子的，」李桐重複看了幾次影片後說道，看到螢幕最後停格在妻子的笑臉上，那是充滿驚喜與信任的表情，卻也是奪去她性命的惡魔，他眨眨眼睛忍住淚水，哽在喉嚨的聲音沙啞而低沈，「確定是這輛車上的人抓走了我妻子嗎？」

周泰海點點頭，「我們也查過聖人瀑布附近的監視錄影器，因為陳屍地點，對不起，因為陳屍地點並沒有監視器，所以我們調了那條路上前後的帶子，發現有一輛黑色休旅車最可疑，跟這輛車款是一樣的，車牌也一致，但那是假車牌，原車牌車主去年已經報過失竊，葉女士，妳認得這輛車嗎？」

葉楓滿臉淚水地盯著螢幕，希望自己可以說出她知道這是誰，然後馬上抓來，她想要問這個殺人兇手，為何要這樣做？為何是她的女兒?!想要他一命償一命！但她不認得這輛車，只能失落地搖頭，再一次覺得自己是個失職的母親，竟然只能看著女兒最後的畫面卻無計可施。

「周隊長，你們有懷疑的對象了嗎？」李桐問道。

周泰海猶豫了一下，並沒有說出吳理仁正坐在裡面的偵訊室，這不是他們的行事風格，在沒有確定的證據之前不會講出去以免橫生枝節，「如果有進展了，我們會跟你們說的。」

李桐環顧四周覺得這個辦公室空蕩蕩的，之前見過面的那幾位刑警都不在。

「李先生，謝謝你為了協助破案願意提早舉行告別式，我知道難為你了。」周泰海說道。

葉楓抬起頭看著周泰海跟李桐，「什麼意思？」

「那時候李先生還在住院吧？我們去醫院請他幫忙，因為令千金這個案子跟去年的翠峰瀑布命案相似性極高，我們懷疑是同一個兇手，郭宜誠刑警雖然編制在鑑識科，但他其實是留美的犯罪學博士，專長就是犯罪心理分析，他認為兇手很有可能會重回現場或是參加告別式，所以當時去情商李先生是否可以提早舉行告別式。」

葉楓噙著淚眼看了一眼李桐，恍然自己當時怒責女婿匆忙舉行告別式其實是誤解了他，但他卻什麼都沒有辯解，除了道歉還是道歉。

「但還是沒有在告別式上發現可疑的對象嗎？」李桐問道，「那時候郭刑警提到兩個案子都跟馨愛診所有關，仍然沒有找到證據嗎？」

「我們正在努力追查，會盡最大的力量早日破案。」

李桐聽得出這種避重就輕的回應，瞥了一眼冷冷清清的辦公室，「周隊長，萬事拜託了。」向他鞠了個躬，真心誠意地請託著。

周泰海也回禮，「李先生，這是我們的職責，你跟葉女士請保重自己，我們一有消息就會立刻通知兩位。」

李桐轉頭看著螢幕上妻子的笑臉低聲說道，「周隊長，可以把這段影片拷貝給我們嗎？這可能是我們所能看到的，我妻子最後的笑容了。」

「等等我請同仁寄到你的電子信箱。」

「謝謝，如果有消息，請一定要馬上告訴我們。」

「會的，兩位保重。」

葉楓仍然凝視著螢幕上女兒的容顏，李桐扶著她的手臂，「媽，我送妳回去。」

葉楓沒有拒絕，只是緊捏著手帕拭去不斷流出的淚水，儘管剛才已經聽到刑警提到女婿提早舉行告別式的原因，但她在回程的路上依然非常沉默，李桐也是，只是靜靜地開著車，腦海裡來來回回的都是螢幕上妻子的笑容。

李桐本想停好車送岳母上樓卻被她制止，「停在大門口就好，你不用下車。」

「媽……我……」

「你回去上班吧。」葉楓雖然仍不看他，但語氣比起稍早已經溫和許多。

李桐沒有堅持，只是聽從地將車子停在大門口，這是個小型社區，鄰居都是老鄰居，彼此幾乎都認識，葉楓住在這裡他還算放心。

「媽，」葉楓關上車門轉身要進大門時，李桐叫了她，她只是停了下來，並沒有回頭，「請妳也要照顧自己。」

葉楓停了幾秒，沒說什麼，隨後走進社區大門。

李桐看著她束起的灰色馬尾走遠，重疊著妻子在錄影畫面裡對著惡魔座車露出開朗的笑容，當時葉敏華也紮著馬尾，一路隱忍的心痛再也不能掩飾，將車子駛進車道，眼前一片模糊。

＊　＊　＊

「說了什麼嗎？」郭宜誠看著單面鏡另一頭的吳理仁問道。

楊家文搖搖頭，「徹底保持沉默，你們那邊呢？」

郭宜誠也搖頭，「他家什麼都沒有，沒有血跡反應，從社區的監視錄影帶裡證實案發前後他都不曾帶人進出，事實上是一直都沒有帶人進出，他也沒有車輛停放在社區停車場。」

「喔？」

「更詭異的是，張愛並不在那裡。」

「不然在那裡？」周泰海跟其他人聽了有點意外。

「他目前是獨居，管理中心記得前年年底之前，張愛的確是跟吳理仁住在這裡，但是某天有救護車來載走張愛，之後他跟社區鄰居說母親去住了安養院。」

「安養院？」

「但是吳理仁的帳戶並沒有這些支出，近三年都沒有，」郭宜誠轉頭看著吳理仁坐在偵訊室，雙手交握放在腿上，眼睛直視前方，但其實像是聚焦在非常遙遠的地方，「他的帳戶跟他的家一樣，都太乾淨了，所以東翔現在去查張愛的帳戶了，他還是沒有要求請律師？」

周泰海搖搖頭，「剛才死者丈夫跟母親來過，我請他們看過那段行車記錄，他們不認識那輛車。」

郭宜誠點點頭從桌上抓了幾個麵包走進去放到吳理仁面前，他只是看了一眼就直接拿起麵包打開來吃。

「我們去過你家了，」郭宜誠注視著他說道，對方聽見這話沒有特別反應，「你中風的母親並不在你家，管理中心說你宣稱母親住在安養院，但是我們從你的帳戶確定你不曾支付過相關費用，」吳理仁只是一口一口地吃著麵包，細嚼慢嚥，「你把母親藏在哪裡？她是個中風病人，如果沒有人照顧，你知道是會有風險的，而且我確定你今天是回不去的。」

吳理仁並沒有改變自己的節奏與態度，郭宜誠凝視著他，「即便是植物人有維生機器，但也仍然可能隨時有意外發生，你是個醫檢師又照顧母親這麼多年，這些你應該都很清楚。」

他依舊是一逕的沉默。

「如果他如同同事所描述的那樣，很少參與聚會都是為了中風的母親，現在怎麼會這樣冷靜，一點都不擔心母親？如果張愛真的住在安養院，為何他仍然要讓同事以為是他自己在照顧母親？」楊家文站在鏡邊說著。

「媽的，這小子，」劉成坤突然啐了一聲，「到底他媽是不是還活著啊！」

楊家文跟周泰海對望一眼，「如果張愛已經死了，他沒有登記死亡證明，張愛的遺體也無法處理啊。」

郭宜誠在另一頭也同樣不解，『孕婦都稱讚他細心溫柔，眼前的人完全不是這麼回事，』想起他潔淨到猶如樣品屋的住宅環境，還有第一次在診所調查時，他有意無意提到家暴問題，看著桌面上兩名死者的照片，『如果他就是兇手，為什麼他會覺得自己需要殺掉兩名死者，而且帶走她們的子宮呢？殘忍砍殺她們，最後卻又將遺體擺成懊悔的祈禱姿勢，到底懊悔的是什麼呢？是因為那兩名死者？還是因為她們是孕婦？孕婦對他有特別的意義嗎？』眼睛落在吳修德燒成焦屍的照片上，突然間抬起頭看著他。

「是因為你生氣兩名死者被家暴嗎？生氣她們沒有反抗嗎？」郭宜誠盯著他的臉龐，即便以一個男性的眼光，吳理仁都稱得上是一個俊美男子，只是此刻那雙波瀾不興的眼眸襯著這張斯文白淨的臉顯得那麼陰沉，特別是在擺著遺體照片的桌前。

「你跟你媽媽也被家暴過嗎？」郭宜誠將那張燒到焦黑的照片推到他眼前，正是他垂著雙眸慢慢吃著麵包的視線範圍內，「被你爸爸？」

吳理仁突然頓了頓，放下吃到一半的麵包，第一次直接別開眼睛，凝視著偵訊室裡的某個角落。

第十章

「這次我們主打的概念是因為這組電子鍋使用上非常便利，可以同時煮飯跟蒸菜，因此丈夫在下班後，還可以為加班的太太準備好晚餐，強調方便的工具也可以促進夫妻間的感情，家事可以彼此分擔。」

從警局回來的李桐下午在會議室裡聽同事小金簡報這次的廣告企劃，看見年輕的小金不斷瞄著自己小心翼翼地說明概念，或許是因為簡報內容提及夫妻感情怕惹他難過，一點都不像過去活潑生動的簡報習慣。今天中午從警局回來後，雖然情緒非常低落，仍要強打起精神主持會議，因為他知道自從銷假回來，同事在他面前一直戒慎小心，整個部門瀰漫著一股低迷的氣氛，此刻小金的神情更是明顯。

「謝謝小金，可以強調故事性，現在的廣告未必需要花重金找名人了，好的故事引起話題會更有效果。」李桐聽完說明後說道。

小金點點頭鬆了一口氣，李桐看見大家仍然只是拘謹地點點頭，跟以往立刻開始進入熱烈討論的景況大不相同，「會議結束前我想跟大家講幾句話。」

所有的人聞言立刻正襟危坐，感覺經理要說的不是公事。

李桐環顧著圍坐在會議桌旁八位部門同事，「我回來幾天了，知道大家對於我太太的事情很關心，我也感覺到大家在我面前很不自在，不敢講話不敢大聲笑，」這些都是一起工作好幾年的老同事了，此刻他們面面相覷難以回應，「我想謝謝大家的關心，但是請大家自在地上班。廣告部一直是個活潑的部門，因為大家的創意跟活絡的思維才有許多精彩的作品，這是總經理獨排眾議堅持在內部建構這個部門的原因，如果因為我的事情讓部門走樣了，也不是我待在這裡的本意，所以請大家不用過度擔心我，我還好，日子持續在過。公司這段時間遭遇到很大的衝擊，總經理相當仰賴我們部門來重振公司形象，所以請不要因為我的事情影響工作，請用以前的活力來完成所有的廣告工作吧。」

坐在最遠處的小金率先站起來說道，「好！老大都這麼說了，我們就不擔心了！我其實對於故事性有想到幾個方向，這幾年大家都在討論為何媳婦不能先回娘家圍爐，為何都要等初二，甚至有些媳婦還要忙完婆家初二的午餐才能匆忙趕回家，我們可以用這個議題來表現媳婦也有權利可以回娘家圍爐，丈夫也可以幫忙一起準備飯菜。」其他幾位同事也加入討論，還有女同事大力支持，開始講自己過年時有多不想回婆家，氣氛像是回到過去腦力激盪的會議中。

李桐留下他們繼續討論，拿起自己的筆電走出會議室，直至走回到自己的座位上才鬆了口氣，他一直都知道自己是在偽裝是在壓抑，但這是他的家事，不需要讓其他人跟著操心，畢竟這是職場，老闆高薪聘僱他是請他來解決問題，不是來增加麻煩的。

「唉。」小金望著李桐走遠後嘆了口長長的氣，頓時間開心高昂的語氣也降了下來，其實是連整個會議室氣氛都冷了下來，「到底是誰幹了那件事?!怎麼會有人這樣喪心病狂？」

小金兩年前是由李桐面試招聘進來的，當年還是社會新鮮人的他並非廣告科班出身，但是對於廣告有著一股熱情，投遞了幾處履歷都碰壁，可是李桐卻在面試過程中仔細聽著他的想法，願意提供一個機會讓他來展現，也的確在這兩年間對廣告部的作品貢獻了不少精彩的點子，所以對他而言，李桐就是他的師傅。

「經理說他還好，但是怎麼可能啊？」剛才大力支持小金提案的女同事李政雨小聲地說著，「今天中午他回來的時候，你們有看到嗎？經理眼眶紅紅的，不知道他上午突然請假外出是不是發生了什麼事情？那天在告別式上他被岳母打了一個大耳光，大家都看到了，沒想到李太太竟然連子宮都被兇手帶走了，經理會多傷心啊？還要辛苦瞞著岳母，最後又在大庭廣眾之下挨了一個耳光，經理跪下去請求岳母原諒的時候，我都哭了。」說著眼眶又紅了，「我們去他家吃飯的時候，他們夫妻感情那麼好……」

「是啊，師傅怎麼可能還好？」小金當天也在場，李政雨講的一切他都目睹了，李桐回來上班這兩天，雖然看起來很正常，但是明顯的黑眼圈跟蒼白的氣色，大家都看在眼裡，只是沒人敢戳破他的偽裝，「師祖，怎麼辦？」從他認定李桐就是自己師傅之後，一直戲稱石大智為師祖，原本大家也都覺得好笑，石大智都拒絕到厭煩了，久了，也就由著他這樣稱呼了，「我們應該幫師傅做點什麼嗎？」

石大智搖搖頭，「什麼都別做。」

「但是師傅這樣下去怎麼辦？這兩天大家要找他一起吃午飯他也不參加，我也沒看到他去吃飯，只是趴在座位上休息，這樣下去萬一病倒了不是更糟嗎？兇手都還沒抓到，師傅不能倒下去，一定要抓到那個兇手千刀萬剮才行。」

「虧你叫他師傅叫得這麼親熱，」石大智說道，「但是你師傅的個性你卻不了解。」

「我……」

「他就是不想讓我們擔心才要這樣假裝沒事，就像你說的，他現在怎麼可能沒事，但是越要他恢復我們所謂的正常，豈不是越逼得他要更假裝嗎？所以我說什麼都別做。」

「老石說得沒錯，」副理開口說道，「經理銷假回來上班就是他已經準備要回來工作了，可能工作對他是更好的選擇，我們只要做好事情，盡量保持我們原本的樣子才是對經理比較好的支持。」

同事們聽了也是點點頭，其中有一半的工作人員原本就是跟著李桐一組，受到他很多的照拂，擔心也是在所難免，而另外一半的同仁儘管跟李桐不是那麼親近，但也公認他是個工作認真、沉穩又有修養的主管，就算不是自己小組的組員，發生了工作上的問題也都會盡力協助，樂於讓其他人出頭，從不會忘記讓總經理知道哪支廣告是誰主責的，也幫大家爭取了不少的加薪空間與福利，在這些因素下，大家面對他遭逢這麼巨大的不幸時，自然也感到沮喪跟難過，更怕不小心觸及他的傷痛。

「小金、政雨，」副理說道，「剛才你們講的議題很好，這年頭講性別平權，但其實大多數老一輩的還是相當傳統，對於女性非常不公平，利用一個好的故事廣告來引起討論跟注意是一個好方法，你們再好好討論一下分鏡圖跟劇本，經理的事情你們不要太擔心，把工作做好不要增加他的負擔，我想才是眼前最好的方式。」

小金點點頭，大家紛紛拿起自己的物品離開會議室準備下班，石大智走回座位時，瞥了一眼李桐的位置，看見他正揹起背包要離開辦公室。

「晚上來我家吃飯？」石大智在他進電梯前趕上來問道。

李桐猶豫地看著他，他知道大家的關心，也知道自己獨自在家裡是什麼景況，但是他仍然寧願自己一個人。

「如果不想來我家，我們也可以在外面吃飯喝點小酒，咱們好久沒一起喝酒了，要不來去吃點日本料理喝點 Sake？走吧，當是陪我這個老人家。」石大智不容拒絕地把他推進了電梯。

* * *

「隊長，張愛的戶頭有異常出入。」陳東翔拿著一疊資料快步走進專案小組會議室，全部的人都抬起頭來看他，「她已經中風幾年，可是她的帳戶還是有頻繁的支出紀錄。」陳東翔走到會議桌前把資料分給大家。

大家翻著進出帳的資料，每個月有一些固定的支出，看起來像是水電瓦斯這樣的開銷，也有固定轉帳的費用，「吳理仁自己的帳戶已經有固定支出他房子水電費的轉帳，張愛戶頭也有，表示還有別的房子是我們沒有發現的，」陳東翔指著其中兩筆，「這兩筆我已經請銀行調出資料，其中一筆是固定轉給一棟大樓的停車場費用，那棟大樓距離吳理仁家附近幾百公尺。」

「難怪我們在他的社區停車場找不到那輛黑色休旅車。」楊家文說道。

「兩年前這筆180萬的支出是什麼？」郭宜誠指著其中一行數字問道，「兩年前不就是管理中心說救護車來載走張愛的那一年嗎？月份好像也很接近，說是在秋冬的時候。」

「我請銀行調資料出來之後，也找到接受這筆匯款的人。」陳東翔這個下午做了很多的事情，「這位陳先生說兩年前吳理仁租下了他在陽明山的房子，而且一口氣付了五年的租金，說要讓母親養老用的，這個地址也跟帳戶裡另外一筆固定的水電瓦斯費用的地址一樣。」

「所以現在張愛在那間屋子裡？」劉成坤問道。

「應該是，屋主說因為一次收五年的租金，所以他租金收得比較便宜也很少過去探問，屋子有什麼問題，都是吳理仁自己解決，也沒請他去維修過什麼，只有一次他正好經過，本想去探望一下，他說聽到屋子裡有機器一直在運轉的聲音，可是按了電鈴卻都沒人回應，他打電話給吳理仁，吳理仁說他媽媽身體不好，不方便起身開門，所以讓屋主回去，不要打擾他們。」

「屋主沒事去探望房客做什麼？台北不是這麼熱絡親近的都市吧？」楊家文問道。

「那是因為屋主認得他們。」

「什麼意思？」

陳東翔故弄玄虛地說著，「你們一定想不到那間房子原本的主人是誰。」

大家面面相覷，郭宜誠思緒一轉，地點是在陽明山，「不會就是吳修德意外燒死的那間房子吧？」

「幹，哪有這麼巧的事情?!」劉成坤啐了一聲。

「的確就是那間房子。」

「靠北，這到底是什麼事情？」劉成坤抓抓自己的頭碎唸著，「他們不是因為失火意外，屋子都燒毀了，連吳修德都死在那裡，所以才賣掉的嗎？他們又回去租那裡幹嘛？還一次付五年的租金？」

「正因為屋主陳先生知道吳理仁母子的身份，所以才會想說經過時正好去拜訪一下，沒想到吃了個軟釘子。」

「張愛可能在那邊。」

周泰海接了一通電話後，「搜索票下來了，出發去把證據給我找回來！」

＊　＊　＊

中山北路一間小小的居酒屋，三兩樣小菜，兩個大男人安靜地對飲，桌上已經換過幾盅清酒，平日喝得比較多的石大智今天倒是喝得少了。

「李桐，這世界常常都有不測的風雲。」沉默對飲不知道多久之後，石大智才開口說道。

「我沒事。」李桐低聲說著。

「怎麼可能沒事？」

「我沒事。」

「你有睡覺嗎？」

李桐只是點點頭，不想多談自從妻子出事之後幾乎都無法入睡，總是累到極限了才能在客廳沙發閉眼睡上兩三小時，可夢境中又是妻子被殘害的遺體不斷折磨著他，而那張空了一半的床，他是再也沒有辦法回去睡了。

「早上你突然請假，是出了什麼事情嗎？」石大智當然也注意到他回到辦公室的時候，眼睛是紅的，就如同李政雨注意到的一樣。

李桐頓了頓，「警局請我跟岳母去看一段影片。」

「找到兇手了嗎？」

「是敏敏在診所前最後的畫面。」

「有看到兇手嗎？」

李桐搖搖頭，「敏敏原本可能站在路邊要攔計程車，一輛黑色休旅車停到她面前，她……」深深吸了口氣控制住自己的聲音，「她對車子裡的人笑了，他們認識。」低頭看著自己不自覺顫抖的雙手，「師傅，他們是認識的，敏敏認識那個兇手，但我們認不得那輛車，我們不知道那是誰。」

石大智看著他發黑的眼圈，一時之間也不知道該回應什麼，警方請他們去看那段影片是多麼殘忍的事啊？半晌之後才抬手拍拍李桐肩膀，「會找到的，兇手一定會落網的，今晚多喝點，回去好好睡覺，你要照顧自己，才能撐下去找到兇手。」為他把小酒杯斟滿，但他自己的酒杯卻總是有酒。

「師傅，你今天喝得不多。」過了良久，李桐才開口說道。

「醫生不讓我喝。」

「醫生？」李桐轉頭看著他，有點意外聽到這句話，「你病了嗎？」

石大智沉吟了一下才點點頭。

「嚴重嗎？」

石大智沒有直接回答這個問題，只是苦笑著啜飲一口酒，李桐看著他，師傅這反應把他從自己的悲傷中拉了出來。

「會越來越嚴重吧。」最後石大智說道，抬手跟吧台裡的廚師比了一下生魚片，專心似地盯著廚師以俐落的刀法切下生魚片，李桐卻只是凝視著石大智，從一進門坐在吧台開始就避免看見廚師下刀，每一刀都讓他心驚膽顫。

「醫生說我得了阿茲海默症。」幾分鐘後石大智才低聲說道。

李桐驚訝地瞪著師傅，「確定嗎？你才五十五歲，怎麼會？」

「早發性的，」石大智無奈地嘆口氣，「做過檢查了，」他比比自己的腦袋，「我的腦子開始壞掉了，」想要調侃自己，可是說出來的話卻無比辛酸，「以後可能就不記得你了。」

李桐回想前一段時間石大智在工作上幾次不可思議的錯誤，「所以去年跟上個月，你忘記去開會跟下錯廣告單都是因為這個原因？」

石大智點點頭。

「對不起，師傅，我沒有注意到……」

「這跟你有什麼關係？道什麼歉？」石大智打斷他，「剛才我就說了，天有不測風雲，天要下雨，我得病，我根本也沒辦法，更何況是你？」

李桐狠狠地又喝下一杯酒，喝得太猛，一口氣嗆得他咳個不停。

「去年那天我要去開會，可是下了計程車卻突然想不起來自己要去哪裡，我竟然在忠孝東路上迷了路，台北最熱鬧繁華的東區，那條路我跟家人朋友逛了數十年，站在那裡卻突然完全陌生，來回奔走到滿頭大汗，腦袋還是一片空白，」石大智幽幽地說著，「那時候我也拿出手機，可是打開聯絡簿卻認不得半個名字，李桐，」他苦笑著看了李桐一眼，「那時候我也看到你的名字，可是我卻完全想不起來你是誰。」

「怎麼會？」李桐揉揉自己咳到漲紅的臉，抹去眼角溢出的淚水，「怎麼會？」他不懂，怎麼身邊的人出了這麼多事？

「一個小時後我才像是突然恢復記憶一樣醒過來，當時我站在 SOGO 門口，對面就是我要去開會的地方，可是早就過了會議時間，去了也沒用，那時候的心慌跟無依無靠的感覺我永遠都記得，」石大智給自己倒了杯酒，「或許最後我也會忘記吧，就算想記，也記不得。」

「師傅……」這麼多的悲劇壓得李桐連呼吸都覺得困難，耳朵裡是一陣一陣的鳴叫。

「沒人知道為什麼，」石大智握著他的肩膀，「沒人知道為何我這麼年輕會生這個病，我的父母叔伯都沒有人得過這病，沒人知道為何會是我，李桐，也沒人知道為何會是敏敏。」

李桐猛然轉頭看他，心痛得像要裂開，張口，卻無法說出聲音，眼淚就這樣猝不及防地衝出眼眶，眼前浮現的是躺在草地上的妻子，是躺在相驗桌上的灰白遺體，是今天早上出現在電腦螢幕上的笑臉。

「相較之下，或許我生了這病是幸福的事情，所有的悲傷都將忘記，可是你卻一直都會記得敏敏突然走了，」石大智低低地說著，「雖然你丈母娘在告別式上打了你，不能原諒你，但我們都可以理解你是怕她知道真相打擊會太大，其他人都不會責怪你，敏敏更不會，除了你自己。」

「如果那天我去接她下班，」李桐哽咽地說著，「如果那天我去接她下班，她就不會發生這件事了，我怎麼能夠不自責？她站在診所門口對著那輛車子裡的人開朗的笑著，如果我有去接她，她就不會上那輛車，就不會發生這件事了！」妻子最後的笑容像是極鈍的刀子一下一下地切割著傷痕累累的心。

「那天所有的主管都加班，你這樣責備自己到底有什麼用？」

「我……」

「我知道敏敏發生什麼事情，但是我想都不敢想你去……認屍……的時候目睹了什麼，這個已經夠讓人難過了，你還非得要認為都是自己造成的嗎？你說兇手是敏敏認識的人，這不是你有沒有去接的問題，如果真是敏敏認識的人，如果真的跟敏敏有深仇大恨到要下這樣的毒手，那你有沒有去接她，那個人都會找機會傷害敏敏的，不是嗎？」

李桐早上看過影片之後也曾出現這個想法，然而，這種想法並沒有辦法讓他不再自責。

「一直想著是你造成的，難道敏敏就可以回來嗎？你丈母娘就會原諒你嗎？」

「她永遠都不會原諒我了。」李桐低低地說著，儘管今天葉楓願意讓他送她回家，但，他知道兩個人心裡永遠都有根無法消去的刺，「今天我去接岳母的時候，才短短幾天，她竟然整頭頭髮都灰掉了，敏敏知道該有多心疼？」

「你跟敏敏的母親都需要時間，時間會解決一切的，」石大智嘆了口長長的氣，為他再斟上酒，「希望敏敏在天堂安息。」舉杯遙敬天空，飲下這杯早已涼掉的清酒時，他心裡同時淡淡地想著，『時間卻是我最大的敵人。』

＊　＊　＊

幾輛沒有鳴笛的警車安靜地滑進前院，原本是三層樓的小別墅，火災過後改建為有著紅磚色屋頂的一層樓平房，藉著不遠處的街燈掩映下可以看見前院種植著不少的植物，幾名刑警跟員警下車分別守住前後門，幾扇窗戶蓋著厚重的窗簾，只有一間房間隱約透出昏黃光線，貼近這扇窗戶可以聽見屋子裡面有著機器運轉的聲音，跟屋主陳先生形容得很像。

楊家文按了幾次電鈴都沒有人應門，屋子裡也沒有傳出其他聲響，幾個人點點頭，由楊家文撬開門鎖進屋，屋子裡相當昏暗，僅有最後面的房間門縫透出一點光線，幾個人用手電筒照著屋子，小心檢查每個房間。

「你有聞到嗎？」走在最前面的楊家文低聲問了郭宜誠。

郭宜誠點點頭，屋子裡瀰漫著一股濃烈的薰衣草香味，還夾雜著逐漸淡去的漂白水的氣息，從房子後面的房間傳來機器的聲音，但那並不是維生系統的聲音，「你有聽到那個聲音嗎？」

楊家文點點頭，「那個像是空氣清淨機的聲音？」

「或是除濕機。」

每個房間都空蕩蕩的，只有一間房間地板上放著一張床墊，郭宜誠始終對於床墊直接擺放在地上感到困擾，接著來到發出機器聲響的房間前，薰衣草的香味更濃了，跟大家對望一眼，推開房門，機器的聲音更大，香味更濃，出現在眼前的是一整面的透明簾子，從天花板垂掛下來圍住整個房間，幾個人停在門口對看見的景象感到困擾，因為植物人並沒有必要隔離。

三名刑警走進房間撥開簾子後驚訝地往後退了一步，「幹，這是什麼東西？」幾秒後劉成坤才爆出這句話，看著床上躺著的人覺得自己說錯話，「這是誰？」

長期從事鑑識工作的郭宜誠是最早回過神的，慢慢走近床邊，原本大家預期會看見一個安裝著維生系統的瘦弱老婦，不想卻看見一個皮膚完全乾癟貼附在骨頭上毫無生命氣息的女人，緊閉的眼睛已經凹陷成一個窩洞，乾涸粗硬的肌膚猶如樹皮一樣紋理清楚，像是雞爪般的雙手擺放在兩側，灰白稀疏的頭髮整齊地攏在耳後，「應該是張愛，不過還是需要驗過DNA才能確定。」

「幹！這死多久了?!」

郭宜誠環顧簾子裡的佈置，這具已經成為乾屍的身上並沒有連接維生系統，機器像是個展示品一樣地立在床畔，插頭沒有插上，保護套也好好地套在儀器上，這麼小的房間卻同時運作著兩台大坪數的除濕機，還有一台空氣清淨機，房間角落的小桌上有著不斷在噴出薰衣草霧氣的香氛機，「起碼不是這幾天死的，應該好一陣子了。」轉身打電話請鑑識小組成員跟運屍車過來。

「這簾子不是因為張愛需要隔離。」楊家文說道。

郭宜誠搖搖頭，「應該是為了想要這樣保存屍體吧，」他再望了眼床上的乾屍，「這麼小的坪數用了兩台除濕機，夏天可能也是冷氣整天運作，用透明簾子是為了維持這房間的乾燥，不讓外面的濕氣跑進來，避免屍體的腐化。」

「所以吳理仁刻意隱匿張愛死亡的消息沒有申報？」

「應該是，看看這裡精心的安排。」

「他媽的，這人是瘋子嗎？為什麼要把他媽變成乾屍？」劉成坤看著床上乾癟的女人，覺得她真是養了個瘋子。

郭宜誠沒說什麼，只是凝視著床上的張愛，『吳理仁知道張愛過世了，卻又這樣維持屍體避免腐爛，幾時死的？是自然死的嗎？把母親變成乾屍是為了不想被人知道？還是他不想母親離開？又或者他真的知道母親已經死了嗎？兩名死者最後的祈禱姿勢，是因為他對母親的歉疚？還是對誰的？』心裡有很多的疑問一連串出現，戴上手套用手電筒仔細地檢查張愛的身體，其他人陸續退出這間讓人有點發毛的房間。在強力光線的照射下，郭宜誠發現這具屍體的身體非常乾淨，沒有髒污也沒有血跡，正面暫時看不出有傷口的痕跡，剩下的要等鑑識小組過來拍照採證。

「車庫是空的，但是地上明顯有輪胎痕跡，應該經常有車進出。」楊家文站在門口說道，「東翔打電話來說在另外那個停車場找到那台黑色休旅車了，鑑識小組已經派人過去採證了。」

郭宜誠點點頭走了出來，看著對面那間潔白無瑕的浴室，牆壁上沒有一點黴菌斑，鏡子亮得沒有半個指紋跟一滴水漬，他仰頭看著天花板，目測下也看不到可疑的痕跡，有人可以在行兇後把這裡刷洗得如此乾淨嗎？這間浴室像是樣品屋裡的擺設，彷彿不曾有人使用過。唯一露餡的是漂白水的氣味，進到浴室裡，這股味道更明顯了，郭宜誠退到浴室門口看著乾濕分離的設計，馬桶與淋浴間之間有足夠的空間可以躺著一個人，他回到車上拿來唯一帶著的 KM 試劑噴霧，仔細地噴灑了整間浴室。

「是這裡了。」郭宜誠低聲說道，隨著他噴灑試劑，浴室地板上出現了一大片的粉紅色反應，天花板跟牆壁，甚至是光亮的鏡子上都出現了粉紅色的噴濺痕跡。

楊家文自然不是第一次看見這樣的檢測，但是在這樣潔白無瑕的浴室裡看見這一片的粉紅色，仍然讓他覺得不舒服，『這是葉敏華的血嗎？那朱少蓮呢？也在這裡嗎？』

郭宜誠看見粉紅色的反應拖行到浴室門口，繼續一路噴著試劑到車庫，都還可以看見粉紅色的反應，但是已經不明顯了，只剩下些許拖行的痕跡，「應該是裝進袋子或是其他可以遮蔽的東西裡面了。」兩個人看著地上那幾道拖曳的痕跡來到車庫某處就中斷了，判斷是放到車上，「葉敏華的遺體在野外淋了幾個鐘頭大雨，身上沒有什麼毛髮纖維，但是那台車上卻可能會有葉敏華的證據，很快就會知道了。」

劉成坤先是看到浴室，隨著痕跡走到了車庫，「是這傢伙了！」劉成坤咬牙切齒地說著，「把老母搞成乾屍，在自家浴室裡殺人後刷洗得像是沒人使用過的樣品屋，現在只要再找到死者的 DNA 就可以宣告破案，問什麼都不回答，他以為這樣就可以逃過去嗎？」

郭宜誠看著已經打開燈的屋子，幾間房間一目瞭然，「有找到死者的子宮嗎？」

楊家文搖搖頭，「可以翻找的房間都看過了。」

「這屋子沒電視沒冰箱，什麼煮飯的家電都沒有，怎麼看都不像是住人的，」劉成坤說道，「十足十是個藏屍的地方而已，你看他老母。」

「你覺得我們可以找到子宮？」楊家文問道。

「他特別帶走了子宮，而且是他確定看過的孕婦，殘殺了兩名孕婦後，又將她們的遺體擺成祈禱的樣子，這是一種歉疚，是一種懺悔。」

「對誰？」

郭宜誠搖搖頭，「他父親燒死成焦屍，母親又變成乾屍，這不是一句他是個變態可以解釋的，我們需要知道他以前的事情，特別是童年到吳修德死掉的那段時間，這個家庭發生了什麼事情？他最後的懺悔，我認為那個子宮對他有特別的意義，應該不會隨意丟棄，應該會在這間屋子裡找到，那是很有力的證據。」

「那麼子宮會藏在哪裡呢？」劉成坤問道。

「今天早上我跟東翔到吳理仁家的時候，那裡也沒有發現，保存兩個懷有胎兒的子宮，不是可以隨意塞在床底下的小東西，特別是朱少蓮的胎兒都已經快要七個月了，那麼大的子宮。」

「葉敏華的也五個月了，不小。」楊家文說道。

「我早上還開了那邊的冰箱，裡面只有幾瓶礦泉水，擺放的很整齊。」郭宜誠說道。

「郭刑警，鑑識小組到了。」一名員警走到車庫門口說道。

「一定在這屋子裡。」郭宜誠走向大門前，環顧著屋子對兩位同事說道。

＊　＊　＊

「妳為什麼不逃走？」即將升上國一的吳理仁大聲地質問著母親。

「什麼？」

「妳為什麼不逃走？」

張愛看著兒子認真的眼睛，臉上逐漸出現驚恐的表情，眼睛飄向其他地方，不敢再直視兒子的臉，「我不知道你在說什麼，為什麼我要逃走？」

「我都看見了。」吳理仁一個字一個字地說著，「我都看見了，妳為什麼要做那種事情？妳為什麼要跟別的男人做那種事?!妳為什麼不逃走?!」

「我……」眼前的質問是張愛沒有想過的，她一直以為兒子不知道自己被丈夫強迫跟其他男人性交的醜事，這一刻，她臉色發白瞠目結舌地回過眼看著兒子，伸手摀著自己的嘴，眼淚不受控制地流下來。

「為什麼？為什麼?!為什麼要做這麼可恥的事情？」吳理仁氣得臉色發白地逼問著。

張愛靠過來想要拉著兒子的手，吳理仁只是躲開她的手，好像她的手很髒似的完全不想碰，張愛把手收回去滿臉受傷的神情，「是因為你啊！」

「狗屁！」吳理仁憤怒地大叫著，「狗屁！」

「真的是因為你啊，我不能丟下你在這個家，我必須要保護你啊，」張愛哭著說道，「你是我的兒子，我要保護你啊。」

「保護我？妳保護了我什麼？妳只是讓我在這裡很痛苦很丟臉，妳保護了我什麼?!為什麼不逃走？為什麼我們不一起逃走？離開這裡，離開這個跟鬼一樣的家？為什麼妳都要假裝？為什麼還要跟他一起出去？為什麼還要去我學校假裝你們很好？噁心！」

「我們能逃去哪裡？他說我如果敢跑就會殺了我們，我知道他真的敢，我都是為了你啊，我的兒子，我也希望有人可以幫我啊，我每天都渴望有人可以幫我們逃出這個家啊，可是沒有人可以幫我們，為了你，我只能忍耐這些，你知道嗎？我也千百個不願意，我也很討厭我自己！」

「妳幹嘛要生下我？幹嘛要生下我?!」吳理仁瞪著眼前的女人，轉身跑出家門，腦海裡面浮現前兩天晚上她被其他男人佔有的醜陋畫面，可是這女人卻說她不斷被不同男人強暴是因為他？瘋狂地跑著，不管張愛在後面呼喚，他只是用力地跑著，跑到無法呼吸，跑到踉蹌摔倒在地，可是不同男人趴在她身上的樣子像是幻燈片一張一張地閃過他的眼前，「不是因為我！不要因為我！不要！不要！幹嘛生我出來！」

吳理仁突然張開眼睛，心跳急速地像是多年前在陽明山小徑裡想要逃離那個瘋狂噁心又醜陋的家庭，趴在桌上休息的他，因為這個夢魘口乾舌燥，可是桌上的礦泉水已經喝完了。他還在偵訊室裡，看著牆上的鐘，已經晚上十點了，從被請來到現在已經過了一整天，偵訊他的刑警傍晚離開之後到現在都還沒有回來，雖然口渴也想上廁所，但是他可以忍耐，這是他擅長的，也是他母親擅長的，只不過他永遠都不懂，為何母親要為了他忍受那一切的不堪與痛苦，甚至也要他一起忍耐？

人活著到底要做什麼？

＊　＊　＊

「下星期就過年了，你應該這個週末就會回來高雄了吧？」蘇玫芬在電話那頭說著，「你不要自己留在台北，我們不放心。」

「嗯。」這原本該是他跟妻子的北海道之旅。

「阿楓還會跟你一起回來嗎？」

「應該不會吧。」想到岳母今天雖然讓他接送了，但仍然不願意正眼看他，可是她過年自己一個人在台北又該怎麼辦呢？在這種應該舉家團圓的日子，岳母獨自一人要怎麼過？可是如果不是為了不讓老父母再為他擔心，他也只想自己一個人，不想回去面對那麼多的關愛眼神，那些眼神對他而言都是負擔，要強迫自己表現正常的壓力，然而他又不能把真實的感受講出來，畢竟大家都是關心，他知道的。

「她還是不跟你講話嗎？這幾天你有看過她嗎？今天新聞播了一段影片，你們都看到了吧？」

「嗯。」

「你爸說敏敏的樣子看起來可能認識那個人。」

「嗯。」

「你們知道是誰嗎？」

「不知道。」他只是低低地回應。

蘇玫芬在電話那頭起了雞皮疙瘩，「竟然可能是敏敏認識的人，這太可怕了。」

「嗯。」

電話兩頭沉默了一會兒，蘇玫芬也知道兒子不想多說，「你自己就別開車了，早點訂高鐵車票回來，大家聚在一起怎麼都是好的。」

「嗯。」母親這話讓他覺得心像被針刺了一下，是啊，只要聚在一起，怎麼都是好的，可是這個團聚已經不是圓滿的了，他跟岳母的心裡永遠都有一個大洞了。

掛斷電話之後，李桐只是握著手機重複播放行車記錄器的影片，一次又一次看著妻子的笑臉，『是誰？黑色休旅車上坐著的到底是誰？』妻子的笑臉這樣燦爛，是如此信任對方，到底是誰殺害了她？

＊　＊　＊

郭宜誠站在大門口看著員警早就圍起的黃色隔離線，為了檢查整間屋子跟前後院，屋外立起數座探照燈，即便已經是半夜，附近的鄰居還是穿著厚重的外套站在隔離線外面張望著不肯離去，畢竟在這個區域少見警方大張旗鼓地搜查，特別是老一輩的鄰居也記得二十年前這裡曾經發生過大火，屋主罹難，現在當年的屋主妻兒又在這裡出了事情，怎會不引發大家的好奇與耳語，幾名員警也利用這個機會對圍觀的鄰居做了簡單的筆錄。

「採證完成了？」看見幾位鑑識科的同事走出來，後面跟著覆蓋了白布的推床，圍觀的民眾此時更是議論紛紛，郭宜誠拉高外套的領子過去問道。

「這屋子是不可思議的乾淨，我們在幾個角落找到了一些毛髮跟纖維，試試看能不能驗出兩名死者的 DNA，浴室確定是行兇現場，那些血跡的軌跡你也看到了。」

「還是沒有發現兩名死者的子宮，」郭宜誠嘆口氣，「吳理仁應該會把這兩個子宮收藏起來，一定在這個屋子裡，但是怎麼會找不到呢？」

「你為何這麼確定子宮不是丟棄？過去很多案子被肢解的屍體或是器官都是想辦法丟棄，收藏這些東西太容易被發現了。」

「因為他挑選的死者是兩名孕婦，他又特別帶走子宮，子宮或胎兒對他一定是有意義的，他把屋子裡打掃得這麼乾淨，我們找到的毛髮跟纖維也未必會是兩名死者的，而且他對於犯行既不承認也不否認，如果可以找到子宮就證據確鑿了。」

「這人也真的變態，怎麼會有這種癖好呢？」

郭宜誠搖搖頭，「不是癖好，他做的事情都是對他有意義的，只是我們要找出那之間的關聯。」

「這個人有點強迫症，屋子裡整潔到難以置信，每樣東西都整齊擺放像是樣品屋一樣，如果不是那具乾屍存在，這裡實在難以相信有住人。」鑑識科同事阿丁環顧前院的花園，「連花園都整理得這麼好，植物修剪的很漂亮。」

郭宜誠循著他的眼光望去，時值隆冬，花園裡面其實還開著的花已經不多了，但是吳理仁的確對於小花園的照料做得相當仔細，依照著不同季節會開花的植物分區培養，掃視過花圃一遍後，郭宜誠正要走回屋子，突然停下腳步，轉頭再看一次花圃。

在那些修剪整齊的花草中，有一叢玫瑰花平日應該照料得很好，花莖又粗又直，長得相當健康，然而最旁邊卻有一小株花苗，郭宜誠走過去用手電筒仔細照著，土壤顏色跟旁邊幾株玫瑰花的土壤顏色不同，是近期剛種下的，還施了肥，在這時節種花苗適宜與否他不清楚，卻有一股可疑的直覺。

「阿丁，車上有小鏟子嗎？」郭宜誠轉頭問道。

「等等，我去拿。」

阿丁很快地帶著小鏟子回來，「你懷疑……？」

郭宜誠蹲著接過小鏟子，「很快就知道了。」

阿丁拿著手電筒幫他加強照明，郭宜誠沿著新苗往下挖，種植玫瑰花的土壤必須要鬆，因此毫不費力就可以挖開土壤，垂直往下挖開四十公分時，一股熟悉的味道竄了上來，那是一種難以言喻的腐化氣息，郭宜誠跟阿丁對望一眼，心裡知道如果不是動物的屍體，多半就是他們想像中的東西了。郭宜誠屏住氣再往下挖了二十公分，看見疑似紙盒的蓋子，因為受潮，蓋子已經開始破爛，腐臭的味道沖鼻而來，郭宜誠小心地沿著紙盒把旁邊的土撥開，被撥開的土壤中可見蛆蟲蠕動，這盒子目測約二十五公分見方，「光線下來一點。」

阿丁蹲了下來，那臭味更加明顯，手電筒的光束集中在盒子上，郭宜誠用鏟子小心撥開盒蓋的瞬間臭氣沖天，兩個人都用手臂摀住鼻子，「去請家文他們過來，別讓民眾靠近這區，圍牆太低了。」

阿丁起身去通知其他刑警過來，也請員警站到郭宜誠附近擋住民眾的視線，一名員警瞥了一眼盒子便跑去旁邊嘔吐，郭宜誠看了他一眼，是個年輕的員警，剛執勤沒多久就遇到這案子。

楊家文跟劉成坤很快跑了過來，摀著鼻子蹲到郭宜誠身旁，大家臉色都很難看。

「幹，這是我想的那個？」劉成坤問道。

盒子裡躺著一團臭氣薰天的腐爛肉塊，形狀看起來像是豬肚，只是這豬肚巨大許多，裡面原本應該包覆著一名五個月大的胎兒，目測這個子宮的表面有被刺穿的痕跡但並無切割刀痕，郭宜誠判斷胎兒應該還在裡面，只不過經過了一個月的時間，等法醫剖開來又會看到什麼呢？屈著的小小身體也開始腐爛了，曾經是眾人期盼的寶貝終究化為腐臭的一團骨血，著。

連這個世界都來不及看上一眼，『為什麼要對這樣小的孩子做這種事呢？』郭宜誠難受地想

「阿丁，你先拍照。」郭宜誠起身說道。

阿丁開始先對著仍在洞裡的紙盒與腐肉拍照，接著採證土壤等相關證物，郭宜誠看著旁邊又高又直的玫瑰花，又蹲下來繼續挖，同事圍著他幫忙用手電筒加強照明，很快地就挖到一個更大的紙盒，他轉頭看了幾位同事，大家點點頭，他知道朱少蓮遇害時已經懷胎七個月，胎兒已經很大了，這個盒子看起來相當符合，但是已經事過一年，毫不意外地當他同樣用鏟子撥開盒蓋時，裡面已經只剩一具屈著身子的小白骨，其餘的已經被侵蝕殆盡。

幾位鑑證科的同事過來接手處理兩個盒子跟遺骸，郭宜誠起身看著整片的花圃，「阿丁，麻煩你們了，我想我們得要把整片花圃都給挖開才行。」

「你的意思是難道還會有更多遺骸？」劉成坤啐了一口，「幹，殺了兩個人還不夠嗎？」

「只是以防萬一，我也希望到此為止，但是畢竟在兩株玫瑰下面挖到兩具遺骸，為了慎重起見，還是全都挖開吧。」

「竟然真的在這裡。」楊家文打完電話向周泰海報告完這裡的重大發現後，看著鑑識科的同事在旁邊忙碌著，員警忙著擋住鄰居們好奇的視線，在手電筒的照映下，盒子裡腐爛嚴重的子宮遺骸仍然叫人心驚，正好瞥見一條白蛆從子宮的傷口中爬出來，猛然別過頭，這胎兒才五個月大，什麼都來不及嘗試，「這應該是證據確鑿了，吳理仁應該無從抵賴了。」

「只是吳理仁今天從頭到尾都沒有想要抵賴，也沒有想要逃跑的意思，成哥，你不覺得嗎？」郭宜誠說道。

「他被我們抓個正著，知道逃不了了。」

「或許吧，但是他絲毫沒有努力嘗試為自己脫罪，大家不覺得奇怪嗎？從一開始我們第一次在診所查問開始，他的表現並沒有讓我們懷疑他是兇手，他只是有意無意地提到家暴這件事，可能是想要把搜查方向引導到家暴跟死者丈夫身上，儘管護理長表示家暴事件只是懷疑，不是大家真心認定，但吳理仁還是這麼堅持，很有可能是一種偏執，問題在於，為何家暴是他的偏執？剛才我在偵訊室問過是不是他跟張愛有被吳修德家暴？他轉開視線，這是今天唯一一次真正顯露情緒。」

「如果他跟張愛真的被吳修德家暴，當年有沒有人知道？朱少蓮失蹤的日子跟吳修德葬身火海同一天，這意味著什麼？如果真的有關聯，為何是十九年後的那一天？為何要帶走子宮埋在花園裡？」楊家文問道。

郭宜誠再次蹲到鑑識科同事身邊，用手電筒照著盒子底部，這麼近的距離，即便已經聞過無數次腐爛的屍臭味，但永遠都無法習慣，每一次都覺得這是一種讓人悲痛的氣味，為何人要這樣被對待？為何要這樣對待他人？

「你在找什麼？」楊家文問道。

郭宜誠輪流仔細看完兩個盒子底部後起身，「吳理仁在紙盒底部都放了一塊布，因為已經被屍水污染目前看不清楚布料，不過看起來應該是一條洗臉毛巾。」他嘆口氣，「我覺得吳理仁不想讓胎兒遺體直接被土覆蓋，因此先在紙盒裡佈置了一條軟毛巾，再把包覆著胎兒的子宮放進去，最後蓋上蓋子。」

「這樣做有意義嗎？」

「我覺得他對胎兒是有愛惜之意的。」

「拜託，愛惜?!小郭，你知道自己在說什麼嗎？」劉成坤打斷郭宜誠說道，「如果真愛惜這兩個胎兒就不會害死他們，也不會這麼殘忍殺死他們的媽媽，還把自己的母親搞成乾屍，那個姓吳的就是個徹頭徹尾的瘋子，你竟然還在這裡說他愛惜這兩個被他害死的胎兒？你快要跟那些個什麼廢死團體講一樣的話了。」

郭宜誠沉默地看著他好一會兒，這種言論他太熟悉了。

「不是嗎？」劉成坤步步進逼地說著，他現在真想揪著吳理仁的脖子狠揍他一頓，想問他到底是哪裡有病？怎麼會幹出這些事情，連自己的老母都不放過。

「成哥，宜誠不是這個意思。」楊家文開口緩頰，知道前輩對於近年來每次罪犯都以精神障礙為由為自己開脫非常不能接受，「宜誠只是就事論事，這畢竟是他的專業，也是因為他的分析，我們現在才能在花園裡找到子宮跟胎兒，這是破案最有力的證據。」

劉成坤只是哼了一聲，半晌才接話，「等著瞧吧，到時候這個變態的律師肯定又要為他申請精神司法鑑定了，這群王八蛋。」

郭宜誠只是轉身走到正在小心翼翼挖開整座花圃的鑑識科同事旁邊，看著他們細心的工作，不去理會劉成坤剛才語意中的暗示。

* * *

「你有什麼話要說嗎？」郭宜誠把放有兩個胎兒遺骸的盒子照片擺在吳理仁面前。

吳理仁看著照片裡面腐爛的子宮跟一具小小的白骨，首次出現激動的神情，「你們不該這麼做。」

「做什麼？」郭宜誠對於這一整天吳理仁開口的第一句話感到有點訝異，既不是保持冷漠也不是否認自己犯案。

這兩個盒子被挖出來是吳理仁始料未及的，他已經細心埋在心愛的玫瑰花下了，希望這兩個孩子可以在花香縈繞下不再受苦，然而此刻卻被挖了出來，看著照片裡腐壞的子宮，彷彿可以親眼看見蛆蟲在蠕動，「不該打擾他們，他們已經很辛苦了。」

「誰？這兩個孩子嗎？」

吳理仁沒有回應這個問題，只是垂頭看著自己放在膝蓋上的雙手，自責終究沒有照顧好這兩個孩子，他們被打擾了。

郭宜誠看見他提到這兩個孩子時一閃而過的哀傷眼神，想起李桐說過葉敏華遇害前曾經夢見過兇手帶著悲傷而非憤怒的眼神，難道重點不在兩名死者，而是兩個孩子？為什麼是這兩個孩子？

「你在兩個盒子裡面都鋪了布，才把懷有孩子的子宮放上去，最後蓋上盒蓋，你是不想泥土直接壓到他們嗎？」

「他很堅持這個，」站在單面鏡另一頭的劉成坤說道，「小郭為什麼要一直堅持這件事？我覺得他這種問法會把結論引導到我們不喜歡的方向。」

「成哥，先別急，讓宜誠問問看，吳理仁並沒有否認犯案，但是知道他的動機很重要。」

「這小子就不是人，是個變態，有什麼動機？」劉成坤不爽地說著，「小楊，你是被小郭洗腦了是吧？剛才把這小子從拘留室提出來的時候，你看看那德性，態度冷靜得很，有一絲悔意嗎？看起來昨晚也睡得很安穩，是辛苦了我們一整夜，鑑識科還連夜加碼做了DNA跟各種測試，證據確鑿還由得他抵賴嗎？」

「阿成，耐著點性子。」一直在旁邊聽著偵訊室裡對話的周泰海出聲緩和氣氛，他也不喜歡心理分析那套，但對於台灣少有的連續殺人案，他也想知道兇手的動機，為什麼事隔一年又犯案？如果他一直低調，根本就抓不到他，這次偏偏又挑選了診所裡面的孕婦下手，才會產生連結，要不然連去年的胎兒都成為白骨了，誰會去挖他家的花園呢？還是一個不在他名下的花園，是什麼促使他今年又犯案？這次，連周泰海都很想知道。

偵訊室裡的吳理仁仍然沉默著。

「如果你這麼在乎這兩個孩子，為何你要那麼殘忍地殺害他們的母親，奪去這兩個孩子的生命？」

「他們本來就不應該出生！」吳理仁突然抬起頭看著他說道，眼中再次浮現一絲悲傷，「他們不會被疼愛，生下來只會受苦。」

「是因為你奪走他們的生命，他們才會這麼辛苦，」郭宜誠把照片往吳理仁眼前推得更近，「是因為你，他們才會在土裡腐爛，身上爬滿蛆蟲，他們本來是可以被人疼愛的，是你讓他們沒有機會體驗人生，你憑什麼決定別人的未來？」郭宜誠盯著他也想著他說的話。

吳理仁沒有回應。

「為什麼是葉敏華跟朱少蓮？你為什麼挑了她們兩個？你難道不認識她們嗎？你沒有在診所幫她們抽過血嗎？當她們哀求你的時候，你都無動於衷嗎？」

「為什麼？你一定誤會了，為什麼要這樣對我？你是個好人，是個醫療人員，是救人的人，為什麼？」葉敏華從迷藥中清醒過來時，發現自己被雙手反綁躺在地上驚惶失措地說著。

「我是要救人。」

「救誰？請你放了我好嗎？你知道我有五個月的身孕了，請你放了我好嗎？我這樣很不舒服。」

「我要救妳的孩子。」

「救我的孩子？那為什麼要把我迷昏帶來這裡？為什麼要把我綁著？」

吳理仁拿出了一把鋒利的刀子，看著躺在地上的葉敏華眼中露出極端恐懼的驚慌。

「你怎麼了？為什麼要這樣？求你放了我好嗎？為什麼？」

「因為妳無法做好母親的角色。」

「我可以，我一定會是好母親，你放了我吧。」

「妳連保護自己都做不到，要怎樣保護孩子？」

「保護自己？我一直都很好啊。」

「很好?!」吳理仁突然暴怒地吼著，「如果妳懂得保護自己，為何妳會被妳丈夫打還不走？如果妳懂得保護自己，為什麼要假裝你們沒事?!」

「我沒有被我丈夫打啊！上次那個瘀青是因為我去案家，被家長弄傷的，家長喝醉酒弄傷我，真的不關我丈夫的事，我丈夫對我很好。」

「如果對妳很好，為什麼現在都沒看到他來?!為什麼？」

「因為他工作很忙，因為……」

「你們都一樣，你們都只顧自己，你們根本做不了父母，我要救妳的孩子！」

「不，拜託，放了我，拜託！」葉敏華驚聲尖叫，他用力地按著她的嘴，鋒利的刀子也開始瘋狂地落下。

「你是幫她們做檢查的人，她們那麼相信你，她們哀求你的時候，你怎麼下得了手？」郭宜誠的聲音打斷了他的記憶。

「她們根本無法做好母親的角色，」短短幾秒的時間，吳理仁神情已經恢復冷靜，只是淡淡地說著，「孩子只會跟著她們受苦，我只是不想讓這兩個孩子一輩子不幸而已。」

郭宜誠看著他一臉的坦然毫無悔意，他真的相信自己所想的，但是為什麼呢？他為孩子感到悲傷卻毫不後悔殺了孩子的母親，「你一直說孩子會受苦，受什麼苦？」

吳理仁眼前閃過小一時母親被父親毆打的畫面，閃過自己被父親推倒撞到桌角的場景，下意識地伸手摸了摸自己額角上的疤痕，郭宜誠觀察著他的所有反應，視線隨著他的手指來到那個淡淡的傷疤，那不是個經過醫院縫合的傷痕，在他長達十年的鑑識生涯中，見了不少家暴受害者身上未經處理的癒合傷痕，如果他的家庭如表面上看到的是個高社經地位的家庭，怎會出現額頭上這種疤痕？所以繞了一圈，還是回到家暴的問題嗎？

「昨天我問過你跟你母親是不是被你父親家暴過，但你沒有回答我，」郭宜誠問道，再次從檔案夾裡把吳修德燒焦的遺體照片翻出來放到他眼前，「這是你挑選對象的原因？因為兩名死者好像被家暴？」

吳理仁只是看著亡父的照片不吭聲。

「你應該知道葉敏華並沒有被家暴。」

吳理仁抬眼看他，「為什麼近在眼前的事實大家都看不見？」

「我看到的事實是我們在你陽明山的家挖出了兩具胎兒遺骸，浴室裡滿滿的血跡反應，在你市區住家附近的停車場找到你犯案的交通工具，後車廂裡也都是血跡反應，我看到的事實是你殺了兩名孕婦跟她們腹中的胎兒，我看到的事實是朱少蓮的確有家暴紀錄，但葉敏華並沒有。」

「擺在眼前的，大家都視而不見，寧可相信那些掩蓋真相的謊言。」

郭宜誠凝視著他，吳理仁像在講他人的事情，可是他知道每一句不但跟兩名死者有關，更與吳理仁自己有絕對的關聯，他是如此堅信葉敏華被家暴，除了他自己也親身遭遇之外沒有別的理由，「你跟母親是不是被你父親家暴？」郭宜誠再次問道。

「這重要嗎？」吳理仁冷冷地回答。

郭宜誠與他對視半晌，兩人都不曾把視線移開，郭宜誠看見的是一雙恢復冷漠的眼神，不再出現講到胎兒的哀傷態度，如果這是切身之痛，要多少次的被虐待才能養成這般冷漠淡然的態度？「那麼，這個重要嗎？」最後他將乾屍的照片擺在吳理仁面前。

吳理仁看著照片裡的張愛覺得好茫然，透過平面的照片，母親變得好遙遠好陌生，又或者母親其實一直都是很模糊的，從小學開始，他已經不知道何謂家庭與父母的意義了，撫養他成長的人也是教會他世界充斥著謊言的人。

「這是你母親張愛吧？」

「你們把她怎麼樣了？」吳理仁輕聲問道，態度又跟剛才不同，霎時間好像整個人都漂離了。

「遺體送往二殯準備解剖。」

「解剖？」

「你知道你母親是具乾屍吧？」郭宜誠試探性地問道。

「他這句話是什麼意思？」陳東翔不解地問道，「難道吳理仁會不知道自己的母親死掉了？不就是他安排了現場那些設備，讓張愛變成乾屍的嗎？」單面鏡這頭的同仁們不懂郭宜誠何故要這樣查問。

「那傢伙要真講出不知道自己的母親變成乾屍就真的麻煩了，」劉成坤說道，「又說要聲請司法精神鑑定了，我剛才就說過了，我不喜歡小郭問話的方向。」

「不管他怎麼回答，這案子肯定會聲請司法精神鑑定，就算黃檢不聲請，到時候他的律師也一定會聲請的。」周泰海說道。

「媽的。」

「殺了兩個孕婦，拿走子宮埋在家裡花園，又把老母親變成乾屍，這肯定會聲請鑑定的，成哥，這跟宜誠問什麼已經沒有關係了。」楊家文說道。

偵訊室裡的吳理仁沉默良久才點點頭。

「為什麼你要把母親變成乾屍？她應該不是最近才死亡的，為什麼你要這樣做？」

「為什麼要解剖？」吳理仁低聲問道。

「我們需要知道死亡時間跟死因，我們要確定她是不是你手上的第三條人命。」

吳理仁的眼神突然充滿了怒氣，好像郭宜誠講的是大逆不道的一句話，「你們以為是我殺的？」

郭宜誠只是聳聳肩，「解剖之後我們就會知道了，屍體是不會說謊的。」

「她已經中風很久了，」吳理仁看著他良久，最後說道，「就算我每天幫她抽痰細心照料，去年秋天，她肺部開始感染，撐不到冬天就走了。」

「去年秋天？」郭宜誠想著朱少蓮的案子，「所以沒多久你就殺了朱少蓮？」

吳理仁又沉默了下來。

「為什麼是跟你父親死亡的日子同一天？為什麼是朱少蓮？」

吳理仁想起最後一次在診所看到朱少蓮的模樣，明明前一個月剛被丈夫打到差點流產，聲請了保護令，結果那天她竟然來到診所又說自己原諒了丈夫，因為為了孩子，她必須要忍耐要原諒，不想她的孩子出生在一個有缺憾的家庭裡。

「為了孩子。」他低低地說著。

「媽的，他說什麼？」劉成坤在這頭怒罵著，直想衝進去揍他一頓。

「藉口。」郭宜誠突然說道。

「為了孩子，」吳理仁冷笑了一下，「明明被打到差點流產了，還說為了孩子，所以她要忍耐要原諒，這些人都是這樣的，不反抗不逃走，只會把責任推到孩子身上，說是為了孩子，這是哪門子為了孩子？」

「所以你以為殺了朱少蓮，就是救了那個孩子？」

「不是嗎？生下來只是受苦而已。」

「藉口。」郭宜誠再次說道。

吳理仁瞪著他。

「是因為你父親打你們吧？那時候你可能年紀小無力反擊，現在你長大了，你想要報復，就找了個人來頂替，你只是為了洩私憤，卻講得這樣冠冕堂皇說是為了不讓孩子受苦，所以你殺了他們的母親，取走子宮，將孩子埋在花圃下面，任由他們在那裡腐爛，全身長滿蛆蟲，你只是洩私憤，這些都只是你的藉口，是因為你被父親打了沒辦法還手，所以找了手無縛雞之力的孕婦來洩憤，所以才會跟你父親死掉的日子同一天，對吧？」郭宜誠咄咄逼人地說著，眼見吳理仁原本少曬太陽的白皙臉頰因為怒氣而漲紅。

「無力反擊?!」吳理仁憤怒地說著，心裡熊熊燃燒著父親死亡那天的情景。

「不是嗎？還是你要告訴我，連你父親都是你殺的？二十年前那場火根本不是意外？」郭宜誠這句話讓吳理仁瞬間又冷靜了下來，「朱少蓮只會讓她的孩子受苦，她根本沒有能力做一個母親，她的孩子不應該來到這個世界受苦。」他始終如一地說著相同的理由。

「就像你的母親一樣嗎？當你被打的時候她無力保護你，她根本就沒有能力做一個母親，所以即便她死後，你也沒有讓她入土為安，你是在懲罰她嗎？懲罰她沒有做好一個母親的角色？」

「我沒有被打。」

「是嗎？」

「我沒有被打！」

「那你父親做了什麼事情？」

吳理仁像被針刺了似的瑟縮了一下不願回答，這畏縮的一瞬間，郭宜誠看在眼裡，心中揣測著吳修德到底對這對母子做了什麼事情。

「你的母親保護你了嗎？」

「我不需要保護。」

「是嗎？」

「我不需要保護。」

「那你保護了你母親嗎？」郭宜誠語氣一轉，軟化了不少尖銳的態度。

吳理仁眨眨眼睛，這突如其來的一問讓他不知所措，是啊，他保護了母親嗎？當張愛不斷說是為了他，所以要忍耐吳修德的所作所為時，他保護了母親嗎？

沒有，他自己知道，當那些夜晚來臨的時候，他並沒有保護母親。

他只是冷眼旁觀。

他只能冷眼旁觀。

眼前的郭宜誠慢慢地模糊，取而代之的是夜半的走廊跟門縫裡交媾的男男女女，壓在他母親身上的總是不同的男人，花樣百出的招數換來的都是同樣的結局，不管是哪個男人都發出一樣的喘息聲，肉體撞擊的聲音搭著刺耳的床架咿呀聲逐漸地充斥著偵訊室，他忍不住感到頭痛緊緊地壓著耳朵，痛苦地彎下身子作嘔欲吐。

郭宜誠飛快地瞥了一眼單面鏡，這頭的楊家文轉頭跟隊長說著，「昨天我跟宜誠去診所請他來協助調查時，我們走到醫檢室門口也是看見他抱著頭壓著耳朵。」

「這是怎麼回事？現在突然裝病了嗎？」劉成坤一直不相信這殺人兇手會有真實的反應。

郭宜誠知道自己最後的問話引發了吳理仁的心理反應，因為怨恨母親對於暴力的無能為力，所以殺人的時候才會那樣憤慨紊亂，可是又因為自己也沒有保護母親而感到懊悔，所以把遺體擺成那樣的姿態嗎？

「如果你真的因為沒有保護母親而感到懊悔，你就應該讓她入土為安，而不是讓她變成乾屍留在身邊。」半晌之後，郭宜誠說道，「很痛苦吧？每天活在仇恨跟懊悔之中。」

吳理仁在混亂中聽到了郭宜誠的聲音，刺耳的咿呀聲慢慢遠離，他蒼白著臉抬起頭來，「你們不要動她。」

「沒辦法，很抱歉，她需要被解剖。」

吳理仁盯著他許久突然說道，「葉敏華跟朱少蓮是我殺的。」

「我知道。」郭宜誠說道，「但為什麼是她們？」

「通知黃檢，準備聲請羈押。」周泰海說道，儘管所有的檢驗都證實了這件事，但從吳理仁口中直接認罪還是讓大家鬆了口氣。

「你已經知道了，我已經說了，因為她們不會是個好母親，生下孩子只是錯誤。」

「我們會安排時間帶你去現場模擬。」郭宜誠知道他只會再繼續重複這些對話，便開始收拾桌上的檔案資料起身準備離去，請員警帶他返回拘留室轉送地檢署。

「請不要動她。」吳理仁第一次在語氣中流露出請求。

郭宜誠轉身凝視著他，「從你把她變成乾屍開始，這件事就由不得你了。」

第十一章

「醫檢師？」葉楓震驚地問著，「你是說診所裡那位醫檢師？」

周泰海點點頭，「是的，醫檢師吳理仁。」

「怎麼可能是那個人？」葉楓訥訥地說著，「怎麼會是那個人?!那天我陪敏敏去回診，她手上的瘀青被誤會是家暴，就是這個醫檢師幫忙抽血，敏敏還說他很溫柔，打針檢驗都很細心，怎麼會是他？不是說敏敏最後那天去診所時差點暈倒，也是這個醫檢師在門口扶我女兒進去的嗎？怎麼會是他？」說著說著又哭了起來，「怎麼會是他？他為什麼要殺我女兒？為什麼？」

周泰海看了一眼郭宜誠，「郭刑警，你跟家屬說明一下經過。」

郭宜誠點點頭，看著坐在葉楓旁邊臉色蒼白的李桐，他似乎也是震驚到無法言語，還有首次見到面的朱少蓮的老母親王文秀，「因為這兩起命案的共通點是馨愛診所，所以我們重點鎖定在診所相關人物，後來循線追查到吳理仁，也在他位於陽明山的租處發現大量的血跡反應，在另一個租賃的停車場找到有血跡與 DNA 反應的黑色休旅車，就是目擊者行車記錄器裡拍攝到的那輛車，最後，」他再次看了眼李桐，「我們在他的花園玫瑰花叢下找到兩個胎兒的遺骸，已經證實是朱少蓮跟葉敏華的胎兒。」

葉楓跟朱少蓮的母親放聲大哭，知道終於抓到兇手了，可是她們心愛的女兒再也回不來了，找到未出世的孫子了，但是永遠都不能共聚天倫。

李桐閉上眼睛緊咬著牙根，覺得右手跟頭又開始一陣一陣抽痛，半晌，他張開眼睛看向一直望著自己的郭宜誠跟楊家文，「為什麼？」

「他坦承殺人，說是為了不想要兩個孩子受苦，所以才會殺害朱少蓮跟葉敏華。」

李桐皺皺眉頭，「我不懂。」

「他認為朱少蓮跟葉敏華都是家暴受害者，認定兩個人都沒辦法做好母親的角色，如果孩子出生會很可憐，所以動手殺人。」

「這樣就殺人？我女兒被她丈夫打已經很可憐了，還這樣被殺害？」王文秀哭著說道，「這是什麼道理？」

「那我女兒怎麼辦？她根本沒有被家暴啊，為什麼要遇到這種事情？」葉楓聽完理由更為女兒感到冤屈，為了一個莫名的理由斷送生命，而且還是以這種殘酷的方法離開世界，女兒被殺的時候是多麼的害怕啊?!想到這裡，葉楓更是痛苦地哭著，「敏敏好冤枉啊！她最後只有一個人的時候一定很害怕，我的敏敏啊！」

李桐哽咽著別開頭，最後的場景是他一直不敢去面對跟想像的。

「我們知道葉敏華手上的傷是怎麼造成的，但吳理仁對於這點非常執念，特別是他提到朱少蓮原本申請了保護令，可是又說為了孩子要忍耐下去，之前也提到李先生沒有陪診的事情，他把這些原因全都歸因到家暴，即便跟他說已經查證是工作時被服務對象弄傷的，吳理仁也堅稱大家都被謊言騙了。」

李桐眨眨眼睛，竟然是為了這樣的原因？是因為一個毫不相干的瘀青，是因為他加班或工作忙碌不能去陪診，然後加深了兇手的誤解？這到底是怎麼回事？「這些理由說不過去吧？」好一會兒他才說道，知道真是因為自己的緣故妻子才遇害，頭痛加劇，喉嚨乾涸的好沙啞。

郭宜誠嘆口氣，這的確是難以接受的理由，無奈這可能就是真實的理由，只是被無端指責的人要怎樣承受這些情緒？「因為他對家暴這件事情很敏感又固著，我們懷疑吳理仁過去可能有被家暴紀錄。」

「懷疑？」

「吳理仁對於他自己的事情不願意多說，但是有透露出他父親對他們母子家暴，也的確有可能他過去遭遇過很不好的對待，所以可能會產生一些扭曲的想法，但這些他都不願意證實，所以我們只能說是懷疑。」

「知道我的妻子幾時遇害的嗎？」

「吳理仁八點半載走了葉敏華後，在車上使用了迷藥讓她昏睡，接著載到陽明山租處，據他表示大約十一點就已經動手了，兩點半棄屍在聖人瀑布。」

「我的女兒啊！」葉楓大哭，「我們還在找她的時候，竟然就已經被殺害了，我可憐的女兒，為什麼？為什麼那個人要這樣？我女兒最後一定很害怕，我的女兒……」

李桐整個人愣愣地，他還在公司開會的時候，妻子就已經喪命了，他瘋狂撥打的電話，根本早就無法回應，當他跟岳母還抱著一絲希望敏敏可能只是身體不適被送到某家醫院，其實早已經被丟棄在冰冷的草地上。

「現在正在進行收押程序，還請三位要節哀跟保重。」

李桐頭痛一直持續著，耳朵也嗡嗡地耳鳴著，過了數秒才又開口問道，「剛才你說找到了我的孩子？」

「是的，吳理仁的確很在乎這兩個孩子，他沒有直接讓兩個子宮埋在地裡，他是先用一個紙盒，鋪了布之後才把子宮放進去，再蓋上蓋子，然後才埋在玫瑰花叢下。」

李桐臉色發白地聽著，兩個母親更是泣不成聲，楊家文在桌子下面碰碰同事的腳，覺得他實在說得太詳細了，家屬不見得可以接受。

「我什麼時候可以把孩子的遺體帶走？」李桐低聲問道。

郭宜誠看了一眼隊長，周泰海點點頭才回頭說道，「我們已經解剖完畢，遺體可以發還。」

李桐輕輕點了頭。

「但是，」郭宜誠覺得很不忍心，「我建議請禮儀公司來處理，你跟葉阿姨不要看比較好，等火化之後，你們可以想一下怎麼安置孩子的骨灰。」

李桐聽完臉上更是沒了血色，如果當天都讓他親自見了妻子最後的模樣，現在不讓他見孩子，那孩子該有多悲慘？他看著旁邊哭成淚人的岳母，見她青絲已成灰髮，還能讓她受更大的打擊嗎？最後他只是點點頭，「我會請禮儀公司來接孩子。」

「是千金，」郭宜誠最後說道，「我不曉得你知不知道孩子的性別，朱媽媽，妳的是孫子。」

李桐愣愣地看著他，他的確不知道性別，雖然經過不孕症治療，受孕成功時可以知道性別，但是當時葉敏華要求張院長不要告知性別，他們想要等到出生時再知道，因為不管是男生還是女生，他們都滿心歡喜地等待著孩子加入他們幸福的小家庭。

「我知道少蓮懷的是兒子，我知道。」王文秀哭著轉頭抓住葉楓的手，「我們好苦命啊，失去了女兒，也失去了孫子跟孫女啊。」

兩個本來在這個世界完全陌路的女性卻在這個人生困頓的十字路口裡相遇了，因為一個難以想像的悲劇，誰能想到辛苦了一輩子撫養成人的女兒，卻會被一個陌生人充滿恨意的殺害了？兩個女人相擁痛哭著，為了彼此的失去與悲傷以及無可挽回的傷害。

* * *

「上個月在聖人瀑布發生的社工孕婦命案宣告偵破，震驚各界的是這起命案兇手同時也犯下去年翠峰瀑布命案，兇手吳〇仁是兩名死者定期做產檢的婦產科診所所屬的醫檢師，據同事與其他孕婦表示吳〇仁平日態度溫和，工作認真細心，大家都不敢相信他犯下兩起命案，不僅以兇殘的手法殺害兩名孕婦，同時還取走懷有胎兒的子宮。據悉，警方在吳〇仁位於陽明山的租處花園裡挖掘出兩名胎兒遺骸，至於吳〇仁為何行兇，警方表示是由於他認為兩名死者遭遇家暴卻不反抗，從而認定她們無法做好母親的角色，不想讓孩子出生受苦因而犯案。同時在偵訊期間，吳〇仁對於所犯兩案仍然沒有悔意，認為自己是在拯救兩個孩子。」接著電視畫面切換到李桐、葉楓與王文秀步出警局被媒體包圍的畫面，李桐扶著葉楓的手臂婉拒任何訪談，只是護著岳母快步離去，後續畫面又來到馨愛診所與廖氏集團大樓外面，記者開始繪聲繪影介紹兩名死者的身家背景，包含李桐的工作經歷以及馨愛診所的相關資訊。

從警局離開之後，李桐開車送葉楓回家，一路上，只有岳母不停的淚水，自己一句話都說不出口，真的是他害死了岳母的獨生女，唯一的心頭肉，他還有臉皮開口說什麼？以為自己可以跟岳母一樣痛哭的，卻一滴淚都流不出來，心口很堵，頭痛欲裂。

他的手機從離開警局到現在響個不停，各家媒體的訪談電話與親友的關心電話、簡訊陸續發來，他一通都沒接，太陽早已下山，但屋子裡沒亮燈，只有手機不時響起時發出的藍光，在陰暗的屋子更顯詭譎。幾個小時以來，除了打電話給禮儀公司聯絡好接孩子的事宜之外，李桐只是像座雕像一樣地坐在沙發角落，動也不動。

原本只是自責出事當天自己沒有盡到丈夫的責任接送妻子害她出了意外，不想，今天卻實實在在地被告知葉敏華之所以被盯上被擄走，甚至最後連屍身都無法完整，竟然真的是因為他，這種痛要怎麼解？如果吳理仁如此痛恨家暴以為他打了妻子，為何殺的不是他，為何是葉敏華以及他的孩子？原來他的孩子是個女兒，原本會叫做李有容的女兒，怎麼吳理仁殺的不是他？他寧可是自己，也不要是他的妻女。

入夜之後，已經不知道在沙發上呆坐了多少個小時，突然電鈴大響，刺耳的鈴聲讓他的頭更痛，壓著太陽穴一陣一陣的抽痛，希望外面的人離開，讓他一個人靜靜的就好。

響了太久的電鈴，在這樣夜深人靜的晚上，鄰居也忍不住開門出來關心，連管理中心也派人上來，多半是某戶鄰居打電話抗議。

「你找李先生嗎？」警衛老陳問道，記得這個人以前來過這裡很多次，是李桐夫婦的朋友，「他沒有開門嗎？」

「他應該在家。」張簡靖說道，如果李桐不在家會更讓人憂慮。

老陳點點頭低聲說道，「李先生應該在家，剛才我交班的時候，日班的同事跟我說，他剛看到新聞就瞄見李先生開車回來，坐電梯上樓時從監視器裡面看見他臉色很難看，一直說真可憐什麼的，怎會遇到這種事情，還說李先生怎麼可能會家暴李太太？那兇手一定是瘋了，所以我想李先生應該在家，因為我也沒有看到他出去，只是你這樣一直按電鈴，會吵到其他鄰居。」

「抱歉，我知道打擾到大家，但是⋯⋯」張簡靖原想要請鄰居跟警衛再包涵一下，門就突然開了，全部的人都嚇了一跳，李桐在客廳聽到了外面的對話，知道張簡靖不會死心，走到門口開了門就轉身走回客廳，瞧也不瞧外面的人一眼。

張簡靖連忙跟大家再次致歉就跟進去把門關上，但是屋子裡漆黑一片又很冷，只有外面的月光隱約透進來，看見李桐坐在沙發上的身影，即便昏暗仍然落寞，張簡靖走到牆邊打算開燈。

「不要開燈。」李桐的聲音悶悶地傳來。

張簡靖把手從電燈開關上收了回來，只能走去客廳坐在單人沙發裡，隨著逐漸適應的黑暗，看清李桐身上還穿著今天早上上班的襯衫跟西裝褲，瞥見西裝外套跟領帶隨手披在餐桌椅子上。逼近年節又搭上了冷氣團，今夜真的很冷，他站起來將暖氣機插上電源打開開關，不管李桐要不要就直接推到了沙發旁。

兩個人就這樣坐了好久，李桐的手機在沙發另一頭仍然不時地亮起，張簡靖只是看著手機亮起又滅掉，半晌之後才說道，「該回的電話還是要回吧，你也不想伯父伯母明天一早出現在你家門口吧？」

李桐沒說話，他當然知道，只是他還沒有做好心理準備跟別人對話，其實連此刻面對最要好的朋友也是如此，不知道自己還可以說什麼，他只想自己一個人獨處，可是卻要因為怕別人擔心而繼續勉強自己。

「媒體的部分你別擔心，今天下午有些記者找來公司，我們已經發了聲明稿表達敏敏的傷是工作意外導致的與你毫無關聯，聲明稿裡強調公司對你的慰問跟支持，Alex 也去電給各家媒體要求他們澄清新聞裡面的口誤。」張簡靖說道，「我看到敏敏的機構也受訪證實瘀傷與你無關，老總也打電話給他的朋友，請刑警接受採訪時要注意措詞以免產生不必要的誤會，這些事情你都不用煩惱，我們都會處理。」

李桐只是聽著，不希望自己的私事給公司惹了麻煩，還勞動公司發出聲明支持自己，「但我的確是害死敏敏的人。」最後他訥訥地說著，聲音輕的幾不可聞。

「你又來了！」張簡靖太清楚這一個月以來他是如何自責的，但是這實在沒有道理，「你又要責備自己嗎？」

李桐揉揉太陽穴，頭痛絲毫沒有減輕的趨勢，「今天的新聞有胡說的，也有漏說的。」

「什麼意思？」

「郭刑警跟我說，吳理仁除了認為敏敏的瘀傷是我弄的之外，還因為我後來兩、三次沒有去陪診而加強了他的念頭，相信我跟敏敏關係不好，所以才會鎖定她，找到機會……」李桐無法說下去，頓了頓才又繼續說，「這樣還能說跟我沒有關係嗎？」

「那人是瘋子，他說的那是個什麼理由？你就不用上班工作嗎？你在大集團擔任要職，廣告部工作量本來就大，你也不是基層員工每天可以準時打卡下班，你要因為一個瘋狂的人的胡言亂語責備自己一輩子嗎？」張簡靖憤慨地說著。

「不管我們接不接受，」李桐的聲音好苦澀，「敏敏的確是因為這個原因而斷送了生命，我的孩子也是。」

「聽說找到了？」

李桐只是在黑暗中點點頭。

「你看到了？」

「他們建議我不要看。」

張簡靖停頓了好幾秒，不知道該怎麼回應，「阿姨呢？」

「我們同意直接請禮儀公司處理火化，最後再跟敏敏葬在一起，媽媽覺得這樣敏敏才算完整了。

「也好。」

兩個人又陷入了漫長的沉默，許久之後，李桐才又開口，「我沒事，你回去吧。」

「你老說自己沒事沒事。」

「不然你要我怎麼說？」李桐突然有點不耐煩地回了這句話。

張簡靖盯著他，知道他的忍耐恐怕已經快要到極限了，心裡更是擔心，「你明天要不要也請個假在家裡休息調整一下心情？馬上就要過年了，大家也都沒什麼心思上班了，你就算請一兩天假，總經理可以諒解的。」

李桐只是點點頭不置可否，他也知道眼前這種情況，媒體可能守候在社區樓下或是公司門口，去上班只是給公司平添困擾。

「你的手都有換藥跟回診吧？」

李桐還是點點頭，張簡靖都不確定他是不是真心回應的，這時候留下他一人在這個昏暗的房子讓人擔心，但是他知道換成自己可能也想獨處，「我先回去，有任何事情都可以打給我，你知道的吧？」

李桐仍然靜默地點頭，他當然知道不管發生什麼事情，這位最好的朋友都會在他身邊。

張簡靖起身走過他身邊的時候握了握他的肩膀，這一度寬闊厚實的肩膀，如今瘦削了，也萎靡了，張簡靖嘆了口長長的氣，「李桐，敏敏不會希望你這樣的，她是那麼開朗明亮的人。」

「我知道，」李桐低聲說道，「給我一點時間。」

張簡靖再握了一把他的肩頭便走了出去。

好朋友離開後，李桐仍然只是坐在原處，張簡靖推來的暖氣機正努力地運作著，但他通體的寒冷卻怎樣都無法溫暖起來，手機螢幕仍不定時地亮起，他知道張簡靖說得沒錯，大家都找不到他，這種焦慮他是明白的，此刻再怎麼不想要跟任何人講話，也不能不跟父母交代一聲。

「爸。」

「你終於打電話來了。」李兆陽聽見兒子的聲音這才放了心，瞄了一眼牆上的時鐘，快要兩點了。

「是李桐嗎？李桐打電話來嗎？」李桐聽見電話那頭傳來母親焦躁的聲音，「讓我跟他講。」

「妳冷靜點，別吵，我先跟他講。」

李桐在電話這頭聽著父親制止母親搶奪手機的聲音，直到李兆陽的聲音再次出現，「喂？」

「爸，我還好，你們不用擔心，但是我想今年過年我就不回去了，我想要一個人靜一下，你跟媽說一聲，讓她別擔心，你們也別跑來，我會照顧自己的。」他靜靜地說著，試著讓聲音聽起來有點活力，不想老人家擔心。

「好，我知道了，我會跟她說，」李兆陽剛才之所以制止妻子搶電話正是因為他猜想兒子打給他而不是母親，可能是不想講太多，「那你一個人在台北要照顧好自己，不要不接電話，這樣我們也真的會擔心。」

「嗯，我知道。」

「什麼一個人在台北？李桐不回來過年嗎？」電話旁又傳來母親因為焦慮而提高了不少的聲音，李桐好怕母親此時來接電話，那些溫情攻勢不是他現在可以承擔的，「沒事，我等等再跟妳說，妳先別吵，讓我跟李桐把話講完好嗎？」

「李桐，電視新聞我們都看到了，你們公司跟敏敏的機構很快都出來澄清了，我想那些誤解很快就會過去。」

「嗯。」

「聽說孩子也找到了？」

「嗯。」

「後續的事情都安排好了？」

「嗯。」

李兆陽聽著兒子的聲音也是心疼，「最重要的是照顧好自己跟你岳母，有什麼事情就打電話來。」

「我知道，謝謝爸。」

「沒事了，來電話就好了，你……想辦法睡個覺，你媽這邊我會跟她說的。」

「謝謝爸。」

「去吧，去睡覺。」

「嗯。」

李兆陽掛斷電話後，蘇玫芬氣急敗壞地發著脾氣，「幹嘛不讓我跟李桐講話？他不回來過年了嗎？」

「嗯。」

「這怎麼行？我打電話給他，叫他回來，這時候就是要一家人在一起啊。」蘇玫芬拿起市內電話就要撥打，卻被丈夫一把搶過。

「夠了。」

「什麼夠了？」蘇玫芬委屈地說著，「兒子受了這種罪，不叫他回來，難道真讓他一個人在台北嗎？這是過年啊！」

「過年又怎麼了？」李兆陽也按耐不住地提高嗓門，「妳覺得李桐這時候有辦法過年嗎？」

「不管怎樣，過年就是要一家人在一起！」

李兆陽瞪著妻子，「妳就饒了李桐吧。」

「什麼饒了李桐？我是做了什麼？我只是希望受傷的兒子回家過年，這又怎麼了？難道是為了我嗎？」

李兆陽嘆口氣，緩和一下才說道，「我們都是為了自己，哪裡是為了李桐？」

蘇玫芬瞪著他，「我哪裡是為了我自己?!」

「李桐遇到這種事情已經非常傷心，為了不讓大家擔心，他還要撐著去上班，還要撐著回來，還要在大家面前假裝自己都還好，這一切都是為了不讓身邊的人擔心，他一直都在勉強自己，難道妳看不出來嗎？他如果回來，我們看到他在跟前的確會比較安心，但是對他而言呢？我們希望他回來，希望他表現正常難道不是為了我們自己看了會安心嗎？那他呢？」

蘇玫芬愣了愣，「我只是希望他可以回來團聚，不要一個人在台北，這種時候一個人孤苦零丁的，難道這樣對他會比較好？」

「起碼他不用假裝，不用強顏歡笑。」

「我不需要他強顏歡笑……」蘇玫芬急著為自己辯白。

「但他就這樣做了，不是嗎？他勉強自己的心情處理所有的事情，不然怎會高燒感染還昏倒？我們就放過他吧，也許這時候讓他自己一個人還比較輕鬆。」

「但是……」

「就這樣吧，李桐從小就是個貼心的孩子，他跟兩個兄弟個性不同，什麼事情都自己打理，不讓我們操心，現在他終於開口說想要自己獨處，過年不回來，我們就依他的吧，好嗎？」

蘇玫芬紅了眼眶，「我就是捨不得他跟敏敏發生這件事，我想好好給他進補吃點東西。」

「我知道，妳兒子也知道，所以才打給我，他不敢直接跟妳說不回來，怕妳難過也怕妳一直囉唆，這些都只會讓他更難受，如果真的為他好，這次就順他的意思吧。」

蘇玫芬吸吸鼻子轉身回臥室，李兆陽熄了客廳的燈跟著回到臥室，卻訝異地看見妻子正戴著老花眼鏡低著頭在使用李桐買給她的 iPad，「都半夜了，妳現在在幹嘛？」

「我上週訂了一些年菜圍爐時要吃的，我要趕快再訂一套寄去台北。」

李兆陽有點訝異地看著老伴。

「不管怎樣，就算兒子不回來，過年也要讓他吃好，這時候他一定都不會好好照顧自己，我訂的這些年菜都是加熱後就可以吃了，他可以很容易就處理好。」

李兆陽的臉部表情也柔和了，知道妻子一直全心全意照顧整個家庭，也就由著她，「不要買太大套的，就李桐自己一個人，堆了整冰箱也不好。」

「沒事的，他家冰箱夠大，這些冷凍年菜可以冰很久。」

李兆陽知道再勸也沒有用，就讓妻子去表達對兒子的愛。

＊　＊　＊

「你對死者表示抱歉嗎？」

「你有什麼要跟死者家屬說的嗎？」

「你為什麼要殺人？」

「你為什麼要把死者的子宮拿走？」

「警方跟死者服務機構都說死者丈夫沒有家暴，你會覺得抱歉嗎？你想跟家屬道歉嗎？」

「連續殺人犯吳〇仁昨天逮捕到案，今天下午檢方複訊後，隨即向士林地院聲請羈押禁見，經過羈押庭審理後裁定收押，被押解前往台北看守所時，面對媒體所有提問並沒有回應，也未表示對死者或家屬的歉意。根據士林地院表示，由於吳〇仁沒有律師，法院指定公設辯護人為他辯護，吳〇仁坦承一人犯行，說明犯案過程、動機清楚，因為涉犯連續殺人重罪，對社會治安有重大危害且有逃亡之虞，因此裁定收押但未禁見。」

葉楓握著遙控器不斷切換，淚眼緊盯著每一台的新聞畫面，一次又一次地看著那張在診所看過的臉，被戴上手銬的那個人，他覺得抱歉嗎？覺得對不起敏敏跟我們嗎？覺得自己做錯事嗎？不，面對媒體追問時，葉楓無法在他臉上找到一絲的後悔與歉意，他滿臉的冷漠，為何一點悔恨都沒有？他殺了敏敏，殺了孫女，現在已經被抓了，卻可以一點都不難過，不覺得自己犯了大錯嗎？仍然一直推說是敏敏被家暴做不了母親，所以殺了她嗎？這到底是什麼理由?!

葉楓在屋子裡躁動地走著，電視新聞的聲音不斷放送著，記者竭盡全力描繪著吳理仁的冷酷與犯案過程，一字一句都切割著她的心，走進廚房看到流理台刀具架上的主廚刀，她顫抖著的手把刀拔了出來，是這個嗎？是用這個嗎？握著刀跌坐在地上，『為什麼？』葉楓始終不能理解，為何是她們苦命的兩母女。

「媽咪，爸爸呢？」

「爸爸不在了。」葉楓看著幼稚園大班的女兒仰頭怯怯地問著。

「不在了是去哪裡？」

「爸爸去做天使了。」

「做天使？」六歲的葉敏華當時還不能理解這句話，只記得曾經在繪本裡看過美麗的天使畫像，眼神閃耀著興奮的光彩，「身上有翅膀的天使嗎？那爸爸會飛回來看我嗎？」

葉楓看著年幼的孩子知道總有一天會被問這個問題，「妳想要有爸爸嗎？」

「同學都有爸爸耶，我也想有自己的爸爸，小霞說她的爸爸每個星期都會帶她去吃麥當勞。」

葉楓一陣鼻酸，「那我們也可以自己去吃啊。」

「可是我想要有爸爸一起去，小霞說她爸爸還可以把她放在肩膀上喔。」

葉楓用袖子抹去眼淚，看著手上的刀，幾時呢？敏敏才終於不再吵著要跟爸爸去吃麥當勞？應該是上了國中吧，當學校要幫大家申請身分證的時候，葉楓拖拖拉拉地不肯拿出戶口名簿，一直安撫女兒會去戶政事務所幫她申請身分證。一個週五的晚上，葉楓回家時看見女兒躲在房間裡，以為她在寫功課，進去跟她說正在準備晚餐才發現女兒竟然在哭，而她的書桌上赫然擺著家裡的戶口名簿，葉楓愣在書桌旁，敏敏終於看到了，她的父親欄上一片空白。敏敏終於了解自己為了生下她放棄了一切，那晚之後，敏敏再也沒有提過任何跟父親相關的話題，只是變得更加貼心，無論做什麼事情都會想著這個母親，在生命盡頭的那一刻，在她不能甘心闔眼的那個瞬間，可有想起這個母親？可有怨恨母親不能救她，竟讓她孤單離開這個世間？

「吳〇仁開完羈押庭出來準備押解往台北看守所，他的辯護律師尾隨其後，這次指派的公設辯護人是過去擔任多起重大兇殺案的刑事律師陳澈，陳澈近年來接手不少具有高度爭議的刑案辯護，以下是他對接手該案發表的聲明。」

在廚房哭泣的葉楓聽見電視機傳來的聲音，拋下刀子踉蹌跑往客廳，看見電視畫面跳到陳澈站在士林地院前。

「每個人都有接受公平審判的權利，刑案也有強制辯護的制度，我們務求了解真相，讓每個人都可以接受公平的對待。」

「但是聽說你跟死者葉〇華是好朋友？這樣不會有利益衝突的問題嗎？」

「我是個專業的律師，我遵守我的職業操守，讓每個人都有得到公平審判的機會，這是一貫以來我受到的專業訓練。」

葉楓跌坐在沙發上，心裡益發的憤慨，『他怎麼可以做這種事情？他怎麼敢幫殺人兇手辯護？他怎麼對得起敏敏?!』

「學弟，你想清楚了嗎？」黃克修看著陳澈問道，「法扶找你，你也未必需要接，可是你硬接了這個案子，你要怎麼跟死者家屬交代？你不是跟死者是好朋友嗎？」

陳澈心情沉甸甸的坐在檢察官辦公室裡，「我會遵守我的專業。」

「你這腦子！」黃克修生氣地說著，「我難道懷疑的是你會偏頗嗎？我擔心的是你要怎麼面對死者家屬？這案子鐵證如山，你接了完全就是吃力不討好，過去那幾個案子被害者跟你沒有任何關聯也就罷了，你只是被社會輿論抨擊，可是這次明明就是你的好朋友被殺了，那天還是你陪著去聖人瀑布認屍，一起聽我說解剖報告，結果一轉身你接了這個案子的辯護工作，你到底何苦呢？」

「學長，你也知道在台灣，其實願意接手這種刑事辯護的律師很少，吳理仁自己放棄找辯護律師，只能指派公設辯護人，法扶也不可能隨便讓人接這案子，我的確在這上面有比較多的經驗，」他看著學長充滿怒意又無奈的眼神，「我會維護每個人都有公平受審的權利，我也想了解為何吳理仁會做這件事，只有釐清真相才真的對得起我死去的好朋友。」

黃克修瞪著他，這麼尷尬的衝突身份原本應該想辦法迴避的，這傢伙竟然還接了案，這後續的風暴怎會小？

陳澈起身向學長道謝，「學長，謝謝你，我知道你對我的關心，我會做好我的工作的，你不用替我擔心。」

黃克修無言地看著他。

陳澈走到門口時突然回身說道，「學長，你知道嗎？葉敏華一直是我的同學朋友中最支持我的人，在我因為接了以前那些案子受到許多攻擊的時候，她總是堅定地站在我這邊，因為她相信公平正義，相信人權不可受到侵犯，我想，她會諒解我的。」

黃克修只是嘆口氣，已經不知道還能說什麼了。

電視新聞裡仍然不斷地說著家暴導致這兩場悲劇，儘管記者補充說明聖人瀑布命案其實並無家暴成份在內，然而這種播報新聞的方式仍然引發了不少的誤會，宣佈破案隔日，還是有不少媒體記者守候在李桐家與公司樓下，甚至也守候在葉楓所住的社區外，為了避免增加公司更多的困擾，李桐這天請假在家，張簡靖看見了陳澈的新聞連忙通知他。

「但是聽說你跟死者葉〇華是好朋友？這樣不會有利益衝突的問題嗎？」

「我是個專業的律師，我遵守我的職業操守，讓每個人都有得到公平審判的機會，這是一貫以來我受到的專業訓練。」

李桐打開電視看著新聞裡的陳澈，不確定該怎麼理解這件事，心裡燃起的無法辨識是怒火還是埋怨，只覺得很苦，不想聽到千篇一律的新聞報導而關上電視，陳澈的抉擇無異於給自己拋來一記震撼彈，儘管一直都知道他從事這樣的工作，但這次的被害者是他的好朋友，陳澈如何能做出這個決定？整個人難受地擁著毯子蜷在沙發上，昨晚又是一個無眠的夜晚，這張沙發已經成為他唯一可以倚靠的床了。

牆上的對講機無預警地響起，對方按了三次他都不予理會，直到按了第四次，李桐才勉強起身，「喂？」

「李先生？我是管理中心的老陳。」

「嗯。」

「這裡有位陳律師想上去找你，」老陳突然壓低聲音像是怕人聽見似的，「是新聞裡那位陳律師，我知道之前有來找過你跟……李太太，但是我怕你現在不想見他，所以我沒敢給他換證，想說先來問你一下，要讓他上去嗎？」

李桐自從昨天從警局回來之後再也沒有出過門，但是他知道一直都很八卦的管理中心大概一直都在關注這個新聞，他猶豫了一下，「好吧，你讓他上來。」

幾分鐘之後，陳澈按了電鈴，看見開門的李桐一臉鬍渣仍然掩不住他蒼白的臉色跟明顯的黑眼圈，還有身上皺巴巴的襯衫與西裝褲，告別式之後也不過兩週的時間，整個人瘦了一大圈。進屋之後，雖然開著暖氣，但除了客廳沙發以外的地方都充斥著寒氣，「最近你有睡覺嗎？」沙發一角堆著一件毛毯讓他忍不住問道，「你沒有要回去高雄嗎？」

「你不是來問我有沒有睡覺的吧？」李桐聲音冷冷地傳來，跟以前他所熟悉的聲調完全不同，但他能怪李桐嗎？

陳澈在單人沙發上坐下，雙手交握著，手肘支撐在膝蓋上，看著緩緩吹出暖氣的機器，李桐則是沉默地背靠在沙發上，頭仍然一陣一陣地抽痛著，讓他只能咬緊牙根忍耐著已經好幾天的疼痛。

兩個男人就這樣對坐了良久，陳澈才終於開口，「我想你已經知道了，我接下吳理仁的辯護工作。」

李桐沒有講話。

「這不是我第一次接下重大刑案的辯護工作，過去也遇到不少爭議跟輿論攻擊。」

李桐還是沒有回應。

「做為律師，我認為每個人都有權利接受公平的審判，刑事案件是強制辯護，吳理仁並沒有聘請律師，所以法院必須指派公設辯護人給他。」

李桐只是一直望著窗外，不發一語。

「當法扶打電話給我時，我沒有辦法拒絕，我很掙扎，因為這是敏敏的案子，但我很想接這個案子，也因為這是敏敏的案子，我知道敏敏跟我一樣，相信每個人的人權都應該受到保障。」

「但你辯護的是殺害敏敏的兇手。」李桐終於開口，變回過往低而輕的聲音，聽不出來怒意，卻有著明顯的指責，「不管你掙扎與想接的原因是什麼，你辯護的都是殺害敏敏的那個人。」

陳澈沉默了下來，客廳裡再次陷入難耐的困境。

「我知道你為何要接，也知道為了你的理想，子惠跟女兒也離開了你，敏敏跟我說過了。」李桐靜靜地說著，「那天天母聚餐後，敏敏問我，我可以接受你們的想法嗎？可以接受廢除死刑嗎？」

陳澈看著他，等他往下說。

「那晚，我跟敏敏說，我認為國家不該殺人，我不贊成胡士英那種詛咒似的言論，但我也還沒有想好，因為我不知道如果這種不幸真的發生在我身上，我會怎麼辦。」李桐望向窗外的眼神好飄渺，「此刻，我也不知道，因為事情真的發生了，我不知道怎樣面對那個原本應該要醫療病人的醫檢師，而他是個兇手，是個殺害我妻子跟女兒的兇手。我想國家不能殺人，我同意他的人權需要維護，但為何是你？你是我們的好朋友，」他頓了頓，「起碼是敏敏的好朋友。」

陳澈難過地閉上眼睛，此行他並沒有奢望會得到李桐的支持，只是，他很清楚自己的選擇畢竟傷害了好友的丈夫。過去兩對夫妻快樂聚餐小酌的日子，因為他對理想跟責任的堅持，再也無法實現了，子惠離開了，敏敏永遠不會再出現了，而他的選擇，也將李桐推走了。

「我沒有辦法說只能是我，只是，法扶打了電話給我，我就答應了，因為這不是大家會想接的案件，」看著李桐落寞的眼神，「我知道我很難得到你的諒解，但是，請你相信我，除了我跟敏敏想要捍衛的社會正義跟人權，我接下這個案子也是因為我想要知道真相，我想要知道為什麼他會這樣想，我跟敏敏一直都希望我們可以理解殺人犯的心態，希望可以做點什麼，讓這個社會減少同樣的傷害。」

李桐沉默著，他很清楚這真的是他妻子常在說的，只是在這個時刻，到底要他怎麼面對這件事？妻子的好朋友要去幫殺害妻子的兇手辯護？

陳澈看著他掙扎而矛盾的眼神，知道自己該說的都說了，起身準備離去，瞥了一眼毯子，「李桐，請你要照顧好自己，如果一直睡不著就得要去看醫生，我們都經不起再發生任何事了。」

李桐只是看著窗外，微微地點了頭，並沒有打算要起身送客。

陳澈看見他如此沮喪落寞，心裡真的很難受，打開門的時候，忍不住又說，「李桐，我真的想找出真相。」

「那就把真相找出來。」他頭也不回，只是看著窗外遙遠的天際說道。

第十二章

陳澈看著桌上那疊早上調閱到的資料良久才鼓起勇氣翻開，然而，就算他能冷靜面對，也難掩看到好友照片的衝擊，那天只是在下著大雨的夜裡掀開白布時看到葉敏華的模樣，之後所有的相驗程序都是李桐自己一人在場，此時看著所有的照片，翻到好友的臉部特寫，他再也難以忍受地闔上卷宗，原以為自己可以專業地處理這些，可是這一刻連他自己都不確定接下這個案子是不是正確的，他可以客觀而冷靜地面對吳理仁嗎？他可以忍受自己一再地看見敏敏被摧殘的照片嗎？他是不是讓自己陷入了困境？

顧不得現在是寒冬，起身打開了辦公室的窗戶，外面冷冽的風一下子全灌了進來，他需要一些新鮮的空氣，敏敏空洞的雙眸一直在眼前浮現，李桐是怎樣忍受這一切煎熬的呢？

「等一下，你別亂闖！」辦公室外面傳來了秘書 Lilian 慌張的聲音，陳澈一回頭便看見胡士英氣急敗壞地闖進來，門狠狠地撞在玻璃隔間牆上，力道之大幾乎連玻璃都要應聲而破。

陳澈還來不及說話，胡士英就直直衝到他面前，不由分說就往陳澈臉上揍了一拳，讓他措手不及地撞在窗台上，這一拳挨得不輕，秘書嚇得驚聲尖叫。

「你這個混蛋！」胡士英一把揪住了陳澈的領口，拳頭馬上又要落下。

頭昏眼花的陳澈抬手擋了一下，「你在幹嘛?!」咬破的嘴唇嚐到的都是鹹鹹的血腥味，連講話都痛。

「混蛋，媽的，還問我?!」胡士英眼看著又要繼續揮拳，陳徹只能用力地推開他。

「我要報警了！」Lilian 大叫地拿起手機開始撥號。

「不要！」陳澈立刻制止秘書。

「但是他……」

「他是我同學，不用報警。」

「報警就報警，難道我還怕了嗎？以為報警我就不敢打你嗎？」胡士英作勢又要衝上來。

「你鬧夠了沒有?!」陳澈生氣地罵著，抹去嘴角流出的血。

「你到底是多自私？追求名利到這種地步？死的那個人是我們的同學葉敏華，兩個月前我們還一起同學會聚餐，她還幫你講話站在你這邊，什麼鬼人權?!現在呢？你為了出名，竟然要去幫殺了葉敏華的兇手辯護?!你到底還有沒有良心？混蛋！」

「你罵夠了沒？」

「沒有！我要幫葉敏華出口氣！」胡士英激憤地又想要過來扭打。

「憑你?!」剛才看到證據照片受到的心情影響全都加成放大了出來，陳澈毫不客氣地言語反擊，「就憑你？以為來揍我幾拳就可以幫敏敏出氣？出什麼氣？除了這股蠻力之外，你能幫上敏敏什麼？」

胡士英被堵到氣得漲紅了臉，「我是幫不上，你呢？好過你竟然去幫兇手辯護！」

「每個人的人權都應該受到保障，就算他是個殺人犯也一樣，法律一樣要確保他受到公正的審判！這是他的人權！」

「那敏敏的人權呢？」一個顫抖的聲音突然從門外傳來。

「阿姨？」陳澈轉頭看見了站在秘書身後的葉楓，頓時啞口無言，更因為看見她在短短兩週之內竟然白了一頭，心酸地難以言語，他自然清楚胡士英跟葉楓所為何來。

「我問你，那敏敏的人權呢？」葉楓走到他面前，雖然雙唇顫抖，仍然一個字一個字地問著，「敏敏想要活下去的人權呢？」

「阿姨，失去敏敏，我跟妳一樣都很難過，兇手會因為他犯的罪受刑，但他的……」

「跟我一樣很難過？」葉楓帶著一種嘲諷又不可思議的神情看著他，「你們怎麼可能跟我一樣很難過？敏敏是我的女兒，我們相依為命了三十年，她是我身上的一塊肉，我的肉被割走了，那種痛，你們怎麼可能跟我一樣難過？不要開玩笑了！」

陳澈無言地看著她，這不是他印象中一直爽朗堅強的葉楓，在葉敏華遇到李桐之前，他們一幫同學經常耍賴地在葉家吃吃喝喝，葉楓雖然一直單親，卻始終大方地招呼著這群同學到家裡玩，在她臉上總是帶著溫暖的笑容，也一直對他很好，但眼前的葉楓就跟李桐一樣滿臉憔悴，原本合身的大衣現在像是掛在一根竹竿上，她說的沒錯，他怎麼可能跟她一樣難過？雖然心痛失去了好友，但是，這血親的失去之痛，哪裡是他能及上萬一的？

「對不起，阿姨。」

「為什麼?」葉楓看著他，說著眼淚又止不住地流下來，「為什麼你要這樣?」

陳澈難過地紅了眼眶，伸手擁抱著葉楓，「阿姨，對不起。」

「你不是應該站在我們這邊嗎?站在敏敏這邊嗎?你怎麼可以跑去站在殺人犯那邊?那個人殺了敏敏啊!」葉楓兩手緊抓著他的西裝哭著問道。

「他想出名想賺錢想瘋了!」

「你說夠了沒?」陳澈生氣又無奈地斥責插話的胡士英。

「陳澈，你不可以這樣，不可以去幫那個人辯護，你不能去，你去了就是對不起敏敏，也對不起我，你怎麼可以?」

「阿姨……」

「答應我，不要去。」

「阿姨，對不起，我不能答應妳。」

葉楓的身體突然僵直，推開陳澈安慰的手，「你真的一定要這樣做嗎?」

陳澈咬著牙狠心地點頭，「阿姨，這也會是敏敏希望的，她跟我一樣，我們都……」話還沒說完，葉楓猛然抬起手狠刮了他一個耳光，這巴掌來得又急又重，胡士英跟秘書都愣在旁邊。

「你不配提到敏敏的名字。」葉楓含著淚，語氣卻冷漠而堅硬。

「阿姨……」陳澈抹去再次出血的嘴角，「請妳原諒，我想找出真相，我想知道為什麼是敏敏，我想知道吳理仁到底為什麼會有這種想法，我跟敏敏都希望我們能夠了解這些罪犯的想法，我們希望找到原因，希望這個社會不要再發生這種悲劇，可是這都需要了解，所以我接下這個案子，我想要知道答案。」

「你不要再講這種廢死的鬼話了，上次那個劉什麼的，你不也問不出真相，那個人就判刑發監了？」

陳澈看著胡士英，「我知道我要花很多力氣，但我跟敏敏都知道這些事情必須要有人做，你真的覺得每個人判死刑槍決之後，這個社會就平安了嗎？你真的從來都沒有想過為什麼他們會做出這種事情嗎？」

「他們就是冷酷的死變態，就是一群精神病才幹得出這種泯滅人性的事情！」

「你不能這樣說，你這樣就是污名了精神病患，根本大部分的事情都跟他們無關！」

「你敢說都跟精神病無關?!」胡士英握緊雙拳憤怒地質問著。

「大部分的犯人根本都跟精神病患無關，你不要再胡說了！我們不能因為憤慨就隨便找人來頂罪！」

「頂罪？你難道現在要說那個什麼醫檢師的不是兇手?!」

陳澈瞪著他，「胡士英，你到底在鬧什麼？你為什麼都要扭曲我的話？」

胡士英也回瞪著，「就是這樣，我不知道你們要找什麼理由幫這些人脫罪，我只知道他們就該死，殺人償命，天公地道，大家才會怕。」

「這麼多人被槍決了，你覺得這個社會有變好嗎？你以為社會案件減少了嗎？」

「那是因為不夠嚴刑峻法，殺人的、強暴的都應該唯一死刑，大家就會怕，不然怎會有人說殺一、兩人又不會死?!」

「胡士英！」

「你跟我說葉敏華，我就跟你說她，兩個月前我們還一起吃飯，現在她卻死了！也許以前她很贊成，但現在她被害死了，如果現在問她，我相信她也會改變想法，因為她被害死了！她被那些她以為會悔改的人害死了！你只會說要找真相，你找多久了？結果呢？現在殺人的人一個比一個兇殘，你找到什麼真相了?!」

「胡士英！」陳澈一點都不想在這時候，當著葉楓的面前爭論這件事。

「你不要講什麼無期徒刑才是受懲罰，我不想我辛苦納稅的錢拿去養這些廢物壞蛋！殺人償命！你聽到沒有，一命抵一命，這才是正義！」

「你們不要吵了。」葉楓突然說道，「我來只是想問你，你真的要去為殺死敏敏的人辯護？」

陳澈看著葉楓的雙眸，真希望自己可以不用傷害到他們，然而，這是他的信念，他仍然相信這也是葉敏華的信念，儘管她以這種方式離開了，但不管如何都要繼續做下去，也許他要為此付出其他代價，「對不起，阿姨。」陳澈只能以深深的鞠躬來表達自己的決定。

葉楓看著他良久，拭去不斷溢出的淚水，「那麼，我們就當從來都不曾認識了。」最後只是冷冷地說完便轉身離去。

「你這個混蛋！」胡士英啐了一口之後追著葉楓也離開了辦公室。

陳澈難受地看著葉楓離開，這就是他要付出的代價。

「阿姨，我送妳，」胡士英追到門外，「妳別難過，我不會放過這小子的，我會再來找他算帳的，妳別難過。」

葉楓只是搖搖頭，難過地說不上話來，招了計程車便上車離去，留下胡士英在外面一臉憤慨與擔心。上了車又忍不住一直哭的葉楓從以前就聽女兒說過陳澈的想法，但現在死的是她女兒，是陳澈的好朋友，他怎麼還敢說敏敏一定也希望他這樣做？

駕車的司機擔心地看著後照鏡裡掩面痛哭的中年婦女，「妳還好嗎？」

葉楓只是哭著，止不住淚水，淚眼矇朧中看見袋子裡小錢包上掛著的小狗吊飾，她顫抖著手解下吊飾，抹去淚水看著這個葉敏華小時候用零用錢買給她的禮物，那一年的分離對她們兩個來說都是極為難受的，難為那麼小的孩子還能這樣為母親著想，知道母親非得去外地工作不可，便買了如此可愛的小吊飾讓媽媽可以隨身帶著，就像是可愛的寶貝在身邊陪伴，葉楓緊緊地握著小狗吊飾，早知道現在會是這樣的死別，就該珍惜所有的相聚，早知道會如此，當年就不該離開寶貝女兒一年去賺錢，如今……

「陳律師，你為什麼不跟他們說你接法扶這種案子，一件只有兩萬到四萬，誰會為了這種小利被罵到臭頭？」Lilian 嘆口氣問道。

「妳覺得他們聽得進去嗎？」

Lilian 無奈地搖搖頭走回自己的辦公桌，過去陳澈也不是沒有遇過這種事情，只不過這次他會接下這個案子，的確連事務所裡的同事都非常訝異，這次的死者與他相識，這過程將會多麼煎熬是可想而知的。

經過這一鬧，辦公室裡的空氣更加凝滯，明明是敞開著窗戶，寒風陣陣，但仍然讓他覺得有點透不過氣來，將卷宗全都收進背包裡，穿起大衣跟秘書交代自己要先離開了。

＊　＊　＊

鐵捲門升起的聲音在夜裡特別明顯，那麼刺耳，那麼富有暗示，零零落落的腳步聲走過他的臥室，伴隨著幾許的竊笑與興奮話語，他只能拉起被子蓋著自己的頭，假裝自己睡熟了，因為他知道接下來會發生什麼事情。

只不過，假睡再也行不通了，半小時後，蓋著的被子被猛然掀起，「起來！」父親的聲音在他耳邊冰冷地命令著。

他仍然緊閉著雙眼，希望父親可以死心離去，然而，吳修德只是一把將他拖下床，拉到自己的臥室門外，這次竟然擺著一張椅子，吳理仁掙扎著想要擺脫父親緊抓著的手卻徒勞無功，被父親扭著的手像要被折斷一樣的疼痛，被扯著拖坐到椅子上，位置正好對著刻意留下的門縫，臥室裡春色一覽無遺，他扭過頭不想看，吳修德卻緊緊地按住他的頭，讓他清楚地看見裡面正有兩名男性對跪著的張愛前後同時交媾著，吳理仁緊緊閉上眼睛，卻聽到父親冷酷的聲音，「張開眼睛！」

吳理仁不肯，父親用力地捏著他的下巴，痛到難以忍受時只能張開眼睛，卻看見母親再也不像過去那樣掙扎了，她只是順從地同時配合兩個男人性交，他驚訝地瞪大眼睛，已經國一的他，當然很清楚自己看到的景象跟代表的意涵，他的母親已經不再抵抗了，她雖然沒有笑容，但卻順從地配合著所有的舉動，吳理仁認得那兩個男人，上個月曾經到他家吃飯，是父親的朋友。

吳理仁站起來推開了父親，落荒似地逃回自己的房間狠狠地鎖上門，他的母親，那個曾經哭著抗拒其他男人的母親，如今卻……

吳理仁突然張開眼睛，急切地喘息著，彷彿還在老家的走廊裡奔跑著，一眼望去卻是陌生又緊迫的牆壁，他竟然坐在地板上抱著膝蓋就睡著了。

「做惡夢？」坐在旁邊看著四吋小電視的同房 1879 瞄了他一眼問道。

吳理仁沒有給予回應，只是試圖穩住自己的呼吸與慌張的心跳，伸直了一下痠痛緊繃的肩背，靠在冰冷的牆壁上看著這不到一坪的囚房，後半段是睡覺的地方，前半段是馬桶跟水桶，所有盥洗生活起居都在這一坪的空間，中間僅有半道矮石牆隔著，沒有絲毫的私隱，此刻坐在這裡，心裡很空，未來，還有未來嗎？

「你叫吳什麼仁的，對吧？」1879 突然說道。

他愣了一下，低頭看著自己身上的名牌，上面並沒有寫名字，只有他的呼號 1936，1879 將手上的小電視轉過來讓他看到自己的臉正出現在螢幕上。

「昨天 1933 被調走，你被送進這個房我就知道了。」1879 繼續低頭看電視。

吳理仁懷疑地看著他。

「你犯了這麼大的案子，新聞這兩天都是你，這裡面有電視有收音機的人都知道你被抓了，要被送進北所了，看到你當然就認出來了。」1879 語氣聽起來似乎一點也不擔心跟一個殺人犯同房。

「那你昨晚還借我被子？還給我一瓶水喝？」他忍不住問道。

1879 看了他一眼，聳聳肩，「都進來了，只能互相了，你運氣好，被抓時身上還有一點錢，昨天一進來可以馬上開單買被子跟水，問題是這裡也不是外面有小七隨時可以拿到，現在這麼冷，沒被子怎麼挨過去？況且我也是多出來的棉被，之前出去的人留下的，我就一直帶著，平時當作多一層墊被比較好睡，新人來了就借一下，就互相，你幫我，我幫你，這裡大家都是這樣的。」

『你幫我？我幫你？』吳理仁困惑地想著這句話，『這裡大家都是這樣？』

1879 看著他發愣的神情，誤以為他是受人恩惠不好意思，「這沒什麼，你不用放在心上，以後你遇到新收的時候，有能力也幫一下就好了，剛進來都不好受。」

「謝謝。」吳理仁低低地說了聲謝，腦海裡浮現的卻是國中時母親的臉孔，她總是不斷地提醒自己，沒有人會幫他們，只能靠自己來解決那個問題。

『理仁，我也是無可奈何啊，我都是為了你才忍耐的，因為不會有人幫我們的，誰會相信你爸會對我做那種事情？』

『我們可以去報警，我可以先跟我老師說，她可以幫我們。』

『不行！不行！不能報警，不能跟你們老師說！』

『為什麼?!』

『因為沒有人會相信我們!』

『妳不試試看怎麼知道?!我不想再忍耐了,媽,我不想再忍耐了!』

『理仁,我跟你說,他們都會說清官難斷家務事,他們不會相信,到時候,我們只會更倒楣,你不能跟他們說,知道嗎?!』

『那我們要怎麼辦?!我們逃走吧,媽,我們逃走吧!』

『逃去哪裡?』

『我們可以回外公外婆家。』

『不行!我怎麼跟他們說?說……那些發生在我身上的事情?』

吳理仁還記得那是國二的時候,他已經瀕臨崩潰邊緣了,那天他對母親大吼,『那我呢?妳只顧妳沒有臉說,那我呢?妳知不知道我……』他始終沒能說出自己已經好多次被父親押著在門口觀看她跟幾個不同男人的春宮秀了,即便到母親離開的那一天,他也不曾說出因為那些春宮秀,他對赤裸的女體與性交有多厭惡跟作嘔,可是他的母親始終只記得她自己,卻不斷說都是因為他的緣故,這個矛盾的罪惡感壓得他常常喘不過氣來。

「那個是真的嗎?」

吳理仁從自己的記憶中困惑地轉頭看他。

「那兩個孕婦真的都是你殺的?」1879還是好奇地問了,這個看起來斯文秀氣的男人，睡午覺還會做惡夢的人，真的心狠手辣到這種地步嗎？「你還拿走她們的子宮？真的是你幹的？他們是不是抓錯人了？」

吳理仁不置可否地沉默著，不想回應這個問題。

「新聞裡說你是因為認為她們兩個被家暴，沒辦法做好媽媽的角色才殺了她們，這真的是你說的嗎？新聞還說那個社工真的沒有被家暴，是你弄錯了。」

「我沒有弄錯！」吳理仁突然說道，「大家都被騙了，那些家暴的人哪個不是說自己沒有？從打人的到被打的，哪個不是在說謊？為什麼大家都甘願被騙！」

1879 看見他突然變得憤怒又冷漠的眼神，心裡一驚，原本昨天看見他進房時的溫和模樣還不覺得是可怕的殺人犯，但此刻突然變化的眼神真讓他心底有些發毛了，只是聽聽那些話裡的憤慨，他倒有些同理。

「其實我老頭也是個人渣，」停了一會兒之後，1879 突然說道，「他賺不了什麼錢，只會怨天尤人又酗酒，喝醉了就把我跟我媽當沙包打。」

原本帶著怒氣的吳理仁轉過頭來看他。

「後來我跟我媽跑了，那時候我小學，我媽帶著我東躲西藏，那個人渣還一天到晚去我外婆家鬧，所以我媽不敢帶我回去。」

吳理仁聽見 1879 的母親帶著他逃走，眼睛都亮了。

「他還跑去學校堵我，就算我們辦了轉學，他還是可以找到我們，不然就是找到我媽工作的地方，一直到國中的時候，有一次又被他抓到，他正在夜市揍我跟我媽的時候，遇到我後來的老大，老大是混那一帶的，幫我把人渣打走了，老大跟我說，人渣會老，我會大，不用一直怕。」

「他幫你了。」

1879笑了，「對啊，後來我就跟著老大了，老大還幫我跟我媽搬家，搬到老大的勢力範圍，還有其他哥哥會常到我家跟我媽工作的攤子附近巡邏，後來人渣就不敢再來了。」

「他幫你了。」吳理仁喃喃地又說了一次，但是他的母親當年說沒有人會幫，沒有人敢幫，最後只能靠他們自己……。

「對啊，難道一直沒有人幫你們嗎？」

吳理仁身體一僵，沒有回這句話。

「我覺得我老大說得對，人渣會老，我會大，高中時我有一天在路上遇到他，我把他揍了一頓，哈哈，超爽的。」1879話說的豪邁，但聲調裡卻有著難掩的無奈，吳理仁轉頭看著他，「同人不同命，有人含著金湯匙出生，我們就是衰，衰到家，才會有那種人渣老頭，但那次揍完他之後，我知道我再也不用怕他了。」

「那你為什麼進來？」吳理仁終於又開口了。

「運毒啊。」

吳理仁看著他，知道運毒是重罪。

「是啊，我們倆可能一起被判死刑或無期徒刑吧，可能還會一起移監台中，哈哈哈。」

1879笑得苦苦的。

「為什麼？是幫你老大運毒嗎？」

「其實說穿了，是幫我媽。」

吳理仁大吃一驚的表情讓1879笑了出來，「我媽不是毒販啦。」

吳理仁這才鬆了口氣。

「我只是想讓我媽過點好日子，不要再辛苦了，年輕時被人渣老公打，後來帶著我死命工作賺錢，身體都壞掉了，叫她不要做，她一直不安心，一方面感謝老大幫助我們，一方面又怕我出事，她一直想著多賺點錢我就可以改做正途，我想讓她過點好日子，真的，我本來也想做完這次就改做點小生意，麻油雞也不錯啊，可以叫我媽傳授手藝給我，起碼我媽不會擔心，我也跟我老大說好了，本來我一直都沒有碰毒品，也沒有經手這些生意，老大對我們母子很特別，他很痛恨打女人的男人，就是特別關照我跟我媽，他說我老母只有我，是個可憐女人，所以也不讓我碰毒品生意，是因為我看兄弟賺不少，我也想賺點快錢，才拜託老大讓我試試看。」

「可是你現在……」

「這次運氣不好……」他揉揉眼睛，「不過之前賺的已經夠我媽晚年生活了，也算沒有牽掛了，我媽真的不用再擺攤也不用煩惱了。」

吳理仁只是點點頭，不知道能回答什麼，這種母子親情牽絆，他覺得陌生，但心裡又有一種不熟悉的騷動似乎正在發生，最後他只是輕輕地說著，「但是當年你媽帶著你逃走，真的很好，真的，如果……」

「如果什麼？」1879看他欲言又止問道。

吳理仁只是嘆口氣，閉上眼睛靠在牆壁上不再說話。

* * *

過年前，台北大街小巷都在播放著年節歌曲，聽著很熱鬧，也有點厭。這時候最熱鬧繁華的區域都已經佈置的喜氣洋洋，天色漸暗，滿街樹上的燈海也適時亮起，好不迷人，可是看在陳澈的眼裡卻覺得格外孤單。

「你來了。」林子惠下班前看到LINE，走到陳澈從以前就固定等候她的樹下，陳澈聞聲轉身的時候，臉上明顯的瘀血跟破掉的嘴角嚇到了她，「你的臉怎麼了?!」

「胡士英跟葉阿姨今天到事務所來了。」

「胡士英動手打你？」

「他應該想打我很久了。」陳澈苦笑著說道。

「葉阿姨還好嗎？她怎麼會跟胡士英一起？」

「我想應該是看到新聞跑來找我，正好在事務所遇到，不是一起來的。」陳澈頓了頓，「她不好，整頭頭髮都灰了，遇到這種事情誰能好呢？我惹惱了她，她也賞了我一巴掌。」

林子惠聽見這件事也不能說有點意外，儘管她也認識葉楓，過去也一家人常去葉楓家跟李桐他們一起吃飯，過去常說陳澈簡直就要像是乾兒子了，可是遇到這種事情誰能受得了？

「所以，你真的接了。」

陳澈點點頭，這樣的對話過去幾年來已經發生過好多次了，只聽見林子惠幽幽地嘆了口氣。

「對不起。」

「我其實真的沒有想到這次的案子你會接下來，陳澈，那個人是敏敏啊。」

陳澈無言以對，這幾天他不斷聽到同樣的話，兩個人就這樣對著滿街的星星燈海佇立著，沉默良久。

「你跟李桐說了嗎？」半晌，林子惠問道。

「我今天上午去見過他了。」

「他還好嗎？」

「怎麼可能？」

林子惠嘆口氣，「他很生氣嗎？」

「就是冷冷的，最後叫我把真相找出來。」

「嗯。」李桐的反應倒是有點出乎她的意料之外。

「不過，我有點擔心他。」

「怎麼了嗎？」

「我擔心他有 PTSD（創傷後壓力症候群）了，人很消瘦不說，氣色很差，看起來都沒有睡覺，起碼好像都睡在沙發上，睡眠應該有很大的問題，但我跟他的家人朋友都不熟，可能晚點會打個電話跟張簡提醒一下這件事。」

林子惠點點頭，兩個人又陷入了另一段沉默，像是該道別了卻又沒人開口。

「其實也沒什麼事，我只是想來看看妳，」他低聲說道，「明天我要去北所了，趁著過年前，我得要先去跟他談一次。」

林子惠轉頭看著他的側臉，那望著車流的雙眸是這樣的憂鬱，其實記憶中的他，面對這些重大刑案的被告，他總是很憂鬱，總是皺著眉頭在讀資料與思考，總是不快樂，「你真的可以嗎？」

「所以我想來看看妳。」

林子惠鼻子突然就酸了，轉過頭看向遠處燈火通明的百貨公司。

「子惠，謝謝妳。」

她只是點點頭，不敢把頭轉過來，怕眼淚就這樣掉下來。

「順便送妳回家？」

她只是搖搖頭，「我跟人有約了。」

「喔。」陳澈愣了一下，是啊，他們已經離婚了，子惠是這麼好的女人，理所當然應該要有更好的幸福人生，「抱歉。」

「沒什麼。」

「天氣冷，妳要穿暖。」

「你也是。」

陳澈見她一直不看向自己，心裡很難受，這美好的女性已經跟自己沒有太多關係了，除了是女兒的媽媽，而他是爸爸。走了兩步，他忍不住又轉身走回到她身後，「妳現在有在見誰嗎？」

林子惠回頭看他，「見誰？」

陳澈訥訥地說著，「如果妳現在……有在見誰，我就不會再來打擾妳了。」

林子惠凝視著他，心裡一陣一陣酸痛，半晌才搖搖頭，「沒有。」

陳澈聽見這答案，心裡也很矛盾，一方面開心，一方面又自責，知道應該祝福她的，但是多希望她永遠都是自己的妻子。

這個晚上，李桐家的電鈴響起，他還是跟早上一樣的裝扮，或者說應該是跟昨天從警局回來後一樣的裝扮，皺巴巴的西裝褲跟襯衫，從沙發上起身的時候，一陣暈眩，抓住沙發椅背穩了穩，閉上眼睛深呼吸幾口後才走向大門。

門打開之後，李桐的確如同陳澈跟她說的一樣狼狽不堪，這人真的是過去他們常常一起聚餐的那個高大英挺的男人嗎？距離告別式也不過兩、三週，他憔悴蒼老了好多。

「進來吧。」李桐低聲說道，轉身打開燈。

林子惠關上門，拎著兩袋食物走到餐桌，「我買了簡單的日式便當，我來煮個味噌湯好嗎？」

「妳不用這樣做，我其實吃不下。」看著她不只買了便當，還另外買了一袋的食材。

「但我也還沒吃飯，就一起吃吧，好嗎？」林子惠不管他願不願意，自顧自地把便當給放在餐桌上，然後拎著另外一袋走到廚房，李桐無奈地跟著走過去站在廚房門口，看見她俐落地找出了鍋子盛水放在瓦斯爐上煮。

「我煮好湯，今晚喝不完就冰起來，明天就算你吃不下，也可以喝點湯墊肚子，不能什麼都不吃。」林子惠邊說，突然伸手將刀子從刀架上抽了出來，刀具刷過木架的聲音，讓李桐倒抽了一口涼氣，腦子一聲轟然。

林子惠聽見這聲音回頭看見他臉色蒼白地扶著牆壁，「你怎麼了？」緊張地放下刀子走過來。

李桐只是搖搖手，雙手環胸地走回餐桌坐下，耳朵一直嗡嗡地響著，腦海裡一直看見掀開白布時妻子腹部混亂的刀傷。

林子惠連忙倒了杯溫水過來給他，驚訝地看見他接過馬克杯的雙手竟然不停地在顫抖，回想他剛才那麼震驚的時候，自己好像正把刀子拿出來，那一瞬間，她明白了陳澈稍早跟她說的話，李桐可能真的有了 PTSD 的症狀，她以前就聽陳澈說過很多受害者跟家屬都會一直不斷經歷創傷時刻，還容易會被一些周圍環境觸動他們再次經歷創傷，特別是睡眠狀況會很差，她瞥了一眼客廳沙發，角落的確堆著一件毛毯，廚房裡傳來水滾的聲音，她沒有說什麼只是先回去把湯給煮好了。

幾分鐘後，林子惠把湯端上餐桌時，李桐似乎也恢復正常地起身去拿湯碗，她則是把兩個人的便當打開，將餐具擺好，好像兩人是相處多年的老友，但其實各懷心事。

李桐完全沒有食慾，這兩天在家有一頓沒一頓，絲毫沒有餓的感覺，也就無所謂吃飯這回事，現在看見精緻的日本便當，一樣沒有引起多少食慾，但他知道自己必須進食。

「不管怎樣都要吃飯，」林子惠說道，「人剛抓到，還有很漫長的審判要進行，你不吃飯要怎麼走到最後看到結果？」

他握著筷子只是微微地點了點頭。

兩個人靜靜地吃了幾口飯後，林子惠還是忍不住先開了口，「李桐……」

他抬起頭看著欲言又止的她，「他今天來過了。」知道中午林子惠突然來電說晚上要過來看他，多半是因為陳澈接了這個案子。

「我知道。」

「是嗎？」李桐挑了一下眉。

「他傍晚時跑來公司樓下找我。」

李桐只是點點頭。

「不過我中午打電話給你，是我自己想要過來看看你，也想要跟你說，希望你不要怪他，雖然我知道這實在很難接受，畢竟我們跟敏敏是這麼要好的朋友，可是他卻接了這個案子，要請你別責怪他，我也知道是強人所難，但我還是想要拜託你，請你原諒他，他有非這麼做不可的理由。」

李桐沉默了半晌，「敏敏說你們去年已經離婚了？」

林子惠有點尷尬地點頭，「我知道我跟他離婚了，實在不應該跑來這裡跟你講這些，因為他現在跟我好像也不是這種關係了，我只是……」

「既然相愛就要珍惜，應該一起走過難關。」李桐突然說道，「敏敏走了之後，我每天都在回想，那天早上我跟敏敏做的最後一件事，說的最後一句話是什麼。」

林子惠凝視著他，覺得好心酸。

「那天早上，我就跟平常日子一樣，送她去上班，下車前會親她一下，跟她說我愛她，」李桐哽咽著，「但是她離開之後，我才覺得這樣遠遠不夠，我們應該要一輩子都這樣的，我們應該要一起到老的，我應該要花更多時間陪她的，但是……」

林子惠拭去滑下的淚水，她知道這種痛苦，跟陳澈離婚後，她並不快樂，她也總是想念著他，女兒也常常問爸爸怎麼不在，因為無法忍受他的工作而要求離婚，離婚之後卻又如此難過，但起碼，他們都還好好活著，都還可以見到對方，但是李桐跟葉敏華卻永遠都不可能了。

「妳來看我無非是為了陳澈，既然還這麼關心他，為什麼你們還要分開呢？看見我這樣子，難道妳不覺得應該好好珍惜可以相愛的時光嗎？我跟敏敏已經天各一方了，再怎麼想念，我都再也見不到她、摸不到她了。」

第十三章

吳理仁看著坐在桌子對面的律師，這是第二次見面，第一次是在羈押庭上，他記得在葉敏華的告別式上見過這個人，不明白為何會是這個人來擔任他的辯護律師，而且他今天臉上帶著明顯的傷痕前來。

「我不需要辯護律師。」

陳澈看著他，腦海裡面翻過一頁頁敏敏跟朱少蓮的照片，還有腐爛的子宮、小小的枯骨以及那具難以置信的乾屍，這到底是怎樣的一個人？「你是刑事罪，法律對你們有一定的保障，這是強制辯護，不是你要不要的問題，但是你可以聘請其他律師，如果有其他家人朋友可以幫你請律師的話。」

吳理仁無言以對。

陳澈見他不辯駁了，經由調查資料也知道他似乎沒有其他親近家人，「吳先生，我調閱了你的資料，包含警方的筆錄跟證據，你在警局已經認罪了？」他打開卷宗問道。

「為什麼是你？」吳理仁沒有回答卻反問了這句。

「為什麼不是我？我是法扶指派來的。」

「但我見過你，你應該是他們的朋友。」

陳澈抬頭看著他認真地說著，「是的，我是葉敏華的好朋友，我在告別式上見過你。」

「那為什麼是你？為什麼是你來替我辯護？你真的會替我辯護嗎？」

「你剛才不是說你不需要辯護律師？」

吳理仁跟律師相處的經驗極少，不習慣跟他們對話，「我不需要辯護律師，我已經承認是我殺的，那兩個人都是，所以我不需要律師。」

陳澈盯著他半晌，當他講到兩名死者都是他殺的時候是那麼自然並且毫不猶豫，「我已經說明過了，這是法律給予你的權利，你是擔心我不會好好幫你辯護嗎？」

「我說過我不需……」

「我知道，不需要辯護，那麼我是你的律師，你在意的是什麼？」

「你臉上那個傷不是明顯被打的嗎？」

「是啊，是因為我答應接你這個案子，被我的朋友跟死者母親打的。」

「你不是應該跟他們一樣恨死我嗎？你在這裡幹嘛？我都承認了，那我們還在這裡對話什麼？」

陳澈看著他，「你難道都沒有什麼要說的嗎？」

「說什麼？像警察一樣一直問我為什麼要殺人嗎？你不是也看過筆錄了嗎？」

陳澈闔上資料，「你為什麼這麼排斥律師？是因為我跟葉敏華認識嗎？那我也坦白告訴你，我並不會試圖幫你脫罪，但我會確保你受到公平的審判，這是你應有的權利。」

吳理仁看著他，覺得這個人不可思議，也不確定這個人值得相信，這個世界上有人是值得相信的嗎？

「我知道你已經向警方認罪了，兩名死者都是你殺害的，但是你殺害的理由並不完整，你宣稱是因為兩名死者受到家暴，但為何受到家暴你就要殺了她們？筆錄上說，你認為她們無法做好母親的角色，所以要拯救兩名孩子，於是你殺了她們，並且把她們的子宮取出來，同時，你還把兩個子宮跟胎兒裝進盒子裡埋在自家花園的玫瑰叢下，是這樣嗎？」陳澈重新翻開檔案問道，壓抑住內心一直翻騰著那是敏敏的照片。

吳理仁點點頭。

「為什麼呢？」

吳理仁始終不懂，為何大家一直追問這個問題，為什麼這件事這麼難以理解？「因為孩子很辛苦，他們生出來會很辛苦。」

「即使你要為這件事情賠上自己的性命或一生，你也覺得應該要殺了他們的母親，取走這兩個孩子，把他們埋在花園裡？」

吳理仁沉默了一下才點點頭，他並沒有想過自己會被抓，只是覺得自己應該這麼做，因為有家暴的父母太可憐了，一輩子都……。

陳澈看著他，不解，這人心裡在想什麼呢？「你覺得讓他們沒有機會出生，就是對他們比較好嗎？比起失去生命？」

「如果可以，不要出生比較好，他們需要有人幫忙。」吳理仁低聲說著。

「你覺得你在幫他們？幫他們不要出生？你覺得這番話在法庭上，有人可以接受嗎？」

「那是因為你不知道，他們未來會有多可憐。」

陳澈瞇起眼睛，吳理仁此刻流露出來的無奈與悲傷的眼神是真實的，不管他的理由有多荒謬，筆錄裡也提到他疑似有被家暴的經驗，「因為你也很可憐嗎？」

吳理仁身體僵了一下，立刻又收聲不願意再往下說。

「警方有跟你說過，去年的朱少蓮的確有被家暴的紀錄，她也曾經申請保護令，但是葉敏華並沒有被家暴，可是你不接受，為什麼呢？」

吳理仁猛然抬起頭，「為什麼你們都這樣？」

「都怎樣？」

「都這麼容易相信。」

「相信什麼？」

「相信他們說的沒有被家暴。」

「你為什麼這麼堅信葉敏華被家暴？你知道她服務的機構主任有出來澄清葉敏華手臂上的傷痕是被服務對象造成的嗎？即便如此，你也還是堅信自己是對的嗎？」

「你以為權威說的話就是真的嗎？」

「你以為自己就可以決定別人的生死嗎？」

「我只是不想讓他們受苦！」

「所以你就殺了他們？這真的是你的想法跟動機嗎？」

「他們需要有人幫。」

「你真的要我在法庭上這樣為你辯護嗎？」陳澈看著他，這麼堅持到底是為什麼？顯而易見的，他同意筆錄上提及的吳理仁可能也有被家暴的經驗，「你這樣痛恨家暴，是因為你有同樣的經驗嗎？」

吳理仁又沉默下來。

「因為你有同樣被家暴的經驗，所以你覺得你應該這樣做嗎？」

吳理仁仍然不願回應，陳澈發現提及他人家暴時吳理仁都很憤慨，但如果涉及他自身就會陷入沉默，他是不想講？還是有其他原因？

「我是律師，我並不是媒體也不是警察，我問這些是因為我必須知道原因，才知道怎樣為你爭取權益。」

「權益？我殺了兩個人，被抓到這裡，還能有什麼權益？」

「你有公平受審的權益，我也會為你聲請精神鑑定，確認你的狀況。」

「不用。」

「不用？」

「我不需要做精神鑑定，我沒有瘋。」

「在檢察官提起告訴前，他會提訊你幾次，同時，我相信他也會聲請精神鑑定，」看著吳理仁突然瞪大的眼睛，「不管你同不同意，檢察官可以在偵查階段單方面決定聲請，為了要確認你是不是具有訴訟的能力，但鑑定人等等都是由他們單方面決定，所以我必須在起訴後也為你聲請精神鑑定，這樣才能確保你的權利。」

「不用。」

陳澈看著他幾秒才點點頭，覺得暫時不需要爭論這點，「你家裡發現的那具乾屍，是你的母親張愛嗎？」

吳理仁點點頭。

「你的母親解剖報告還沒出來，她是什麼時候過世的，為什麼你不讓她入土為安或是火化？」

吳理仁沉吟了一會兒才說，「她這樣很好，我曾經希望可以帶她去普羅旺斯看薰衣草田。」

陳澈皺了皺眉，「可是她過世之後就再也沒有辦法去了，你知道吧？為何還要想辦法乾燥她，你知道你這樣也是違法的嗎？」

「她不該那樣離開的。」

「哪樣離開？她是怎麼死的？」

吳理仁又沉默了下來。

「你母親過世多久了？」

「一年。」

陳澈愣了一下，他跟一具乾屍相處了一年，加上他如此相信自己殺人的正當性與必要，這勢必要聲請精神鑑定，隨即又想到另一件事，「一年前的什麼時候？」

「秋天。」

「秋天？所以是前年秋天？」

吳理仁點點頭。

陳澈翻了一下資料，去年冬天朱少蓮遇害，而且警方也查出她遇害的日子跟吳修德發生意外的日期是一樣的，「是因為你母親的過世，讓你開始殺人嗎？」

吳理仁不作聲。

「為什麼跟你父親意外死亡的日期一樣？」

聽見他說意外死亡這四個字的時候，吳理仁看了他一眼，但仍然不說話。

陳澈看到了他的反應，「你是不是有被家暴的經驗？」再問了一次，仍然沒有得到回應，「這一切都有關聯的是嗎？」

桌子兩頭沉默了很久，眼看著接見時間即將結束，提帶主管已經進來要帶吳理仁回去舍房。

「接見時間結束。」提帶主管說道。

陳澈看著他起身準備跟著主管離去，「吳先生，年後我會再過來，希望到時候你願意跟我多談一些，特別是剛才我問你的那幾個問題，因為你一直這樣保持沉默，會讓我想要幫你也幫不上。」

本來走到門口的吳理仁猛然回身，「當年我們需要幫忙的時候，你又在哪裡？」

「當年是什麼時候？當年發生什麼事情？」陳澈站起來問道。

「接見時間結束了！」提帶主管擋在兩人之間強勢地說著，陳澈只能眼睜睜看著吳理仁轉身離開，但他回頭時憤怒的眼神與話語帶給他一絲線索。

＊　＊　＊

除夕前兩天，總經理在五星級飯店宴請總經理室成員，多年來林世傑一直有這個習慣，在集團的尾牙後，會再擇日宴請總經理室成員，感謝他們一年的辛勞，尤其是每年集團尾牙抽獎時，除了集團原本準備的獎金獎品供員工抽獎外，各部門經理都會在現場被拱著加碼拿出現金讓大家抽獎，不然就會被損小氣，尾牙對幹部來說除了抽到大獎要捐出來，還得要大傷荷包，其實都是苦不堪言的，所以每回大尾牙結束，林世傑就會再宴請他們一次小尾牙以示慰勞。

李桐請假兩天後，今天回公司上班，晚上也一起參加了這個聚餐，雖然不想到熱鬧的地方，但他很清楚這是工作，不能再給總經理添更多的麻煩，自己家裡發生這樣的事情，雖然同事們可以體諒，但太多的缺席終究會引來非議，因此今晚還是勉為其難地來了。

「李經理，今天你要多吃一點，最近辛苦了。」財務部紀經理率先拿起紅酒安慰了一下李桐，倒是讓他有點意外，出事之前，紀經理跟一些資深經理對他跟張簡靖總是有點意見。

「你別喝太多。」張簡靖跟李桐低聲交代著，這兩天其實他跟王藝君都很擔心他，又不敢一直往他家跑，好不容易今天回來上班，讓他跟總經理都鬆口氣。

「謝謝紀經理。」李桐只是啜飲了一口，沒有多喝，知道自己最近狀況不好，又要過年了，不想讓其他人擔心。

林世傑只是笑著點點頭，看見這幫老經理願意關顧年輕人也感到很欣慰，「大家都是同事，也該像一家人互相關懷彼此協助，最近公司出了不少事情，這頓飯來得比較晚，後天都要除夕了，拖到現在請大家見諒。」林世傑拿起酒杯說道。

「總經理別這麼說。」經理們紛紛舉起酒杯。

林世傑一手拿著杯子，另一手卻按住了李桐的酒杯微笑著敬了大家一杯，李桐愣了一下，席上大家也都微愣著才趕快跟著喝下杯中的酒，酒是好酒，是林世傑的私藏，但是他對李桐的維護之情大家也看得分明。剛才入座時，原本李桐是坐在張簡靖左手邊，張簡靖因為是特別助理所以總經理室成員聚餐時他都是坐在總經理左側，方便處理總經理任何時候的指示，沒想到總經理要李桐跟特助換位子，李桐猶豫了一下才換座，此刻他才明瞭總經理此舉是要幫他擋酒，既然是總經理出面，其他人自然也不好再鼓吹，只是這樣明顯的維護，李桐覺得受之有愧，也擔心後患無窮。

「最近因為我妻子的事情，讓大家費心了，也給大家添了很多麻煩，前陣子公司的危機事件後續也都沒有使上力，謝謝大家包容並且承擔了我的工作責任。」李桐主動地拿起酒杯敬了大家，林世傑這次倒也沒有制止，在大家互相安慰鼓勵後才說，「你今天這樣就好了，不要再喝了，大家也別再敬他了，手傷好了嗎？」瞥了一眼他仍然裹著紗布的手，看得出來是有照料的。

「差不多了，再過幾天就可以不用包紗布了，原本應該不用這麼久。」林世傑跟張簡靖都知道是因為發生了嚴重感染。

「有影響功能嗎？」

李桐握了一下拳頭，「應該還好，不過還是要復健就是了。」

林世傑點點頭，接著招呼大家用餐，大家也的確只是互相勸菜，沒有再跟李桐敬酒，因為坐在總經理身邊，也只能有一口沒一口地吃著菜，儘管沒有食慾。

「你要回高雄嗎？」張簡靖夾了一片生魚片到李桐碟子裡問道。

李桐搖搖頭。

「不回去?!那你要自己在台北？葉阿姨要跟你一起過年嗎？」張簡靖訝異地問著。

「我想媽媽應該不會想跟我一起吃年夜飯。」

「那你要不要跟我回家？我爸媽也說很想看看你。」

李桐搖搖頭，「不了，除夕跑去你父母家打擾不像話。」

「哪會？拜託，最近我爸媽很擔心……」講了兩句就覺得自己好像說錯話地煞了車，瞥了老同學一眼，看見他臉上只是帶著極淺的笑容，努力地用裹著紗布不怎麼方便的筷子吃著碟子裡的生魚片，假裝沒有聽懂他說的話。

「雖然媽媽不想跟我吃年夜飯，但我還是會去她家看看她的。」

「除夕的確不怎麼方便，不過初三你們倆都到我家來走春吧。」林世傑在旁邊聽著突然就出聲了。

李桐心裡嘆了口氣，沒有馬上答應。

「我想你過年沒有回家，應該也跟抓到兇手有關，這時候其實不見得心情會比較好，何況還聽到那些被誤解的內容，不想回家也是人之常情，回去了面對大家壓力也很大吧？留在台北給自己喘口氣是好的。」

李桐努力地擠出一點笑容，聽見這些話心裡是有些感動的。

「不過，每天都把自己關在家裡也不是好方法，總要有個一、兩天出來走走，怎樣？就初三來我家吃頓飯吧？穿休閒點，是家庭聚會，人也不會多，不用穿西裝。」

張簡靖碰了一下他的腿要他答應，最後李桐點頭謝謝總經理的邀請，林世傑只是笑著拍拍他的肩膀要他放輕鬆。

這頓飯大家吃的酒酣耳熱，李桐也盡力配合著聊幾句吃幾口菜，主廚推著一隻烤到金黃的烤鴨進來，頓時香氣四溢，這是這家五星級飯店的招牌菜之一，每年林世傑必點，主廚也都會親自過來獻藝，正當李桐剛意會到自己會看到什麼時已經來不及了。

主廚拿起光亮的刀具，俐落地下刀開始片鴨，那一刀下去可以清晰地聽見酥脆鴨皮切開的聲音，香味誘人的油汁也隨之流出表面，是一隻料理得極好的烤鴨。

但是林世傑與張簡靖卻同時聽到李桐倒抽一口氣的聲音，他倆同時轉頭看他，卻被他瞬間蒼白得跟鬼一樣的臉色嚇到，事實上是其他同事也都注意到李桐的異常，他握緊雙拳、緊閉雙眼才能抗拒眼前那一陣一陣的白光、妻子不斷閃過眼前慘遭十三刀的遺體畫面、白布掀開的一霎那以及孤單赤裸躺在不鏽鋼推床上的模樣，此刻甚至還需要緊咬著牙根才不至於轉身逃出這間包廂。

過了好像一世紀那麼久，那一陣陣的白光與畫面才逐漸消失，感覺到有個人正握著他緊拽拳頭的右手腕，包廂裡好安靜，他張開眼睛，看見所有人都望著自己，是總經理正抓著他因為握拳而疼痛的右手，主廚跟烤鴨已經不知去向，總經理拍拍他的手，「沒事。」

李桐感到極端的尷尬，儘管再怎麼勉強，終究還是無法像沒事發生一樣，他低聲地道歉，推椅而起向大家道別，「抱歉，掃了大家的興，我想先離席了。」

林世傑點點頭，「好吧，你就早點回去休息，張簡，你送他回去。」

「不用了。」

「囉唆，走吧！」張簡靖接過服務生眼明手快遞過來的大衣，推著李桐往門外走，「我送你。」

李桐跟大家欠身離開，一走到門外就看到主廚與餐車跟那隻表演到一半的烤鴨在門邊候著，他一離開，主廚便又推著餐車入內，李桐穿起大衣無聲地走向電梯，知道自己真的壞了大家的興致，或許該是他離開這家公司的時候了，這個念頭油然而生。

「不好意思，麻煩你繼續幫大家分一下烤鴨。」林世傑對主廚致歉，主廚只是笑著繼續服務，然而大家都沒有辦法再專心於主廚精湛的刀功上了。

「剛才是怎麼回事？」紀經理看著大家問道，「李經理剛才怎麼了？嚇我一跳。」

「李太太突然去世的打擊實在太大了，先是被岳母誤會，又被媒體誤傳是因為被李經理家暴才會被兇手盯上，真是冤枉極了，李經理還能撐著來上班也真是很厲害。」總務部經理嘆口氣接著說道。

「李經理這樣，還有辦法上班嗎？剛才他的反應是怎麼回事？不是原本還在吃飯講話嗎？怎麼突然像是見鬼一樣？」

林世傑摸著紅酒杯底座，靜靜聽著大家七嘴八舌的討論，總算沒有出現一些難聽的話，他也知道可能是因為自己在場，剛才他一開席就明顯維護李桐的舉動，大家也了解總經理的態度，所以不至於在他面前亂講話。不過剛才不只大家嚇了一大跳，連他跟主廚也都被李桐突然白掉的臉色嚇到，瞬間他發現是自己大意了，李桐的妻子是被砍了十三刀還被切開腹部取走子宮慘死的，他還經過認屍跟相驗目睹了妻子的慘狀，可是自己卻點了這道烤鴨，還如同往年讓主廚到桌邊來展現刀功，那一刀下去，對李桐來說可能是重現了妻子慘死的現場，因此剛才馬上跟主廚使了眼色請他先離開。

「李桐能不能回來上班，有沒有辦法跟以前一樣，除了他自己的努力，也需要大家的支持，」林世傑一直都有著溫和而威嚴的衝突嗓音，大家靜了下來，「公司裡每個人我都關心，集團可以壯大是因為每個員工的努力，員工盡力工作，我也希望每個人都過得好，但這次李桐家裡發生這麼大的事情，又正好是在小廖副總出事的那天晚上，我始終覺得公司對李桐是有虧欠也有責任的。他是個很好的年輕人，我知道他跟張簡兩個人對大家來說都是年少得志，儘管他們再兩、三年也要四十歲了，但是對於一生都在廖氏集團服務的各位來說，你們從基層做起到現在半輩子都奉獻在這裡，看著他們可能會覺得有點討厭，」他掃視了每個人，看見有些人露出尷尬的神情，「但你們跟他倆都一樣，都是我很得力的助手，如果沒有你們大家的努力，只有他們兩個人也沒辦法穩定總經理室的運作，畢竟術業有專攻。」

紀經理點頭認同，「小廖副總那件事，特助真的處理的很好，李經理隨後的廣告也馬上又拉抬了我們的聲勢，真的是表現得很好，雖然剛開始我也覺得這是兩個黃毛小子。」說著自己就尷尬的笑了，「我聽廣告部陳副理說，李經理在出事的那段時間，即便在殯儀館也還有打電話給他提醒工作內容，雖然我們去參加告別式的時候看見他的狀態真的很差，還住院了，但工作也都還是沒有什麼耽誤，他團隊帶的很不錯，很了不起。」其他經理也紛紛點頭贊同。

「李桐工作能力很好，也很盡責，不過，也因為他很盡責，所以那天他瞞著我，沒跟我說家裡好像出事了，一直撐到會議結束才匆匆離去，結果真的出事了，他對自己不能去接李太太而導致她被殺害很自責，其實我也對此感到自責。」

「總經理，這也是巧合，您不要這樣想。」

「是啊，我也是這樣跟李桐說，這件事是個意外，沒人知道那天小廖副總的新聞會爆出來，沒人知道那天李太太正好身體不舒服會遇上那個醫檢師，但我仍然自責，也可以想像李桐會繼續自責，所以他能不能恢復原本的工作狀態，除了他自己的努力跟情緒調適外，真的還需要大家的支持，更何況案件才剛開始審理，這條路還很長，我想剛才李桐是想到他太太被殺害的場景，是我疏忽了，只想著大家對這道菜很滿意，忽略了桌邊服務與刀功展演可能會刺激到他，讓大家掃興了。」

大家連忙表示一切都還好，主廚在一旁也把烤鴨都處理完畢，漂亮地擺盤端上桌請大家品嚐，林世傑身為宴客主人率先夾起一片到自己碟子裡享用，實則心裡懸念著已經離去的得力助手，這個創傷傷害之大，真非一般人可以想像。

台北街道上，一輛計程車正奔向木柵，「你還好嗎？」

李桐閉著眼睛靠在椅背上，「好累。」

「你到底有沒有在睡覺？」這一整天都覺得他明顯疲態，但李桐聽了也不回應。

「剛才怎麼了？」

他沉默半晌才回應，「想起敏敏。」

張簡靖這才恍然大悟，不禁感到自己實在遲鈍，這一刻又不知道怎麼安慰了，因為了解怎麼安慰都沒用，只能問他，「初三會一起去吧？」

「好累。」

「我知道，但……」

「我知道，我會去，剛才已經讓老總擔心了，如果初三我沒出現，你們又要擔心了，所以我會去。」

張簡靖看著他閉著眼睛倚靠在座椅上的側面，這傢伙好憔悴，心裡竟然已經想不起過去兩人意氣風發的模樣了，最近都是滿滿的哀傷與淚水，「你要不要去看醫生？」

「我有在看醫生了。」

「我是說精神科醫師，你都沒有睡吧？」

李桐沉默不語。

「藝君去看精神科了，上週醫師也轉介了心理師跟她會談。」

李桐刷地轉頭看他，「藝君怎麼了？」

「連我都想去了，」張簡靖苦笑著，「其實從我們去聖人瀑布之後，她就一直睡不好，越來越嚴重，常常做噩夢驚醒，總是夢到聖人瀑布，要不就是夢到我們誰也發生事情，醒來就是大哭。」

「對不起。」李桐自責都不曾關心那天一起陪他去認屍的朋友狀態，掀開白布的衝擊對每個人都是一樣的吧？他怎麼沒有想到呢？自顧自地難過，無端連累了好朋友們。

「拜託，道什麼歉，這跟你有什麼關係？」

李桐覺得頭又開始抽痛起來，對朋友對公司的虧欠益發擴大，只能轉開頭看著車窗外，「我覺得我應該跟總經理辭職。」

「你現在又在鬧哪齣？」

「老總今天對我的維護，你看到了，大家也看到了，再這樣下去，會因為我一個人影響公司，媒體也不知道幾時才會放過我，公關室竟然還要幫我擋駕，現在還連累了藝君。」

「夠了！」

李桐瞥了他一眼，他難得這樣喝斥自己。

「我可以接受你傷心難過，也可以接受你自虐，但是我沒辦法接受這些屁話。」

「這些不是屁話。」

「是屁話！如果角色對調，你做得肯定比我對你做得更多、更好，所以你講的不是屁話是什麼？我從來都不曾懷疑如果有一天我出事情，你一定會是站在我旁邊幫助我的那個人，我甚至確定我的家人可能都不會比你更堅定，李桐，事情就是這麼發生了！我跟藝君都是一定要跟你去的，看見敏敏那個樣子誰不會有創傷？藝君只是比我們更勇敢地承認她需要幫助，因為她很難過，不明白這世間怎麼會有這麼殘酷的事情，所以她睡不著，大哭，所以她去看醫生，這到底幹嘛他媽的需要你道歉?!」

李桐又閉上眼睛，「你不要這麼大聲，我頭很痛。」只說了這句就再次把頭轉向窗外，不想讓老同學看到自己可能奪眶而出的淚水。

* * *

「理仁，兒子，我再也受不了了。」

「那我們就逃走啊！我也不想再忍受了！」

「不行，我們能逃去哪裡？我們不能逃走，我們無路可走。」

「台灣這麼大，我們一定有地方可以躲，再不然妳跟外公說實話，說他都虐待我們，外公一定會幫我們的。」

「不行不行，外公那麼愛面子，他一定會很生氣。」

「不然我們到底要怎麼辦?!媽，我不想再住在這裡了！我們逃走吧，好不好？一定有地方可以去的。」好不容易母親跟他說忍受不了，吳理仁喜出望外地希望可以跟母親一起逃離這個可怕的地獄。

「兒子，兒子，你聽我說，我們逃不了多久，我身上也沒有多少存款，沒有人會幫我們，這個社會很冷漠，警察不會管這種家務事，我也不敢跟人說他強迫我做的事情，被人知道我也不想活了。」

十五歲的吳理仁看著母親，不知道到底還能怎麼辦。

「兒子，我想過了，我們只靠自己了。」

「怎樣靠自己？我們能做什麼？逃走妳也說不行，那我們還能怎麼辦？」

張愛抓著吳理仁的手用他從來不曾見過的晶亮眼睛熱切地看著他。

「1936。」

「1936！」

1879頂了一下吳理仁的手臂，「1936，主管叫你。」

吳理仁坐在自己的舖位上如夢方醒地轉頭看著被拉開的瞻視孔，外頭站著今晚的主管，已經是即將關燈的時間了，「右。」

「你的律師存了三千元到你的戶頭，讓你可以添購一些禦寒衣物跟飲用水，讓我們跟你說一聲。」

吳理仁訝異地看著他，「誰？」

「你的律師，昨天律見的律師，難道你有很多個律師嗎？」主管不耐煩地關上瞻視孔，對他而言，他不懂為何還需要善待這個連續殺人犯，他犯下的可是天理難容的重罪。

「你的律師對你真好啊，雖然三千元不多，但是在這裡面還是可以用一下的。」1879

搖搖頭，「我的律師收了老大超多的費用，一毛錢都沒有幫我存過。」

吳理仁仍然愣著，不能理解為何陳澈要幫他存錢，這一點都不合理，母親說這個社會是冷漠的，沒有人會幫他們，以前也真的都沒有人幫過他們，為什麼？為什麼在這個罪惡的監獄裡面，卻有人關心他，在自己殺了人之後，大家不是都很討厭自己嗎？為什麼 1879 要幫他？律師寧可被打也要幫他？知道他不會有家人接見，還主動存了一點錢到帳戶裡讓他可以應急度過這個寒冷的年節？

「你怎麼啦？才幫你存三千就開心到傻了嗎？」

吳理仁茫然地看著他，不懂為什麼會這樣。

「不過你那個律師是出了名的怪咖。」

「什麼意思？」

「他是廢死的，過去幫很多死刑犯辯護，他之前也被專訪過，說每個人都有人權，就算是犯法的人也有人權，被大家罵個半死，但他還是這樣，這次他接了你的案子，應該也會好好幫你，但是聽說他跟死者有認識，你今天跟他談話的感覺怎樣？」

吳理仁沉默了一下只是聳聳肩，原來他在律見室說的是真的。

「難道態度不好嗎？」

吳理仁搖搖頭，弄不懂這些事情。

「總歸一句話，他跟死者認識還願意幫你辯護，他娘的，這傢伙真的怪咖到極點了。」

1879 突然又想到，「喂，1936，你看他會不會是故意接這個案子，好讓你罪更重？」他抓抓下巴，「但死刑是逃不掉了，他還能害什麼？難道就是要讓你被判死？可是不對啊，這樣幹嘛存錢給你？這人實在太奇怪了，他都跟你談些什麼？」

吳理仁搖搖頭，腦子脹脹的，很多事情想不通，母親的聲音又不斷地在耳邊響起，警告著他不要相信別人，什麼都要靠自己，因為沒有人會幫他們，只有自己，想要逃離吳修德的魔掌，也只有靠他們自己。

* * *

除夕前一天，陳澈找到了吳理仁的國中導師，約了在學校大門口見面，昨天與吳理仁談完，他有些話始終在心裡盤桓不去，一早起來循線聯繫到了孫老師。依約來到國中，卻意外看見郭宜誠也在大門口跟一位中年女老師講話，大門附近也沒有其他人在等候，更讓他覺得困惑。

「請問是孫老師嗎？」他走上前去問道，跟郭宜誠點點頭，對方瞥了一眼他臉上的瘀青，孫老師也一直盯著他被打過的傷痕。

「對，你是陳律師？」

陳澈遞上自己的名片，困惑地看著郭宜誠，「你怎麼也在這裡？」

「喔，原來兩位認識？太好了，因為郭刑警早上也打電話來問吳理仁的事情，可是我下午就要回中部了，所以想說一起約來，因為你們好像都是要問一樣的事情，沒想到你們兩位認識，這樣就太好了，不然我也覺得有點冒昧跟兩位約一樣的時間，坦白說，我看到新聞真的嚇一跳，怎麼會是吳理仁呢？你們確定沒有抓錯人嗎？」

「他認罪了。」郭宜誠說道。

「怎麼可能呢？他只是一個比較沉默的孩子，但也相當有禮貌，怎麼可能呢？」

「吳理仁有些事情我想不通，所以想要請教孫老師才來的，如果你不介意的話，也許我們可以一起跟孫老師談一下？」郭宜誠沒有回答老師的問題，反而是先問陳澈。

陳澈猶豫了一下，因為此刻他跟郭宜誠是對立的立場，檢警向來都討厭律師，特別是他又幫幾位爭議性很大的重罪犯辯護過，更是警方的眼中釘，加上等一下問的資料會不會成為被檢警利用的工具也未可知，但孫老師擺明了沒有時間再來一次，他心知肚明吳理仁此案證據確鑿，他本人也認罪，案情也並不複雜，就算加上精神鑑定，學長一定不會拖過一個半月就提起告訴，最後只能點頭同意。

「孫老師，上次我曾經請教過妳關於吳理仁國三的事情，當時妳說是因為他父親吳修德意外身亡，對吳理仁造成很大的身心打擊，所以沒辦法來上課，因此他母親張愛讓他延後畢業一年？」郭宜誠率先問道。

「是的，那時候他父親一過世就立刻請了喪假沒有來學校，可是等喪事辦完他也沒回來，我打電話給他的母親，他母親說吳理仁因為家裡瓦斯爆炸房子都沒了，加上父親過世兩件事情受到很大的驚嚇，所以暫時沒辦法回來學校上課，可是國中是義務教育不能辦理休學，他媽媽就是一直送請假單，硬是拖過了那一年，他才回來上課。」

「那段時間妳有見過他嗎？」

「沒有，我說要去探望他，他母親說因為房子燒掉了，所以她跟吳理仁暫時回娘家，也讓吳理仁在那裡休養。」

「那麼一年後他回來，你有發現什麼嗎？」

「其實吳理仁一直就是比較沉默的孩子，也沒什麼特別，功課不錯，但是與同學關係並不是很親密，回來之後因為跟下個年度的學生一起讀書都不認識，導師也換人了，所以他變得更沉默也不奇怪，不過我跟他後來的導師有討論過，他的功課是有變得比較差一點。」

「你覺得他父母關係怎樣？」

「吳先生跟吳太太關係很好，而且他們很重視孩子的教育跟家庭活動，每次家長日或是校慶都會看到兩夫妻一起來參加，很少有家長會一起來，通常都只有來一位，畢竟大家要工作嘛，可是每次吳先生都會請假過來，事業做那麼大還能這樣，真的是很好的爸爸，很遺憾發生那樣的意外。」

「妳覺得他們夫妻關係很好，可以描述一下他們是怎樣互動的嗎？」

「他們夫妻走在一起的時候，吳先生都會搭著太太的肩膀或是摟著她的腰，吳太太一直都給我小鳥依人的感覺，吳太太不太多話，這點可能吳理仁是比較像到媽媽吧，吳先生就蠻能言善道的，大部分都是由他發言。」

「每次他們都一起來嗎？」

孫老師想了一下，「只有一次家長日吳太太沒有來，吳先生說她在家不小心滑倒受傷不方便過來。」

「吳理仁也這麼說嗎？」

「倒沒有，我問他媽媽受傷嚴不嚴重，他沒有特別說什麼，就被吳先生催說要回去照顧太太，兩個人就走了。」

郭宜誠跟陳澈對望一眼又繼續問道，「吳理仁有跟妳提過家裡發生過什麼事嗎？」

「發生什麼事？」孫老師一臉狐疑。

「他身上有出現過任何傷痕嗎？或是妳看到他母親張愛的時候，張愛臉上身上有傷痕嗎？」

孫老師訝異地看著他們，「天啊，你們是懷疑他們家有家暴？怎麼可能？不可能，他們看起來都很好。」

「吳理仁身上都沒有出現過傷痕嗎？」

「沒有。」

「妳跟吳理仁關係親近嗎？」

「一般，我剛才說過了，他其實是屬於比較沉默的孩子，但每次看見我都會很有禮貌，算不上特別親近，不過我真的沒見過他身上有出現可疑傷痕，如果有的話早就通報了，但是真的沒有，你知道夏天男生都穿短袖短褲，他們上體育課有時候還會穿背心，如果真有傷痕很容易會被發現，同學也會知道，但都沒有聽說過。」孫老師說著說著，突然像是想起什麼地頓了一下。

「妳想起什麼了嗎？」郭宜誠問道。

「這麼一說才突然想起好像不管夏天還是冬天，吳太太總是穿著長袖，因為我們校慶是在夏天，家長日都在冬天，每次看見她都是穿長袖，這樣有很奇怪嗎？」

郭宜誠跟陳澈再次對望，這當然是很奇怪，只是孫老師當時並沒有留意到是否有其他異常。

「吳理仁就學期間有跟哪位老師或是同學比較親近的嗎？」

孫老師仔細想了想後搖搖頭，「沒有，他蠻獨來獨往的，好像那時候有聽說有些同學鬧著想去他家玩，畢竟他家住在陽明山別墅，同學們很想去見識一下，但他怎麼都不肯答應讓同學去他家，好像曾經因為這個還跟同學鬧得很僵。」

「你還有什麼想要問的嗎？或是我需要先離開？」郭宜誠問陳澈。

「差不多了，我也是想要問這些問題。」

兩個人知道大概也問不到其他資料，就跟孫老師道謝離開，兩個人並肩走了幾步之後，陳澈才問道，「你們還沒調查結束嗎？」

「表面上看來證據都足夠了，這是我自己想要知道的答案。」

陳澈停下腳步，「什麼意思？」

「你看到筆錄資料了，你去見過他了嗎？」

「見過了。」

「我想他對你的態度也不會好到哪裡去，你會想來找他國中的導師，難道不是因為覺得他的過去充滿疑點嗎？」他見陳澈沒有回答又繼續說道，「筆錄上有記錄當我們問他殺人動機的時候，他堅稱是因為兩名死者被家暴，但家暴為何應該死？他殺的為何不是加害人而是他以為的被害人？」

「他說為了救那兩個孩子，不要讓他們受苦。」

郭宜誠點點頭，「雖然他的手段殘忍，但是說到兩個孩子會受苦時，他露出的難過表情是真的，可是問到他自己是不是也被家暴，他就不願多說，我想你去問他的時候可能也是這樣？」

陳澈點點頭，「當我跟他說明葉敏華並沒有被家暴時，他非常激動，認為大家都很容易相信這些偽裝的說法，但是我問他是不是他自己也有這樣的經驗，他就會沉默以對。」

「他在我們那邊也是這樣。」

「律見結束時，我跟他說他這樣不配合，我想幫也幫不上，他突然回頭跟我說，那當年他們需要幫助的時候，我又在哪裡？」

郭宜誠眼睛發亮地看著他，「喔？他說我們？」

「我想是指他跟張愛，所以我原想今天來問一下孫老師，但她好像什麼都沒觀察到，我覺得他應該是目睹兒。」

郭宜誠點點頭，「同意，張愛一直穿著長袖是個疑點，很有可能身上有傷痕，但吳理仁也有可能是被害人。他們家到底發生了什麼事？朱少蓮遇害的日子跟吳修德死亡的日子是一樣的，還有他是那麼小心呵護地掩埋了兩名胎兒，他認為如果讓他們出生會太可憐，這件事始終讓我放不下，那兩個可憐的孩子也可能是代表著他自己。」

「你在筆錄裡也強調了這個部分，他也說了，當我們需要幫助的時候，你又在哪裡？表示他自己也是受害者的可能性的確很大。」

郭宜誠猶豫了幾秒，「你很快也會看到資料。」

陳澈轉頭看著他。

「張愛的驗屍報告出來了，她已經死亡一年了，死因並不可疑。」郭宜誠發現陳澈一點都不意外，「你知道這件事？吳理仁跟你說的？」

陳澈不置可否。

郭宜誠點點頭，「他竟然願意告訴你這件事，不過，這份驗屍報告更讓我覺得是因為張愛的死亡引發了吳理仁開始殺人的行為，但為什麼是跟吳修德死亡的日期相同，加上他對家暴的固著想法，我認為吳修德應該對他們母子家暴，或起碼對張愛家暴，這個部分他有跟你說明嗎？」

陳澈搖搖頭，「如果願意直接跟我說，我今天也不必跑來找孫老師了。」

郭宜誠明白他的意思，兩個人都在想著，到底吳家當年發生了什麼事情？為什麼會演變成現在這個局面？兩個人站在十字路口看著除夕前夕湧現的車潮，頓時陷入了沉默。

紅綠燈轉換了幾次後，郭宜誠才開口說道，「我很意外你接了這個案子。」

陳澈嘆口氣，這兩天已經聽了無數次這句話。

「你臉上的傷是怎麼回事？」

「被打的啊，不是很明顯嗎？」

「被誰？李桐嗎？」

陳澈苦笑了一下，「如果李桐願意打我，我可能還覺得好一點。」

「你見過他了？」

「我接下這案子無論如何都得要親自跟他說明的。」

「他可以接受？」

陳澈聳聳肩，「說不上接不接受，但是他明白我跟敏敏都堅持人權跟社會正義，他陷在這樣的悲傷中，也不可能談是否接受，不過他最後叫我要找出真相，我也是這樣想的，我會捍衛吳理仁的權利讓他可以公平受審，但我也要找出真相，為何他會這樣做，他到底是怎樣的一個人。」

「或是到底是什麼事情讓他成為這樣一個人。」

陳澈轉頭凝視著他，他的語氣相當認真，跟一般警方尋找真相的態度跟意義不同，讓他感到很意外，「你這種想法在警隊應該不吃香吧？」

郭宜誠笑了，「是啊，所以我自己跑來繼續調查，我在美國是念犯罪學的，專攻的是犯罪心理，我相信每件事都有原因，我相信除了補救，還應該要想辦法預防犯罪，應該找出這些人犯罪的心理因素，是什麼讓他們變成這樣，是不是在某個時候，家庭跟社會如果接住了他們，他們就有機會走不同的路，傷害也會減少一些。」

*　*　*

吳理仁看著接見窗對面的護理長，怎麼都沒想過她會來。

「理仁，那些事情真的是你做的嗎？」陳予嫣看著接見窗對面的他問道，穿著灰色的囚服跟往日白袍是那麼大的差異，這人是他們認識的那個人嗎？殺了兩名孕婦，取走子宮，還把自己的母親弄成乾屍藏在家中，而她幾天前還說想去他家探望張愛，可是張愛卻早已變成乾屍。

吳理仁淡淡說著，「妳不是早就懷疑是我嗎？我被帶走的那天，妳不是刻意來探聽嗎？」

「呃……」陳予嫣一時語塞，竟不知要怎樣回應他，半晌才訥訥地說道，「我當時的確覺得你有點奇怪，平時那麼溫和的人，可是在朱女士跟葉社工遇害後你卻又變成了很冷漠的樣子，刑警曾經問過我，診所裡有沒有人對這兩件兇殺案表現出高度興趣或是相反非常冷漠的人，你就浮現在我腦海裡了。」

吳理仁不吭聲，只是垂眼看著桌面。

「理仁，為什麼呢？」

「妳看新聞就知道了，不是嗎？妳今天是來盤問我的？」

「不，我只是不懂。」

吳理仁抬頭看著她，是啊，大家怎麼會知道家暴是怎麼回事呢？大家怎麼會知道金玉其外，敗絮其中是什麼意思呢？大家都是這麼容易被騙的，「如果不懂怎麼做父母，那就不應該生小孩，小孩出生真的很可憐。」最後他只是低聲這般說道。

陳予嫣對於他說的內容感到茫然，可是誰能決定誰該不該出生呢？

兩個人沉默對坐了幾分鐘，一般接見時間不像律見長達一小時，眼看著時間就要結束，陳予嫣還是鼓起勇氣問他，「新聞上說，你父母都過世了，我也不知道你有沒有其他家人會來，明天就除夕了，天氣也很冷，我聽說在裡面什麼東西都要用買的，我寄了一點錢在主管台，他們說會存進去，也寄了一點食物跟幾件禦寒衣物，你應該很快就可以拿到了。」

吳理仁再一次感到困惑，為什麼這些人會幫他？這時候還會關心他？「為什麼？」

「什麼為什麼？」

「我是殺人犯，應該也害診所少了很多病人，妳為何來看我？還做這些事？」

「因為我們是同事，我到現在還是不敢相信這是真的，但因為我們同事多年，你也曾在工作上幫過我許多，就算你服刑，我也希望你可以好好服刑，真心對受害者家屬道歉。」

吳理仁身體一僵，道歉從來都不曾出現在他腦海中，他不懂，拯救兩個孩子為何需要道歉。

「理仁，有什麼要我幫你做的嗎？」

吳理仁沉默好久，久到接見時間都結束了，站起來前才對她說，「麻煩妳去幫我看看我媽，刑警說她要接受解剖，程序完成後可以幫我去看看她嗎？問問她娘家的人是不是可以處理後事，可以麻煩妳這件事嗎？」

陳予嫣點點頭，知道這可能是最後一次見到吳理仁，「我會去的，我會寫信跟你說。」

吳理仁鞠了個躬，「謝謝妳。」

陳予嫣離開台北看守所後，一個人拉緊大衣慢慢走在路上，這一連串的事情好像電視劇一樣荒誕，走了好長的一段路，在一家小麵店坐下來休息，剛才她也停在這裡買了一點滷菜帶進去給吳理仁，她還記得過去大家午餐時，他蠻愛吃這些豆乾海帶的。

「小姐，妳看完朋友啦？」

護理長點點頭，叫了一碗麵，等麵的時候抬頭看見新聞又在播報吳理仁的案子。

「這案子真可怕啊，」麵店老闆娘把麵端過來時說道，「剛才說那個兇手還把自己的媽變成乾屍，跟木乃伊一樣藏在家裡，夭壽喔，生這種兒子幹嘛啊？殺了兩個孕婦，拿走人家的子宮就已經夠夭壽了，結果竟然還把自己老母這樣做，新聞說驗屍結果已經死一年了啦，夭壽喔夭壽，這種人就該槍斃啊，一定是瘋子啦，到時候又說要做什麼什麼鑑定，頂多又只會是無期徒刑啦，沒天理啦這個社會，小姐，妳去看的不是這個朋友啦吼？如果是的話，不用去看啦，可惡夭壽啦。」

陳予嫣一陣尷尬只是低頭吃麵。

而在萬華的葉楓也看到了這則新聞，各台新聞跟評論節目正在瘋狂講這個案子，乾屍的驗屍結果又激發起另一波的推論，認為該判死的與向來主張廢死立場兩派又開始對立地相互攻訐，各種殘忍的推論也伴隨著兇手可能有個悲慘童年的臆測，但是聽在葉楓耳裡，只知道這個殘殺了她寶貝女兒的兇手可能會因為各種瘋狂的行徑被鑑定為精神疾病患者，終究免去一死，這是葉楓無法接受的結果。

傍晚，主管送來了陳予嫣寄進來的食物，吳理仁放在他跟 1879 的菜盆中間當作加菜，1879 開心地吃著，吳理仁卻只是呆呆地看著塑膠袋裡面的大豆乾、海帶跟滷蛋，還加上一些辣椒，這些都是他喜歡吃的，為什麼呢？為什麼他們會對他這麼好？

第十四章

台北的除夕向來冷清，整個台北城彷彿一大半的人都離城了，繁華熱鬧的首都每年只有在這短暫的兩、三天得享清靜，但對於某些人來說，這樣的清靜象徵的是孤單與悲傷，是無能為力的命運捉弄。

除夕夜，李桐不請自來地提了兩袋食材到葉楓家，原以為還會有一番推拒，沒想到葉楓卻開門讓他進屋。

「媽，我怕妳沒有準備吃的，所以想過來跟妳一起吃個火鍋。」

葉楓看見他手上拎著食材，沒說什麼，只是微微地點了頭走進廚房開始拿鍋具盛水加熱，李桐有點意外她雖然沒說話，卻同意讓他留下來，趕快跟著進廚房將食材放下，走回餐廳脫掉大衣，推高毛衣袖子再走回廚房想要一起幫忙。

葉楓瞥了一眼他手上剛癒合的傷口，粉紅色的面積幾乎覆蓋整個右手背，看起來彷彿隨時會再破掉，「沒有貼人工皮嗎？」

剛把青菜拿出來要準備清洗的李桐愣了一下，這一個多月來，岳母幾乎都不跟他說話，此刻突然關心他的手讓他有點不適應，「因為感染過的緣故，不太適合貼人工皮，怕又起變化被我忽略了。」

葉楓聽了只是點點頭，「手剛好也不用來沾水，你出去吧。」語氣仍然冷淡，但對李桐來說已然足夠。

「沒關係，一起做吧。」

葉楓沒說什麼，只是拿出砧板跟刀子要切菜，正在洗青菜的李桐聽到從刀架抽出刀具的聲音整個人僵了一下，葉楓是左撇子，握在左手的刀與李桐近在咫尺，他逃避著不去看岳母手上的刀，葉楓注意到他洗菜的動作突然停頓，抬頭看了他一眼，發覺他僵硬的表情，但也沒有多問，只聽到他深呼吸幾下又繼續洗菜。

兩個人就這樣並肩一起準備晚餐，以往都是葉楓跟葉敏華有說有笑一起準備，李桐總會在客廳聽見妻子咯咯發笑的聲音，可是此刻兩個人之間卻只有沉默跟無止境的悲傷漫延著。

一個小時後，兩個人對坐在餐桌兩頭，桌上擺滿火鍋食材，火鍋也正熱烈翻滾著，李桐在岳母旁邊擺上了一副餐具，那是葉敏華慣坐的位子，兩個人看著那副餐具心情很沉重，這是第一個沒有葉敏華的年夜飯，李桐強忍著淚水，夾了一點菜到岳母碗裡，葉楓吸吸鼻子抹去淚水夾起碗裡的菜，開始這頓不圓滿的團圓飯。

九天的年節假期飛嘯而逝，除了除夕跟葉楓一起圍爐，就只有初三依約前去林世傑家走春，除此之外，李桐足不出戶地留在家裡，僅僅在感到很餓的時候才會拿出母親為他訂購的年菜加熱食用，也總是幾口就吃不下，沒有外人在場，也就無所謂需要偽裝，每天還是在累極了的時候就著客廳沙發休息，家裡的刀具已經許久沒有動過了，他知道自己這樣不行，他也知道自己出了狀況，從跟石大智去居酒屋無法看廚師切生魚片就知道了，只是他不想去面對這一切，也不知道該怎樣去面對這一切。

拿著刮鬍刀站在鏡子前面看著鏡中狼狽的自己，敏敏從以前就經常抗議為何她自己是圓臉，可是高頭大馬的丈夫卻是瓜子臉，現在映在鏡中的是滿臉的落腮鬍跟深深的黑眼圈，因為無法入睡，讓他早就起來準備上班，卻站在這裡花了好長的時間才整理好自己，為了不讓他人擔心，疲憊地為自己打上完美的領帶，鬆緊了幾次右手，讓開始癒合而緊繃的肌肉有一點伸展的空間，主臥室對他而言，如今只剩下盥洗跟換衣服的功能。

＊　＊　＊

「誒？要出去啊？」鄰居金太太跟高太太在一樓遇上了剛從電梯走出來的葉楓。

「是啊，想出去走走。」

「這樣很好，一定要多出去走走，不要一直悶在家裡。」高太太說道，「妳有看到電梯裡面的公告嗎？社區的春季旅遊開始報名了，要不要一起去？」

葉楓猶豫了一下，「也許可以吧。」

「那就先報名吧，遊覽車名額有限，我跟金太太一起幫妳報名好嗎？」

「我自己去報名就好了，謝謝妳們。」

「這樣啊，好啊，但妳一定要去報名喔，大家都很想念妳，最近妳很少出門，如果可以一起去春遊就太好了，記得去報名喔。」

葉楓微笑著點點頭，然而一轉開身，臉上就失去了笑容。

「還好她現在願意出門了，前陣子好讓人擔心啊。」金太太按下電梯按鍵說道。

「是啊，真沒想到會發生這種事情，實在太可憐了，除夕夜我有看到葉楓的女婿過來，他還拎著兩袋菜過來。」

「喔？真的嗎？她之前不是好像在生女婿的氣嗎？」

「所以我看到她女婿來真的蠻意外的，現在她又願意出來走動，我想應該比較好一點了，唉，遇到這種事情實在……」

「是啊，有機會我們就找她一起聊聊天，不是說兇手抓到了嗎？判決之前她大概心情都不會多好。」

「判決喔，」高太太搖搖頭說道，「那個兇手沒天良，還把自己的媽變成乾屍，這……到時候一定又說是精神病，然後就不會判死刑，搞不好無期徒刑關個幾年就出來了。」

「不會吧？」金太太驚訝地說著，「只關幾年？這麼可怕的人不能放出來啦，葉楓也不能接受吧。」

「我們也不能接受吧。」

金太太講完走出電梯之後，留下高太太在裡面想著自己到底能不能接受的問題。

＊　＊　＊

葉楓沿著士東路慢慢走著，這幾天她已經從芝山捷運站走來這裡幾次了，第一天走得氣喘吁吁，走了快要一週的時間，現在已經適應了這樣的散步，也覺得自己的精神跟體力都好了很多，逐漸地增加了自己的運動量。

她站在不遠處看著囚車進出，看見每次都會有法警戒護被告進到地檢署或是地院，為什麼這些人還需要被保護？她的女兒呢？又有誰保護她呢？

看了好一會兒，葉楓才轉身走進士林地方法院旁的百貨公司，她很少到這邊來，對她而言是間很陌生的百貨公司，一個樓層一個樓層慢慢地逛著，走進在其他百貨公司常逛的日系品牌區，看見一件適合女兒的上衣，自然地翻選尺寸，突然間兩隻手停在半空中，這才想起敏敏已經不在了，以前兩母女都會一起逛這品牌，敏敏很喜歡這裡的衣服，葉楓每次經過總會買幾件給她，可如今……葉楓僵硬地將手收回來，低著頭走出這品牌區。

快要兩個月了，還是無法接受女兒已經遠去的事實，總是聽到她的聲音，總是想到她喜歡與不喜歡的，這種折磨有結束的一天嗎？她低頭看著自己握在手中的小狗吊飾，心裡好痛。

最後她駐足在刀具專櫃前，這是她習慣使用的品牌，很貴，但很好用，幾乎一把主廚刀可以用數十年都不用更換，是把實用的好刀。

「大姐，要買刀嗎？可以幫您介紹喔。」專櫃小姐熱情地招呼著。

「我知道，我家都是這個牌子。」

「真的嗎？太好了，那今天是想要添購哪種用途的刀呢？」專櫃小姐聽見是主顧客更加熱情地招呼著，「大姐有用過我們的指甲剪系列嗎？超好用的，一把可以用好久，我自己也是用這把，十幾年了還是非常好用，都沒有鈍掉，而且角度的設計很好剪，也不用太用力就可以把指甲修好，連嬰兒指甲都可以修剪，超級安全，有一陣子很缺貨，如果大姐家裡沒有的話，可以考慮帶一把回去喔。」

葉楓看了一眼專櫃小姐介紹的指甲剪，「我有了。」

「哇，大姐真的是我們的主顧客，那今天想要買什麼呢？」

葉楓仔細地瀏覽過每一把刀，最後眼光駐足在角落，「我想看那把。」

「大姐好特別，您是要買來送先生嗎？因為這把單刃夾式剃刀很專業，使用上要小心喔，刀片非常鋒利。」

葉楓接過這把夾式剃刀，拉開刀柄，刀刃的鋒芒立即展現。

「這把剃刀長短兩種刀片都可以使用，但是要記得選單刃的，還有專用的磨刀皮帶。」專櫃小姐熱心地把替換刀片跟磨刀皮帶都拿出來展示，「而且這把的造型很古典，刀柄是黑檀木的，上面還有雕刻花紋。」

「我就要這把。」葉楓沒有多囉唆就拿出了信用卡。

「那要一起帶替換刀片跟磨刀皮帶嗎？」

「好。」

「好的，大姐，等我一下，我幫您結帳。」專櫃小姐快手快腳地將刀子先收好，填好單據後很快地完成結帳，「大姐，等一下需要包裝嗎？是送大哥的禮物嗎？我們可以做禮品包裝喔。」

「不用。」

專櫃小姐有點失望，「喔，好的，那現在我先跟大姐示範怎樣更換刀片。」專櫃小姐一邊仔細地解說著更換刀片的安全注意事項。

葉楓頂著寒風緊緊地提著這一小袋刀具步行走到捷運站，今年的冬天好像特別長，過完舊曆年了，還是冷。

＊　＊　＊

陳澈看著坐在桌子對面的吳理仁，這已經是他第四次來律見了，每週一次一小時的談話仍然無法取得對方的信任，總是沉默的時候居多，但是隨著每一次的談話，他都覺得吳理仁似乎有難言之隱，人是他殺的，也是他一個人殺的，但到底為什麼這麼堅持因為家暴就殺人，到底他家裡發生什麼事情，他始終不肯鬆口，即便陳澈問他張愛為何總是穿著長袖，他也不願意回應，每次來問他是否想要跟被害者家屬道歉，他也不做表示。

「吳先生，明天就要第一次庭審了，會進行準備程序，法官會問你針對檢察官起訴的犯罪事實是否承認？還會問我們對於證據的意見，法院可不可以直接使用這些檢察官提出的證據來認定你有罪？檢察官跟我們還有沒有要聲請調查什麼證據，找什麼證人或是調什麼資料等等。」

吳理仁聽了也沒什麼特別反應，「這些不是之前就說過了嗎？我在警局也承認犯案，檢察官前幾次提訊我的時候，我也都承認了，那些證據我都沒有意見，我也沒有什麼證人要找。」

陳澈看著他，再一次提出他的看法，「我們可以聲請司法精神鑑定。」

「不用。」

「你用大家無法接受的理由做了這些事，你認為大家會相信你神智清醒嗎？」

「你現在覺得我神智不清醒嗎？」

「精神鑑定的是你犯案的當下，不是此刻，是要判斷你當時有沒有辨識自己行為的能力。」

「我知道我在做什麼，我沒有精神病，我不需要這樣脫罪。」

陳澈看著他，「我第一次來的時候就跟你說過了，我不會幫你脫罪，但我會確保讓你公平受審，檢方已經對你做過精神鑑定，我們也需要聲請精神鑑定。」

「不需要，我沒有心神喪失。」吳理仁斬釘截鐵地說，「我很清楚自己在做什麼，我是要救那兩個孩子，因為她們不配做媽媽，是你們都被騙了，被他們偽裝的和諧騙了。」

陳澈凝視著他，其實這番言論就足以證明他的確需要精神鑑定，檢方鑑定出他具有訴訟能力，但其他問題呢？

「我來第四次了，覺得我們一直像是鬼打牆一樣地原地打轉，你認罪、不想辯駁，甚至也不覺得需要律師，不用做精神鑑定，所以你是一心想尋死嗎？以目前的狀態，你最大的可能就是會被判死刑，難道你都不害怕不後悔嗎？你一直不配合，我真的很難使力。」

吳理仁只有第一次脫口講出自己的心聲，之後再也沒有聽他提及當年需要協助的話語，

「沒有什麼需要使力的，活的還是死掉，也不過就是這樣。」

陳澈聽出這話裡面的苦澀與無奈，「當年沒有人幫你們嗎？」再次詢問前兩次一直追問的問題。

吳理仁轉開頭半晌才說，「你為何要這麼堅持？我殺了你的好朋友不是嗎？同房的電視每天都在報你被媒體追問的畫面，聽說你老婆也因此都跑了，你為何還要堅持？使不上力就不用使了，不過就是法扶派你來的，聽說錢不是很少嗎？何必這樣？」

陳澈靜靜地看著他好一會兒，最後闔上這兩天新調閱來的資料，「我跟葉敏華是高中同學，我們都叫她敏敏。」他突然開始說道，語氣充滿了回憶，「她是單親家庭，她的媽媽高中時懷孕了，對方是媽媽的高中男同學，對方不想要這個孩子，可是敏敏的媽媽堅持生下她，而且為了不要造成父母的負擔，也放棄學業去工作，男方始終沒有出現，葉阿姨也一直獨力撫養敏敏，敏敏的身份證上始終沒有父親的名字。」

吳理仁只是聽著。

「敏敏國中的時候知道自己的身世，跟媽媽感情更好了，雖然她也曾經跟我說過很傷心沒有爸爸，但她有世界上最好的媽媽，也希望媽媽可以再找到人照顧她。敏敏跟我一個念了社工系，一個念了法律系，雖然我們念了不同的大學，走了不同的路，但是我們經常見面。後來她認識了大她五歲，唸廣告的丈夫李桐，我也結了婚，兩家人有空就會一起吃飯，有時候葉阿姨也會跟我們一起。敏敏原本一直無法懷孕，李桐一直跟她說沒有孩子也沒關係，他們可以有自己快樂的生活，不要勉強自己的身體，但是敏敏因為自己沒有父親，一直想要有個孩子，要讓她的孩子有完整的家庭，享受她沒享受過的父親之愛，因為李桐是個溫柔穩重的男人，我們都相信他也會是個好父親。他們剛結婚的時候，兩夫妻也會吵架，吵架的內容都只為了一件事。」

陳澈看見吳理仁微挑了一下眉毛，「因為敏敏是輔導高風險家庭的社工，經常要家訪，而且社工有很嚴謹的保密原則，不能讓家人知道她服務的案家對象，可是李桐很擔心她的安危，因為你看到她手臂上的瘀青已經不是第一次受傷了，有時候案主太激動，敏敏反應不及就可能受傷，他們為此爭論過。敏敏跟我說，有一次她差點以為會離婚，沒想到兩天後李桐軟化了，因為他說已經大吵過兩次了，他真心希望可以跟敏敏白頭到老，所以他可以不再追問敏敏都去哪個案家，但是她也要讓他安心，知道她平安，就這樣，兩人沒再吵架，各自退讓，敏敏也適度的讓李桐知道她當天會去哪一帶，或有時候違規地讓丈夫送到她最接近案家附近的捷運站。後來敏敏懷孕了，李桐在大公司廣告部當主管，工作很忙，有時候不能陪敏敏去產檢，敏敏為了讓他安心不用跟公司請假，都會請葉阿姨陪她去，因為只有這樣，李桐才不會擔心。」

吳理仁還是靜靜地聽著。

「你一直問我，為何我這麼堅持，為何你殺了我的好朋友，我還這麼堅持，因為我跟敏敏都相信國家不能殺人，我們都相信每個人都有公平受審判的權利，就像我從第一次就告訴你的，因為我們相信每件事情的背後都有故事，而那個故事可能是因為被忽略了，或是從來沒有被關心過，才會導致最後發生了悲劇事件，是因為我跟敏敏都相信這個社會應該要被改變，所以我們堅持要做這些事，」他凝視著吳理仁，「你說的沒錯，你殺了我的好朋友，我真的很恨你，很氣你，第一天你看到我臉上的傷，是我高中同學打的，連葉阿姨都打了我一巴掌，還說如果我接你這個案子，那麼她就當從來沒認識過我，我覺得很對不起阿姨，但是因為我跟敏敏的信念，我還是堅持下來了，我也希望有一天你會發現，你是錯的，願意跟兩名死者的家屬真心道歉。」

吳理仁的內心的確開始鬆動了，這個世界上竟然會有人真心願意幫助別人？

「吳先生，你什麼都不說，我真的幫不上忙，也許你當年沒有遇到願意幫忙的人，但現在，我願意幫忙。」

吳理仁猛然抬頭看他，這真的是個可以相信的人嗎？

陳澈看見他首次露出猶豫的眼神，「我想你童年應該有被虐待過，是嗎？」

吳理仁猶豫著。

「你這麼痛恨女性，認為她們做不了好母親，難道虐待你的不是父親，而是你的母親張愛嗎？所以她死亡之後你沒有安葬她，而是讓她變成乾屍？」

「不是。」吳理仁立刻否認。

「所以是你的父親吳修德？」

吳理仁猶豫地不願做出任何承認的舉動。

「他對你做了什麼？」

提帶主管敲門進來，「律見時間結束了。」

「他對你做了什麼？」

吳理仁從椅子站起來時，無奈地搖搖頭，他如何說得出口？

陳澈看著他即將被帶離律見室，「我會去調查證據的！」

吳理仁在門口停頓了一下，他知道這個律師找不到證據的，因為那些沒有被火燒掉的可恥證據被自己藏得很好，他知道那些無恥的秘密終將跟著他一起走進地獄，他不想辯護是因為知道自己這輩子無路可走，他知道其實從父親開始那樣對待他，他就已經無路可走，就已經活在地獄之中了。

站在台北看守所外面，陳澈看著那道高牆，好不容易動搖了吳理仁，雖然沒有時間再細問，但是他知道明天準備程序可以聲請的調查資料多一項可能性了，轉身準備開車回去辦公室準備資料，口袋裡的手機響了起來。

「子惠？」

「明天敏敏的案子要開庭是嗎？」

「對。」有點意外她注意到這件事，但是電話那頭卻又沉默了一下，「怎麼了嗎？」

「你加油。」

陳澈愣了一下，「我會的，謝謝妳打電話來。」心裡很溫暖，原本疲憊而緊繃的聲調也都柔軟了下來。

「明天開完庭，晚上一起吃飯吧。」

「真的嗎？好，我去接妳下班。」

「好，明天一切順利。」

「謝謝妳。」陳澈愣愣地看著掛斷的手機，多久沒有這樣了？自從他開始接手重大爭議的案件沒多久，林子惠就很少如此給他加油打氣了，取而代之的是希望他不要再接這種案子，陳澈曾經多次向她解釋這樣做的原因，他也了解林子惠在公司也受到許多壓力與議論的眼光，遑論還有一些激進份子揚言要對他們不利，這種種終究讓兩人走上離婚一途。面對這麼多的壓力，陳澈一直希望可以得到家人的支持，離婚之後，他也常常感到精疲力盡，唯一還支撐著他的，不過信念二字而已，而此刻短短三兩句問候，就讓他感到自己又更有勇氣面對明天的挑戰，他很清楚知道自己還深愛著林子惠，還盼望著兩人能繼續走在一起。

* * *

「兒子，這是我們唯一的辦法了。」

「但是，我們之後要怎麼辦？我們要逃去哪裡？萬一我們被抓了怎麼辦？我們會死掉嗎？媽，我們直接逃走就好了，如果最後都是要逃亡，為什麼不要一開始就直接逃走就好？我們不要管他了。」

「不不不，他會找到我們的，他有錢有權，他可以動用資源跟人脈把我們抓回來，只有把他殺了，我們才有辦法真正得到平安。」

吳理仁看著母親近似瘋狂的眼神，她提出的方法讓他害怕，但是母親又哭又求的，吳理仁也彷彿一直聽到床架晃動的咿呀刺耳聲音以及看到母親跟不同男人交媾的畫面。

「兒子，我只有你了，我們只有彼此了，只有我們可以幫自己了，兒子。」張愛緊緊地抓著吳理仁，熱切地看著他，終究等到了他咬著牙根點頭同意的訊號。

起床號的聲音從走廊傳來，中斷了他揮之不去的夢魘。

「1936，收出庭衣服。」主管從瞻視孔望進來說道，隨即關上瞻視孔，打開門板下方的風口，將吳理仁收押時所穿的衣服塞進來給他，被保管了一個多月，衣服上有著未清洗與環境的霉味，吳理仁皺著眉頭聞到他討厭的氣味。

1879 幫著把兩人的被鋪收到房間角落，拿出盥洗用具飛快就著馬桶完成清潔工作，攤開報紙鋪在地板上等候早餐，雖然每天的菜色都很可怕很油膩，但 1879 總是很快地吃完從不多加抱怨。吳理仁盥洗完換上那身臭衣服後，早餐已經從風口推進來，1879 也擺好兩人的餐具。

「1936，你今天一定要吃飽，等等要去開庭，法院很冷，吃飽才有力氣。」邊說也邊吃著，就跟平日一樣看起來津津有味。

「你真的覺得這裡的食物很好吃嗎？」吳理仁撕下一片乾乾的饅頭放進嘴裡說道。

「我又不是豬，只不過快樂的吃也是吃，怨天尤人的吃也是吃，說到底我都出不去了，還是趕快適應吧，等判刑確定移監了應該就會好很多，老大跟我說的。」1879 苦澀地笑了笑，「況且，我不想讓我媽擔心，如果她看到我變瘦會擔心，所以無論如何我都要吃飽。」

說著又塞了一大口饅頭到嘴巴裡。

吳理仁看他這樣，突然鼻子有點異樣，竟然覺得酸酸的，他愣了愣，怎麼會有這種感受？

「我跟我媽啊，以前那段流浪逃亡的日子過得很辛苦，我媽都偷偷打工，還去夜市幫人炒麻油雞，幫人家洗碗，我媽廚藝超讚的，我都跟著在攤位幫忙，我媽每天會跟老闆要一隻雞腿給我吃，老是說對不起我，帶著我逃命，害我每天擔驚受怕什麼的，因為只要被那個人渣發現，我媽就要立刻帶我跑走，所以我們都在一起，這樣逃跑也比較容易，她去夜市我也去幫忙洗碗，這樣萬一出事了，就可以從那裡逃走。」

吳理仁看著他，聽他叨叨絮絮地說著自己跟母親的往事。

「那時候那個麻油雞老闆知道我們的事情，所以都是每天晚上就給我媽當天的薪水，因為怕我媽隨時要跟我逃命，拿不到錢，真是個好人對吧？」1879喝了一大口豆漿，抹去嘴角旁的白泡沫又說道，「後來我們真的被人渣堵到了，老闆兩、三天後打電話給我媽，說可以在另一個夜市租個攤位給我媽擺，本錢他出，兩個人對分收入這樣，大好人啊，對吧？」

吳理仁覺得好不可思議，這是不可能出現在他人生中的，他只知道母親總說沒有人會幫他們，只能靠自己，怎麼會有人這麼好心地幫一對逃命的母子？

「我們就是在老闆租的另外一個攤位又被人渣找到，幹，我覺得一定是因為我媽的麻油雞太好吃，大家都跑來吃，每天都有人排隊耶，幹，一定是這樣才會被人渣找到。」

「結果呢？」

「就是在那裡遇到我老大的啊，那天我老大坐在裡面吃麻油雞，就我那天跟你講的啊，他幫我們把人渣打跑了，後來因為有老大罩著，人渣也就不敢再來鬧了。」

「1936，出庭。」提帶主管打開瞻視孔說道。

「祝你好運啊！」

吳理仁走到打開的舍房門口，停下腳步，回頭感慨地對 1879 說，「你媽媽帶你逃走，真好，還有，你媽媽煮的麻油雞，真的很好吃。」

「她過兩天又會來接見，到時候你可以一起吃！」1879 對他揮手說道，看著舍房的鐵門再次關上，他不禁想著，到底 1936 是怎樣被虐待的？到底他媽怎麼會變成乾屍？他一直好想問，但一直還不敢觸及這個話題。

吳理仁雙手上銬坐在囚車裡，眼睛看著車窗外，呼吸著不同於看守所舍房裡凝滯而有異味的空氣，但是他一點也感覺不到自由，1879 的話在他耳邊迴響，昨天律師跟他說的故事也在腦海裡盤旋不去，心裡一直想著『1879 的媽媽帶著他逃走了，真好，雖然一路都要逃，但是他們逃走了，不用每天在家裡忍耐害怕，真好，他們逃走了。』

吳理仁緊握著拳頭，不想去回憶當年的事情，可是隨著呼嘯而過的街景，記憶像是乘坐了時光機一樣地回到了那一天……

「快點，他昏睡了，理仁快點！」張愛走近昏倒在餐桌旁的吳修德，彎下身子搖搖他，確定已經被她下在酒裡的迷藥迷昏了之後，硬是又強灌了他半瓶的威士忌，酒還因此流到他衣服上。

吳理仁緊張地站在旁邊，母親自從決定要下手之後就變成一個他不認識的人，充滿了勇氣與活力，她安排了今晚的計畫，父親果然不疑有他的吃飯喝酒。

「快點把他拖去廚房，快點！」張愛催促愣在一旁很緊張的兒子。

吳理仁走過去跟母親一起把父親扛起來，平日就比他高大的父親，現在沉甸甸的重量都壓在他身上，聞到他身上有著被強灌的威士忌味道，母親的計畫真的可以成功嗎？人家不會發現他體內有藥物嗎？他會不會被抓走？吳理仁擔心的全身冒汗。

「快快快，把他放在這邊。」張愛指揮兒子將丈夫擺放在微波爐附近，故佈疑陣地在地上跟流理台上放了威士忌酒瓶跟水杯，還刻意將飲用水挪到附近，裝了生水的水壺擺在開了瓦斯的爐子上，「你快出去，快出去，像我們講的那樣，你先出去，等等我去跟你會合。」

「媽……」

「你快去，瓦斯已經打開了，我再設定一下微波爐就好了，你快離開，這裡危險，我們一起離開太引人注目，你先走。」

吳理仁手腳發抖轉身跑開前，回頭看見母親充滿怨恨地瞪著躺在地上的父親，走去設定微波爐的時間……

「1936，下車。」主管跟法警的聲音打斷了他的記憶，但手腳仍然不停地顫抖著，走下囚車，一陣冷風吹來，只有薄外套禦不了寒，冷風直直地灌進沒有保護的領口，好冷。

請了假陪李桐一起來的張简靖站在法庭外面的走廊上左顧右盼，「阿姨不來嗎？你有告訴她今天開庭嗎？」

李桐看著走廊兩邊的出入口，「昨天有打電話給她，她說她知道，我問今天要不要去接她，她說不用，所以其實也不知道她會不會來。」

「這是第一次開庭，阿姨怎麼可能不來？」

李桐打著岳母的手機卻一直沒人接，讓他有點擔心，「去大門看看吧。」

兩個人並肩走向法院大樓的大門，原本李桐是不想張简靖一起請假過來的，為了他的事情已經讓老同學最近經常請假，儘管總經理可以諒解，但這畢竟不合規矩，容易遭人詬病。而張简靖沒跟他說的是前兩天陳澈打了電話給他，提到有點擔心李桐出現 PTSD 的反應，張简靖也跟他說了那天小尾牙的事情，兩個人都同意的確像是創傷後壓力症候群的徵狀，因此張简靖無論如何都堅持要陪著一起來聽審，畢竟是第一次跟凶手面對面，法庭對戰必然會提到敏敏死亡的過程甚至照片，這種壓力實在太大，他怎能不來，只是不想讓李桐知道其實大家都在擔心他，怕他知道了更壓抑。

走到地院大樓門口時看見陳澈也站在那裡，三個人僅僅是頷首點頭並沒有任何言語交談，只見媒體發現了他們，一群人迅速地移動到陳澈面前，張简靖陪著李桐很快地退到其他地方不想受訪。

「陳律師，你今天會聲請再次精神鑑定嗎？」

「會，這是吳先生的權利。」

「但是起訴書裡面檢察官已經做過精神鑑定了，你還要再聲請一次嗎？」

「當然，黃檢只是鑑定吳先生具有訴訟的能力，我方自然還要聲請鑑定他的精神與心理狀態。」

「來了！來了！」媒體間一陣騷動，看見一輛囚車停進士林地院，法警正戒護著剛下車的吳理仁，媒體立刻跑向他們走來的方向。

李桐站在柱子旁邊看著逐漸走近的吳理仁，心裡一陣激動，眼前彷彿又看見了敏敏慘死的遺體，緊握著拳頭才能忍著不衝上去揪著他的領子狠揍他一頓，但是他知道揍他也改變不了任何事，只是那股悲憤全湧上了心頭，張簡靖看見他蒼白的臉色，伸手握住了他的手臂，李桐感覺到他用力的手勁，微微地點了頭，試著深呼吸緩和情緒。

「你有什麼要跟家屬說的嗎？」

「你要向家屬道歉嗎？」

「你後悔做了這些事嗎？」

十幾支麥克風、手機跟錄音筆全湧到吳理仁面前，記者們連珠砲似地追問，吳理仁不做任何回應，記者又擋著路繼續追問，「你都不後悔嗎？」

吳理仁看了那個記者一眼，嘴角動了動，最後仍然沒說話，法警請媒體讓路要準時進去法庭，陳澈正要走上前去陪吳理仁一起進去法庭，就看到一名婦人擠過媒體衝上前來，用力地給了吳理仁一記響亮的耳光，大家都愣住了，瞬間媒體又開始推擠搶拍，法警忙著架開那名婦人。

郭宜誠、楊家文跟陳東翔剛進停車場就看見現場出現騷動，「出事了！」郭宜誠跟陳東翔立刻跳下車往人群跑去。

「那是朱少蓮的母親，我在警局見過她。」李桐低聲說道，「咦？」

張簡靖循著他的眼光望去，嬌小的葉楓不知幾時走到了媒體附近，迅速地走到吳理仁跟前正面迎視著他，也看到郭宜誠與陳東翔兩位刑警正衝向混亂的人群，後面還跟著楊家文。

吳理仁知道她是誰，也看見她極恨的眼神，忍不住往後退了一步，兩名法警剛架走王文秀，現場僅剩兩名法警戒護吳理仁，一位抓著他，一位正忙著擋住媒體的推擠，大門前的其他法警聽見騷動正要趕過來支援，葉楓知道自己只有這次機會了，她抬起右手就要打他，卻被衝到身邊的郭宜誠機警抓住，她看也不看抓住她的人，好像早就料到會被抓住，一直插在大衣口袋裡的左手此時飛快地伸出來，一條弧線用力地甩過吳理仁，正當郭宜誠覺得她沒打到他的臉時，一道鮮血卻噴泉般地從吳理仁的頸部飛濺了出來，噴了葉楓與媒體一臉，尖叫聲四起，葉楓雙手高舉，趕上來的楊家文與陳東翔立刻將她抓住，葉楓也絲毫沒有想要反抗的意思。

吳理仁上著手銬的手緊緊地按著自己的右頸，熱熱的鮮血不斷從指縫中湧出，空氣中都是鐵鏽的氣味，看著葉楓臉上的血，看著她高舉的雙手裡，左手食指跟中指間夾著一片剃刀刀刃，她怨恨地瞪著自己，然後鬆開手指讓刀刃掉在地上，他也緩緩地跪倒在地上。

吳理仁躺在地上，看見郭宜誠跟陳澈都在他上方，今天的天空灰灰的，郭宜誠正壓著他的頸部，他雙唇囁嚅著，鮮血也不斷地從嘴裡溢出。

「你說什麼？」陳澈靠近他問道，「你想說什麼？」

「你媽媽帶著你逃走了，真好……麻油雞，好好吃……」

陳澈不懂他說的是誰，看見郭宜誠按著他的脈搏，眼神一黯地搖搖頭，陳澈跪坐在地上，怎麼會這樣？仰頭看著被刑警緊緊抓住的葉楓，他已經看見了阿姨的命運，為什麼?!為什麼要這麼衝動?!

李桐震驚地呆立在原地好幾秒之後，才邁開腳步跑向被媒體與法警包圍的葉楓，他擠過人群，先看向躺在地上沒了氣息，鮮血在柏油路上漫延著的吳理仁，他沒有生命氣息的雙眸空洞地看著陰霾的天際，就跟他的敏敏一樣，不敢置信地轉頭看著滿臉鮮血的岳母，「媽？」

「我為敏敏報仇了。」葉楓定定地看著女婿說道，那一臉的血跡此刻看來無比猙獰，但她的語氣卻這樣的冷靜，「沒事了，我為敏敏報仇了。」

第十五章

「這是我一個人計劃的，跟其他人都沒有關係，你們不要牽連其他人。」葉楓坐在偵訊室裡對整件事情坦承不諱。

「妳為什麼要這樣做？他馬上就要接受審判了，妳現在這樣只是把自己的人生賠進去而已。」楊家文問道。

葉楓看著他的表情彷彿他問的是一個極蠢的問題，「他把他母親做成乾屍，還說殺了我女兒是為了救我的孫女，我知道他這樣一定會被鑑定為精神失常，又可以逃過一死，就跟其他殺人犯一樣，但是敏敏怎麼辦？誰給我女兒正義？我女兒死得那麼慘那麼冤。」

楊家文看著她，心裡其實覺得很悲傷，吳理仁已經毀了她的家，她現在又把自己推上絕路，這個家庭已經完全家破人亡了，「但是妳自己執行私刑，結果呢？仇報了，但妳也家破人亡了啊，不是嗎？」

「家破人亡？我的女兒早就被害死了，我的家早就破碎了。」

「那妳女婿呢？」

「女婿？敏敏都死了，李桐跟我也沒有關係了。」葉楓淡淡地說著。

「這件事你女婿事先知道嗎？」

「我說過了，這整件事都是我自己計劃的，跟李桐無關。」

楊家文懷疑地看著她，有可能是她一個人計劃這整件事嗎？葉楓從葉敏華被殺害開始就讓他覺得她是個失去了女兒極度歇斯底里的女人，總是搥胸頓足嚎啕大哭，這樣激動的一個人有辦法冷靜地計畫這件事嗎？

「那王文秀呢？朱少蓮的母親？她事先知道嗎？」楊家文從媒體調來的現場影片中發現因為王文秀率先動手，引開了兩名法警，才讓葉楓可以得手，由此不得不懷疑可能是兩位母親的聯手報復。

「她不知道。」

「可是她先動手打了吳理仁才讓妳有機可趁。」

葉楓看著他，「只有我，你們不用再懷疑其他人了，我跟他們根本都沒連絡，我每天看到新聞都在說吳理仁毫無悔意，剛才我跟他面對面的時候，他臉上也沒有一點慚愧，我知道我只能自己為女兒報仇，所以過年期間我開始照顧自己，我去運動，我需要鍛鍊體力，過年後，我每天都到士林法院去觀察囚車進出的方式，我到旁邊的大葉高島屋去買了那把夾式剃刀，還買了替換刀片跟磨刀皮帶，我每天都在家裡練習怎樣可以幫女兒報仇，這一切都是我，因為我自己想報仇，我也不想連累別人，所以我不曾跟別人討論這件事，楊刑警，你不用再懷疑了，你可以去我家查看，也可以去高島屋問專櫃小姐，都是我自己一個人，就算沒有朱太太正好出手，我一定也可以殺了他。」

「為什麼要這麼急呢？葉女士？」楊家文嘆口氣，「也許吳理仁會被判死，我了解妳的心情，但是……」

「你怎麼可能了解我的心情？」葉楓截斷他的話，「你怎麼可能了解一個母親看見自己含辛茹苦養大的女兒，被人這樣虐殺的心情？」從被逮捕到現在第一次出現難過的表情，葉楓看著自己的手，儘管剛才刑警讓她先洗過臉跟手，但衣服上的斑斑血跡充滿著濃烈的血腥味，指甲的溝縫仍然殘留著吳理仁的血，「你怎麼可能了解?!」

「警察局長說葉楓的案子仍由我們來偵查，」周泰海臉色凝重地說道，「這件是重大刑案，早就申請加派法警戒護，為什麼還會發生這種事？兇手連第一庭都還沒開就被家屬殺死?!真的是葉楓自己一個人幹的？她只是個瘦排骨女人，她怎麼有能力自己完成這件事?!」

「葉楓對於自己犯案坦承不諱，也交代了自己計劃的過程，剛才初步查問李桐跟王文秀目前都沒有可疑，接下來會去查證葉楓的供詞、兇器的來源以及他們的通聯紀錄。」楊家文說道。

「早上在現場也已經跟地院調閱附近的監視錄影器，等一下拿到影片檔就可以查證是不是真像葉楓說的是她自己一個人去觀察囚車的出入方式還是有其他人一起。」陳東翔說道。

「她的女婿真的沒有可疑嗎？」周泰海問道，「你如果跟我說是她女婿殺的我還比較相信，他高頭大馬還比較有可能，葉楓?!一個頭髮都白掉的中年婦女?!」

「剛才案發的時候李桐跟他同事也在現場，但是站的距離比較遠，他跑過來時臉上的神情非常震驚，看起來不是裝的，剛才查問的時候，他也是同樣的狀態，還沒有冷靜平復過來。」郭宜誠說道，「而且據我了解，自從他在聖人瀑布認屍跟相驗後有了 PTSD 的反應，聽說最近他對於刀子都有過激的反應，要參與這個計畫恐怕是有困難的，葉楓說跟李桐無關，都是她自己計劃的有一定的可信度。」

「那個王文秀呢？」

「她也很驚訝，不過她剛才一直重複表示想要感謝葉楓，幫她們的女兒報了大仇，還說很佩服她可以做到這件事。」陳東翔說道。

其他人聽了都搖搖頭，「佩服什麼?!佩服葉楓動用私刑報仇嗎？真是愚蠢！為了一個殺人兇手賠上自己的一生！」周泰海說道，「這樣真的值得嗎？」

「但是葉楓個頭不高，又這麼瘦，為什麼可以這樣得手？」

「她說自從決定要進行這件事之後，就開始每天鍛鍊自己的體力，」楊家文走到電腦前面打開影片，「你們看。」

幾個人走到電腦前面，楊家文把畫面放大了，「我剛才從媒體手上拿到影片第一次看的時候，就覺得這裡有點不尋常，她利用時機鑽到吳理仁面前，大家都以為她跟王文秀一樣只是要打吳理仁，但是大家看，她的左手一直插在口袋裡，她伸手打人是故意的，被抓到手也是故意的，只是為了讓大家忽略她夾在左手的刀片，她是左撇子，那一刀揮過去又準又有力，才能割開頸動脈，我想葉楓也不是大家想像的那麼柔弱。」

「不要忘了葉楓母女的經歷，她放棄學業獨力撫養葉敏華念完碩士嫁人，是個很堅強的單親媽媽，雖然葉敏華剛死的時候，她呈現一種崩潰的狀態，但是這種失落跟仇恨足以讓一個看起來柔弱的女人變成另一種樣子，更何況葉楓這個單親媽媽從來都不是柔弱女子。」郭宜誠說道。

「如果真的李桐也是共謀，沒道理會站得離那麼遠，讓岳母去殺人說不過去，而且從頭到尾都沒有做出任何有利於葉楓行兇的舉動。」影片的後半段才看見李桐跟他的同事匆忙跑過去已經被逮捕的葉楓面前。

「去查證清楚，這個案子還沒開審，犯人就被家屬殺死了，還是在法院門口，這件事情非得給我查的鐵證如山才行，如果有共犯一個都不可以錯放。」

＊　＊　＊

上一次大家齊聚坐在李桐家的餐桌前是葉敏華失蹤的那個晚上，此刻再度齊聚卻是因為葉楓成了殺人犯，餐桌上氣氛低迷，久久都沒有人說話，已經過了用餐時間大家都沒食慾，王藝君帶了一些吐司跟蔬菜過來幫大家做了點三明治，但那盤三明治都還好好地擺在餐桌上沒人動過。

「陳澈，我媽這種狀況，最壞會是什麼情形？」李桐問道。

「阿姨這是預謀殺人，是重罪，十年以上或無期徒刑。」陳澈處理完吳理仁後續的安排，傍晚也到了李桐家，臉上是明顯的疲態與憂慮，今天一直想著會不會是因為他幫殺害敏敏的兇手辯護，更讓阿姨覺得世界不公平，沒人會幫敏敏伸張正義，所以才做出這樣的決定？而阿姨一個衝動的決定，不但毀了她自己，也同時讓吳理仁的秘密永遠石沉大海了。

李桐聽了只是閉上眼睛，這一切都太沉重了，他自覺已經快要無法承擔這一切了，為什麼會出這種事情？老天爺到底要折磨這個家多久？腦袋裡面一直持續地轟隆作響。

「這麼重?!」張簡靖錯愕地問道，「可能減刑嗎？不是有那種義憤殺人然後被減刑的社會新聞嗎？」

陳澈搖搖頭，「阿姨這是預謀殺人，不是義憤，義憤是在引起公憤的事件發生的當下立刻動手，但阿姨這不是，所以是十年以上，我想這個案子最近鬧得這麼大，法官不會判阿姨無期徒刑，但是……」

李桐張開眼睛看著他。

「就算法官考量阿姨是悲傷過度，能減的刑度也不多，義憤殺人是七年以下，法官不會減這麼多。」

「所以最好的情況就是十年，或是運氣再好一點遇到有同理心的法官，可能會八、九年這樣？」張簡靖問道。

陳澈點點頭，「表現良好的話，刑期過半就可以申請假釋，但是往往到同意都已經到了刑期的三分之二。」

「這麼漫長的刑期，阿姨怎麼熬得過去？」王藝君難過地說著，本來張簡靖考量到她現在正在接受心理治療不想讓她過來一起參與討論，但她堅持也只能由著她一起過來，只是張簡靖擔心會不會讓她的心情又開始低落，此刻他不免慶幸早上妻子去上班，而不是像他跟著李桐一起在現場目睹了整個駭人的過程。

「我幾時可以見岳母？」李桐問道。

「阿姨是現行犯當場逮捕，聽說她今天在警局坦承犯案，連怎麼計畫的過程都交代了，黃檢應該很快就會聲請羈押，要看法官會不會禁見，如果沒有禁見，應該開完羈押庭移送土城看守所後你就可以去接見了。」

「禁見？」

「有可能，要看法官是否認為阿姨有逃亡串供之虞。」

「阿姨都坦承了，還會有什麼逃亡串供之虞？」

「要看法官的態度，畢竟大家很難相信憑阿姨一個人可以這麼順利在法院前面殺死吳理仁。」

「今天郭刑警也是一直反覆在問我這些。」

「他們的確很可能會懷疑你有協助。」

「是瘋了嗎？」張簡靖斥道，「今天我跟李桐站得那麼遠，是要怎樣協助？」

陳澈嘆口氣，「這是合理的懷疑，只要配合調查就好了，我知道目前警方更懷疑的是朱少蓮的母親王文秀，因為她先衝去打了一耳光，被兩位法警架走，吳理仁身邊才會只剩下兩名法警，相對的也讓阿姨更容易成功，所以警方會懷疑也是很自然的。」

「但她們兩位真的有聯手？」張簡靖問道。

「不知道，聽說阿姨一直表示只有她自己。」

「你也可以幫阿姨聲請司法精神鑑定嗎？如果她當時喪失心神會比較有利嗎？」

陳澈頓了頓，「一定可以聲請鑑定，只是……」

李桐抬眼看他，頭仍然一直痛著，只是忍耐著沒有伸手揉太陽穴。

「對不起，因為我是吳理仁的律師，所以沒辦法幫阿姨辯護，雖然他已經過世了，但是立場上會被人攻訐……」因為無法為葉楓辯護有著滿滿的愧疚，「如果大家可以接受，我可以介紹我的學長，他很有經驗，這樣我也可以從旁協助，事實上，我已經請學長去警局了解阿姨偵訊的過程了，對不起，李桐，我自作主張先請學長過去了，如果你介意我幫吳理仁辯護，我也可以請學長不要介入阿姨的案件。」

陳澈講的話跟李桐預料的差不多，這個可能性他自己也想過了，只是現在頭痛欲裂，也沒辦法再思考，今天事情發生之後，媒體又再次跑去公司想要圍堵他，張簡靖跟公關室緊急處理了才沒有讓公司又被牽扯進去，他在家裡反覆回憶都想不出來除夕那晚岳母是否有顯露出任何一點意圖，還是他漏掉了沒有注意到？如果他早一點發現，一定會制止她，他沒有保護好妻子，現在連妻子最愛的岳母也出事了，未來他要怎樣面對妻子？事情一件接一件，公事跟私事都讓他疲於奔命，在沒有事先跟張簡靖討論的情況下，他先以電子郵件向林世傑提出辭呈了，他實在沒有辦法厚著臉皮一直給公司添麻煩，況且這些麻煩還都不是小事。

「還是我問一下總經理有沒有推薦的律師？」張簡靖看著臉色蒼白一直皺眉的李桐。

李桐搖搖頭，「就麻煩你的學長吧，」他看著陳澈，「請他一定要想辦法幫媽媽減輕刑責，我不能讓她受這麼久的苦。」

陳澈點點頭，「大家會盡力的，你不要太過擔心。」

李桐終於還是忍不住壓了壓自己的太陽穴，頭痛的頻率已經跟心跳一致，一下一下的震動讓他如坐針氈，「謝謝你們，都回去休息吧。」

其他人見狀也知道他需要休息便不再多說，王藝君幫忙把三明治分裝進袋子裡，讓大家帶走，「李桐，放在碟子裡的這塊你一定要吃，剩下的我幫你冰進冰箱，你要吃的時候烤一下就好了，知道嗎？一定要吃，我們還要幫阿姨打官司，你要吃東西才行！」

李桐咬緊牙根輕輕地點了一下頭，頭痛逐漸嚴重到連低頭或點頭都會劇痛的程度，「你們幫我把門關上就好了。」

「李桐，你……」張簡靖還要再問，就被陳澈碰了一下手臂制止。

「好，你不用起來，我們自己把門帶上，你早點休息，明天傍晚在學長的事務所見面。」

「好。」

張簡靖關上門時，憂慮地看了一眼他萎靡的背影，轉身跟妻子還有陳澈一起走進電梯裡。

「張簡，這幾天可能要注意一下李桐的狀況，上次你提到他對刀子的反應已經是PTSD沒錯，在沒有接受治療的情況下今天又發生這件事，他的情況只會越來越差，上次我來的時候發現他好像都在沙發上睡覺，如果他的睡眠也持續惡化，那就要想辦法讓他去接受治療，這個家已經經不起更大的風波了，」他凝視著張簡靖，「他看起來太冷靜了，你懂我的意思嗎？」

張簡靖點點頭。

離開李桐家之後，開車的時候陳澈一直想著今天吳理仁臨死前的話，他說的人是誰？誰的媽媽帶誰逃走了？麻油雞好好吃是什麼意思？當年張愛有帶他逃走嗎？不是吳修德意外死亡嗎？一路都糾結在這些線索上，到家的時候也已經十點了，開門前從貓眼發現家裡的燈是亮的，他警覺而小心地打開門，卻驚訝地發現家裡的安全門扣被扣上了，因此門只能開一道縫，正當他往後退了一步準備打電話報警時，立刻聽到腳步聲靠近，門被關上，接著是安全門扣解開的聲音。

「子惠?!」當門再次打開的時候，他驚訝地看見前妻帶著尷尬的神情站在門前，「妳怎麼會？」猛然才想起自己今晚竟然爽約了，「對不起，我忘記去接妳下班！」

「我知道。」

林子惠走回客廳，陳澈只是呆呆地跟著走了進去，「女兒呢？在爸媽那邊嗎？」想著已經晚上十點，林子惠還沒回去，女兒應該就是托在娘家了吧。

「在裡面睡覺。」

「裡面？」陳澈再一次感到驚訝，連忙走進兒童房，果真見到女兒正抱著她的泰迪熊呼呼大睡，一切彷彿都不曾改變。他走了進去，忍不住伸手摸摸細嫩的小臉，好怕這一切只是夢，轉頭看著站在房門口微笑的林子惠，那個笑容也是許久未見了。

兩人輕聲走回客廳，「這是怎麼回事？對不起，我今天忘記去接妳了，妳吃飯了嗎？」

「你呢？」

陳澈搖搖頭。

「我猜也是，今天出這麼大的事情，你應該也沒吃飯，我煮點麵好嗎？你先去換衣服。」

陳澈完全摸不著這是怎麼回事，回到房間要換衣服時赫然看見妻子的行李箱，他馬上走回廚房，「子惠，妳……妳的行李……？」

「對不起，我沒有問過你就自己帶著女兒回來了。」

陳澈又驚又喜地立刻上前抱住她，「真的嗎?!」

「可以嗎？我跟女兒可以回來嗎？」

陳澈緊緊地抱著她，「這是我夢寐以求的，只是怎麼會呢？妳為什麼會願意回來？我這次接的案子鬧那麼大，今天葉阿姨又……妳怎麼會？」

林子惠沒有馬上回答，只是先忙著把麵盛到碗裡，等兩個人坐在餐桌前了，她才告訴他那天去見李桐的事情。

「原來那天妳是約了李桐，我還以為……」

「以為我有對象了嗎？」

陳澈尷尬地笑了笑，伸手撫摸她的手，「妳這麼好，就算有對象也是理所應當，所以我才會那樣想，只不過沒想到，最後可以勸妳回來的竟然是李桐。」

「他還好嗎？葉阿姨還好嗎？今天的新聞我看了好擔心，我知道你的心情一定差透了，所以才會自作主張拎了行李就回來了。」

陳澈緊緊地握著她的手，真心誠意地說著，「謝謝妳回來，妳永遠都不會明白，有妳在我身邊對我是多麼的重要。」

林子惠深深地感受著兩人十指交握的感覺，這一年多以來，她也經常想念著陳澈，這一刻再次清楚地知道自己從來都沒有停止過對這個男人的愛。

「但是，子惠，我的工作……」

「我知道，」林子惠微笑著，「就像李桐那天說的吧，要好好珍惜可以相愛的時光，我們倆都還在，都還在乎對方，那我們也就只能互相支持了吧。」

＊　＊　＊

大家都回去之後，李桐抱著毯子蜷在沙發上頭痛欲裂，坐立難安，手機在這時候響了起來，一聲一聲刺激著他的頭痛，他掙扎著起來接了電話。

「我是林世傑。」電話那頭是那個熟悉的溫潤聲音。

「總經理。」他努力振作，但是聲音仍然透露出他的情況。

林世傑聽得出來是極度勉強甚至是帶點虛弱的聲音，不禁有點擔心是否又發生了那天小尾牙的狀況，「我收到你的信了。」但是他此刻選擇不去詢問他的身體狀況，而是將話題帶到更重要的事情上。

「對不起，我明天會補一份正式辭呈到您的辦公室，但是我必須要即時以電子郵件先向您請辭，讓公司可以比較好處理相關的議題。」

「我不接受你的辭呈。」

「總經理，我不能再給公司添麻煩了。」

「新聞我看到了，我朋友也跟我說明現在的情況了，下午媒體到公司這件事，張簡跟Alex處理完也都跟我報告了，這些我都知道了，現在你遇到的不是小事，你還要處理岳母的官司，這時候你辭職不會是個比較好的決定，我問過我的律師朋友，你岳母的官司不會拖很久，你現在辭職，之後呢？去別的地方上班嗎？」

「我是一個經理，可是因為我的私事三天兩頭請假，甚至還有媒體不斷上門，已經勞動幾次公關室解決我惹來的麻煩了，現在我岳母又出事了，可以想見後續……」

「夠了。」林世傑不怒而威的聲音永遠都具有一定的效果，簡單的兩個字就把李桐的負面想法全都打斷了，「你冷靜下來自己想想，你剛才講的真的是你自己惹來的麻煩嗎？如果是，我就同意你辭職，如果不是，請你明天準時來上班，張簡跟公司警衛都已經交代過了，媒體的事情自有公關室擔當，你準時回來上班，我這幾天要看到下一季的廣告行銷計畫。」

李桐沉默下來。

「聽見了嗎？」

「嗯。」

林世傑低低地嘆了口氣，「除非你在工作上犯錯，不然我不會同意你離職，當然，除非有其他公司出更高的薪水挖你，那我也沒有話說，除此之外，不要再提這件事了，你身為一級主管，你應該很清楚，你只要出現這種念頭，你的部門就會開始躁動不安，過去你一直都讓我很放心，等這些風波過去，我相信一切都會好轉，你只是需要時間。」

李桐心裡感慨萬千，他不知道是否會有這一天，也不懂為何總經理對他這麼有信心。

「你岳母的事情有什麼要我幫忙的嗎？需要律師嗎？我聽張簡說你們的朋友之前幫兇手辯護，現在你岳母殺了兇手，那位朋友想必也不能幫你岳母辯護，角色衝突，需要我幫你介紹嗎？」

「謝謝總經理，我們已經找好律師了。」

「好。」

「但是……」李桐猶豫了一下，終究還是得要開口麻煩林世傑的協助。

「有什麼需要幫忙的可以說，我來看看是否幫得上忙。」李桐會主動開口要求協助也讓他有點意外。

「我岳母可能這兩天就會被送去土城看守所，會不會禁見還不知道，檢警現在在追查是否有共犯。」

「這件事你事先知道嗎？」

「不知道，如果知道……」李桐一陣鼻酸，「如果知道就會想盡辦法阻止了。」

「好，所以你要我幫忙的是？」

「如果岳母被送去土城看守所，是否可以請總經理幫忙，請看守所裡面的人善待我岳母？」

「好，我知道了，我會去試試看，你別太擔心。」

「謝謝總經理。」

「保重身體，明天準時來上班。」

李桐輕輕地嘆了口氣，都開口求總經理幫忙打點獄政資源了，還能任性而為地說要辭職嗎？「知道了，謝謝總經理。」

掛斷電話的林世傑在自己的書房裡陷入沉思，他並沒有告訴李桐，李桐所請託的事情在今天檢警高層友人打電話來的時候就已經一併拜託對方處理了，他不想讓李桐覺得自己又給他惹麻煩。

「世傑，跟李桐講完電話了？」謝琮文穿著睡袍拿著一杯蔘茶走進來。

「嗯。」

「他還好嗎？」

「聲音聽起來不好，不過總算答應繼續留下來工作。」

「可是他這樣還能工作嗎？先是葉社工出事，現在連葉社工的母親都發生這麼大的事情，他短時間內還能工作嗎？」

「從出事到現在，只有頭兩週他請長假跟住院，儘管他一直勉強自己，但工作狀況還是很穩定，我擔心現在讓他辭職只會讓他的狀況更差，工作起碼可以讓他有點時間擺脫那些傷痛，所以無論如何也要把他留住。」

「你對李桐真的很特別，」謝琮文知道丈夫一向惜才，但是對李桐的關照與信心是前所未有的，畢竟她也見過他鐵面無私開除員工的模樣，「是因為你覺得整件事情公司也要負一些道義上的責任嗎？」

「這是其中一個原因，但最重要的是，他的確是個人才，如果有一天我要離開廖氏去新的公司，我會帶走的人就是他跟張簡。」

＊　＊　＊

一如預期的，葉楓兩天內在羈押庭後被裁定收押禁見，法官給予檢方時間去釐清是否有共犯，也立刻押解至土城看守所，由於禁見緣故，李桐無法接見，只能利用近午的時間前去看守所接見室辦理寄入百貨物品、書籍跟存入現金。

或許是因為已經被交代關照，葉楓連續兩天以不尋常的速度收到了這些物品，也得知李桐在她看守所的戶頭裡存了錢。

「哇，大姐，妳女婿對妳真好。」同房的893看著她新拿到的被褥、換洗衣物、盥洗用品跟一些乾糧與礦泉水不禁羨慕地說道，「這些東西超過每天規定的金額，而且每次最高只能存八千元現金，妳女婿很有心，應該是連續來了兩、三天才有辦法送這麼多東西跟現金進來，是說在這裡面東西也沒那麼貴，他存的錢夠妳用一陣子了，大姐妳別擔心，臨時缺什麼，我有的可以先給妳用。」

葉楓看著這些物品，心裡苦苦的，她當時跟楊刑警說的是真心話，敏敏已經走了，李桐跟她也就沒有關係了，可是卻累得他這幾天不斷奔波，有些物品是他自己來寄，有些是託程律師來的時候寄入的，就唯恐她在這裡受苦。

「也用不了那麼多，妳有什麼缺的也可以一起用沒關係。」

「謝謝大姐，我來幫妳一起換被褥吧，還是用全新的比較安心，妳前天進來的時候，只能先用前人留下的，加減還是會有些不乾淨，今天早上放封時，隔壁 664 跟 798 還有 512 都叫我要好好照顧妳。」

這是間新的女子看守所，裡面的設備相較其他看守所好很多，葉楓原以為會進到一個又髒又小又可怕的空間，沒想到這裡竟然有上下鋪，893 原本要把自己睡的下舖讓給葉楓睡，但葉楓拒絕了，覺得自己可以按照規定睡上鋪就好。

「謝謝妳，這兩天幫了我很多。」

893 搖搖手，「大姐，妳別這樣說啦，妳現在是這裡的英雄捏。」

「什麼？」

「大姐，我們都知道妳殺了那個兇手啊。」

正坐在上鋪拉下舊被褥的葉楓愣了一下，「什麼？」

「大姐，別裝了啦，664 有買電視，隔壁房的都看到新聞了啊，妳竟然在士院前面殺了那個兇手幫妳女兒報仇！今天我們一放封，她們馬上就跟我講了啊，但是大姐，真的看不出來捏，妳怎麼有辦法啊，那麼多法警捏，不過實在是大快人心啊，那個兇手實在是太不是人了。」

「大快人心？」葉楓愣愣地坐在上鋪，心裡一陣劇烈的疼痛，痛得讓她不能呼吸，想起躺在草地上全身赤裸的女兒，如何大快人心？眼淚就這樣成串流了下來。

「啊呦，931大姐，妳怎麼哭了啦？」

這兩天對葉楓而言其實也是極為痛苦，殺了吳理仁並沒有鬆口氣的感覺，也沒有喜悅，不過只是一件應該要完成的事，心裡的苦悶絲毫沒有減少，女兒美好的畫面一幕幕浮現眼前，還有那個不能帶進來的小狗吊飾，每一處美好都重疊著女兒最後的模樣，大仇得報，可是敏敏卻再也回不來了，被撕裂的心永遠都無法完整了。

* * *

警方的黃色警戒條已經撤下，大門的封條也被拆封，除了花園被鑑識科整個翻了一遍外，這間白色的一樓平房看起來就跟一般的房子沒什麼兩樣，可是誰能想得到竟然有那麼多條生命在這裡離去？十九年前那場火到底是怎麼燒起來的？真的是單純的瓦斯爆炸嗎？更早之前呢？吳理仁臨終前說的那句話『你媽媽帶你逃走了，真好。』說的是誰？那句話是否同時也意味著張愛當年並沒有帶著他逃走？郭宜誠上次來是晚上，第一次在白天觀察這房子，伸手想要開門，發現大門已經鎖上，沿著屋子外圍走了一圈，當這房子還是三層樓的小別墅的時候，在那間屋子裡吳理仁經歷了什麼？儘管他已經身亡，但郭宜誠仍然不死心地利用私人時間繼續查訪診所同事、大學同學跟其他求學階段的老師，每個人對他的評價都是溫和帶點冷淡，是個跟同學同事保持距離的人，中規中矩但是帶點潔癖跟強迫症，幾乎從不參加聚會也甚少讓人拜訪他家，沒聽說過有戀愛紀錄，唯一曾經宣稱有個在美國唸書的未婚妻，可是事後查證也並無此人，郭宜誠知道吳理仁必然承受過嚴重的家庭暴力，問題在於是誰？只有吳修德嗎？張愛呢？他或他們用了什麼方法施虐？他對母親又愛又恨，是因為張愛始終沒有帶他逃走嗎？那麼吳修德真的是意外身亡嗎？

「郭刑警，你怎麼在這裡?!」屋主陳先生帶著一位身著道士服裝的人出現在圍牆外。

「陳先生，這麼剛好，你也來了。我只是過來看看，但是因為我們已經撤封了，門也鎖著進不去。」

「咦？你們還有什麼要查嗎？」陳先生狐疑地拿出鑰匙開門，「可是我今天請了師父要來作法淨化一下這裡。」

郭宜誠跟道士點點頭，「我只是想要看看而已，你們忙你們的。」

「好啊，不請師父來一趟不行啊，我的房子出了這種事情，以後怎麼租的出去？」陳先生搖頭抱怨，「怎麼都沒想到那個人會幹出這種事情，還弄個乾屍在這裡一年，又殺了人，想到我都起雞母皮。」

道士跟徒弟開始佈置他們的神壇，郭宜誠則是在屋子裡面走動著，不時地打開每個房間的抽屜跟櫃子。

「郭刑警，你是不是在找什麼？你們不是把可疑的東西都帶走了嗎？我也要準備來丟東西了，你還有東西要帶走就帶走，不然我可能全會丟掉，這些恐怖的傢俱我都不能要了，真是夭壽，跟他們買了這塊土地重建，又被他們破壞了這間房子，真是欠他們的。」

「沒什麼，就是看看。」郭宜誠具體也說不出自己在找什麼，他就只是希望有什麼可以證明過往的資料或物證是被他們漏掉的，說完他走到屋子外面看了一遍，到處踢踢土，還到車庫裡面翻了一下儲物櫃，又回到屋子裡。

屋主一邊忙著跟道士討論，一邊用眼尾盯著這個刑警在屋子裡走來走去，最後終於在郭宜誠不知道第幾次屋裡屋外走動，又不時敲敲牆壁時開口問他，「刑警，你到底在找什麼啦？」

「你有沒有覺得屋子裡面的隔間有被動過？」

屋主看看屋子，抓抓頭髮，「沒有啊，就是三房兩廳啊，沒有動過隔間。」

「你確定嗎？」

「是啊。」

「你跟我出來，」郭宜誠領著他繞了屋子外面一圈，又走回屋子右後方的房間，「你沒有覺得這間房間特別小嗎？從外面看的時候，這房間不應該這麼小。」

陳先生聽他這麼一說，自己也走了兩三次，好像是有這麼點感覺，但沒有像郭宜誠說的那麼明顯，認為只是感受問題，「這房間本來就是設計的比較小。」

郭宜誠在房間裡四處敲了敲牆壁，都是實心的回音。

「是不是？都是磚頭水泥啊，郭刑警，你是在懷疑什麼啦？」

「沒什麼，只是想說有沒有什麼東西是我們漏掉的。」

「啊那個吳理仁不是已經死了嗎？還要查什麼？那兩個孕婦不是他殺的嗎？」

「我只是有些事情不明白，所以想要自己再查查。」

屋主突然瞪大眼睛，「該不會連他媽都是他殺死的吧？猴死囝仔！」

「這倒不是，就是病久了自然死亡。」

屋主吐出口氣，「還好不是，不然是夭壽啊！」

「陳先生，你一直都住這一帶嗎？」

「算吧。」

「那麼吳家失火前你就認識他們嗎？」

「算吧，就住這附近，遇到會打招呼。」

「那你有聽說他們家曾經發生過什麼事情嗎？」

「什麼事？」

「像是夫妻吵架之類的。」

「沒有吧，他們好像感情不錯，大家都這麼說，常常同進同出，怎麼了嗎？」

「那他們跟孩子之間呢？」

「好像也不錯吧，吳理仁如果不是幹出這件事，真的沒辦法想像，就是從小就不太愛講話，但是算有禮貌啦，真是人不可貌相。」

也是跟孫老師講法大同小異，郭宜誠聽了有點失望。

「喔，不過吼，聽鄰居說，他們家常常半夜有訪客。」

「有訪客？」郭宜誠眼睛一亮。

「那時候聽說啦，有時候半夜有車子進出他們家，不是他們家的車子。」

「喔？是誰跟你說的？可以帶我去找他嗎？」

屋主笑了，「哈哈，往生很多年了啦。」

郭宜誠難掩失望之情，「好吧，陳先生，如果你有發現什麼東西或事情，請再通知我，我再給你一次名片。」

郭宜誠走出大門時，道士已經開始吟誦搖鈴，他站在外面又看了一眼全屋，半夜常有訪客，是誰呢？來做什麼？

第十六章

「大姐，你吃這麼少不行啦。」893 苦口婆心地勸著葉楓，本來就清瘦的她進來看守所不到一個月又爆瘦了五公斤，「這裡的飯菜這麼油，大家都肥死了，只有妳越來越瘦，又吃得少，你女婿買給妳的餅乾乾糧妳也不吃，是怎樣啦？妳很討厭妳女婿嗎？」

葉楓坐在地板上搖搖頭，「我女婿……其實是個很好很優秀的人，我只是……我只是不想吃，妳多吃點。」

「妳都幫女兒報仇了，想開一點吧。」

葉楓嘆口氣，心裡好沉，一直覺得空氣很凝滯，什麼都不想做，沒了敏敏，人生還有什麼意義？沒有了，什麼都沒有了，以為養大女兒，看見她有了幸福就夠了，結果呢？

「大姐，妳是不是擔心官司啊？我覺得法官不會判太重啦，一定會同情妳失去女兒，會減刑的啦，不會關十年啦，你才五十幾歲，表現良好就可以假釋，不用六十歲就可以重見天日了，出去又是一條好漢啦，大姐，不要擔心啦。」

葉楓只是點點頭，其實在這裡還是在外面又有什麼差別呢？

這輩子第一次懷疑當年硬要生下敏敏會不會是錯的？如果沒有生下她，她最後就不會受苦，葉楓這幾天夜裡總睡不著，勉強睡著了也一直夢見吳理仁最後的眼神，那雙毫無悔意的眼神，這個人死不足惜，可是為什麼自己的心情卻這樣的沉？她還記得溫熱的血噴在臉上的感覺，那就是女兒最後的感覺嗎？以為幫敏敏討回公道之後自己就會比較好過，原來並不是這樣的，心裡面那個無法彌補的大洞並沒有因此而消失，反而漸形擴大，幾乎要將自己吞噬。

『媽，這輩子我都要跟妳在一起！』葉敏華的聲音突然在舍房裡迴響著，『媽，這輩子我們都不能分開喔！』

葉楓立刻左右張望著，「敏敏？」

「大姐，妳怎麼了？」893看到她左顧右盼像在找人的樣子，心裡有點發毛，不管是監獄還是看守所，鬼神之說極多，大家也都認為這是陰冷之地，「妳別胡思亂想，我相信妳女兒一定已經到極樂世界了，她生前不是做社工嗎？幫了那麼多人，積了那麼多善報，一定已經到極樂世界了。」

「如果真的有善報，怎麼她還會遇到這種事？這個世界一點都不公平，善有善報都是假的，我跟女兒都是好人，可是我卻要白髮人送黑髮人，這個世界哪有公平？壞人可以活著，可以過好日子，可是我們……？」原以為自己已經可以不再哭了，可是來到看守所的這些日子裡，她卻日日以淚洗面。

「大姐……」

「活著好累……」

893聽了心裡一驚，「撐過去就好了，大姐，我也是要關好幾年啊，我們一起撐下去，大姐，妳不要亂想，妳女兒在天上一定也希望妳可以好好活下去。」

葉楓用袖子拭去淚水，活著，還有什麼意義呢？

＊　＊　＊

「爽吧?!不是很愛叫我們饒了妳嗎？知道不能叫了？怕被妳兒子知道？」張愛的嘴裡被強迫含著一個男人的生殖器官，那人抓著她的長髮不讓她有機會逃離，不顧她做嘔欲吐的生理反應自顧自地抽送著，另一個男人則抓著她晃動的乳房，從她的後面同時抽送著，張愛跪在床上，雙手支撐著自己疲憊羞愧的身體，緊閉眼睛忍耐著身上各種反應。

「張開眼睛！誰讓妳閉上眼睛，看著我。」

張愛仍然緊閉著眼睛，男人揚手便要打她卻被制止，「不要打她，留下傷痕就很麻煩，女人就是要溫柔一點對待。」原本從後方進入的男子將張愛翻身，讓她仰躺著，男人彎下身子溫柔地舔弄吸吮著她的雙腿之間，張愛轉開頭雙手用力地抓著床單，緊咬著嘴唇不肯發出聲音，身體卻出賣了她的反應地拱起，不斷扭動著。

「看吧，對女人就是要這樣……」

「靠北，這是什麼春宮秀？」劉成坤看著電腦螢幕的畫面半晌才爆出粗口。

郭宜誠停下影片，「我比對過照片了，那個女人是張愛，另外兩個男人不知道是誰，但不是吳修德。」

周泰海看著會議桌上擺放著二、三十支早期錄影機專用的 mini DV 帶，「這些都是？」

郭宜誠點點頭，會議室裡其他人面面相覷，難以想像會在吳理仁死後出現這批影帶。

「你怎麼找到的？」

「屋主陳先生想要重新裝潢那間房子，敲掉牆壁的時候發現有個小隔間，裡面收藏著這些影帶，還有一些看起來是吳理仁童年時的玩具。」

「有小隔間？我們當時怎麼沒發現？」楊家文問道。

「你們到底是怎麼蒐證的？竟然會漏掉這麼重要的東西？」周泰海鐵青著一張臉問道。

「我其實前陣子還有去過，吳理仁死掉之後，我又去了一次，屋主帶著道士正要做法，當時我感覺屋子內外尺寸有差異，但是我四處敲過了，都是實心磚牆，所以我也疏忽了，對不起。」

「那後來怎麼找到的？」

「裝潢工人移走那個房間的一座櫃子才發現後面有狹窄的木造牆。」

「剩下的影片裡面都是同樣的人嗎？」

「都是張愛，但是男人不太一樣，大概總共有七、八名男性輪流到他家做這件事，偶爾也會有兩男兩女的組合。」

「幹，這是什麼家庭？」劉成坤啐了一口罵道。

「那吳修德呢？」周泰海問道。

「可能是錄影的人，這些影片裡都沒有看到吳修德，根據裡面的錄影時間推算，時間軸應該是從吳理仁小五左右開始一直到國三。」

陳東翔一直在重複播放影片，那些肉體碰撞跟床架咿呀的聲音搞得大家很不舒服，「煩死了，你是要看幾遍啦？幹！」劉成坤罵道。

陳東翔將電腦接上投影機畫面，「找到了。」

「找到什麼啦？還放到大螢幕幹嘛？」

陳東翔將影片停格，拿起雷射筆，直指影片中臥室裡的梳妝台鏡子，大家倒抽了一口涼氣，連一直罵聲連連的劉成坤都驚訝的闔不上嘴。

鏡子裡反映出臥室的門是半掩的，吳理仁緊閉著眼睛坐在門縫後面，嘴巴被摀住，而站在他身後摀住他嘴巴的人正是後來被燒成焦屍的吳修德。

* * *

「媽，妳瘦了，裡面的伙食很差吧？我之後多帶點外面的菜進來給妳好嗎？就算妳不想見到我，也請不要拒收這些食物。」葉楓已經解除禁見兩週了，但是過去兩週以來，除了律見之外，她拒絕所有的接見，包括李桐跟陳澈。然而昨天律見完之後，她突然請律師轉告李桐來接見，今天一早他馬上跟公司請假前來面會，一看到岳母的清瘦與全然白掉的頭髮，心好痛。

岳母出事之後，郭宜誠在警方蒐證完畢曾經帶他們進去葉楓家，他看見餐桌上散放著許多的剃刀刀片，每一扇窗戶上的窗簾都被岳母割破，而割破的高度與吳理仁身高相仿，岳母不知道為此練習了多久，除夕夜後，葉楓總是避而不見，李桐只當她仍在埋怨自己，也不敢多煩她，沒想到竟是在為擊殺吳理仁做準備。

敏敏出事之前，岳母一直對他好像親生子一樣，他也真心希望可以跟妻子一起孝順她到老，只是事與願違，妻子死了，岳母跟他彷彿形同陌路，如果說葉楓覺得世界上只剩下她孑然一身，對李桐而言又何嘗不是如此呢？雖然他還有父母兄弟，但是，這個劇變也是狠狠地把他的人生給打斷了，一直順遂前進的火車突然失去了方向，不知該開往何處。

「不用了。」葉楓淡淡地說著，「你不用再每次來都寄八千元，你已經把我的額度全都存滿了，也不要再一直寄食物跟百貨。」

「媽。」

葉楓抬起手制止他往下說，透過接見窗的話筒，女婿的聲音跟神情她怎會不知他的難過，他跟女兒對自己的孝順她一直都很清楚，「小桐，你聽我說。」如果自己瘦了，李桐何嘗不是？他原本烏黑的頭髮竟也多了許多灰華，他還不到四十歲啊。

李桐聽見岳母對他的舊日稱呼，整個人安定了下來。

「小桐，敏敏走了，我並不是真的怪你，我知道你工作很忙，這是一直以來的情況，我很清楚，敏敏也很清楚，她常說因為你拼命工作賺錢，讓她沒有後顧之憂去做收入不高的社工工作，她很感謝你為了你們的家庭這麼努力，你在工作上的成就也讓她很驕傲，我也是。因為不想你請假去陪她，而我跟敏敏都知道，只有我陪她去看醫生或做其他事情，你才會放心，專心在工作上，所以我並不是真的怪你那天不能去接敏敏，我知道你有你的難處，只是，那段時間我太難過了，委屈你了。」

李桐聽見這些話，喉頭瞬間就哽住了，紅著眼眶看著接見窗對面的岳母，「媽，對不起。」

葉楓搖搖頭，「我也不是不知道，你瞞著我驗屍的結果是擔心我難過，只是，我是敏敏的母親，你應該讓我知道敏敏發生的事情。其實我更氣的是我自己，怎麼敏敏死的時候我會沒有感覺？人家都說母女連心，可是我竟然沒有感覺到她正在受苦，我們還在找她的時候，她就已經走了，我恨的是我自己，我是個失職的媽媽。」葉楓哽咽地說著。

「媽。」

「小桐，敏敏已經不在了，說起來你跟我也沒有關係了。」

「媽！」

葉楓搖搖手，「我希望你好好的過日子，我知道這是敏敏的希望，敏敏是我的骨血，我沒有辦法割捨，但你要好好走下去，不要再花時間在我身上，你還不到四十歲，還年輕，人生其實也才剛開始，你一定要好好活下去，開始新的人生，不要再折磨自己，這樣敏敏才能安心，我也才能安心，這段時間我對你的埋怨，也請你原諒我，因為失去敏敏對我而言，實在太痛了。」

李桐抹去眼角的淚水，「媽，你永遠都是我的媽媽，敏敏不在，我會代替她孝順妳，請妳不要再講我們之間沒有關係這種話了，這種話只會讓人更難受而已。」

葉楓搖搖頭，「我就是怕你會這樣想，我很好，你不用擔心，請好好過下去就好了。」

話筒裡傳來接見時間即將結束的提示音，「媽，程律師會想辦法幫妳的，請妳一定要配合他，不要拒絕，媽，我不能讓妳受這麼久的苦，十年，太長了。」

葉楓眼裡閃著淚光，嘴角卻露出微笑，「不會的，不會太久的。」

李桐看著岳母跟其他人排成一排走出接見室，一方面感謝葉楓願意再見他，一方面也知道自己必須要更努力讓岳母可以早日離開這裡。

＊　＊　＊

肉體撞擊跟床架咿呀搖晃的聲音充斥在會議室裡，郭宜誠將影片暫停在某個段落，凝視著李桐跟陳澈，「我們在吳理仁犯案的陽明山住宅裡找到許多影片，這是其中一支。」

「影片裡面的女人是張愛？」陳澈問道，他在吳理仁的檔案資料裡面見過張愛年輕時候的照片。

「是，但那兩個男人並不是吳理仁的父親吳修德。」

「我知道，我看過吳修德的照片。」

李桐只是默不做聲地坐著，等著郭宜誠往下說明，剛才他在電話中提到有跟吳理仁相關的重要發現。

「重點是這個。」郭宜誠指出梳妝台鏡中所反映出來的畫面。

「那是?!」陳澈驚訝地說著。

「是，是吳理仁跟吳修德。」

「應該是他國一的時候？」陳澈看著影片上的錄影日期問道。

「對，桌上那些影片大概是從他小五到國三期間。」

李桐嘆口氣閉上了眼睛，眼前看到的畫面，他知道這意味著什麼。

「我們一直都懷疑吳理仁受過家暴，但他一直不肯說，這些影片解開了這些疑點，他不只是個目睹兒，其實也是被害者，從影片中我們可以看到他被吳修德押著觀看母親跟其他男人性交，而張愛的反應顯然不是自願的，這對一個青春期的孩子來說是很大的創傷，遑論是否還有其他的虐待行為已經不可考。」郭宜誠凝視著李桐，「我們調查過張愛從未有任何家暴的報案紀錄，吳理仁從小學到國中的老師都對吳修德夫妻給予高度的評價，說他們是恩愛夫妻，是模範家庭，事實上，我們從影片中已經看到從小五開始，吳理仁就已經受虐，加上他額頭上曾經有過未縫合的傷口疤痕，我們估計受虐時間應該更早。」

「這就是為什麼他一直堅稱大家都會相信謊言，當我們一再告訴他李桐並沒有家暴時，他怎麼都不信的原因，因為他自己家裡就是如此。」陳澈說道。

李桐只是點點頭，覺得嘴裡好苦，這一切都肇因於一個誤會，一個失功能的家庭，卻讓他家破人亡。

「吳理仁臨死前說了一句『你媽媽有帶你逃走，真好。』還說了『麻油雞真好吃。』」陳澈點點頭，他是在場親耳聽見的，「我一直想不通這句話，他是在對誰說？張愛很會煮麻油雞嗎？」

郭宜誠搖搖頭，「不是張愛，是吳理仁的同房1879。我昨天去北所借訊1879，這個

1879是毒品犯，運毒，大概也是會判無期徒刑，過去也有被家暴的經驗，他跟吳理仁聊過自己跟母親被家暴的事情，因為1879的母親當年帶他逃走，所以他們後來有了不一樣的生活，1879的母親來接見的時候都會帶麻油雞來，吳理仁也有吃到。開庭那天早上，他走出舍房前回頭跟1879說你媽媽有帶你逃走，真好。也提到說麻油雞真好吃，1879告訴他過兩天媽媽會再來，他又可以吃到了，還祝吳理仁開庭順利。」

「沒想到……」陳澈嘆了口氣。

「1879說他覺得吳理仁一定有被家暴只是不肯講，現在看到這影片，也完全可以理解他不想講的原因，有誰會願意講出自己的母親被這樣對待？」郭宜誠也嘆了口氣，「不過，由於這個影片的出現以及他對1879講的話，我們做了一些討論，研判吳理仁可能對張愛有著又愛又恨的情緒，恨她讓她自己與吳理仁困在那個變態的家中飽受摧殘，但是又覺得張愛很可憐。吳修德的意外死亡現在看來疑點重重，當然有可能是真的發生瓦斯爆炸意外，但是根據他國中時的導師提到吳修德死後，吳理仁沒有辦法上學，張愛幫他請了一年的假，而且請假期間孫老師想去探望也都不得其門而入，所以我們也合理懷疑會不會是母子殺了人故佈疑陣？但不管是兒子或是母親殺了父親都好，對吳理仁都是很大的創傷，可能是這樣才會吳修德死後他無法上學。」

李桐還是沉默地點點頭。

郭宜誠凝視著他，有點擔心他的情況，總是太過冷靜了，「因為吳理仁已經死了，吳修德是否真是意外死亡已經無從考證，甚至張愛為何會成為一具乾屍也都無法得到確切的答案，但是根據各種證據顯示，我想他這次會犯案是因為對母親矛盾的情結，張愛前年秋天病逝後激發了他對這些暴力經驗的憤恨，這樣的人我們其實可以了解他活得很辛苦，因此在診所裡發現有家暴議題的孕婦就進一步引起了他的記憶跟衝動，而他自以為是在拯救母親與孩子。他這樣激憤的殘殺，可能是對父親與母親的恨，但又憐憫母親一生的遭遇，因此不管是對張愛或是受害者，最後都將雙手交疊在胸口，以一種祈禱般的姿勢象徵著他的心情。」

「這是個悲傷的故事，」李桐靜靜地凝視著影片中停格的鏡中映像，那個可怕的父親跟被強迫的男孩，心被緊緊地揪著，而這個男孩最後成為一個恐怖的男人，無情、冷漠，還殺了他心愛的妻子跟腹中胎兒，良久才低聲說道，「然而，我不確定自己是否可以就這樣原諒吳理仁……我接受國家不能殺人，我接受他應該要接受公平的審判，但是我不確定我可以原諒他，因為我的妻女死的如此冤枉。」

『其實吳理仁這一生也很冤啊。』郭宜誠沒有講出心裡的想法，「我並沒有期盼你會原諒他，請你原諒他也不是我的工作，我只是請兩位來，向你們說明最新的進度以及我們的研判，也希望這個結果可以幫助大家釐清真相。」

李桐頷首起身跟郭宜誠握手，「謝謝你這麼努力找出真相。」

「辛苦你們了。」郭宜誠真心地說道。

李桐又看了一眼鏡中反映出來畫面，心裡沉甸甸的。

「遇到這些事情的人，有些人長大後會變成虐待他人的人，因為他們學習到的就是這些方法，」郭宜誠順著李桐的眼神望去，感嘆地說著，「每次這些案件發生時，我抵達現場開始蒐證都覺得已經太晚了，我常在想為什麼不能在他們最初的時候就有人可以幫他們一把？如果當年他的老師或鄰居有發現這些事，會不會今天就完全不一樣了？」

陳澈完全理解郭宜誠的意思，「這也是我跟敏敏長久以來的信念，雖然敏敏最後犧牲在這樣的信念挑戰下，但我想如果她還在，她還是會跟我們有同樣的想法，如果最初的時候就有人幫這些人一把，或許就能改變許多事情，我們要做的事情還很多。」

李桐靜靜地聽著，心裡瀰漫著深深的哀傷，因為他的敏敏是社工，一直都在身體力行，都在盡力幫助這些受到傷害的家庭，真希望敏敏現在就站在他身邊，握著他的手，他別開頭，不想讓他們看到自己泛紅的眼眶。

郭宜誠目送著他們離開，李桐走到會議室門口的時候突然轉身看他，「遇到家暴的人，有些人長大後會變成虐待他人的人？」

郭宜誠凝視著他，「但有些人會成為反抗這些事情的人，成為想要改變這些事情的人，甚至成為想要抓住這些人的人。」

李桐點點頭，「只是吳理仁沒能成長為這樣的人。」

「聽說阿姨昨天見你了？」陳澈跟李桐並肩走往停車場，一路上都因為剛才看到的影片而心情沉重，直到臨上車前才問道，「學長今天跟我說的。」

李桐點點頭，眼裡是明顯的難過，「她瘦好多。」

陳澈瞥了他一眼，他知道自己也憔悴很多嗎？「起碼她願意見你了，你就不用再那麼擔心了，學長會盡力幫阿姨爭取減刑的。」

「謝謝，就拜託你們了。」李桐突然向他鞠了躬，讓他有點錯愕。

「你幹嘛呢？這本來就是我們應該做的。」

「還是要謝謝你們，萬事拜託了，我不能讓媽媽在那裡待上十年。」

「我們會盡力的，你別多想，千萬保重自己的身體。」

李桐隨意地點了點頭，正要轉身走向自己不遠處的車子。

「呃……」

李桐頓了一下回過頭來。

「我也要謝謝你。」

「是嗎？」

「子惠回來了，她說是你勸她的，李桐，真的謝謝你，發生了這麼多事，你還願意幫我勸她，真的很感謝你。」

李桐露出溫煦的笑容，這是久違了的微笑，伸手拍了一下他的肩膀，然後轉身走回自己車上，在這些悲傷事件中，起碼有了一件溫暖的好事。

* * *

隔天是個和暖的日子，一整夜李桐都被影片的場景困擾著在沙發上翻來覆去，幾近天亮才真的睡著，睡了兩、三小時便起身盥洗準備去看守所告訴岳母吳理仁的故事，他站在浴室的鏡子前，眼前浮現了影片中梳妝台鏡子裡的身影，這個世界悲傷的事情實在太多了，年幼的吳理仁當年是怎樣忍受這些虐待？他心裡很清楚吳理仁很可憐，但是他的妻子又何辜呢？李桐的心中也充滿了矛盾的衝突。

打好領帶穿上西裝外套，正準備要開門出去的時候，電鈴意外地響起，他看了一眼手錶，誰會早上八點鐘出現在他家門口？從貓眼望出去，赫然發現是總經理跟張簡靖站在那裡。

「總經理?!您怎麼來了？」他看了一眼張簡靖，發現他的臉色相當難看，「出什麼事了嗎？」

「李桐，我們進去談。」林世傑溫和的語氣讓李桐心裡響起了警鐘，應該是出大事了。

李桐往後退了一步讓總經理進屋，再次瞥了老同學一眼，卻見他迴避自己目光地把門關上。

「李桐，」林世傑銳利的雙眸掃視了一圈屋子，瞥見了沙發上的毯子，一如張簡靖之前跟他報告的情況，最後又把目光停駐在李桐臉上，「你先坐下。」

李桐搖搖頭，「出什麼事會需要總經理親自過來？」腦子裡很快地過了一遍可能性，公司出事了？還是廣告部有事？但這些都不需要總經理親自在一大早就跑來他家，但還能有什麼事？他再次看著張簡靖，「張簡，出什麼事了？你怎麼沒有先通知我總經理要過來？」

「我……」

「是我讓他先不要跟你講的，我必須親自過來。」

李桐心裡的警鐘越來越響，還能有什麼事呢？

「李桐，我今天一早接了一個電話……」

林世傑的話還沒講完，李桐口袋裡的手機就響了，他拿出來看見是郭宜誠打來的，正要接，林世傑就壓住他的手，手機在他手裡不斷震動，郭宜誠剛掛斷，手機馬上又開始震動，是程律師，接著是陳澈，李桐的臉色逐漸發白，耳朵開始嗡嗡作響。

「我朋友通知我，你岳母今天早上過世了。」

李桐張大眼睛看著林世傑，腦袋一聲轟然巨響，所有的聲音都被擋在外面，只有不停的嗚叫聲瘋狂地響著，總經理的雙唇繼續動著，他的聲音斷斷續續地閃進來，「六點多……發現……自殺……」他轉頭看向客廳的窗外，這是一個難得的晴天，就跟他聽解剖報告那天一樣，太陽耀眼的讓人睜不開眼。

「李桐！」林世傑跟張簡靖雙雙接住了無法再支撐的李桐。

「怎麼會發生這種事情？」李兆陽跟蘇玫芬接到張簡靖的電話，一早搭了高鐵趕到台北，林世傑安排好醫院的病房後就先回公司，留下張簡靖等候李桐的父母以及處理相關的事情，林世傑心裡知道這次應該留不住李桐了，接二連三的打擊任誰也撐不住，他需要一段安靜的時間。

「一早起床號之後，阿姨同房的人發現阿姨沒有起床，去叫她才發現阿姨……」陳澈哽咽地說著。

「但是怎麼可能？那種地方不是管控的很嚴格，還有監視錄影器嗎？為什麼阿楓可以自殺？竟然還成功？」蘇玫芬抽抽噎噎地問道。

「獄方說阿姨是把枕頭套撕成條狀，綁成一長條，平躺在棉被裡，長布條先繞過自己的脖子兩圈，然後繞著自己的手，可能是趁著還有意識的時候，綁著的雙手反折到背後，等到意識模糊就算想要掙扎，兩隻在背後的手也沒辦法再掙脫了，管理員發現的時候，阿姨的被子遮到下巴，從外面看不容易發現，而且她睡在上鋪。」

「真的是阿楓自殺嗎？不會是同房其他人做的嗎？」

「獄方調過監視錄影帶，真的是阿姨自殺，不關同房的事情，同房的人還哭得很厲害。」

「都說監獄是最不可能出事的地方，怎麼會這樣？怎麼會這樣？」

「只是這件事怎麼會是你們總經理先知道？」李兆陽轉頭問著一直靠在牆上沒有講話的張簡靖。

「從敏敏失蹤開始，我們總經理就動用人脈關係請警政高層幫忙，甚至連葉阿姨進看守所，總經理也都請高層打點過，讓阿姨在裡面好過一些，所以今天早上一出事，所方就立刻通知高層，七點剛過，老總就接到電話了，立刻找我出發去李桐家，他怕李桐自己聽到這件事會出事，果然出事了。」

「幫我向你們總經理道謝，讓他這麼為李桐夫妻的事情奔波，真的很感謝他。」

「伯父，阿姨的後事就由大家來處理吧，別讓李桐碰這件事了，他……撐不下去的。」

張簡靖畢竟還是不敢講出李桐可能已經有 PTSD。

「我會處理的。」李兆陽說道，轉頭看著正在病床上發高燒打點滴，陷入昏睡狀態的兒子，「這個孩子本來是最不需要我們煩惱的，他跟李柏、李榕不一樣，李柏從小就自視甚高，當了外科醫生忙得見不到人，李榕圓滑的很，一天到晚逗我們開心，結果出社會後卻常駐日本工作，只有李桐從小沉默但是貼心，雖然從日本念完書回來一直都在台北，但是逢年過節總是會回來看我們，關心我們的生活起居，敏敏也是，沒想到他卻吃了最多的苦。」

尾聲

一年後，北海道，小樽。

色鉛筆刷刷滑過畫本，一隻肥胖的小橘貓慵懶地在他的畫本裡睡著，李桐放下鉛筆伸展了一下有著明顯疤痕的右手，鉛筆從畫本上咕嚕嚕滾到了木頭地板上。

「喵～」

李桐轉頭看著原本睡在暖爐前軟墊子上的橘貓，鉛筆滾動的聲音吵醒了她，正伸著懶腰發出可愛的喵叫，李桐笑著拍拍自己的腿，這貓就立刻跳上來蹲踞在他盤坐的腿上，溫柔地撫摸她軟綿綿的毛，馬上就發出巨大的呼嚕聲，李桐常不能理解為何這麼小小的身軀可以發出如此驚人的愉悅聲音。

坐在緣側倚著拉門畫庭院裡那株吉野櫻是他這一年來最常做的事，那株櫻花樹也是一年前讓他佇足的原因，自從四個月前這隻貓意外闖進他的生活，畫本裡才多了貓的各種身影。

「李桑。」屋主安達先生從庭院裡探頭進來。

「安達桑，晚安。」

「在畫貓？李桑，你變心了，最近櫻花樹畫得比較少了。」七十三歲的安達老先生看見李桐放在旁邊的畫本笑著說道，在兩人之間放下一盤大福，「這是我太太做的點心，她讓我拿一點過來。」

「謝謝，我去泡茶。」李桐起身走進屋內，幾分鐘後端著兩杯茶回來，那貓已經變心轉移陣地到安達先生腿上了。

安達先生端起茶杯，品了一口，「李桑，你越來越像日本人了。」

李桐笑著重新坐下，貓兒看見他回來，又跑回他的腿上窩著，他端起茶杯慢慢地飲著，看著屋外漸漸昏暗的天際跟長滿花苞蓄勢待發的櫻花樹。

「這杯子是你上次做的那兩個吧？」安達先生瞇著眼睛細細觀察手上的木杯子，用手撫摸體會著木頭的紋理跟觸感。

「是啊。」

「功夫越來越好了，下週我們去市集的時候，你也可以帶著杯子一起去。」

李桐笑了，「這是做著玩的，上不了檯面。」

安達先生笑了笑，「之前你也說你的畫是畫著玩的，結果市集上你的畫全賣掉了。」

李桐聽了也很難反駁，索性笑而不答。

「你來一年了吧？」安達先生添了一塊木炭到前面的暖爐裡問道。

「嗯。」

「打算回台灣嗎？」

李桐沉默了一下，「自然是要回去的，只是還沒決定日期。」

「這棵吉野櫻，再過兩週就該開了。」安達先生看著庭院裡的樹說道，「去年她開花的時候，你正好來了。」

「嗯，那天她好美。」

一年前，李桐從反覆發燒的病況中出院，已經是葉楓自殺後第七天，李兆陽在兒子住院期間辦完親家的喪事，跟女兒還有未出世的孫女一起葬在櫻花樹下，算是另一種形式上的團圓。李桐祭拜過她們之後回公司正式向總經理提出辭呈，這次林世傑沒有再強勢挽留，只希望他休養過後可以再回來。對於林世傑的種種協助，李桐是深深感謝的，知道社會職場現實，可是他竟能遇到這麼好的老闆是天大的福氣，只不過他太疲憊了，他需要休息，起碼是一段時間。

於是，不顧醫師與父母希望他在家休養的建議，李桐隔天便提著行李來了北海道小樽，這是他跟妻子原本預計要前來度假的地方，來的時候雖是初春，但是夜裡仍是零下的溫度，白天也不過三、五度，大病初癒的他其實經不起這樣的折騰，然而，他仍然貪戀著路上民宅自種的櫻花樹，揹著行李在路上走著看著，有點累，有點喘，冷冽的風吹得他體溫不斷上升。

「那天，真的很神奇，」安達先生說著，「這棵吉野櫻在這裡一輩子了，從來不曾像那天一樣，滿樹的花卻突然吹雪，而且是以那種激烈的方式，散盡了花瓣，我從未見過這種情景。」安達先生此刻想起來還是覺得不可思議，「而你竟然正好站在庭院外面，吹雪全落在你身上。」

李桐那天遠遠的就被這庭院裡的櫻花樹吸引，一樹的粉白，隨風搖曳著像在呼喚他的名字，他情不自禁地走來站在樹下仰望。風吹著，枝幹搖曳著，三、兩片花瓣落下，他抬起手接住了一片花瓣，這是他跟敏敏約好要來的城市，粉白色的吉野櫻也是她的最愛，如果她可以一起來多好，她一定會忍不住興奮尖叫吧？想著便一陣鼻酸，就這樣，像是奇蹟似的，這株吉野櫻在最盛開的時候竟然一陣顫抖地花瓣落盡，隨著突起的風漫天飛舞，落在他身上，也飛到遠遠的地方，一地的粉白花瓣，傾瀉而去，像雪。

李桐當時呆立在樹下，仰頭看著僅剩的枝椏，什麼都沒有了嗎？像她的妻子一樣嗎？在最燦爛的時候驟然遠離，一陣一陣的頭痛再次襲來，又冷又熱的體溫讓他虛弱地倚靠在圍牆上。

「謝謝你們那天收留了我。」

安達先生搖搖手，「沒什麼，我的孩子都住在東京，這屋子也是空著，你住進來跟我們作伴，我跟太太也很開心。」

李桐知道安達夫妻都是很好的人，只是不想增加他的歉意才這樣雲淡風輕地帶過，因為自己給他們帶來了不少的麻煩。那天他虛弱無力地靠在圍牆上，還在想著該去哪裡投宿，一對老夫妻就從隔壁庭院裡跑了過來，看見他蒼白的臉色硬是把他帶回家休息，可是這一休息就是好幾天，他又開始了反覆發燒的日子。

「我太太今天做了咖哩飯，過來吃晚餐吧。」安達先生起身說道。

「好。」李桐起身把畫本跟食物放回屋內，橘貓跑回軟墊子上蜷成一團，看著這隻肥貓，臉上露出溫暖的微笑，穿起大衣走到隔壁的主屋。

三個人愉快地用餐是這一年來常見的場景，意外落腳此處，也帶給李桐絕佳的休息機會，安達先生當初租房子給他的條件之一就是一起用餐，一起幫忙，除此之外，他是個租客，有絕對的自由，讓他有另一種形式的受人照顧與獨處的空間，因為這裡沒有人知道發生在他身上的事情，所以也不需要偽裝堅強，只要依照自己的狀況活著就好。

「下週的市集，你帶幾張畫，做幾個杯子一起去吧，前幾天還有人問起你的畫。」

「真的嗎？讓我受寵若驚。」李桐的驚訝是真的，並非謙虛，離開學校後放下了畫筆，忙碌的廣告工作讓他無暇享受作畫的樂趣，是因為這一年的停頓，讓他又有了機會畫點小品，只是讓自己可以有一小段時間從無盡的痛苦中抽離，專注在美好的事物上，但是他也不能不承認，畫畫的時候，也是他最平靜的時刻。

「你的櫻花樹跟貓很受歡迎，運河旁的咖啡店老闆問能否畫兩張賣他，讓他掛在店裡。」

李桐還沒回答，安達老先生就接著說，「啊，咖啡店的老闆準備了訂金要我轉交給你，我自作主張幫你接受了，等等我拿給你。」

「你怎麼可以這樣啊？」安達太太搖著頭說道，「怎麼可以自作主張幫李桑答應？」

「沒事的，李桑可以的。」

安達太太正要再駁斥，李桐連忙打了圓場，「喔，沒關係的，安達太太，有人喜歡我的畫我很開心，沒想到我在這裡度假還可以有收入，真的很意外，但是安達桑說的杯子，我想就罷了，我的功夫還不到家。」

「你客氣了。」安達先生笑著，轉頭對太太說，「剛才我把妳的點心送去時，看到李桑做的木杯，很有味道。」

安達太太眼睛一亮，「真的嗎？」

李桐連忙搖搖手，這些木工活是跟安達先生學的，住下來之後，看見安達先生在工作室做一些木製品，也跟著學了一些，純粹只是好玩，讓自己可以從悲傷中抽離，幫自己做了杯子，也幫橘貓做了小屋子，僅此而已。

「啊，你來了。」橘貓熟門熟路地自己摸進了主屋，大咧咧地跳到餐桌上，安達先生笑著摸了她一下。

「貓咪過來，安達桑在吃飯。」

「你還叫她貓咪啊？」

「嗯？是啊。」

「你撿到她都四個月了，怎麼還不起名字？」

李桐猶豫了一下，「因為不確定我可以養她。」

「喔？」安達先生饒富興味地看著他，「這四個月你不算在養她嗎？」

「嗯……我算是只給她一個地方住吧。」

安達先生笑了，「像我租你房子嗎？」

李桐愣了愣，是啊，為什麼自己一直不肯給橘貓取名字呢？

敏敏還在的時候很愛貓，但是因為兩人工作都忙，覺得養了貓又沒時間陪伴很殘忍，因此遲遲沒有去領養貓。來了小樽大半年後，時序剛進入冬季，北海道的冬天極冷，一天晚上他在運河邊散步時，聽到虛弱的貓叫聲，是一隻被母貓遺棄的小橘貓，瘦弱又不停顫抖，他連忙放進大衣裡取暖帶去動物醫院，硬是敲門把獸醫給叫起來看診，橘貓出院後就跟著李桐了，但是他卻遲遲不給她取名，因為知道自己總有一天要回台灣，但是也因為捨不下這隻橘貓，一直沒有決定返台的日期。

安達先生見他陷入沉思，悠悠地說著，「遇到就是一種緣份，李桑，最怕的是錯過緣分，人生最美好的是珍惜了所有的緣分，過了每個美好的日子，只要珍惜你遇到的緣分，不管今生時間長短，來生必能再見。」

李桐凝視著他，頓時覺得心如刀割，像在說他與橘貓，也像在說他與敏敏，這一年他已經逐漸地少了這些痛苦時刻，但是每每突襲都還是讓他疼痛不堪，「我……」

「我覺得一年前我們的相遇也是緣分，我很開心你住在這裡。」

李桐下意識地摸了自己手上的婚戒，但是他並沒有珍惜所有的緣分，也沒有把握到每個美好的日子，「我要去散步，您們請慢用。」自顧自地起身將用完的餐盤端去洗碗槽，「謝謝招待。」

安達夫妻看著他連大衣都來不及穿上便倉皇走出屋外，胖橘貓一蹦一跳地跟著他出去，「你何必跟他說這些呢？李桑看起來還是對妻子的過世很傷心啊。」

「因為李太太走得太突然了，李桑沒有心理準備，才會這麼痛苦。」

「已經一年了啊。」安達太太起身把兩人吃完的餐盤拿去洗碗槽，端過來剛才切好的水果，「你還記得他剛住這裡的時候嗎？每天都發燒，好不容易退燒又燒起來，燒得迷糊時就會講話，講的什麼我們也聽不懂，痊癒之後看到我煮飯拿刀也很緊張，是個可憐的孩子啊，好不容易這一年看起來好很多了，你剛才幹嘛跟他說這些呢？」

「因為他撿了貓四個月都不肯取名字啊，他不想建立新的關係，還在自責當中。」安達先生嘆口氣，「畢竟他失去了那麼多東西，這也不能怪他，只是，希望他可以理解其實這些都不是他的錯，他是個很好的人，還有很長的人生路啊。」

李桐穿著大衣戴著手套跟圍巾沿著小樽最出名的運河慢慢走著，初春的這段時間正好介於冬季活動跟櫻花祭之間，是小樽最安靜的時節，觀光客不多，只有在地人三三兩兩地走著。李桐拉緊大衣坐在河道邊，望著對面的舊倉庫區，經過設計的燈光反映在河面上，敏敏一直說要來這裡拍照，因為超浪漫，而他來了一年，半張照片都沒拍，因為形單影隻，不忍卒睹。

住在安達家前三個月，他時病時好就佔了兩個月，累的安達太太不時地為他進補擔憂，幾次他打算要搬離，不想再給這對好心的老夫婦添麻煩，但是他們都不同意，一直要他安心住著，只管照顧好自己的健康。那些沉默的日子安達夫妻也總是很有耐心，安達先生還教了他木工，讓他可以轉移情緒，雖然他們並不知道眼前這個人的來歷，可是他們真誠相對。最終，李桐告訴了他們自己為何逃來小樽，為何戴著婚戒卻如此孤單，李桐始終感謝安達夫婦在知道故事之後並沒有改變對他的態度，一樣的關懷，沒有更少也沒有更多，讓他有著同樣的自在空間，讓他可以在需要的時候有個地方可以躲藏，不需掩飾，不需演戲。

「前兩個月他突然又大病了一場，讓我擔心死了。」

「可能是他太太去年過世的日子吧，」安達先生說道，「那幾天他太過沉默，連畫畫都停了，每天只是披著外套坐在緣側望著那株櫻花樹，聽說他太太很喜歡粉白色的吉野櫻，也是因為這樣，一年前他才會站在那裡。」

「我始終覺得那一天好特別，」安達太太回憶著，「我從來沒有見過一株櫻花樹可以在瞬間花瓣全都掉落。」

「我也沒有見過，那天如果不是親眼目睹，我也不會相信有這樣的事情。」

「或許像你說的吧，真的是緣分，注定要來這裡，要住在我們家吧。」

氣溫零下的夜裡，安達先生走去隔壁發現李桐還沒有回來，免不了還是有點擔心，坐在書房裡看書，一邊留意著隔壁屋子的動靜，午夜時分聽見橘貓撒嬌的叫聲才安心回房睡覺。

* * *

在台灣的時候從來沒有市集經驗，勉強稱得上的是跟妻子去逛文創市集，像這樣坐在攤子裡面真的是來了小樽，住在安達家才有的機會。半年前，安達先生問他要不要一起來市集認識朋友，他就跟著來了，原本只是陪坐在老先生旁邊，自己畫畫打發時間，由於本來就是個沉默的人，埋首畫畫是比較簡單的，不用太多的應對，特別是那些好奇的打探，沒想到卻被詢問他正在畫的是不是要出售的作品，在安達夫婦的鼓勵下，把自己畫本裡的小品簡單裱框帶來市集展示，詢問度越來越高，上個月的市集竟然全都賣光了，對他來說是很奇妙的經驗。

「李桐。」正在信手塗鴨的他在全然日文的環境裡聽見自己的中文名字有點意外，竟然是石大智跟他的太太站在眼前。

「師傅，師母?!」李桐立刻起身走到攤子外面，「你們？」

「來看看你啊。」石大智爽朗地說著。

李桐轉身跟安達先生介紹訪客身份後，便帶著他們先回到自己的住處。

「你們怎麼沒有先通知我，萬一我不在不是撲了空？」李桐泡了茶端給他們。

「先通知你可能會拒絕啊。」

李桐突然語塞，他知道還在台灣的那段時間的確如此，「對不起，師傅，讓你們擔心了。」

「我也想來看看櫻花祭，趁我還能記得的時候。」

李桐飛快地瞥了師母一眼，見她還能擠出笑容，「師傅，你的病還好嗎？」

「時好時壞，我已經跟經理提出辭呈了，下個月生效。」他拍了一下李桐的肩膀，「別這張臉，這時候辭職剛剛好，我還可以陪老婆四處走走，我是不會有記憶了，但是我希望老婆還有點愉快的記憶。」

「你別亂講話！」石太太雖是笑著拍了他的手，心裡卻是酸酸刺刺的。

「廣告部一切都好嗎？」這一年他很少問公司的事情，張簡靖也刻意不提公事，都只問他的身體狀況與生活日常。

「別提了，你走了之後，空降了 Vincent 進來，真是把總經理給氣死了。」

「是他？」

「是啊，嘴巴不好，工作表現一般，惹是非倒是挺會的，小金上個月跟他鬧翻了，差點被趕走。」

李桐一時之間說不出話來，這些事情他都不知道，其實既然辭職了也就不關他的事，只是聽到昔日同事被這樣對待，心裡很不舒服，「小金做錯什麼嗎？」

「最錯的就是太愛講你的例子，惹得 Vincent 不爽快，畢竟之前是被你擠掉的，害他在業界丟臉了一段時間，現在來了，還能不出口氣嗎？」

「師傅，回去時跟小金說，不要那麼傻。」

「你自己跟他說，大家都在唸，不知道你幾時回去。」

「你們已經有經理了，我不會回去了。」

石大智突然認真地看著他，「是不回廖氏集團還是不回台灣了？你真存心要開始當畫家嗎？」他剛才進屋時就看見緣側上擺了不少正在裱框的畫作。

李桐只是笑笑，沒有回應他的問題。

「該回來了吧，一年了，」石大智語重心長地說道，「大家都在等你回來，不管回不回公司，我們都在等你回來。」

「是啊，一年了。」李桐輕輕地說著。

「怎麼會是他？」將石大智夫婦送回飯店後，李桐沿運河旁走著，打了電話給張簡靖。

「人事鬥爭吧，大小廖離開之後，換了他們家族其他人上台也沒好到哪裡去，你走了，位置懸空了幾個月，老總一直都沒有在公司內部找到可以接替你的人，副總老是在總經理室會議裡提到你的缺應該要有人補，然後他們就聯手把 Vincent 給推了進來，所以現在就是這種騎虎難下的情況。」

李桐靜靜地聽著，覺得總經理這麼幫自己，而自己卻給他添了大麻煩，心裡十分愧疚。

「不過，老總前兩天也在問我，你幾時要回來。」

「嗯？」

張簡靖的聲音突然變小很多，「副總那邊有不少小動作，老總好像有點意興闌珊了，加上有其他集團一直在挖老總過去當 CEO，董事長最近身體也不好，如果再這樣下去，老總可能會放棄廖氏，所以他也問了你幾時要回來。」

李桐沒有想過總經理要去別的集團上班會跟自己有關，一時之間也難以回答，「我還不知道。」電話兩頭就突然沉默了下來。

「李桐，一年了，你應該知道整件事其實都不是你的問題吧？」過了好一會兒之後，張簡靖才又開口。

李桐沒有回答，這個靜默惹惱了最要好的朋友，「你到底要鬧彆扭到什麼時候？你要懲罰自己到什麼時候？你到底知不知道這一年我們大家有多擔心你？但是因為知道你需要時間，所以我們不敢吵你，不敢找你，只能互相打探知不知道你是不是還活著，還在呼吸？你去日本前自己是什麼狀況你不是不知道，什麼都沒交代就這樣跑了，一週後才打電話回來說在北海道讓大家不要擔心，你他媽的到底是要我們怎樣?!你躲到北海道去沒關係，一年了，你到底幾時才要從那個寒淵裡面爬出來？錯的是兇手，不是你！」

李桐如何能說去年消失一週才聯絡，是因為他在日本也病倒了？一清醒就強打精神回去報平安，「對不起。」

「我不要聽對不起，我只想知道，你幾時要回來？」

李桐此刻還是無法回答這個問題，他沒辦法告訴最要好的朋友，正因為知道了吳理仁的故事卻讓他更痛苦，這一年多來最折磨他的也正是這樣的衝突，他知道吳理仁可憐應該原諒，但自己又做不到，敏敏慘死的模樣總不時浮上眼前，這來回反覆的折磨幾乎耗盡他的心力。

「隨便你吧！」

李桐面對著被掛斷的電話，張简靖從未對他發過如此大的脾氣，他也經常在想著自己是不是準備好回去台灣了？他有勇氣回到台北的家嗎？他還能回到那個有著妻子記憶的地方嗎？他好想念敏敏。

走回家裡，泡了熱水澡暖了身子，穿上厚厚的睡衣回到客廳，剛坐到沙發上，橘貓便慵懶地伸了懶腰，跳上他的大腿轉了一圈找到最舒適的位置又蜷成一顆毛球，李桐溫柔地摸著她柔順的毛，低下頭看著她可愛的睡臉，頭髮上的水就滴在橘貓的頭上。

『你到底要撒嬌到什麼時候啊?!』

李桐猛然抬頭，那聲音這樣的近，彷彿妻子就在他的身邊，可是這屋子裡卻仍然只有他跟橘貓，那聲音是如此熟悉，突然地又一陣鼻酸，眺望著庭院裡仍然含苞的吉野櫻，「敏敏，我需要一點訊息。」

隔天早上是個天氣晴朗的日子，李桐準備好橘貓的食物，走到緣側呼喚著她，「貓咪，來吃飯囉，貓咪……」他的聲音嘎然而止，庭院裡的吉野櫻竟然盛開出一樹的燦爛了，還不是應該盛開的時候，明明還要再晚幾天的，他愣愣地看著一樹的櫻花，半晌，哽咽地低呼著，「敏敏，妳看到了嗎？妳最喜歡的吉野櫻開花了，妳看到了嗎？」

那一樹的花被太陽照耀的難以直視，曾經的約定，今天看到了，「很美，很美，妳看到了嗎？」

逐漸模糊的視線中，李桐看見心愛的妻子跟岳母牽著一個小女孩站在吉野櫻下對他露出燦爛的笑容，「敏敏……」他往前走了一步，看見她們笑著，用力地揮著手，就像每天他送葉敏華到機構時，她都會開心地揮手道別，「敏敏……」

「喵嗚~」一隻小爪子抓著李桐的褲腳，他蹲下來把手上裝了貓食的小碟子放在地板上，橘貓開心地開始吃著，李桐轉頭再看一眼庭院，只有燦爛的滿樹粉白，樹下人影已不復見，『珍惜現在，珍惜相遇的緣分，來生必能再見。』

李桐摸著橘貓的小腦袋，抹去淚水，「豆子，我們要回台灣了。」

「是嗎？你要回去了？」安達先生放下手中的書，慈祥地看著坐在書桌對面的年輕人，他還記得一年前他滿是傷痕的臉龐，雖然不知道發生了什麼事，但是今天他看起來，很好。

「是的，我們要回去了。」

「你們？」

「我跟豆子。」

「是個好名字，豆子。」安達先生知道他說的是那隻橘貓。

「安達桑，謝謝您，這一年，謝謝您跟安達太太的照顧。」李桐起身深深地鞠了個躬。

「是緣分，我沒做什麼，就是租了你房子而已，我們也很開心有你作伴。」

李桐搖搖頭正要再說些什麼就突然被書櫃上的一紙感謝狀吸引了目光，這是他第一次進到安達先生的書房，剛才進來的時候驚訝於如此豐富的藏書，此刻走到書櫃前更詫異那紙感謝狀上表彰安達先生對教育的終生奉獻，「您是大學心理學教授？」

安達先生搖搖手，「我退休好久了，現在只是個擺市集喜歡做木工的老先生而已。」

難怪之前去市集擺攤的時候，大家都稱他為安達老師，但是他卻跟李桐解釋自己只是喜歡玩木工，大家客氣叫他老師，李桐這一刻才恍然自己在這一年中受到多大的幫助，「安達老師，我……」

「請繼續叫我安達桑就好，對我而言，你就是一個住在我這裡很優秀的晚輩，我沒有做什麼，請相信我，就算沒有我，你也會很好，也許需要多一點的時間，但你終歸會成為一個更好的人，就像此刻一樣，你已經準備好要帶著豆子回去重建生活了。」

「安達桑……」

「李桑，受過傷的地方，傷痕永遠都會存在，像你的右手，有一天會變淡，但是傷痕永遠都不會消失。有時候，我們還會覺得疼，還會覺得痛，因為那是我們生命中的傷痕，我們唯一可以做的就是接受那個傷痕，帶著傷痕前進，並且相信那個傷痕終究會有變淡的時刻。」

*　*　*

一週後，陽明山。

「他說會來嗎？」陳澈問道。

張簡靖點點頭，「今晚我們總經理夫人跟一群貴婦要舉行募款餐會，李桐會參加，他知道這裡要拆了，說要過來看看。」

「他終於回來了。」

張簡靖點點頭。

郭宜誠看了他們兩位一眼，陽明山這間房子終究還是要拆掉了，過去這一年，他常常來這裡，站在一度照顧得宜的花園裡看著這間房子，這幢毀了許多人、許多家庭的房子，想著當年吳理仁是怎樣忍耐的，張愛又是怎樣暗夜哭泣的，一直思索著如果當年有人知道這些事情，並且對吳理仁伸出援手，或許他的人生不至於走到這樣的地步，朱少蓮跟葉敏華不用枉死，葉楓也不會走上絕路，李桐更不必遠走他鄉。

一輛黑色休旅車緩緩停在路邊，李桐一身黑西裝走下車，手上拿著一束白百合，一年未見，他的清減與蒼鬱大家看在眼裡只是彼此點點頭。

「這裡明天就要拆除了，」郭宜誠說道，「陳先生說不重建的話，這裡可能永遠都沒辦法再住人。」

「拆了也好。」張簡靖說著。

「即便拆了，也抹不掉曾經在這裡發生的悲劇。」陳澈感嘆地說著。

李桐只是沉默地聽著，這是他第一次來到這裡，過去他沒有勇氣踏到這附近，因為不能面對妻子在這間房子裡發生的事情，此刻，站在這裡，他的心仍然抽痛，痛到幾乎不能呼吸，但是他知道自己可以挺得過去，因為這是他生命中的傷痕，永遠都不會消失的傷痕，而他這一生都將帶著這道疤前進。

「你還好吧？」陳澈看著他蒼白的面容問道，許久不見，李桐有了許多斑駁的白髮，可以想見這一年他有多煎熬。

李桐輕輕點了點頭，「敏敏的確含冤而死，只是，聽了吳理仁跟張愛的故事，雖然難以接受，但我明白吳理仁的人生走到這步也是很冤枉的，每個人都不應該遇到那樣的事情，」他頓了頓，「我知道自己仍然無法原諒他，但是我為他感到悲傷，沒有人應該被這樣對待，敏敏是這樣，他也是。」

張簡靖握了一下他的肩膀，四個人默默地望著這幢房子。

良久，陳澈才又開口，「我始終有件事想不懂。」

「嗯？」張簡靖轉頭看他。

「吳理仁把影片跟童年玩具藏在幾乎封死的小隔間裡，沒有門可以出入，就只是一堵木牆，如果不是拆房子，根本不會發現這些影片，既然他並沒有要公開，為何他不索性毀了這些影片？我看到那些影片標籤也都有被煙薰的痕跡，他為何還要從火場裡面找出來藏在假隔間裡面呢？」

「或許，他終究希望有一天，這個秘密可以被人發現吧。」郭宜誠嘆了口氣說道。

張簡靖跟陳澈轉頭看他，李桐卻只是看著遠方的地面，靜靜地聽著。

「雖然他覺得張愛被迫做這些事情很羞恥，不想公開，開不了口，但在他心底，可能還是希望有一天，大家會發現家庭暴力虐待是多麼可怕，而他那位衣冠楚楚的父親其實是多麼可惡吧。」

李桐轉頭凝視著那扇他沒有勇氣打開的大門，思索著郭宜誠的話，半晌才走上前將手上的百合花放在台階上，低聲說著，「但願所有的亡靈得到安息，希望悲劇不再發生。」

〈終〉

【讀後感】
那些悲劇告訴我們的事

記得剛讀完又熙精彩的長篇小說《向著光飛去》，才過了一年，她又即將出版另一部長篇小說《寒淵》。前些時候她來訊詢問是否可以幫忙推薦，我也不管自己是否夠專業，想也沒想就答應要寫些讀後感。沒多久，在一個學期即將結束的昏沉午後，就收到寄來的一大疊沉甸甸的書稿。本想等逃離批改作業的地獄後再好好品讀，沒想到一看就不可收拾，只好把作業擱著，趁著午後一口氣就把這部二十餘萬字的小說讀完（以下劇情暴雷，還沒讀過小說的請先跳過本文）。

這部小說原名《死刑犯》，後來改為《寒淵》，根據作者的表述是一來符合書中角色的心境，一來也是取「含冤」的諧音。書的內頁一打開，旋即可以看到尼采的名言：「當你凝視著深淵，深淵也在凝視著你。」我們知道，這句話出自尼采的名著《善惡的彼岸》，前面還有一句「與怪物戰鬥的人，應當小心自己不要成為怪物」。尼采在陳述這段話時，其實是要提醒世人，當我們與某種根源性的「苦痛」交戰時，我們凝視著它，它也會像深淵一樣凝視著我們。這些內心恐懼的對象，會在我們的身上產生影響、留下印記，讓人無法逃脫，而這一切也源自於悲劇的過往與不受控制的心靈。讀完整部小說會發現，這樣的一句話其實貫穿全文，也成為故事中最引人深思的部分。

小說的開端，是故事裡關鍵的女性角色葉敏華做了一個惡夢，夢見自己與肚子裡的孩子被一個黑衣男子殺害。這個預兆式的惡夢，成為小說前半部最讓人無以面對的悲愴。葉敏華的職業是專門輔導高風險家庭的社工，她的先生李桐是廖氏集團廣告部的經理，他不喜歡妻子從事如此具有危險性的工作，可是葉敏華卻堅持這樣可以幫助到需要幫助的人。一次，葉敏華因為輔導案主不慎手臂被抓傷，加上過度勞累身體出現狀況，到婦產科診所就醫後，竟然就消失了蹤影。經過家人和警方幾日的搜尋，最後被發現陳屍在陽明山區。圍繞著小說前半部的，是李桐與葉敏華的母親葉楓的崩潰與尋找兇手。

刑警抽絲剝繭後發現，這家婦產科診所在一年多前，也有一位患者遭到同樣方式的殺害。循線追查到醫檢師吳理仁犯有重嫌，他不但讓成為植物人的母親變成乾屍，也因偏執的認為朱少蓮、葉敏華兩個孕婦無力保護未來的孩子，將其殺害陳屍。小說的中段開始，不斷交替出現的楷體字，是吳理仁痛苦的回憶與過往。他被逮捕後，一口便承認自己殺害兩位女子，也願意接受死刑。但是葉敏華的同學陳澈卻願意擔任他的公設辯護律師，儘管受到眾人的鄙視與攻訐，還是希望維護律法的公平正義；至於犯罪心理學家郭宜誠，則是想找出這個殺人悲劇背後的原因與真相。在他們的努力下，小說的後半段作者為我們揭示了悲劇之後，所隱藏更加不堪與深沉的悲劇。

原來，外表冷靜的吳理仁，從小就是在一個充滿家暴的原生家庭中長大。他的父親吳修德在人前光鮮亮麗與妻子甜蜜相愛，可是在家中卻是個可怕的惡魔。他不但強迫妻子與他人性交，還要孩子在一旁觀看，同時恐嚇妻子不能聲張或者離去。在這樣的家庭中長大，吳理仁的人格受到嚴重的扭曲，他恨父親的無良也恨母親的懦弱。在他國三那年，忍無可忍的母親終於設計迷昏父親，透過瓦斯氣爆加工殺害。原以為如此，他們就可以擺脫悲愴的過去，然而吳理仁始終未曾從創傷中走出。也因為內心的扭曲，讓他幾近冷血的殺人。小說的末尾，葉楓趁亂殺害了吳理仁且在獄中自殺，李桐崩潰的逃往了日本小樽，無以面對這樣的過往創傷，時過一年後才又回到臺灣。在故事的最後，作者也讓李桐低聲說出：「但願所有的亡靈得到安息，希望悲劇不再發生。」

穿插在這部小說中的，是作者對於家暴、PTSD、死刑等等議題的挖掘與探討。多年從事療癒書寫，且不斷在社工領域進修的又熙，深信人格中的諸多問題都來自於原生家庭的影響。家庭暴力所帶來的創傷不僅深遠，而且會像個不定時炸彈的在加害者與受害者間傳遞。至於死刑的議題，她也藉由律師陳澈的口表明了她的想法，即每個悲劇的背後都有故事，可能是因為那個故事被忽略了，或者從來沒有被關心過，才會導致最後悲劇的發生。所以死刑不該是一切的解答，而是應該進一步去思考悲劇的起源，以及社會應該改變之處。如此才有可能防止悲劇一再重複的發生。

在讀這本小說時，我也不斷想起今年影視圈相當轟動的臺灣社會寫實劇《我們與惡的距離》。我想，所有悲劇的書寫與記錄，背後都代表著相當重要的正面意義，那就是我們要從悲劇中深刻體會，以及學習悲劇所要、所能告訴我們的那些，並且不要再讓它們再次發生。我想這也是又熙寫作這部精彩的小說，最原初也最核心的想法。

國立虎尾科大通識中心專任教授
王文仁

【謝辭】但願我們都是那雙手

本書得以完成要感謝許多人的幫助：

感謝護理師好朋友曾郁雯不時接受我的騷擾，提供關於疾病與照護的相關資訊。

感謝一位完全不想被知道名字的，朋友的刑警老公，同時也是鑑識小隊的打工仔，對於我不時（包含假日也被我騷擾）詢問驗屍、解剖、鑑識、偵查等相關細節總是不厭其煩地向我說明，如果書中有引用失據的，一定是我誤解了打工仔的意思，因為打工仔真的以他多年的經驗向我仔細解釋了。打工仔，未來還會繼續麻煩你喔！

感謝警員駱勇丞先生願意在百忙之中向我說明辦案與驗屍知識，讓我在初期準備故事情節時得以有所依據，如果我有筆誤之處，一定也是我誤解了駱先生的意思。

感謝傅少怡小姐提供相關法律知識。

感謝顏司音小姐提供殯葬相關訊息。

感謝飽含文學修養的精神科廖文瑾醫師與我討論了人格議題。

感謝教育心理與諮商碩士林星翔在撰寫初期一起討論了家庭暴力深遠的心理影響。

感謝我的女兒王芃，總是忍受著我在進入書寫狀態時的自我與需要思考的獨處空間，謝謝妳在只有我們兩人的小家庭裡一直擔任著維持平衡氣氛的重要角色，我愛妳，寶貝。

本書是一個敏感的議題，多年來想要書寫這個故事的念頭一直存在我的心中，2017年回到小說創作，完成《向著光飛去》之後，我知道這個題材就是下一個我想要跟大家說的故事，因為這個故事，很重要。感謝國家文化藝術基金會鼓勵本書的創作，提供了文學創作補助金，讓我得以更加專心地寫作。

對於善與惡、是與非、因與果、加害者與受害者、廢死與反廢死，這個社會一直都是這麼的對立與二元化，但事實上，這世間哪有什麼是絕對單純的呢？即便是絕對的善與絕對的惡，其實都不是以大多數人以為的形式存在，而我相信，每件事的背後都其故事，每一個行為的背後都有個成因，只是，我們經常錯過了那個原因，因為「原因」常常過於複雜，往往挑戰著我們的認知與良知界線，「忽視」，反而是不那麼辛苦的選項。

只不過，許多的「忽視」最後也可能是造成悲劇的源頭之一。

書寫本書的過程裡，我不時陷入糾結的情緒中，以原生家庭暴力事件及其影響做為核心出發的情節鋪陳，讓我時時猶豫著唯恐一不小心就造成讀者對家庭暴力的刻板印象，進而污名了家庭暴力受害者，致使他們受到二度傷害。因為這樣的忐忑情緒，讓我在處理故事架構上多了許多的斟酌，然而，這是個我一定要說的故事，也謝謝各位讀完全書，來到最後的謝辭。

感謝斑馬線文庫總編施榮華對本書的等待，妳的支持帶給我持續創作的信心，作為一名寫作者，可以有知遇的總編是幸福的，謝謝妳。

感謝本書完成後，閱讀書稿的春暉映像孔繁芸執行長、虎尾科大通識中心王文仁教授、真理大學宗教文化與資訊管理學系張雅惠教授、精神科文心診所文榮光院長及作家朱宥勳老師，感謝您們願意為本書撰文並具名推薦。

感謝詩人洪春峰先生為本書提供了不同視角的封面文案，感謝情誼贊助。

即便在書寫過程中有著許多的糾結，我仍然試著說好這個故事，挑戰善惡本質、家庭暴力與死刑議題的書寫讓我可以預期會受到不一的評價，但是對我而言，寫這個故事，最重要的仍然在於提供一個故事環境，讓大家可以感受到世間的故事都是複雜的，在我們眼中那絕對的惡，是什麼導致他如此？我們沒看見的並不代表不存在，只是我們「沒看見」而已。我們以為對對方好的，真的是以對方為主體嗎？還是我們都不曾發現，許多自以為對對方好的行為，其實很有可能是為了我們自身？死刑的存廢不單關乎人權，也關乎你我內在對於生命權的詮釋，更重要的是，我們是否看見了那許多幽暗角落裡不能也不曾被訴說的故事？

再次感謝各位的閱讀，也希望我們都能成為接住／拉一把對方的那雙手。

施又熙，二〇一九年六月二十四日，於汐止

國家圖書館出版品預行編目（CIP）資料

寒淵 / 施又熙著 . -- 初版 . -- 新北市 : 斑馬線 , 2019.07
面； 公分

ISBN 978-986-97862-1-8（平裝）

863.57 108010087

寒淵

作　　者：施又熙
主　　編：施榮華
封面設計：MAX

發 行 人：張仰賢
社　　長：許　赫
總　　監：林群盛
主　　編：施榮華
出 版 者：斑馬線文庫有限公司
法律顧問：林仟雯律師

贊助單位：國家文化藝術基金會 National Culture and Arts Foundation NCAF

斑馬線文庫
通訊地址：新北市中和景平路 101 號二樓
連絡電話：0922542983

製版印刷：龍虎電腦排版股份有限公司
出版日期：2019 年 7 月
ISBN：978-986-97862-1-8
定　　價：360 元